Kate Core

Kyle & Jolee

Golden Goal

IMPRESS

© privat

Kate Corell ist ein Kind der 80er. Sie liebt Bücher, Sport (ausschließlich von der Tribüne aus) und Musik. Mit ihrem Mann, einem pubertierenden Teenager und zwei verrückten Bulldoggen lebt sie als Nachteule im Land der Frühaufsteher.

Playlist

Imagination – Shawn Mendes
You & I – One Direction
Running In The Night – FM-84, Ollie Wride
Let You Down – NF
Silence – Marshmello, Khalid
Shipwreck – Klangkarussell
Wings – Nico Santos
Way Down We Go – Kaleo
Chew On My Heart – James Bay
Beat Of My Heart – Lost Frequencies, Love Harder
Courage To Change – Sia
Midnight – Alesso, Liam Payne
Minefields – Faouzia, John Legend
I Want To Be Yours – Marcel
I Need You To Hate Me – JC Stewart
broken parts – clide
Control – Zoe Wees
Youngblood – 5 Seconds of Summer
Speeding Cars – Walking On Cars
Monster – Shawn Mendes, Justin Bieber
Are You With Me – nilu
Kings And Queens – Thirty Seconds To Mars
Strawberry Kisses – Amber-Simone

FÜR MICH.
WEIL ICH KYLE BIN.
WEIL ICH JOLEE BIN.

1

Kyle

In dem Moment, als der Coach mich nach dem Training in sein Büro zitiert, weiß ich, dass ich ein Problem habe. Es gibt genau zwei Dinge, die er voraussetzt. Erstens: hundert Prozent für die Kings auf dem Fußballfeld abliefern, und zweitens: den Abschluss an der UVa schaffen. Denn nicht jedem gelingt der Sprung in die Profiliga und er lässt keine Möglichkeit aus, uns das unter die Nase zu reiben. Meine Noten haben im letzten Semester eine mächtige Talfahrt hingelegt. Mir ist etwas mulmig zumute, als ich an die offene Tür zu seinem Büro klopfe.

»Kyle.«

Na dann mal los, ermutige ich mich stumm. »Sie wollten mich sprechen, Coach?« Für einen Augenblick habe ich die Hoffnung, Nick hätte sich verhört, als er meinte, Coach Marten wolle mit mir reden, doch er deutet auf den leeren Stuhl vor seinem Schreibtisch.

»Setz dich.« Sein Gesicht zeigt keine Regung, die mir verraten könnte, wie schlimm es werden wird. Aber das muss es nicht, ich weiß es auch so. Der Coach fasst niemanden mit Samthandschuhen an. Das ist mein drittes Jahr in dieser Mannschaft und er hat mindestens ein Dutzend Spieler aus dem Team geworfen, weil sie die Anforderungen nicht erfüllt haben. Fliegt einer, stehen zehn andere auf der Matte, die ihre Chance wittern. Und im Augenblick führe ich die Abschussliste an.

»Du weißt, warum ich dich hergebeten habe?« Als Antwort nicke ich. Mein Magen zieht sich schmerzlich zusammen. Zwar habe ich befürchtet, dass es darum gehen könnte, trotzdem ist da die Hoffnung gewesen, er hätte mich aus einem anderen Grund in sein Büro gebeten. »Ich mache es kurz und rede gar nicht erst um den heißen Brei herum. Gibt es einen Grund, warum deine Noten seit dem letzten Semester deutlich schlechter sind?«

Gibt es den? Ich wünschte, ich hätte eine passende Ausrede parat, aber die habe ich nicht. Das Pensum ist straff, doch durchaus machbar. »Um ehrlich zu sein, nein. Coach, ich knie mich rein, versprochen.«

Coach Marten lehnt sich in dem schweren Ledersessel zurück und verschränkt seine Hände hinter dem Kopf. Nachdenklich mustert er mich. Das ist gut, denn das bedeutet, dass er noch keine Entscheidung über meinen Verbleib im Team getroffen hat. »Kyle, als Teamcaptain musst du mit gutem Beispiel vorangehen. Wenn du das College schleifen lässt und ich dich damit durchkommen lasse, dann wirft das weder ein gutes Bild auf mich noch auf dich. Die anderen werden nachziehen und das College ebenfalls vernachlässigen, weil sie denken, ich würde auch bei ihnen nachsichtig sein. Du bist der beste Innenverteidiger, den wir seit Jahren haben, allerdings ist das kein Garant dafür, dass du es zu den Profis schaffst. Ich will den Teufel nicht an die Wand malen, aber der Traum von der großen Karriere kann verdammt schnell vorbei sein.«

»Ich weiß«, antworte ich kleinlaut. »Ich organisiere mir eine Nachhilfe und in ein paar Wochen sind meine Noten wieder im Lot.«

»Du hast Glück, dass ich dich wirklich mag und es mir nicht leisten kann, dich auf die Bank zu setzen, wenn wir die Meisterschaft gewinnen wollen.«

Er wirft mich nicht aus dem Team. Die Anspannung kriecht aus meinem Körper und ich atme erleichtert auf. Fußball ist nicht nur eine Leidenschaft, sondern der Grund, warum ich es überhaupt an die UVa geschafft habe. Das Sportstipendium deckt meine Studiengebühren, die wir uns nie hätten leisten können.

»Danke, Coach.« Mit einem Nicken deutet er auf die Tür und entlässt mich somit aus unserem Gespräch. Bevor er es sich anders überlegt, stehe ich auf und verlasse das Büro.

»Kyle?«, ruft er mir nach und ich stecke den Kopf durch die offene Tür. »Lass es mich nicht bereuen, dir eine zweite Chance gegeben zu haben.«

»Das werden Sie nicht.« Ein minimales Lächeln erscheint auf seinen Lippen, bevor er sich den Unterlagen auf seinem Schreibtisch widmet und ich endgültig das Weite suche. Das Handy in meiner Tasche vibriert, ich fische es heraus und lese die Nachricht.

Nick:
Warte vor den Umkleidekabinen auf dich.

Sofort mache ich mich auf den Weg zu ihm, um ihn nicht länger warten zu lassen.

»Und, wie ist es gelaufen?«, fragt er, kaum dass ich um die Ecke gebogen bin.

»Er hat mich nicht aus dem Team geworfen.«

»Hat er nicht?« Die Verwunderung steht ihm deutlich ins Gesicht geschrieben.

»Nein, allerdings brauche ich dringend jemanden, der mir Nachhilfe gibt«, seufze ich. Grundsätzlich ist es kein Problem, einen der Streber dafür anzuhauen, aber unser Trainingsplan ist so engmaschig, dass ich keine Ahnung habe, wo genau ich auch noch Nachhilfestunden unterbringen soll. Im Augenblick könnte ich mir wirklich in den Arsch beißen, dass ich einen Großteil der Vorlesungen habe sausen lassen, um mit den Jungs abzuhängen.

»Sorry, Mann, aber ich bin in so was nicht besonders gut. Meine Noten sind gerade so im grünen Bereich, weil ich die Hausarbeiten nicht selbst schreibe.«

Eine Option, die unter Sportlern sehr beliebt ist, aber für mich nicht infrage kommt. Was nicht daran liegt, dass ich es moralisch verwerflich finde, sondern es mir finanziell einfach nicht leisten kann. Für einen Nebenjob fehlt mir genauso die Zeit wie für die Nachhilfestunden, die ich nun dringend benötige.

»Schon gut. Ich werde jemanden finden, der mir unter die Arme greift.«

»Ich höre mich mal bei den Strebern um. Fahren wir noch zum Diner und holen uns ein paar Burger?« Nick liebt ungesundes Essen mindestens genauso wie Fußball. Ich kenne niemanden, der solche Unmengen an Fast Food in sich hineinschaufeln kann und trotzdem so aussieht. Drei Trainingseinheiten pro Tag verbrennen zwar einiges an Kalorien, aber sie bewirken keine Wunder, wenn man den dazugehörigen Ernährungsplan ignoriert. Nick schiebt es auf einen guten Stoffwechsel, ich auf den ausschweifenden Lebenswandel und seinen kleinen Fitnesstempel in unserer Wohnung, der zusätzliche Kalorien verbrennt.

»Klar.«

»Das wollte ich hören«, grinst er zufrieden. Gemeinsam schlagen wir den Weg zum Parkplatz ein. Nick öffnet die hintere Tür meines Jeeps und wir werfen unsere Sporttaschen auf die Rückbank. Wie immer sind wir die Letzten, die das Trainingsgelände verlassen.

Während Nick im Diner auf unsere Bestellung wartet, sitze ich im Wagen und überlege fieberhaft, wer als Nachhilfelehrer infrage kommt. In Gedanken gehe ich die einzelnen Sitzreihen meiner Kurse durch. Der Nachteil, einem der Sportteams der UVa anzugehören, ist, dass sich die sozialen Kontakte fast ausschließlich innerhalb der Mannschaft bewegen. Mit Nick teile ich mir seit dem zweiten Semester eine Wohnung, die genau zwischen Campus und Trainingsgelände liegt. Einer seiner Mitbewohner ist ausgezogen und ich habe die Chance sofort ergriffen. Mein damaliges WG-Zimmer war zwar günstig, aber dafür zu weit entfernt. Kurze Wege bei einem engen Zeitplan sind der reinste Segen.

»So, kann losgehen.« Nick klettert auf den Beifahrersitz und sofort stinkt der Wagen wie ein billiger Imbiss.

Ich werfe einen Blick auf die vier Tüten und runzle die Stirn. »Hast du noch jemanden zum Essen eingeladen?«

»Hä? Warum?«

»Weil auf deinem Schoß Proviant für ein ganzes Footballteam steht.« Selbst für ihn ist diese Menge an Essen weit über dem Normalmaß, das er sonst ordert.

»Als ob ich jemals einen Footballspieler über unsere Türschwelle lassen würde«, schnaubt er. Stimmt. Footballer sind bei Nick so beliebt wie vegetarisches Essen. Der Quarterback des Highschoolteams hat ihm seine erste Freundin ausgespannt. Etwas, das sein Ego nie ganz überwunden hat, und eine Geschichte, über die er ungern spricht. Mehrmals habe ich versucht, die Details aus ihm herauszuquetschen, vergeblich. Der Kerl ist nicht nur stur, sondern schweigt auch noch wie ein Grab.

»Ich habe übrigens nachgedacht und glaube, ich habe eine Lösung für dein Problem.« Nick ist mein bester Freund, aber für gewöhnlich sorgen seine Ideen dafür, dass wir in Schwierigkeiten geraten. Trotzdem bin ich im Augenblick für jede Hilfe dankbar.

»Ich bin ganz Ohr.«

»Joe ist die Lösung für dein Problem.«

»Joe?« Wer zur Hölle ist *Joe?*

»Ja, was glaubst du denn, wer meine Hausarbeiten schreibt. Warte, ich kläre das kurz ab.« Im nächsten Augenblick hält er sich sein Handy ans Ohr. Warum habe ich das Gefühl, ich sollte wissen, wer Joe ist?

Als ich den Jeep auf dem Parkplatz vor unserem Wohnhaus einparke, diskutiert Nick lautstark mit Joe, der wenig Interesse daran zu haben scheint, mir Nachhilfe zu geben. Bevor ich aussteige, drückt mir Nick zwei der vier braunen Papiertüten in die Hand und springt aus dem Wagen.

»Ich bitte dich doch nur um einen Gefallen und nicht um deine Ersparnisse ... Mach kein Drama draus ... Weil er mein Mitbewohner ist?!« Schweigend laufe ich neben ihm her.

Während wir die drei Stockwerke Stufe für Stufe nach oben steigen, redet Nick immer noch auf Joe ein.

»Boah, Joe, du sollst nicht seine Hausarbeiten schreiben, sondern ihm Nachhilfe geben ... Was meinst du damit, was für dich dabei herausspringt?« Vielleicht sollte er es lassen. Sein Engagement in allen Ehren, aber ich will ihm nicht die Quelle für seine Hausarbeiten vergraulen. Er eilt in die Wohnung, stellt das Essen auf dem Schuhschrank ab und hebt kurz entschuldigend die Hand, bevor er in seinem Zimmer verschwindet.

Ich greife nach den beiden Tüten und bringe sie alle in die offene Küche, die an das Wohnzimmer grenzt. Und dann warte ich darauf, dass Nick zurückkommt. Gedanklich wäge ich meine Möglichkeiten ab, sollte er keinen

Erfolg bei Joe haben. Im Augenblick habe ich wenig Hoffnung, dass Nick diese Debatte gewinnen wird.

Fünf Minuten später höre ich, wie sich seine Zimmertür öffnet. Zufrieden grinsend betritt er die Küche, auch wenn er aussieht, als hätte er sich bis zur Verzweiflung die Haare gerauft.

»Alles klar. Du hast morgen Mittag ein Date mit Joe im Barneys.«

»Okay«, ist alles, was ich dazu sagen kann, weil mich eine Ahnung beschleicht, dass das eine wirklich beschissene Idee ist. Ich will ihn gerade danach fragen, wer Joe ist, aber er hat sich bereits eine der Tüten geschnappt und fährt die Playstation hoch.

»Du schuldest mir eine Revanche!«, ruft er vom Sofa, das nicht mehr als drei Meter von der Küchennische entfernt steht, und wirft mir einen Controller zu.

»Du weißt, dass du keine Chance hast. Also warum blamierst du dich jedes Mal freiwillig bis auf die Knochen?«, ziehe ich ihn auf. Nick ist ein fantastischer Torwart auf dem Feld, aber ein miserabler Spieler an der Konsole.

»Eines Tages ziehe ich dir die Hosen aus, Blackmoore.«

Lachend setze ich mich zu ihm. »In deinen Träumen, Mitchell«, antworte ich und starte FIFA. Vielleicht lasse ich ihn heute gewinnen.

***

»Wie erkenne ich Joe?«, frage ich Nick am nächsten Morgen, als er wieder einmal viel zu spät aus der Wohnung stürmen will. Meine Vorlesung beginnt erst in einer Stunde.

»Joe wird sich schon bemerkbar machen. Viel Erfolg und sei nett.« Sein breites Grinsen lässt bei mir alle Alarmglocken schrillen. Bevor ich antworten kann, fällt die Tür bereits ins Schloss.

Ich trinke meinen Proteinshake aus und springe unter die Dusche. Eine halbe Stunde später stehe ich etwas planlos vor dem Kleiderschrank. Das Letzte, was ich will, ist, wie einer dieser überheblichen Sportler rüberzukommen. Ein Blick in den Spiegel und ich muss lachen. Verdammt, das ist kein Bewerbungsgespräch. Das gestreifte Hemd landet auf dem Klamottenhaufen neben meinem Bett. Am Ende trage ich, worin ich mich am wohlsten fühle. Jeans, T-Shirt und einen Hoodie mit dem Mannschaftslogo der Virginia Kings darauf.

Den Großteil der Vorlesung verbringe ich damit, gedankenverloren auf einem Bleistift herumzukauen. Wenn Joe ablehnt, brauche ich eine Alternative. Mein Blick schweift durch den Hörsaal und ich stelle fest, dass ich keine Ahnung habe, wer in diesem Kurs zu den Besten gehört. Vielleicht die in der ersten Reihe? Ich sitze in der letzten, was allerdings nur daran liegt, dass ich es nicht ausstehen kann, wenn sich Blicke in meinen Rücken bohren oder hinter mir getuschelt wird. Als der Dozent die Vorlesung endlich beendet, springe ich auf und haste die Treppen nach unten, dabei remple ich jemanden an. Ich murmle eine kurze Entschuldigung, während die Blondine leise flucht und ihre Sachen vom Boden aufsammelt. Wenn ich nicht mit Joe verabredet wäre, hätte ich ihr dabei geholfen, aber ich will auf keinen Fall zu spät kommen und direkt einen schlechten Eindruck hinterlassen.

Wie sich später herausstellt, hätte ich mich gar nicht so beeilen müssen, denn ich sitze seit zehn Minuten im Barneys, das sich direkt auf dem Campus befindet, und warte auf Joe. Bei meiner Ankunft waren fast alle Tische belegt, aber an keinem saß ein einzelner Kerl. Also habe ich mich an einen der freien Tische gesetzt und mir etwas zu trinken bestellt. Die Tür fest im Blick mustere ich jede Person, die das kleine Café betritt. Was sinnlos ist, wenn man nicht weiß, nach wem man eigentlich Ausschau hält. Weitere zehn Minuten später bin ich mir sicher, dass Joe nicht kommen wird. Ich hätte Nick nach seiner Telefonnummer fragen sollen.

Die Eingangstür schwingt auf und eine Blondine mit einer runden Brille auf der Nase sieht sich suchend um. Kurz bleibt ihr Blick an mir hängen und im nächsten Augenblick dreht sie sich um und verschwindet wieder durch die Tür. Ein paarmal läuft sie vor dem Schaufenster auf und ab, bevor sie ihr Handy aus der Gesäßtasche zieht. Keine Ahnung, warum ich sie beobachte, aber mein Anblick schien sie in die Flucht geschlagen zu haben. Normalerweise ist die entgegengesetzte Reaktion der Fall. Frauen rennen mir eher nach statt davon. Wild gestikulierend telefoniert sie mit jemanden. Immer wieder wirft sie einen Blick durch das Schaufenster und schüttelt den Kopf. Okay, das ist eindeutig merkwürdig. Ich greife nach meinem Handy, das auf dem Tisch liegt, und rufe Nick an. Besetzt. Wieder sehe ich zu der Blondine, die inzwischen so aussieht, als würde sie dringend jemanden durch den Fleischwolf drehen wollen. Sie trägt ein Sweatshirt mit einem verwaschenen Aufdruck, eine schwarze Jeans und Chucks. Ihr Pferdeschwanz wippt von rechts nach links, während sie wieder vor dem Schaufenster auf und ab läuft. Erneut wähle ich die Nummer meines besten Freundes und bleibe erfolglos. Joe ist bereits dreißig Minuten zu spät. Ich gebe der Kellnerin ein Zeichen, dass ich bezahlen möchte. Dann schicke ich Nick eine kurze Nachricht, dass seine Lösung für mein Problem mich versetzt hat.

2

Jolee

»Vergiss es, Nick, ich mache das nicht.« Der hat sie doch nicht alle. Ausgerechnet Kyle Blackmoore. Nur über meine Leiche. Ich hätte wissen müssen, dass an der Sache etwas faul ist, als er mich mit der vagen Äußerung, dass es sich um seinen Mitbewohner handelt, abgespeist hat. Der Groschen ist allerdings sofort gefallen, als ich Mister Supersportler alleine an einem Tisch entdeckt habe. Typen wie er sitzen nicht mutterseelenallein in einem Barneys, um eine Tasse Kaffee zu genießen. Sie kommen im Rudel und verschlingen alles, was nicht bei drei auf den Bäumen ist.

»Komm schon, Joe, stell dich nicht so an.«

»Ich stelle mich nicht an! Ich habe einfach keinen Bock auf den Typen. Du hast gesagt, ich soll deinem Mitbewohner helfen.« Und das ist mein völliger Ernst. Mit der Riege der Sportler will ich nichts mehr zu tun haben. Die Intelligenz dieser Kerle reicht gerade einmal von der Wand bis zur Tapete und trotzdem denken sie, sie seien der Nabel der Welt. Von allen Seiten werden sie angehimmelt, was ihnen ein Ego verpasst, das bei mir Brechreiz verursacht.

»Er ist mein Mitbewohner! Hast du ernsthaft angenommen, dass ich mir mit einem Typen die Bude teile, der nicht in meinem Team ist?« Keine Ahnung, was ich gedacht habe. Mein Gehirn hat die Verknüpfung von Zusammenhängen vermutlich während unseres Telefonats eingestellt.

Laut stoße ich die Luft aus, weil er damit nicht ganz unrecht hat und ich es eigentlich hätte wissen müssen, dass es darauf hinauslaufen wird.

»Kyle braucht wirklich deine Hilfe.«

Wie sehr ich es hasse, wenn er diesen Ton anschlägt. Nick ist zwar nicht die hellste Kerze auf der Torte, aber er weiß ganz genau, wie er die Menschen um den Finger wickeln muss, damit er seinen Willen bekommt.

»Er soll eines seiner Groupies fragen, die helfen ihm bestimmt gerne«, antworte ich zynisch. Das hier ist völlig absurd. Genau wie die Tatsache, dass meine Mitbewohnerin Bree nach meinem Einzug die Top Ten der heißesten Typen an den Kühlschrank gehängt hat. Inklusive Fotos. Unter anderem eins von Kyle. Nur deshalb weiß ich überhaupt, wie er aussieht.

»Verdammt, Joe, wir sind nicht mehr auf der Highschool. Kyle ist kein Arschloch, das schwöre ich.« Was soll er auch sonst sagen, eine Krähe kratzt bekanntlich der anderen kein Auge aus.

»Du ziehst wirklich die Highschool-Karte? Ich hasse dich.« In der Highschool bin ich das beliebteste Opfer für diese Schwachmaten gewesen. Die Brillenschlange mit den guten Noten, die den Vorsitz im Debattierclub hatte, war ein gefundenes Fressen für die Typen aus dem Fußballteam und ihre Cheerleader. Inzwischen trage ich nur eine Brille, wenn mir die Kontaktlinsen ausgehen. So wie heute. Ständig rutscht sie auf meiner Nase nach vorne und treibt mich in den Wahnsinn.

»Nein, tust du nicht. Ich bin dein Bruder. Und jetzt benimm dich wie eine Erwachsene und geh in das Café.«

»Ich schwöre dir, dafür wirst du teuer bezahlen.« Im nächsten Moment legt er auf. Das werde ich so was von bereuen. Mit gestrafften Schultern betrete ich erneut das Barneys. Allerdings gehe ich diesmal direkt auf Kyle zu.

»Sorry, kein Interesse«, sagt er, als ich am Tisch stehen bleibe.

Wie bitte? Soviel zu: kein Arschloch ...

»Gut, da sind wir uns in dem Punkt ja schon mal einig.« Überrascht sieht er zu mir auf. Eines muss man Kyle Blackmoore lassen, die tiefblauen Augen, die an den Atlantik erinnern, haben es in sich.

»Und wie kann ich dir dann helfen?« Spinne ich oder wirkt sein Lächeln tatsächlich etwas verlegen?

»Die Frage ist eher, wie ich *dir* helfen kann.« Ich setze mich auf einen der freien Stühle und sehe Kyle über den Tisch hinweg an.

»Wie bitte?« Durch seine Frage wird mir klar, dass er keine Ahnung hat. Nick hat ihn also genauso im Dunklen tappen lassen. Warum er das bei mir getan hat, weiß ich, warum er ihm nichts gesagt hat, wüsste ich gerne.

»Nick meinte, du brauchst Hilfe.«

»Du bist Joe?« Sein Gesichtsausdruck wandelt sich von überrascht zu entsetzt.

»Hast du jemand anderen erwartet?« Hat Nick mich etwa nie erwähnt? Okay, unser Verhältnis ist nicht das innigste, aber er wird doch mal über seine Schwester gesprochen haben, oder?

»Ja, irgendwie schon.« Er lächelt entschuldigend.

Kann er das bitte lassen! Die Nummer zieht bei mir nicht. Die Kellnerin kommt an den Tisch und sieht zwischen uns hin und her. Sie versucht gar nicht erst zu verbergen, was sie im Augenblick denkt: *Was will ein Typ wie er von einem Mädchen wie mir?*

»Willst du immer noch bezahlen?«, fragt sie ihn zuckersüß. Genervt verdrehe ich die Augen. Kyle bemerkt es und ein Schmunzeln schleicht sich auf seine Lippen. Notiz an mich selbst: *Kyle hat einen verdammt schönen Mund.*

»Nein. Joe, was möchtest du trinken?«

»Einen Schokomilchshake, bitte«, antworte ich ganz automatisch, auch wenn ich mich auf keinen Fall von ihm einladen lasse.

»Okay, Blackmoore«, beginne ich und ziehe ein Notizbuch aus meiner Tasche. »Wo genau brauchst du Hilfe?«, komme ich gleich zum Punkt, weil ich nicht mehr Zeit als nötig mit ihm verbringen will.

»Überall?« Ist das eine Frage? Aus zusammengekniffenen Augen sehe ich ihn an, was dafür sorgt, dass meine Brille ein Stück nach vorn rutscht. Mit dem Zeigefinger schiebe ich sie zurück. Schon wieder dieses unterschwellige Schmunzeln.

»Also amerikanische Geschichte und Politik sind wohl am dringendsten. Aktuell falle ich in beiden Fächern durch.«

»Gut. Ich brauche deinen Kurs- und Trainingsplan. Und damit eines klar ist, ich werde auf keinen Fall deine Hausarbeiten schreiben. Nur, falls dir Nick da falsche Hoffnungen gemacht hat.«

Die Kellnerin stellt den Milchshake vor mir ab, während Kyle in seinem Rucksack herumkramt und sie keines Blickes würdigt. Als er endlich gefunden hat, wonach er sucht, schiebt er mir zwei leicht ramponierte Zettel über den Tisch. Grob notiere ich mir die Zeiten, in denen er Vorlesungen und Training hat. Wow, hat der Kerl überhaupt Freizeit? Wann bitte will er lernen? Nachts?

»Darf ich dich etwas fragen?« Über den Rand meiner Brille hinweg sehe ich zu ihm auf, als er nicht direkt mit seiner Frage herausplatzt. »Du magst mich offensichtlich nicht besonders, also warum hilfst du mir?«, fragt er vorsichtig.

»Weil mein Bruder mir sonst ewig vorhalten wird, dass du aus dem Team geflogen bist, nur weil ich dir nicht helfen wollte, und ihr meinetwegen die Meisterschaft verloren habt. Wenn das die Runde macht, werde ich mit den Füßen voran an einen Fahnenmast gehängt.«

Er lacht laut. Weitere Notiz an mich selbst: *Kyle Blackmoore hat das aufrichtigste Lachen, das ich jemals gehört habe.*

»Du bist Nicks kleine Schwester? Ich weiß nicht, ob ich überrascht oder entsetzt bin.«

Auf dieses Thema gehe ich gar nicht erst weiter ein. Smalltalk mit Kyle Blackmoore steht nicht auf der To-do-Liste. »Wir haben amerikanische Geschichte zusammen, das macht es einfacher, was den Stoff betrifft.«

»Warte, du bist in meinem Kurs? Warum habe ich dich noch nie gesehen?« Neugierig mustert er mein Gesicht, als würde er ernsthaft darüber nachdenken, ob er mich eventuell doch kennt.

»Ich habe erst vor ein paar Wochen an die UVa gewechselt.« Das ist nicht gelogen. Selbst wenn es nicht so wäre, bin ich mir sicher, dass er mich niemals bemerkt hätte. Denn sobald Kyle den Hörsaal betritt, bildet sich eine Menschentraube um ihn herum. Auf eine leere Seite schreibe ich meine Telefonnummer und reiße sie aus dem Notizbuch. »Hier. Nur für den Notfall.«

»Darf ich?« Er deutet auf den Stift in meiner Hand und schnappt ihn sich, ohne eine Antwort abzuwarten. Im nächsten Moment schiebt er eine Serviette mit seiner Handynummer über den Tisch. »Nur für den Notfall«, wiederholt er meine Worte und zwinkert mir zu.

»Ich denke, morgen Abend gegen acht Uhr würde passen, oder bist du da noch nicht vom Training zurück?« Als er nicht direkt darauf antwortet, blicke ich ihn fragend an.

»Nein, das bekomme ich hin. Wo wollen wir uns treffen?« Sein Handy klingelt. Kurz sieht er auf das Display, bevor er den Anruf wegdrückt. Das macht ihn tatsächlich etwas sympathisch.

»Ich komme zu dir in die WG«, antworte ich knapp. Auf keinen Fall will ich, dass wir ständig zusammen gesehen werden und damit etwas ins Rollen bringen, das peinlich enden könnte.

»Weißt du denn, wo wir wohnen? Ich frage nur, weil du noch nie bei uns warst.«

»Ja, ich kenne die Adresse.« Ein einziges Mal bin ich bisher in der Wohnung gewesen und das war, als meine Eltern mich dazu gezwungen haben, Nick bei seinem Umzug nach Virginia zu helfen. Und zu diesem Zeitpunkt stand definitiv nicht der Name *Blackmoore* auf der Klingel. Er muss also erst später eingezogen sein.

Seine ozeanblauen Augen bohren sich in meine, als würde er darin nach Antworten auf seine unausgesprochenen Fragen suchen. *Wer bist du? Wo kommst du so plötzlich her? Und warum hat Nick nichts von dir erzählt?* Jedenfalls wären das die Fragen, die ich ihm stellen würde, wenn ich in seiner Situation wäre.

»Bevor ich es vergesse. Es gibt ein paar Bedingungen«, unterbreche ich die Stille und für einen Moment den Blickkontakt, der für meinen Geschmack etwas zu intensiv ist.

»*Bedingungen?*« Fragend zieht er eine Augenbraue hoch. Ich ignoriere es und fahre unbeirrt fort.

»Wir sind keine Freunde! Versuch also gar nicht erst so zu tun, als wären wir es. Außerhalb unserer Treffen reden wir nicht miteinander und du hältst dich von mir fern. Wir lernen bei euch. Wenn du mich versetzt oder meine Zeit verschwendest, war's das, dann bin ich raus.« Kyle sieht mich an, als hätte ich ihm gerade die nächste Apokalypse prophezeit.

»Wow, du bist die erste Frau, die nicht mit mir gesehen werden will.« Ist das alles, was bei ihm angekommen ist?

Wieder umspielt ein leichtes Schmunzeln seine Mundwinkel. Damit kann er Frauen sicher reihenweise die Höschen ausziehen, bei mir beißt er damit allerdings auf Granit. Eher schnalle ich mir einen Keuschheitsgürtel um, als meine Unterwäsche an ihn zu verlieren.

»Ich bin keines deiner Groupies, okay?« Ohne ihn anzusehen, packe ich das Notizbuch wieder ein.

»Nein, das bist du ganz offensichtlich nicht und das gefällt mir.« Mein Kopf schnellt herum und ich starre ihn verdutzt an. Zufrieden grinst er vor sich hin.

Wie bitte? Der verarscht mich doch!

»Morgen, acht Uhr!«, erinnere ich ihn, lege vier Dollar auf den Tisch und lasse ihn alleine im Barneys sitzen.

Ich werde Nick umbringen.

Um mich abzureagieren, verzichte ich auf den Bus und gehe zu Fuß nach Hause.

»Hey, ich bin wieder da.«

Bree wirft einen Blick über ihre Schulter. Auf dem Fernseher läuft eindeutig eine Folge von *Game of Thrones*. Halb nackte Kerle, die im Mittelalter feststecken. »Warum siehst du aus, als hätte dich jemand in den Mixer gesteckt?«

»Der Vergleich ist gar nicht so falsch«, stöhne ich frustriert und setze mich zu ihr auf die Couch.

»Ist es nicht so gut gelaufen?« Nach dem gestrigen Telefonat mit Nick musste ich mich direkt bei Bree auskotzen.

»Ich sage nur, Kyle Blackmoore.«

»Kyle Blackmoore, was ist mit ihm?«, fragt sie, weil sie eins und eins ganz offensichtlich nicht zusammenzählen kann. Was mich wundert, denn für gewöhnlich ist Bree verdammt clever. Scheinbar ist sie von dem freizügigen Typen auf dem Fernsehbildschirm etwas abgelenkt.

»Ausgerechnet *ihm* soll ich Nachhilfe geben«, antworte ich, ziehe die Beine an meinen Oberkörper und umschlinge sie mit den Armen.

Bree drückt auf die Pause-Taste und schaut mich verwundert an. »Der ist doch süß, wo ist das Problem?«

Süß? Kyle Blackmoore ist nicht süß. Babys sind süß oder Hundewelpen, aber nicht Fußballer mit einem Ego so groß wie Virginia.

»Ich kann ihn nicht ausstehen.«

»Kennst du ihn denn?«

Meint sie die Frage ernst? »Ich muss ihn nicht kennen, um zu wissen, dass ich nichts mit ihm zu tun haben möchte.«

»Dann lass es.«

»Schön wäre es. Nick dreht mir den Hals um, wenn Kyle aus dem Team fliegt. Wie viele Studenten hat die UVa, zwanzigtausend? Warum muss ausgerechnet ich ihm den Arsch retten?« Ich lasse die Stirn auf meine Knie sinken.

»Denk positiv, es hätte ein Footballer sein können. Die sind noch beliebter«, versucht Bree mich aufzubauen.

»Von mir aus könnte Blackmoore auch Ballett tanzen. Sportler bleibt Sportler.«

»Du solltest nicht alle über einen Kamm scheren. Vielleicht ist er gar nicht so übel.«

Dank Nick bin ich unter diesen Idioten aufgewachsen. Ja, ich bin voreingenommen, aber ich habe auch einiges an Erfahrung vorzuweisen. Genervt verdrehe ich die Augen.

»Ich war ein Cheerleader in der Highschool und mich magst du.«

Bree kenne ich erst, seit ich an die UVa gewechselt bin. Sie hat eine Mitbewohnerin gesucht und ich brauchte dringend ein Zimmer. So kurz vor Semesterbeginn war es so gut wie unmöglich, eine Bleibe zu finden. Hätte ich gewusst, dass sie eine ehemalige Cheerleaderin ist, hätte ich lieber in einem Zelt auf dem Campus kampiert, als mir mit ihr eine Wohnung zu teilen. Dass sie früher die Pompons geschwungen und Schlachtrufe gebrüllt hat, hat sie mir erst erzählt, als ich meine Abneigung gegenüber Sportlern erwähnt habe. »Die Betonung liegt auf: *warst*«, grinse ich sie an. Inzwischen sind wir beide so zusammengewachsen, dass ich mir nicht vorstellen könnte, mit jemand anderem zusammenzuwohnen.

»Und wann triffst du dich mit unserem Fußballgott?«, will sie wissen.

»Morgen Abend. Vorausgesetzt er meint es wirklich ernst, dass er seine

Noten verbessern will. Können wir bitte das Thema wechseln, damit sich mein Blutdruck allmählich wieder beruhigt?«

Bree lacht. »Wenn du magst, können wir ein paar Folgen *Game of Thrones* schauen?«

»Bloß nicht. Ich bin sehr stolz darauf, dass dieser Trend an mir vorbeigegangen ist. Wie wäre es mit *Gilmore Girls,* die sind wenigstens witzig?«

»Ich hole die Eiscreme.«

»Eine hervorragende Idee.« Sie wirft mir die Fernbedienung zu und rennt wie ein geölter Blitz in Richtung Küche. Hoffentlich rutscht sie mit ihren lila Plüschsocken nicht aus und knallt gegen den Türrahmen. Wäre nicht das erste Mal. Im nächsten Moment ertönt ein lautes Scheppern.

»Nichts passiert.«

3

Kyle

»Joe ist also deine Schwester«, sage ich schwer atmend zu Nick, als der Coach das Ausdauertraining beendet.

»Ja, habe ich das nicht erwähnt?«

Stellt er sich absichtlich dumm? Natürlich hat er das nicht erwähnt. Nick ist nicht der Typ, der gerne über seine Familie spricht, aber eine kurze Info wäre wirklich nett gewesen. Immerhin sind wir beste Freunde, da sollten doch wenigstens die grundlegendsten Dinge klar sein.

»Nein, ich wusste nicht einmal, dass du eine Schwester hast. Ich dachte, Joe ist ein Kerl!«

Lachend schüttelt er den Kopf. »Manchmal denke ich auch, sie ist einer.«

»Findest du das witzig? Ich habe wie ein Trottel vor ihr gesessen, weil ich keine Ahnung hatte.«

»Na und? Sie hält dich sowieso für einen«, antwortet er schulterzuckend.

»Sie kennt mich doch gar nicht«, werfe ich ein. Dass sie mich nicht mag, ist mir ziemlich schnell klar gewesen. Warum das so ist, verstehe ich allerdings nicht.

»Nimm es nicht persönlich. Sie mag Sportler einfach nicht. Sie hat sich bereits in der Highschool in den Kopf gesetzt, dass wir oberflächliche Arschlöcher sind.«

»Aber du bist ihr Bruder«, werfe ich ein.

»Deswegen bekomme ich bei ihr noch lange keinen Ehrenplatz. Und glaub mir, ich war wirklich ein Idiot in der Highschool. Es ist verdammt uncool, wenn deine zwei Jahre jüngere Schwester in der gleichen Jahrgangsstufe ist.«

»Warum hast du mir nichts von ihr erzählt?« Wir machen noch ein paar Dehnübungen, während die anderen bereits den Platz verlassen.

Schulterzuckend wendet er sich mir zu. »Keine Ahnung. Joe legt keinen großen Wert auf meine Gesellschaft. Sie schreibt seit dem ersten Semester die Hausarbeiten für mich und knöpft mir dafür einen Haufen Kohle ab. So viel zu Geschwisterliebe. Sie ist etwas kratzbürstig, aber verdammt clever. Wenn dir jemand den Stoff in den Kopf prügeln kann, dann sie. Stell dich aber darauf ein, dass der Coach gegen meine Schwester ein frommes Lamm ist.«

Das klingt nach rosigen Zeiten. Aber jemand, der mir den Bauch pinselt, wäre auch wenig hilfreich.

»Warum hat sie die Uni gewechselt?«

»Was weiß ich. Joe ist nicht gerade ein offenes Buch. Sie meinte nur, Stanford ist nicht so cool, wie sie angenommen hat. Unsere Eltern haben fast einen Herzinfarkt bekommen, als sie uns Weihnachten um die Ohren gehauen hat, dass sie nach der Winterpause die Uni wechselt. Warum sie sich ausgerechnet für die UVa entschieden hat, ist mir allerdings schleierhaft.«

Stanford. Kein Wunder, dass sie uns für Idioten hält.

»Kommst du?«, ruft Nick, als ich ihm nicht folge.

Ich eile ihm nach.

Gemeinsam betreten wir die Umkleidekabine. Ein Teil der Jungs ist bereits verschwunden oder duschen.

»Hey, Blackmoore!« Im nächsten Moment landet ein feuchtes Handtuch in meinem Gesicht. Mit einer geschickten Bewegung schleudere ich es in Sams Richtung, der splitterfasernackt in der Umkleide steht.

»Werd erwachsen«, zische ich ihn an und schließe meinen Spind auf.

»Wo sind die anderen?« Fragend sieht Nick Phoenix an, der auf einer der Holzbänke sitzt und auf seinem Smartphone herumtippt.

»Mase und Jay sind schon zur Teambesprechung und River duscht gefühlt seit Stunden«, antwortet er, ohne von seinem Telefon aufzusehen. Nick, Phoenix, River, Jay und Mase sind das, was ich als meinen inneren Kreis bezeichnen würde. Meine Freunde. Alle anderen gehören nur demselben Team an und scharren sich eher um Sam, der ein Vollidiot ist. Als River in die Umkleide tritt, springt Phoenix sofort auf. »Alter, hast du die Seife in der

Dusche fallen lassen, oder was hat da so lange gedauert?«, zieht er ihn auf und schultert seine Sporttasche.

»Neidisch, Hollywood?«, schießt er zurück und Phoenix schüttelt lachend den Kopf, bevor er ihn in den Schwitzkasten nimmt. »Hättest du wohl gerne, Bronx Kid.«

»Können wir dann, der Coach wartet«, erinnere ich die beiden.

Als wir endlich in der Wohnung ankommen, ist es bereits weit nach zehn Uhr. Die Teambesprechung hat sich ewig in die Länge gezogen. In der Testspielphase ist das immer so. Mit Saisonbeginn pendelt sich alles ein und die Ansprachen des Coachs werden kürzer. Die ersten Spiele sind generell eine Zerreißprobe für die Nerven, aber sobald ein Sieg eingefahren ist, entspannen sich die Gemüter.

»Alter, ich bin völlig im Arsch. Ich gehe duschen und hau mich dann hin.« Nick wirft seine Sporttasche in die Ecke und verschwindet im Badezimmer.

Mein Blick schweift über das Chaos, das er wieder mal verursacht hat. Das dreckige Geschirr steht noch auf dem Couchtisch und die Küche gleicht einem Schlachtfeld. Die Müdigkeit steckt auch mir in den Knochen, dennoch räume ich die Wohnung auf und spüle das Geschirr ab. Morgen ist mein Zeitplan so engmaschig, dass dafür keine Zeit wäre, aber ich will nicht, dass Joe uns für schlampig hält. Auf Nick brauche ich da nicht setzen, der beseitigt nur sein Chaos, wenn ich den Stecker der Playstation ziehe und sie in meinem Zimmer einschließe. In den letzten Jahren ist das durchaus ein paarmal vorgekommen. Kurz vor Mitternacht falle ich nur noch ins Bett. In fünf Stunden klingelt der Wecker und läutet die morgendliche Trainingseinheit ein.

***

»Waren die Heinzelmännchen über Nacht da?« Nick streckt sich und schlurft direkt zur Kaffeemaschine.

»So ähnlich«, murmle ich in meine Tasse. Ich bin völlig erledigt und frage mich, wie ich den Tag überstehen soll, ohne in einer der Vorlesungen wegzunicken. In den letzten Stunden habe ich mich mehr von einer Seite zur anderen gewälzt, als dass ich geschlafen habe. Zu viel ist mir im Kopf herumgeschwirrt. Wenn Joe heute nicht auftaucht, bin ich aufgeschmissen. In meiner Verzweiflung habe ich tatsächlich darüber nachgedacht, einen Zettel ans schwarze Brett zu hängen. Mein Hilfeschrei zwischen: *Verkaufe gebrauchtes Fahrrad*, und: *Suchen Mitglieder für den Schachclub*. Liest überhaupt jemand den Mist, der dort hängt?

»Sag bloß, du hast die Bude für Joe auf Hochglanz poliert?« Nick lehnt mit dem Rücken am Kühlschrank und verzieht seinen Mund zu einem schelmischen Grinsen.

»Ich dachte, es wäre gut, wenn wir nicht direkt jedes Klischee bedienen.«

»Falls du ihr auch noch einen Kuchen backen willst, sie steht auf Cheesecake. Ich kann meine Mom nach dem Rezept fragen, wenn du willst.« Macht er sich ernsthaft über mich lustig? Sollte ich wirklich etwas zu essen besorgen? Lerngruppen waren nie mein Ding. Keine Ahnung, wie die für gewöhnlich ablaufen. Bringt da jeder etwas mit? Vielleicht lernt man auch nur stupide vor sich hin.

»Kommst du oder denkst du ernsthaft darüber nach, die Rührschüssel aus dem Schrank zu kramen?« Amüsiert klopft Nick mir auf die Schulter und schlägt den Weg in Richtung Flur ein.

»Sollte ich?«, rufe ich ihm hinterher und greife im Vorbeigehen nach meiner Sporttasche.

»Kommt darauf an, ob du willst, dass meine Schwester dich ernst nimmt«, grinst er und steigt in seinen Land Rover. Was ist das denn für eine Antwort? Meine Tasche befördere ich zu Nicks auf den Rücksitz und rutsche auf den Beifahrersitz.

Nick haut auf die Hupe, weil ein Wagen uns am Ausparken hindert. »Fahr, du Idiot! Es gibt Leute, die vor dem Mittagessen ihr Ziel erreichen müssen.« Autofahren und Fluchen gehören bei ihm zwangsläufig zusammen. Mit der Zeit gewöhnt man sich daran. Hunde, die bellen, beißen ja bekanntlich nicht.

»Wenn du willst, dass Joe misstrauisch wird, back ihr einen Kuchen, denn sie wird dir nicht abkaufen, dass du einfach nur nett sein möchtest«, nimmt er unser Gespräch wieder auf. Okay, keinen Kuchen. Das wäre wirklich etwas übertrieben.

»Blackmoore, soll ich dir die Grundlagen der Viererkette noch mal erklären?«, zieht Sam mich auf, als wir nach der morgendlichen Trainingseinheit den Platz verlassen.

Genervt verdrehe ich die Augen. Dabei hat er recht, meine Leistung war unterirdisch. Ein Drittel der Pässe sind ins Leere gelaufen und meine Zweikampfquote lag heute deutlich unter siebzig Prozent. Im Augenblick bin ich weit davon entfernt, der beste Innenverteidiger der Collegeliga zu sein.

Als Nächstes steht amerikanische Geschichte auf dem Plan. Noch etwas, was mir aktuell nicht liegt. Der Hörsaal ist bereits gut gefüllt, als ich ihn auf den letzten Drücker betrete. Nachdem ich ein paar Leute flüchtig begrüßt habe, von denen ich nicht einmal weiß, wie sie heißen, suche ich die Reihen nach Joe ab. Schließlich entdecke ich sie neben einer Brünetten. Ohne darüber nachzudenken, gehe ich auf sie zu und rutsche auf den freien Stuhl zu ihrer Rechten.

Ihr Kopf schnellt in meine Richtung. »Falscher Platz, Blackmoore«, zischt sie und wendet den Blick wieder ab.

Wow, sie ist wirklich ein richtiges Sweetheart. »Ich wollte nur wissen, ob ich für heute Abend etwas vorbereiten soll? Ich könnte was kochen?« Kaum sind mir dir Worte über die Lippen gekommen, verfluche ich mich selbst. Ich bin ein Idiot!

Wieder schnellt ihr Kopf zu mir und sie sieht mich an, als würde sie mich jeden Moment lachend in eine Kreissäge schubsen wollen. »Was genau versteht dein Spatzenhirn nicht an: *keine Gespräche in der Öffentlichkeit?*«

»Du hast das ernst gemeint?«

»Habe ich gestern etwa den Eindruck vermittelt, dass ich eine Spaßkanone bin?« Nein, ganz und gar nicht. »Hör auf damit!« Sie deutet auf meinen Mund. Fragend ziehe ich eine Augenbraue nach oben. »Dieses Schmunzeln ist unangebracht.«

Leider kann ich nicht verhindern, dass besagtes *Schmunzeln* sich in ein breites Grinsen verwandelt. Joe schnauft und ich befürchte, es könnte jeden Augenblick Rauch aus ihren Ohren schießen.

»Hey, ich bin Bree. Jolee meint es nicht so«, sagt die Brünette und lächelt mich freundlich an.

Jolee ... das gefällt mir um einiges besser als Joe.

»Doch, ich meine es genau so!«, protestiert sie.

»Du kannst gerne hier sitzen.«

»Nein, kann er nicht!«

»Schon okay, ich hatte nicht vor, euch auf die Pelle zu rücken«, versuche ich die Situation zu retten, bevor Jolee Bree vermutlich vom Stuhl stößt, nur weil sie nett zu mir ist. *Jolee*, wie das klingt: freundlich, liebevoll, süß – leider passt es so gar nicht zu dem Mädchen neben mir.

»Zu spät, der Prof ist gerade gekommen. Wenn du dich jetzt in die hinteren Reihen schleichst, setzt er dich vor die Tür«, seufzt sie und schiebt ihre Brille zurecht. Ihre Freundin grinst zufrieden. Wenigstens sie scheint mich etwas zu mögen.

Aus meiner Tasche ziehe ich einen Block, in den ich meine Notizen zu den Vorlesungen schreibe. Ein Kugelschreiber klemmt immer griffbereit daran. Jolee schnaubt neben mir.

»Was?«, frage ich leise und mustere sie von der Seite. Wie kann jemand, der so harmlos aussieht, so störrisch sein? Wenn sie mich nicht gerade so ansieht, als würde sie mich von einer Klippe stoßen wollen, ist sie sogar sehr hübsch. Rehbraune Augen, umrahmt von dichten dunklen Wimpern. Blasse Sommersprossen. Eine kleine Stupsnase, auf der ihre Brille ständig nach vorne rutscht und ein Mund, der, ohne zusätzliche Betonung, Fantasien weckt. Wäre da nicht das Problem, dass dieser sinnliche Mund mit Wörtern um sich schießt, die einem Maschinengewehr Konkurrenz machen. Schnell und absolut tödlich.

Jolee räuspert sich. Vielleicht habe ich sie einen Augenblick zu lange angestarrt. »Ist das alles, was du dabeihast?«, fragt sie und tippt auf den Block, der vor mir liegt. Stumm nicke ich und schaue auf ihre Seite des Tisches. Vor ihr liegen Stifte in allen möglichen Farben, Klebezettel, zwei Bücher über amerikanische Geschichte, ein dicker Ordner und ein Schreibblock. Nur um sicherzugehen, dass nicht nur ich einen einsamen Block mit mir herumschleppe, schaue ich mich auf den umliegenden Tischen um. Okay, ich bin nicht der Einzige, aber je weiter vorne man sitzt, umso mehr Equipment benötigt man offensichtlich.

»O Mann, das wird ein ganzes Stück Arbeit, Blackmoore«, stöhnt sie und unter anderen Umständen hätte ich das sexy gefunden.

»Miss Mitchell, Mister Blackmoore, langweile ich Sie mit unseren Präsidenten der letzten fünfzig Jahre?«, fragt der Prof, der plötzlich neben uns steht.

Jolee rutscht tiefer in ihren Stuhl, weil alle im Saal uns anstarren. Nur um sie zu ärgern, würde ich jetzt gerne einen Arm um sie legen. Lasse es allerdings, denn mit ziemlicher Sicherheit würde sie mir eine Ohrfeige verpassen und ich kann zusehen, wie ich meine Noten ohne ihre Hilfe aufpoliere. »Nein, Sir, ich habe meine Sitznachbarin nur um einen Textmarker gebeten.« Der Prof wirft einen Blick auf meine Notizen und verzieht kurz das Gesicht. Es ist nicht zu übersehen, dass ich keinen Textmarker benötige, denn auf dem Papier vor mir herrscht gähnende Leere. Trotzdem lehne ich mich zu Jolee rüber und greife nach einem, dabei streift mein Oberkörper ihre Schulter. Sie zieht scharf die Luft ein und ich blicke sie fragend an. *Atmet sie noch?* Wieder einmal kann ich mir ein Schmunzeln nicht verkneifen. Vielleicht kann sie mich nicht ausstehen, aber immun gegen mich ist sie definitiv nicht. »Sorry«, murmle ich und rücke von ihr ab.

Für den Rest der Vorlesung schweigt sie demonstrativ, aber mir entgeht nicht, dass sie mich immer wieder von der Seite mustert. Und es wäre eine Lüge, würde ich behaupten, dass ich es nicht ebenfalls täte. Jedes Mal, wenn mein Blick zu ihr huscht, entdecke ich ein neues Detail an ihr. Die kleinen Löckchen, die sich in ihrem Nacken kräuseln, wie sie konzentriert auf ihrem Stift herumkaut und in regelmäßigen Abständen die Brille auf ihrer Nase wieder in Position schiebt. Immer, wenn sie in meine Richtung schaut, zieht sie nachdenklich die Augenbrauen zusammen. Zwar nur minimal, aber dennoch sichtbar. Zu gerne würde ich wissen, was sie in diesen Momenten denkt.

Sobald der Prof die Vorlesung beendet, springt sie von ihrem Stuhl auf, als säße sie auf heißen Kohlen. Ich öffne den Mund, um etwas zu sagen, aber sie hebt ermahnend die Hand. »Wag es ja nicht, Blackmoore!« Und schon stürmt sie an mir vorbei.

»Wir sehen uns um acht, Jolee!«, rufe ich ihr nach, weil ich es mir einfach nicht verkneifen kann. Als Antwort reckt sie ihren Mittelfinger in die Luft, ohne sich dabei zu mir umzudrehen. Lachend packe ich meine Sachen zusammen. Das könnte wirklich interessant werden.

4

Jolee

Ich werde Blackmoore in den Arsch treten, gleich nachdem ich Nick einen Kopf kürzer gemacht habe. Kyle raubt mir jetzt schon den letzten Nerv und dabei haben wir noch nicht einmal mit der Nachhilfe angefangen. Warum rückt er mir überhaupt so auf die Pelle? Ich dachte wirklich, ich hätte mich klar genug ausgedrückt. Ihm deutlich vermittelt, dass ich nichts mit ihm zu tun haben möchte. Und warum muss er auch noch so verdammt gut riechen? Das ist unfair, man darf nicht so aussehen und gleichzeitig so riechen.

Nach der nächsten Vorlesung marschiere ich schnurstracks zum Fußballplatz, um Nick den Hals dafür umzudrehen, dass er mir diesen Mist eingebrockt hat. Dass ich meinen Plan nicht richtig durchdacht habe, wird mir in dem Moment bewusst, als ich Kyle neben ihm entdecke. Das Training ist noch nicht beendet und ich suche mir einen Platz auf den oberen Rängen. Direkt hinter der Einwechselbank sitzen ein gutes Dutzend Zuschauer, die sich angeregt unterhalten. Nick sieht in meine Richtung, als er eine Trinkpause macht, und hält in der Bewegung inne, dann hebt er grüßend die Hand. Ein paar Leute drehen sich zu mir herum und mustern mich neugierig. Toll, so habe ich mir das nicht vorgestellt. Er joggt zu Kyle und sagt etwas zu ihm, der daraufhin ebenfalls zu mir sieht. Die Jungs trainieren noch etwa zehn Minuten. Als sie im Spielertunnel verschwinden, stehe ich auf und gehe zum Parkplatz, um Nick dort abzufangen.

Eine Traube Frauen wartet ebenfalls auf die Spieler. Zu meiner Überraschung sind es keine Groupies, sondern ganz offensichtlich ihre Freundinnen. Nick verlässt das Gebäude dicht gefolgt von Kyle. Er spricht kurz mit meinem Bruder und schlägt anschließend eine andere Richtung ein.

»Was verschafft mir die Ehre?«, fragt Nick und besitzt tatsächlich die Frechheit, mich anzugrinsen. Ich balle die Faust, um ihn gegen den Oberarm zu boxen. Dass er locker anderthalb Köpfe größer ist als ich, erschwert die Sache allerdings erheblich und ich treffe nur seinen Ellenbogen. »Okay, du bist sauer«, schlussfolgert er.

»Ja, das bin ich!«

»Ach komm, Joe, so schlimm ist es nicht. Du hast Kyle mächtig eingeschüchtert.« Dass ich nicht lache! Das Schmunzeln, das ständig auf seinen Lippen liegt, sagt definitiv etwas anderes.

»Sag ihm, dass er mir nicht so auf die Pelle rücken soll«, fordere ich ihn auf.

»Warum sagst du es ihm nicht selbst?«

»Habe ich, aber er nimmt mich nicht ernst.«

»Dann warst du wohl nicht überzeugend genug. Hast du ihm angedroht, dass du ihn nachts heimlich kastrierst, wenn er sich nicht von dir fernhält? So wie damals bei Mike.« Er wirft seine Tasche auf die Rückbank seines Land Rovers und schließt die Tür wieder.

»Sehr witzig, wir sind nicht mehr in der Highschool«, zische ich ihn an.

»Wirklich? Warum benimmst du dich dann so? Kyle ist in Ordnung, gib ihm eine Chance. Lerne ihn kennen und du wirst ihn lieben.« Ich weiß, dass er das im übertragenen Sinne meint, und doch kriecht mir bei seinen Worten ein Schauer die Wirbelsäule hinauf.

»Das bezweifle ich«, protestiere ich und höre selbst, dass die nötige Überzeugung in meiner Stimme fehlt. Verdammt!

»Wetten doch!« Nick sieht mich herausfordernd an. Dieses Spiel beherrscht er seit unserer Kindheit. Er weiß genau, wie er mich ködert. In der Unterstufe hat er gewettet, dass er zwei Minuten die Luft anhalten kann. Ich habe dagegengehalten und musste am Ende eine Woche lang im Schlafanzug in die Schule gehen. Mit fünfzehn hat er gewettet, dass er in einem einarmigen Handstand einen Burger essen kann. Daraufhin habe ich mir die Haare rot färben müssen.

»Schiss, Schwesterherz?«, provoziert er mich.

»Was ist der Einsatz?«, tappe ich in die Falle. Bin ich von allen guten Geistern verlassen? Sich auf den Quatsch einzulassen, ist die dümmste Idee des Jahrhunderts.

»Wenn ich gewinne, verkaufst du Hotdogs bei unserem Saisonauftakt.«

»Mehr nicht?« Das ist doch kein Einsatz. Er grinst von einem Ohr zum anderen. Oh, oh, da habe ich den Fuchs wohl aus seinem Bau gelockt.

»Okay, ich wollte dich nicht blamieren, aber du willst es ja so. Du verkaufst sie in einem Hotdog-Kostüm.«

Shit!

»Wenn ich gewinne, machst du das Gleiche beim Saisonauftakt des Footballteams.« Nick hasst nichts mehr als Football. Er müsste also nicht nur diese albernen Hotdogs verkaufen, sondern würde dafür auch ein Footballstadion betreten. Vorausgesetzt, ich gewinne.

»Du willst mich wirklich leiden sehen, aber du wirst verlieren, Sis.«

»Werde ich nicht. Zu deiner Information: Blackmoore ist überhaupt nicht mein Typ, ob er nun einen Fußball jongliert oder nicht.«

»Wenn du dich da mal nicht zu sehr aus dem Fenster lehnst.« Grinsend geht er um den Wagen herum. »Wir sehen uns«, verabschiedet er sich, steigt ein und fährt davon. *Idiot!* Er hätte wenigstens fragen können, ob er mich mitnehmen soll. Jetzt muss ich nach Hause laufen. Und zu allem Überfluss zieht sich gerade der Himmel zu. Fünf Minuten später fallen die ersten Regentropfen herab.

Völlig durchnässt komme ich zu Hause an. Bree rührt gerade in einem Topf herum, als ich mich aus den nassen Klamotten schäle.

»Wo warst du denn?«

»Auf dem Fußballplatz«, antworte ich.

»Wirklich? Was wolltest du denn dort?«

»Nick den Kopf abreißen, stattdessen habe ich mich auf eine seiner albernen Wetten eingelassen.«

Sie lacht. »Und was ist der Wetteinsatz?«

»Er ist der Meinung, dass ich Blackmoore in mein Herz schließe und mich in ihn verknalle. Ich habe noch nie so etwas Absurdes gehört. Da er verlieren wird, muss er Hotdogs beim Saisonauftakt der Footballer verkaufen.«

Bree legt den Kochlöffel beiseite und mustert mich skeptisch. »Bist du dir da sicher? Ich fand Kyle heute ziemlich nett und er ist echt hot. Eine gefährliche Mischung, wenn du mich fragst.«

»Natürlich magst du ihn, du warst ein Cheerleader, die stehen schließlich auf diese Typen.« Beleidigt verzieht sie das Gesicht und sofort habe ich ein schlechtes Gewissen. »Sorry, ich habe es nicht so gemeint.«

»Das hoffe ich, sonst müsste ich dich mit dem Kopf in die Kloschüssel stecken, weil Cheerleader das mit euch Nerds machen.« Grinsend streckt sie mir die Zunge heraus.

»Hast du das wirklich getan?« Ich traue ihr das zwar nicht zu, aber aus Erfahrung weiß ich, dass man sich in Menschen täuschen kann.

»Vielleicht, also fordere mich nicht heraus. Und jetzt ab unter die heiße Dusche, nicht, dass du dir noch einen Schnupfen holst und dein Date mit Kyle absagen musst. Wenn du fertig bist, können wir essen. Ich habe meine berühmte Tomatensuppe gekocht.«

»Es ist kein Date, ich gebe ihm Nachhilfe.«

»Nenn es, wie du willst. Vergiss nicht, dir die Beine zu rasieren«, ruft sie mir lachend hinterher.

Das werde ich ganz bestimmt nicht tun. Und schon gar nicht für Kyle. Nachdem ich eine gefühlte Ewigkeit warmes Wasser über meinen Körper habe laufen lassen, stehe ich nun unschlüssig vor dem Kleiderschrank. Das erste Outfit sieht zu sehr nach einem Date aus, das zweite nach Mauerblümchen. Am Ende bleibe ich bei meiner gewohnten Jeans und einem Strickpullover in Olivgrün. Die noch feuchten Haare stecke ich zu einem lockeren Knoten zusammen. Auch wenn sich alles in mir dagegen sträubt, trage ich wenigstens etwas Wimperntusche auf.

»Wow, du willst ihn dir wirklich vom Leib halten«, kichert Bree, als ich die Küche betrete.

»Ja, genau das habe ich vor.«

»Du hättest nicht gleich alles von dir unter diesem Schlabberpulli verstecken müssen.« Sie stellt zwei dampfende Teller auf dem kleinen Esstisch ab.

»Ich muss ihm aber auch nicht präsentieren, was er nicht haben kann. Nicht, dass er daran überhaupt Interesse hätte.«

»Hast du dir die Beine rasiert?«

»Nein.« *Ja.*

»Ha! Du wirst rot.«

»Werde ich gar nicht!« Schnell greife ich nach dem Löffel und schiebe mir etwas von der Tomatensuppe in den Mund. »Scheiße! Heiß!«, schnappe ich nach Luft.

»Ja, das beschreibt Kyle zu hundert Prozent«, sagt sie trocken. Manchmal hasse ich sie. Tatsächlich erinnert sie mich hin und wieder an Nick, der mich mit seiner direkten Art ständig zur Weißglut treibt.

»Gibst du endlich Ruhe, wenn ich dir recht gebe?«

»Kommt darauf an, worin genau du mir recht gibst?« Im Gegensatz zu mir hat sie kein Problem, die heiße Suppe zu löffeln.

»Kyle ist attraktiv und ja, ich habe mir die Beine rasiert, aber nicht seinetwegen, sondern weil es ohnehin nötig gewesen ist.«

»Welche Unterwäsche hast du an?«

»Wie bitte?«

»Ich frage ja nur.« Ihr wissendes Grinsen treibt mich in den Wahnsinn.

»Du bist wirklich übergeschnappt. Ich muss los.« Nachdem ich den noch vollen Teller zurück in den Topf gekippt habe, schlüpfe ich in die Chucks und hänge mir meine Tasche, in der ich den Lernstoff der letzten Wochen verstaut habe, um. »Bis später!«, rufe ich Bree aus dem Flur zu.

»Tue nichts, was ich nicht auch tun würde.«

Kann sie nicht wie jeder normale Mensch einfach *Tschüss*sagen?

Bis zur Wohnung der Jungs brauche ich exakt siebenunddreißig Minuten zu Fuß. Die Strecke habe ich eindeutig unterschätzt. Aber die Busverbindung ist eine Katastrophe. Fünf nach acht klingle ich bei Blackmoore/Mitchell. Es ist komisch, meinen eigenen Namen so neben seinem zu sehen, auch wenn damit Nick und nicht ich gemeint ist. Jemand drückt den Türöffner und die Tür springt auf. Als ich in der dritten Etage ankomme, kann ich direkt in den Flur der Wohnung schauen, da die Eingangstür offen steht. Von Kyle fehlt allerdings jede Spur. Da wir verabredet sind, gehe ich einfach hinein und bereue es sofort. In dem Moment, als ich das Wohnzimmer betrete, zieht sich Kyle gerade ein Sweatshirt über seinen nackten Oberkörper. Der Logenplatz für diese Show gehört eindeutig mir, denn ich habe einen erstklassigen Blick auf seine Bauchmuskeln und den weißen Bund seiner Boxershorts, weil die Trainingshose viel zu tief auf seinen schmalen Hüften sitzt. Mein Mund klappt auf und peinlicherweise seufze ich enttäuscht auf, als das Sweatshirt nach unten rutscht und mir damit die Sicht nimmt.

»Hey.« Sein selbstgefälliges Grinsen kann er sich sparen. Die Situation hat er doch absichtlich provoziert.

»Die Tür stand offen«, sage ich knapp, als würde das entschuldigen, dass ich ihn so ungeniert angestarrt habe.

»Ich weiß.« Kurz lässt er seinen Blick über mich wandern. Völlig unbeeindruckt geht er an mir vorbei, öffnet den Kühlschrank und nimmt ein paar Dinge heraus. Ich hätte etwas anderes anziehen sollen, nur damit wir uns auf Augenhöhe bewegen. Okay, das ist schwer möglich, denn Kyle ist bestimmt dreißig Zentimeter größer als ich. Dazu sieht er auch noch aus wie einer dieser Typen, die Shampoo-Werbung machen. Sofort habe ich einen Werbespot vor Augen, in dem er sich unter der Dusche die Haare shampooniert, was dafür sorgt, dass seine Muskeln bei den rhythmischen Bewegungen zu tanzen beginnen. Wassertropfen bahnen sich ihren Weg über seine nackte Brust, tiefer in Richtung ... *Argh! Raus aus meinem Kopf! Sofort!*

»Alles okay?«, fragt er mit einem verräterischen Schmunzeln, als wüsste er genau, welches Kopfkino er mir beschert hat.

Nein, nichts ist okay. Innerlich verfluche ich Bree, weil sie mit ihrem Gequatsche über Kyle meine Fantasie angeregt hat.

»Können wir anfangen?«, ignoriere ich seine Frage.

»Kann ich vorher noch etwas essen? Ich habe es nach dem Training gerade mal unter die Dusche geschafft.« Demonstrativ streicht er sich die feuchten Haare aus der Stirn.

Zack, da sind sie wieder, die Bilder. Dusche. Kyle. Viel nackte Haut. »Klar«, versuche ich so gelassen wie möglich zu antworten. Um ihn nicht länger ansehen zu müssen, packe ich die mitgebrachten Aufzeichnungen und

Bücher aus. Anschließend setze ich mich an den Küchentisch und warte darauf, dass er endlich damit fertig wird, Unmengen an Sandwiches zu schmieren.

Er stellt sie mittig auf den Tisch und setzt sich mir gegenüber. »Greif zu, wenn du magst.«

»Nein danke, ich habe schon gegessen.« Das ist zwar nicht die ganze Wahrheit, aber ich bin schließlich nicht zum Essen hier. »Ich habe einen Plan erstellt, den wir in der nächsten Woche abarbeiten werden. Sollte dir einer der Termine nicht passen, schieben wir es auf einen anderen Tag.« Ich reiche ihm die Liste über den Tisch und er liest sie sich aufmerksam durch. »Wo sind deine Aufzeichnungen?«

»In meinem Zimmer«, antwortet er und beißt genüsslich in eines der Sandwiches.

Kurz bleibt mein Blick an seinem Mund hängen. Wenn Nick isst, ist das wenig appetitlich, da er es einfach in sich hineinstopft. Bei Kyle hingegen sieht es sinnlich aus. War ja klar. Gibt es bei dem Typen eigentlich etwas, das seine Attraktivitätsskala nach unten schießen lässt und nicht immer weiter nach oben?

»Kannst du sie holen, ich würde sie mir gerne ansehen?«

»Oh, klar, warte.« Das Sandwich landet wieder auf dem Teller und er steht auf, um seine Unterlagen zu holen. Als er mit einem einzigen Block zurückkommt, sehe ich ihn fragend an.

»Vielleicht schreibe ich nicht ganz so regelmäßig mit.« Grinsend kratzt er sich am Hinterkopf. Das Grinsen soll lediglich verbergen, dass es ihm unangenehm ist, von mir so auf den Prüfstand gestellt zu werden. Aber da muss er jetzt durch. Ich kann ihm nicht helfen, wenn ich ihn in Watte packe.

»Wie bist du bisher durch die Semester gekommen?«, frage ich ihn, weil ich mir wirklich nicht erklären kann, dass jemand, der so schlecht organisiert ist, überhaupt ein einziges Semester besteht.

»Glück?« Sein Grinsen wird durch ein verlegenes Schulterzucken ersetzt und ich verdrehe die Augen. Ist das sein Ernst? Kyle auf Kurs zu bekommen, entpuppt sich allmählich zu einer Mammutaufgabe. Ich habe gehofft, nicht mehr als eine Woche investieren zu müssen, aber das kann ich mir getrost in die Haare schmieren. So schnell werde ich Kyle Blackmoore wohl nicht los.

5

Kyle

Jolee nimmt ihre Brille ab und reibt sich müde die Augen. Seit mehr als zwei Stunden versucht sie mir die chronologische Reihenfolge der amerikanischen Präsidenten einzubläuen. Erfolglos, denn Jahreszahlen sind nicht gerade meine Stärke.

»Ich gebe es auf. Du bist ein hoffnungsloser Fall, Kyle«, seufzt sie und lässt den Kopf auf die Tischplatte sinken.

Sie hat mich nicht Blackmoore genannt, wir machen Fortschritte. »Meinst du nicht, dass du jetzt etwas zu streng mit mir bist, Jolee?« Jedes Mal, wenn ich sie so nenne, bringt es mir einen bösen Blick ein, aber ich kann einfach nicht widerstehen, weil es so viel besser als Joe klingt.

»Keine Ahnung, sag du es mir? Welche Präsidenten hast du denn drauf? Außer Trump, der zählt nicht!« Sie hebt den Kopf wieder, legt ihre runde Brille auf dem aufgeschlagenen Buch ab und schaut mich abwartend an. Ohne das Teil sieht sie gleich viel freundlicher aus, auch wenn ein erschöpfter Ausdruck auf ihrem Gesicht liegt.

»Wir sollten für heute Schluss machen. Du schläfst mir sonst noch im Sitzen ein«, schlage ich vor, als sie versucht, ein Gähnen zu unterdrücken. Wahrscheinlich liegt sie für gewöhnlich um diese Zeit schon im Bett und haut sich nur meinetwegen die Nacht um die Ohren.

»Vielleicht hast du recht. Es ist spät und ich brauche eine halbe Stunde bis nach Hause«, sagt sie beiläufig und packt ihre Sachen zusammen.

Vom einen bis zum anderen Ende von Charlottesville braucht man nicht mehr als zwanzig Minuten, vorausgesetzt man wohnt in Campusnähe. Das tut sie doch, oder?

»Wie kommst du nach Hause?«, frage ich sie.

»Zu Fuß«, antwortet sie. Entgeistert starre ich sie an.

»Zu Fuß?« Ist sie etwa auch hergelaufen oder hatte sie da eine Mitfahrgelegenheit?

»Ja. Du weißt schon, das macht man mit den Beinen, indem man einen Fuß vor den anderen setzt.« Sie schultert ihre Tasche und ich folge ihr in den Flur. »Was soll das werden?«, fragt sie, als ich nach dem Autoschlüssel greife und in meine Schuhe schlüpfe.

»Ich fahre dich nach Hause.«

»Auf gar keinen Fall!«

Wie kann man nur so stur sein? »Du glaubst doch nicht, dass ich dich mitten in der Nacht alleine durch die Stadt laufen lasse. Für so ein Arschloch kannst nicht mal du mich halten.« Sofort setzt sie zu einem Protest an. »Vergiss es, Jolee! Ich fahre dich.« Eilig schiebe ich sie hinaus in den Hausflur und ziehe die Tür hinter mir zu.

Schweigend gehen wir zu meinem Jeep und sie verdreht die Augen, als ich ihr die Beifahrertür öffne. Es ärgert mich, dass sie mir meine Höflichkeit nicht abkauft. Dabei spiele ich ihr den netten Kerl nicht vor. Meine Mom hat mir wirklich Manieren beigebracht. Mein Dad ist ein Arschloch und ihr war sehr daran gelegen, dass ich nicht in seine Fußstapfen trete.

»Wo musst du hin?«, frage ich sie und lasse mir meine Verärgerung nicht anmerken. Sie kann schließlich nicht wissen, dass sie mit ihrer Reaktion einen wunden Punkt bei mir getroffen hat. Jolee nennt mir ihre Adresse und ich gebe sie in das Navi ein. Mit dem Auto sind es gerade einmal zehn Minuten.

Dennoch erweisen sie sich als die längsten zehn Minuten meines Lebens. Schweigend neben Jolee zu sitzen ist schlimmer als jede Nachspielzeit, wenn man nur mit einem knappen 1:0 führt. Sie starrt stur aus dem Fenster und umklammert die Tasche fest, die auf ihrem Schoß steht. Kaum habe ich den Wagen vor ihrem Wohnhaus geparkt, da reißt sie schon die Tür auf.

»Danke«, murmelt sie zerknirscht, als würde es sie Überwindung kosten, sich bei mir dafür zu bedanken, dass ich sie gefahren habe.

»Bis morgen?« Nach dem heutigen Abend bin ich mir unsicher, ob ich sie wiedersehen werde und sie mir noch immer helfen möchte. In ihren Augen bin ich ein hoffnungsloser Fall, mit dem sie nur ihre Zeit verschwendet. In Gedanken wäge ich bereits die Optionen ab. Zu meiner Überraschung nickt sie.

»Gute Nacht, Jolee.« Das erste Mal verdreht sie nicht die Augen, als ich sie bei ihrem Namen nenne. Habe ich irgendetwas verpasst oder ist sie zu müde, um genervt von mir zu sein?

»Gute Nacht, Kyle«, erwidert sie und schließt die Tür. Ich warte, bis sie im Haus verschwunden ist, erst dann trete ich den Heimweg an.

***

»Gut, du lebst noch«, grinst Nick, als ich am nächsten Morgen aus dem Zimmer gekrochen komme. »Ich habe schon befürchtet, Joe hat dich irgendwo verscharrt.«

Bevor ich mich zu ihm an den Tisch setze, hole ich mir aus der Küche eine Tasse Kaffee. »Warum kann sie mich nicht ausstehen?«, frage ich ihn, weil ich es wirklich nicht verstehe. Sie kennt mich nicht und ich benehme mich ihr gegenüber auch nicht wie ein kompletter Vollidiot.

»Meinst du die Frage ernst?«

»Natürlich, warum sollte ich sie nicht ernst meinen? Ich gebe mir echt Mühe und sie sieht mich an, als würde sie mich vor einen fahrenden Zug schubsen wollen.«

»Hast du dir Joe mal angesehen?« Hä, was hat denn ihr Aussehen damit zu tun, dass sie mich für einen Arsch hält? Nick scheint das große Fragezeichen, das über meinem Kopf schwebt, zu bemerken und seufzt.

»Sie sah auf der Highschool schon so aus.« *Und?* Das Fragezeichen wächst. An dem Aussehen von Jolee ist nichts falsch. Auch wenn ihr Mundwerk gewöhnungsbedürftig ist, ist sie nicht unattraktiv.

»Highschool. Sportler. Cheerleader. Nerds«, zählt er auf und sieht mich dabei fragend an. »Du warst schon auf der Highschool, oder?«, ergänzt er, als ich nicht darauf anspringe.

»Ja, aber was hat das mit ihr zu tun?«

»Du: Sportler, Joe: Nerd. Klingelt's?«

Jetzt verstehe ich, worauf er hinauswill. »Aber wir sind nicht mehr auf der

Highschool und selbst damals habe ich bei so einem Quatsch nicht mitgemacht. Was denkt sie, was ich tun werde? Ihr einen Zettel mit dem Wort *Loser* auf den Rücken kleben und ihr dabei freundlich ins Gesicht lächeln?« Im Gegenteil, ich habe selbst genug einstecken müssen und das, obwohl ich zu den Sportlern gehörte. Allerdings bedeutete das nicht zwangsläufig, dass man auch beliebt ist. Jedenfalls nicht in meinem Fall. Der Kerl, der sich mit einem Stipendium in eine Privatschule schummelt, gehört nicht gerade zu den Top Five der beliebtesten Kids. Allein deswegen schon nicht, weil man bei vielen Dingen nicht mitziehen kann. Teuren Dingen, um genau zu sein. Ich bin wahrlich kein Fan dieser aufgeblasenen Privatschüler, die glauben die Welt zu regieren.

»Joe steckt dort offensichtlich noch fest.«

»Hast du sie denn nicht beschützt?« Er kann doch als ihr Bruder nicht dabei zugesehen haben, wie man sie mobbt?

»Die Highschool ist ein hartes Pflaster. Ich bin wirklich nicht stolz drauf, aber meine Kumpels waren mir wichtiger, als den Babysitter für meine kleine Schwester zu spielen. Dass sie sie ständig aufgezogen haben, habe ich ignoriert und dachte, so ist halt die Highschool. Es gibt die coolen Kids, die Nerds und irgendetwas dazwischen. Und ich wollte einer von denen sein, die sich einen Platz in der letzten Reihe des Schulbusses sichern.«

»Wow, du bist echt ein Arschloch. Kein Wunder, dass Jolee selbst um dich einen Bogen macht.«

»Jolee? Sag bloß, du nennst sie so?«, lacht er.

»Natürlich, das ist schließlich ihr Name. Sie ist verdammt noch mal kein Kerl namens Joe!« Keine Ahnung, warum ich sie verteidige und ich das Bedürfnis verspüre, Nick die Nase zu brechen, aber ich würde es wirklich gerne tun. Allein schon wegen der Sache in der Highschool. Ich schiebe die Hände unter meine Oberschenkel, damit ich nicht doch noch in Versuchung gerate, seinem Gesicht ein gratis Upgrade zu verpassen.

»Sie hasst diesen Namen. Ich nenne sie nicht Joe, weil sie so männlich ist, sondern weil sie es so will«, klärt er mich auf. Okay, das erklärt das Augenrollen, wenn ich sie Jolee nenne. Nick verlässt das Wohnzimmer. »Ich geh laufen«, sagt er knapp. Er ist angepisst, das sehe ich ihm an und höre es aus seiner Stimmlage heraus. Wir streiten uns nie, auch wenn wir nicht immer einer Meinung sind. Dass ausgerechnet seine Schwester einmal zum Streitpunkt wird, hätte ich nicht erwartet.

Bis zu dem Treffen mit Jolee sind es noch zwei Stunden. Es ist Samstag und gerade einmal neun Uhr, aber da ich nachmittags ein Spiel habe, sind wir davor zum Lernen verabredet. Ohne Nick fällt mir bereits nach wenigen Minuten die Decke auf den Kopf. Unruhig tigere ich durch die Wohnung. Ich bin kein Mensch, der gut allein sein kann. Mein Blick wandert zu meinem Autoschlüssel, der auf der Kommode neben der Tür liegt. Nach einem kurzen Zögern schlüpfe ich in die Schuhe.

»Ach, scheiß drauf«, murmle ich vor mich hin und ziehe die Tür hinter mir zu.

Die Straßen von Charlottesville sind wie leer gefegt, was an dem Footballspiel liegt, das mittags im Scott Stadium stattfindet, und daran, dass die Leute sicher bereits am Einlass Schlange stehen. Zehn Minuten später parke ich den Jeep vor Jolees Tür ein und blicke unschlüssig an der Backsteinfassade des Wohngebäudes hinauf. Keine Ahnung, ob Jolee überhaupt da ist. Falls ja, macht sie mir wahrscheinlich die Hölle heiß, weil ich unangemeldet vor ihrer Tür stehe. Dass sie mich anschnauzt, bin ich bereits gewohnt, aber dass Nick sauer auf mich ist, damit kann ich nicht umgehen. Vor allem, weil er derjenige von uns beiden ist, den so schnell nichts aus der Ruhe bringt und der für gewöhnlich alles mit einem Schulterzucken, gefolgt von einem schiefen Grinsen, abtut. Da Geschwister sich ständig streiten, könnte ich einfach Jolee um Rat fragen. Bevor ich doch noch kneife, krame ich mein Smartphone aus der Tasche und schicke ihr eine Nachricht, weil ich zu feige bin, an ihrer Tür zu klingeln.

Kyle:
Hey, ich stehe vor deiner Tür. Kyle.

Den Text formuliere ich so unverfänglich wie möglich. Eine Minute später färben sich die beiden Häkchen blau. Im selben Moment schießt mein Puls in die Höhe.

Jolee schreibt ...

Es bleiben zwei Optionen. Entweder schickt sie mich direkt zum Teufel oder fragt, was ich will, und schickt mich dann zum Teufel.

Jolee:
Und warum genau tust du das?

Option zwei, das habe ich nicht erwartet.

Kyle:
Willst du die Wahrheit wissen?

Jolee:
Hängt ganz davon ab, ob mir die Lüge besser gefällt.

Kyle:
Die Wahrheit ist, ich hole dich zum Lernen ab, damit du nicht wieder zu Fuß durch die halbe Stadt laufen musst. Und ich mir nicht wie ein Arschloch vorkomme, weil ich das zulasse. Die Lüge wäre, ich war zufällig in der Nähe und dachte, ich schaue spontan bei dir vorbei. Und wenn ich schon mal da bin, könnten wir zusammen einen Kaffee trinken.

In den nächsten fünf Minuten schweigt das Gerät in meiner Hand und als ich schon befürchte, keine Antwort mehr zu bekommen, ploppt eine neue Nachricht auf.

Jolee:
Willst du raufkommen?

Wahrscheinlich hat sie fünf Minuten lang einen Monolog darüber geführt, ob das wirklich eine gute Idee ist. Ich tippe gerade meine Antwort ein, da ploppt die nächste Mitteilung auf.

Jolee:
Zum Lernen.

Jolee schreibt ...

Ich lösche meine Nachricht wieder und warte darauf, dass erneut etwas aufploppt.

Jolee:
Nicht zum Kaffeetrinken!

Ein breites Grinsen schleicht sich auf meine Lippen, weil sie extra betont, dass sie mit mir keinen Kaffee trinken wird. Mal sehen, ob ich sie nicht doch dazu überreden kann.

6

Jolee

Mein erster Impuls ist es, den Kopf immer wieder gegen den Türrahmen zu schlagen, bis ich selbst verstehe, warum ich ihn hinaufgebeten habe. Als er nicht auf meine Nachrichten antwortet, überlege ich, mich in der Badewanne zu ertränken, die ich mir gerade einlasse. Das plötzliche Klingeln an der Tür lässt mich erschrocken aufschreien. Was zur Hölle mache ich hier eigentlich? *Du holst dir den Teufel ins Haus* – verspottet mich meine innere Stimme.

Schnell werfe ich einen prüfenden Blick über mein Outfit und seufze. Leggins und Schlabberpulli. Ist das ein Schokoladenfleck auf dem Ärmel? Es klingelt erneut. Verdammt! Bevor ich ernsthaft in Erwägung ziehe, einen Rückzieher zu machen, betätige ich den Türöffner. Mein Herz schlägt mir bis zum Hals, als ich Kyles Schritte im Hausflur höre. Ich würde jetzt gerne Bree anrufen und sie bitten, so schnell wie möglich nach Hause zu kommen. Doch das wäre sinnlos, denn sie würde mir nur viel Spaß wünschen und dann lachend auflegen, bevor ich überhaupt protestieren kann. Warum musste er gestern so nett sein und mich nach Hause fahren? Hätte er mich zu Fuß gehen lassen, würde ich ihn immer noch für einen Idioten halten. Dieses verräterische Herzklopfen sagt mir eindeutig, dass ich ihn nicht so doof finde, wie es eigentlich gut für mich wäre. Hinzu kommt sein unverschämtes Schmunzeln, das mich wahnsinnig macht, in vielerlei Hinsicht.

»Hey.« Mit einem unsicheren Lächeln nimmt er die letzten Stufen, bis er schließlich vor mir steht. Ich muss den Kopf in den Nacken legen, damit ich ihm überhaupt ins Gesicht sehen kann. »Du bist echt winzig«, stellt er fest und blickt mit diesem Schmunzeln, das bei mir zunehmend weiche Knie verursacht, auf mich hinab.

»Vielleicht bist du auch nur zu groß geraten.« Ich meine, wie groß ist er bitte? Zwei Meter? Nein, dann wäre er größer als Nick und das ist er nicht.

Aber ein Meter neunzig ist er bestimmt. Um ihm auf Augenhöhe entgegenzutreten, bräuchte ich eine Trittleiter. Sofort stelle ich mir vor, wie ich stets eine in meinem Rucksack transportiere. Nur für den Fall, dass wir mal ein ernstes Gespräch führen müssen. Aus dieser Perspektive könnte ich ihm unmöglich die Leviten lesen. Er müsste nur geradeaus schauen, dann würde er über mich hinwegsehen, als würde ich nicht vor ihm stehen.

»Lässt du mich herein oder wägst du noch deine Möglichkeiten ab?«, reißt er mich aus meinem inneren Monolog über seine Körpergröße. Wortlos trete ich einen Schritt zur Seite, damit er nicht länger im Hausflur ausharren muss.

Kyle nimmt eindeutig zu viel Platz in unserer winzigen Wohnung ein. »Möchtest du etwas trinken?«, frage ich ihn, als ich mich an ihm vorbei, in Richtung Küche, quetsche. Anstatt im Wohnzimmer stehen zu bleiben, folgt er mir in den noch kleineren Raum. »Wasser, Cola oder ist dir eher nach Tequila?«, frage ich ihn und werfe einen Blick über meine Schulter. *Tequila*, wie komme ich denn auf so einen Schwachsinn? Vermutlich, weil ich selbst einen vertragen könnte. Ob ich mir unauffällig einen Schuss in die Cola schütten kann? Wie spät ist es überhaupt? Aus den Augenwinkeln blicke ich zu der kleinen Anzeige auf der Mikrowelle, die direkt auf dem Schrank neben der Tür steht. Zehn Uhr morgens. Okay, kein Tequila.

Kyle lehnt lässig im Türrahmen, den er fast vollständig ausfüllt. »Wasser klingt gut. Ich habe später noch ein Spiel.« Für einen Augenblick habe ich tatsächlich vergessen, dass er zu der Gruppe gehört, um die ich grundsätzlich einen Bogen mache. Dabei ist das schwer zu übersehen. Die Trainingshose und der Hoodie mit dem Wappen der Kings und der Spielernummer acht sind ein deutliches Indiz dafür, dass er dem Sportteam angehört.

»Hier, bitte.« Das mit Wasser gefüllte Glas stelle ich auf dem kleinen Küchentisch ab, der gerade einmal Platz für zwei Personen bietet. Kurz runzelt er die Stirn, bevor er sich leicht nach vorne beugt und es vom Tisch nimmt. Wenn er geglaubt hat, ich würde ihm das Wasserglas in die Hand drücken, muss ich ihn enttäuschen. Ich habe genug Filme gesehen, um zu wissen, dass dies der Moment ist, wo eine zufällige Berührung einen Sturm entfacht, der unweigerlich in einem Gefühlschaos endet. Auch wenn ich ihn nicht sonderlich mag, kann ich nicht abstreiten, dass er unter anderen Umständen durchaus mein Typ wäre und ich ihn nicht von der Bettkante stoßen würde. Mit der Cola in der Hand gehe ich zwei Schritte auf ihn zu.

»Wärst du so freundlich?« Mit einem Nicken deute ich in Richtung Wohnzimmer. Anstatt den Raum zu verlassen, dreht er sich lediglich so zur Seite, dass ich durch den Türrahmen passe. Legt er es eigentlich darauf an, mir auf die Pelle zu rücken? Erneut quetsche ich mich an ihm vorbei, darauf bedacht, Körperkontakt zu vermeiden. Im Wohnzimmer setze ich mich auf das Sofa, das für Bree und mich mehr als ausreichend ist. Kyle hingegen nimmt einen Großteil des Dreisitzers ein, als er sich ebenfalls setzt. Eine gewisse Befangenheit breitet sich aus. Worüber unterhält man sich, wenn man rein gar nichts gemeinsam hat?

»Wohnst du mit jemandem zusammen?«, macht er den ersten Schritt und sieht sich neugierig um.

»Ja.« Geht's noch knapper?

»Mit deinem Freund?«, fragt er und versucht beiläufig zu klingen, was ihm allerdings misslingt. Warum interessiert ihn das überhaupt? Hat er Angst, ein Beziehungsdrama auszulösen, weil er bei mir auf der Couch sitzt? Ich bin gerade einmal seit ein paar Wochen in Charlottesville, da suche ich mir doch nicht als Erstes einen Freund. Mein Bedarf ist vorerst ohnehin gedeckt. Der letzte Kerl hat sich als Arschloch entpuppt.

»Nein, mit Bree. Du hattest bereits das Vergnügen mit ihr.«

»Sie ist nett.« Was soll er auch sonst sagen, ohne sich damit direkt ins Abseits zu befördern?

»Ich würde vorschlagen, wir machen da weiter, wo wir aufgehört haben. Das Wichtigste habe ich dir bereits zusammengefasst.«

»Du hast was?«

»Mach keine große Sache daraus. Wir würden nie vorankommen, wenn ich dich alles, was dir fehlt, alleine ausarbeiten lasse. Das Semester hat gerade erst angefangen und du hängst jetzt schon mit deinen Aufzeichnungen hinterher.«

»Ähm ... Danke.« Ein unsicheres Lächeln huscht über seine Lippen. Ich hätte mit einer anderen Reaktion gerechnet. Irgendetwas, das ihn überheblich rüberkommen lässt. Ein Grinsen, das deutlich macht, dass er immer seinen Willen bekommt oder man ihm stets die Welt zu Füßen legt.

»Ich geh fix die Unterlagen holen. Du wartest hier!«, weise ich ihn an, als er Anstalten macht aufzustehen. Das Letzte, was ich gebrauchen kann, ist Kyle, der sich in meinem Zimmer umsieht, als wäre er in einem Sportgeschäft. In dem Moment, als ich in den Flur trete, fällt mir die Badewanne wieder ein. Bevor Kyles Nachricht mich völlig kalt erwischt hat, hatte ich das Wasser angestellt, um noch ein schnelles Bad zu nehmen. *Shit!* Es ist bereits zu spät, denn ich stehe augenblicklich in einer Pfütze. Der Lavendelduft des Badezusatzes steigt mir in die Nase.

»Fuck!«, stoße ich aus und stürme ins Bad, wo mir eine kleine Flutwelle entgegenschwappt, als ich die Tür aufreiße.

»Jolee, alles okay?«, ertönt Kyles Stimme besorgt aus dem Wohnzimmer.

»Ja!«, rufe ich zurück und reiße alle Handtücher aus dem Regal, um sie auf dem Boden auszubreiten, damit sie das Wasser aufsaugen.

»Wow, was ist denn hier passiert?«

Auf allen vieren sehe ich zu ihm auf. »Wonach sieht es denn aus?«

»Vielleicht solltest du zuerst das Wasser abstellen.« Grinsend dreht er den Hahn zu und zieht den Stöpsel, damit das Wasser ablaufen kann. In meiner Panik habe ich daran gar nicht gedacht. Kurz blicke ich mich in dem Chaos um. Die Handtücher reichen niemals für das ganze Wasser aus. Ich könnte meinen Pulli ausziehen, der würde wahrscheinlich einiges aufsaugen. Die Dreckwäsche wäre auch eine Option. Oder lieber nicht. Die getragene Unterwäsche muss ich ihm nicht unbedingt präsentieren. Kyle scheint einen ähnlichen Gedankengang zu haben, denn ohne zu zögern, zieht er sich seinen Hoodie über den Kopf und lässt ihn auf den Boden fallen. Entsetzt starre ich ihn an, weil er darunter kein T-Shirt trägt. Plötzlich ist da nur noch nackte, gebräunte Haut, die sich über feste Muskeln spannt. Mein Unterleib zieht sich verräterisch zusammen und ich würde mich gerne selbst dafür ohrfeigen, dass mein Körper so auf ihn reagiert. Mein Blick wandert von seiner breiten Brust über das Sixpack und bleibt am Bund seiner Trainingshose hängen. Die Raumtemperatur muss schlagartig um mindesten fünfzehn Grad gestiegen sein, denn anders kann ich mir nicht erklären, warum ich auf einmal ins Schwitzen gerate. Wenn er jetzt auch noch seine Hose auszieht, erleidet mein Gehirn vermutlich einen Kurzschluss. Im nächsten Moment lässt er sich auf die Knie sinken und beginnt das Wasser aufzuwischen. Als er die Handtücher über der Badewanne auswringt und dabei seine Oberarme anspannt, unterdrücke ich ein schmachtendes Stöhnen. Reiß dich zusammen, es ist nur Haut. Und Muskeln. Und Sehnen. Nichts, wobei man Schnappatmung erleiden muss. Entschlossen reiße ich den Blick von ihm los und versuche, das Chaos in den Griff zu bekommen.

»Du musst das nicht machen«, sage ich kleinlaut, denn in Wahrheit bin ich froh, dass er hier ist und mir hilft. Im Grunde ist er an dem Desaster auch nicht ganz unschuldig. Hätte er nicht unangemeldet vor der Tür gestanden, würde ich jetzt ein Schaumbad genießen und nicht pitschnass auf dem Fliesenboden knien.

»Du glaubst doch nicht, dass ich dich den Mist hier alleine machen lasse?« Nein, das glaube ich wirklich nicht. Dafür gibt er sich zu viel Mühe, nett zu sein. Und allmählich nehme ich ihm die Nummer sogar ab. Die Ärmel meines Pullis haben sich inzwischen so vollgesogen, dass sich meine Arme immer schwerer anfühlen. Kurz werfe ich einen Blick auf Kyle, der akribisch Wasser aufwischt und Handtücher auswringt, als wäre es sein tägliches Fitnessprogramm. Erst jetzt registriere ich, dass sein rechter Arm tätowiert ist und die bunten Bilder sich wie ein Ärmel bis zu seinem Handgelenk ziehen. Das verleiht ihm einen Bad-Boy-Charme, den er eigentlich nicht nötig hat und der so gar nicht zu dem netten Kerl passt, der er vorgibt zu sein. Also wo steckt der Fehler bei dem Typen?

»Gefällt dir, was du siehst?«, reißt Kyle mich aus meinen Gedanken.

»Bilde dir bloß nicht zu viel ein«, erwidere ich, kann mir allerdings ein Grinsen nicht verkneifen, als ich das Schmunzeln auf seinen Lippen entdecke.

»Natürlich nicht, würde ich nie wagen.«

Als wir endlich die letzte Pfütze aufgewischt haben, ziehe ich meinen nassen Pulli aus und werfe ihn zu den Handtüchern in die Wanne. Kyles Blick wandert über das Trägertop, das eindeutig zu tief ausgeschnitten ist. Mein erster Impuls ist es, die Arme vor der Brust zu verschränken und mich damit seinem intensiven Blick zu entziehen, stattdessen schnipse ich einmal mit den Fingern, um seine Aufmerksamkeit zu bekommen.

»Sorry«, entschuldigt er sich, löst den Blick von meinen Brüsten und sieht mir ins Gesicht. Ich setze mich neben ihn auf den noch feuchten Fliesenboden, der definitiv einen nassen Hintern verursacht.

»Danke.« Mit dem Rücken an die Badewanne gelehnt stoße ich ihn freundschaftlich mit der Schulter an.

»Kein Ding. Ich war mir nicht sicher, ob du schwimmen kannst, und wollte nicht schuld sein, wenn du absäufst.« Er stößt ebenfalls mit seiner Schulter leicht gegen meine.

»Gehen dir eigentlich irgendwann mal die dummen Sprüche aus?«

»Nur, wenn man meinen Mund anderweitig zum Schweigen bringt«, grinst er mich an und ich kann gar nicht anders, als auf seine Lippen zu starren. Kyle weiß ziemlich genau, wie er es anstellen muss, dass man in Versuchung gerät, sich gewisse Dinge vorzustellen. Und im Augenblick beschäftigt mich die Frage, wie er küsst. Sanft, stürmisch, leidenschaftlich oder doch eher wie ein Frosch? Okay, Letzteres ist unwahrscheinlich. Ich bin mir ziemlich sicher, dass Kyle in allem, was er tut, verdammt gut ist, außer vielleicht in amerikanischer Geschichte, da ist er eine Niete. Er pikst mir mit dem Zeigefinger in die Wange.

»Ich weiß genau, worüber du gerade nachdenkst.«

»Ach ja, weißt du das?«, fordere ich ihn heraus, weil ich einfach nicht anders kann.

Seine Hand wandert unter mein Kinn und hebt es leicht an. »Ja, aber ich muss dich enttäuschen, denn so läuft das bei mir nicht.« Ohne seinen Blick von meinem zu lösen, streicht er mir mit dem Daumen über die Unterlippe. Kyles ozeanblaue Augen wirken nun so dunkel wie die Tiefsee. Die Mischung aus der Art, wie er mich ansieht und berührt, sorgt dafür, dass ich gerne für einen Moment die Kontrolle verlieren will. Ich muss mich nur ein bisschen nach vorne lehnen …

»Was ist denn hier passiert?«, ertönt plötzlich Brees Stimme aus dem Flur. Keine zwei Sekunden später steht sie im Türrahmen. Erstaunt sieht sie zwischen Kyle und mir hin und her. Klasse Timing. »Oh! Störe ich etwa? Ich kann wieder … also nur für den Fall, dass ihr …«

»Wie spät ist es?«, unterbricht Kyle ihren Redefluss und zieht seine Hand zurück.

»Gleich halb eins.«

»Shit, ich muss los.« Er springt auf und greift nach seinem Hoodie, der immer noch tropfnass ist. »Fuck!«, flucht er, wirft ihn zurück in die Badewanne und stürmt aus dem Badezimmer. Mit schnellen Schritten eile ich ihm hinterher.

»Halt! Du kannst doch so nicht vor die Tür gehen. Was sollen die Nachbarn denken, wenn du halb nackt durchs Wohnhaus rennst?« Er dreht sich zu mir um und ich bitte ihn kurz zu warten. Kurzerhand husche ich in mein Zimmer, ziehe einen Pullover aus dem Schrank und eile zurück in den Flur.

»Hier, nimm den!« Aus sicherer Entfernung werfe ich ihm den Pulli zu.

Misstrauisch beäugt er das Sweatshirt und wirft einen Blick auf das Etikett. »Will ich wissen, warum du einen Pullover in der Größe XXL besitzt?«

»Weil er mich daran erinnern soll, dass ich mich von Kerlen fernhalte, die dort hineinpassen.«

Ohne weiter darüber nachzudenken, schlüpft er hinein. »Wie gut, dass ich Größe L trage.« Mit einem breiten Schmunzeln kommt er auf mich zu. Wie angewurzelt bleibe ich stehen, als er sich vorbeugt und mit seinen Lippen meine Wange streift.

»Solltest du wirklich jemals in Erwägung ziehen, mich küssen zu wollen, musst du vorher mit mir ausgehen. So einfach bin ich nicht zu haben, Jolee«, flüstert er und drückt mir einen flüchtigen Kuss, der vielleicht etwas zu nah an meinem Mundwinkel ist, auf die Wange. Dann eilt er davon und ich starre ihm nach.

Die kleinen Härchen in meinem Nacken stellen sich in Alarmbereitschaft auf. Das ist gar nicht gut. Wann genau haben wir die Grenze zum verbotenen Körperkontakt übertreten?

»In deinen Träumen vielleicht, Blackmoore«, rufe ich ihm nach, was er mit einem lauten Lachen quittiert. Dieses Spiel macht ihm sichtlich Spaß.

Idiot!

7

Kyle

Noch während ich die Treppe hinunterrenne, ziehe ich mein Handy aus der Tasche, in der Hoffnung, Nick zu erreichen. Wie habe ich nur so die Zeit aus den Augen verlieren können? Aber was wäre ich für ein Mensch, hätte ich Jolee in dem Chaos alleingelassen.

»Rufst du an, um dich zu entschuldigen?«

»Können wir das später ausdiskutieren? Du musst mir aus der Klemme helfen.« Nick gibt ein Brummen von sich, von dem ich mir nicht sicher bin, ob es als Zustimmung gilt. »Kannst du meine Sporttasche mit zum Spiel bringen? Ich schaffe es nicht noch mal nach Hause.«

»Du hast echt Glück, dass du mein bester Freund bist, sonst würde ich jetzt nicht umdrehen, um deinen Scheiß zu holen.«

Wir sind also immer noch Freunde, das ist gut zu wissen. Ich habe schon befürchtet, es könnte in Zukunft komisch zwischen uns sein. »Ich bräuchte auch ein frisches Sweatshirt.«

»Okay. Bis gleich.«

»Danke, du hast einen gut bei mir.«

»Das will ich schwer hoffen.«

Zehn Minuten später warte ich im Wagen vor dem Sportgelände auf Nick. Wir sind die Letzten und bereits zu spät. Der Coach wird im Dreieck springen. Es klopft an die Scheibe und ich schrecke auf. Nick grinst mich breit an und hält meine Sporttasche in die Höhe.

»Ich habe die Ware.«

»Du bist meine Rettung«, sage ich erleichtert und steige aus dem Jeep.

»Was ist das, ein Statement?«, fragt er und deutet auf das Sweatshirt, das ich trage.

Mit einer schnellen Bewegung ziehe ich es mir über den Kopf und werfe es auf den Beifahrersitz.

»Frag nicht!« Nick reicht mir eine Trainingsjacke mit dem Logo der Kings. In meinen eigenen Klamotten fühle ich mich gleich wohler.

»Ich bin mir ziemlich sicher, dass deine Noten nicht für Stanford ausreichen. Warte mal, gehört das Sweatshirt etwa Joe?«, zählt er eins und eins zusammen.

»Ja«, antworte ich knapp. Wahrscheinlicher ist allerdings, dass es ihrem Ex gehört. Einem Typen, der eine verdammte XXL benötigt. Wäre ich nicht halb nackt gewesen, hätte ich einen Teufel getan und das Ding angezogen.

»Und warum trägst du ein Sweatshirt meiner Schwester? Geht da was zwischen euch?« Aus seinem Tonfall lässt sich leider nicht heraushören, ob er das spaßig meint oder er ein Problem damit hätte, wenn es so wäre.

»Du kennst Jolee, sie würde mich eher von einer Klippe stoßen, als mich anzufassen.« Tatsächlich bin ich mir gar nicht so sicher, ob das der Wahrheit entspricht. Es hat da diesen kurzen Moment gegeben, in dem sie scheinbar vergessen hat, dass sie mich nicht ausstehen kann. Und was mich betrifft, mein Ehrgeiz ist geweckt, die Herausforderung würde ich nur zu gerne annehmen.

»Ja, aber du scheinst sie kein bisschen zu kennen«, grinst er mich vielsagend an.

Okay, jetzt bin ich definitiv neugierig. »Was willst du mir damit sagen?«, hake ich nach.

»Blackmoore, Mitchell! Braucht ihr noch Kuchen für euren Kaffeeklatsch oder habt ihr vor Fußball zu spielen?«, brüllt der Coach quer über den Platz. Sofort setzen wir uns in Bewegung und eilen in die Umkleidekabine. Nick bleibt mir eine Antwort schuldig und ich werde wohl selbst herausfinden müssen, was er mir damit sagen wollte.

»Starke Leistung, Jungs. Ihr seid heute gut gewesen und habt den Sieg mehr als verdient. Nun heißt es dranbleiben, Stärken ausbauen und Schwächen einstellen.« Wie nach jedem Spiel wertet der Coach unsere Leistung aus.

Wir haben zwar gewonnen, aber man muss ehrlich sagen, dass wir auch eine Menge Glück hatten. Dass der Schiri der gegnerischen Mannschaft den Strafstoß nicht gegeben hat, obwohl es definitiv einer gewesen wäre, hat uns den Sieg verschafft.

»Und jetzt ab unter die Duschen mit euch. Ihr stinkt wie eine Herde Büffel«, scheucht uns der Coach aus der Umkleide.

»Und, gehen wir später mit den Jungs feiern?«, fragt Nick, als wir auf dem Parkplatz stehen.

»Klar«, antworte ich einsilbig. Eigentlich ist mir nicht danach, aber Fußball ist nun einmal ein Teamsport und dazu gehört auch, dass man sich außerhalb des Platzes versteht.

»Wir sehen uns zu Hause.« Nick steigt in seinen Wagen und ich bleibe allein zurück. Einen Moment lang lasse ich meinen Blick über das Gelände schweifen. Wenn ich mich nicht reinhänge, um meine Noten zu verbessern, werde ich bald nur noch als Zuschauer einen Fuß auf das Sportgelände setzen. Was mache ich dann? Ich kenne nichts anderes als diesen Sport. Um ehrlich zu sein, wüsste ich nicht, was ich sonst mit meiner Freizeit anfangen soll. Mein Dad hat mir bereits einen Ball vor die Füße gekickt, bevor ich laufen konnte. Nachdenklich steige ich in meinen Jeep und begebe mich auf den Heimweg.

»Ich dachte schon, du kommst gar nicht mehr.« Nick sitzt auf der Couch, den Controller der Playstation in der Hand.

»Bin noch etwas durch die Gegend gefahren.« Über die Schulter wirft er mir einen besorgten Blick zu.

»Alles okay bei dir?«

»Klar.«

»Wenn du dir Sorgen wegen deiner Noten machst, Joe bekommt das hin.«

Jolee, das ist noch so ein Thema, über das ich mir den Kopf zerbreche. Und das hat überhaupt nichts mit meinen Noten zu tun, sondern eher damit, dass meine Gedanken in Bezug auf sie in eine ganz andere Richtung gehen, als sie sollten.

»Ja, wird schon werden.«

Nick hält mir einen Controller entgegen. »Na, soll ich dich noch plattmachen, bevor wir ins Southern gehen?«

»Du gibst wohl nie auf«, lache ich und nehme ihm das Teil ab.

»Alter! Das war eindeutig ein Foul! Das muss der Schiri doch sehen«, schimpft Nick, als ich seinen Spieler mit meinem vom Ball getrennt habe.

»Das war eine erstklassige Grätsche, die solltest du dir mal für den Rasen abgucken, dann würde der Ball nicht so oft in deinem Tor verschwinden«, ziehe ich ihn auf.

»Was soll das denn heißen? Ich bin der beste Torwart der gesamten Liga.« Er ist tatsächlich angefressen.

»Sagt wer?«, stichle ich weiter.

»Die verdammten Statistiken.« Jetzt kann ich mir ein Lachen nicht verkneifen. Wenn man Nick aus dem Konzept bringen möchte, braucht man nur an seinem Ego kratzen. Ich nutze die Ablenkung und befördere den Ball ins Tor.

»Alter, das war eine fiese Nummer!«

»Verliere niemals deinen Fokus«, imitiere ich den Coach. Nick wirft den Controller in die Couchecke und steht auf.

»Irgendwann, Blackmoore, das schwöre ich dir, da kommst du mit deinen Tricks nicht mehr durch und wirst untergehen. Ich werde dich von deinem FIFA-Thron stoßen und zu meinem Balljungen machen.«

»Träum weiter.«

»Ich gehe mich umziehen, dann können wir los. Du fährst.« Bevor ich protestieren kann, verschwindet er in seinem Zimmer.

Zwanzig Minuten später steht er wieder vor mir und zieht fragend eine Augenbraue in die Höhe.

»Willst du etwa so ins Southern?«

»Warum nicht?« Ich habe bereits direkt nach dem Spiel geduscht und die Klamotten, die ich trage, hat mir Nick vorhin mitgebracht. Sie sind sauber, bequem und völlig ausreichend für einen Abend mit den Jungs.

»Keine Ahnung, vielleicht weil du aussiehst, als würdest du gleich joggen gehen?«

»Na und?«, zucke ich mit den Schultern.

»So bekommst du nie eine Frau ab.« Nick trägt ein Hemd und Jeans. Ein seltener Anblick. Für gewöhnlich putzt er sich nur so heraus, wenn er auf Beutezug ist.

Schief grinse ich ihn an. »Wetten, ich habe nachher mehr Telefonnummern als du in deinem Spießeroutfit?«

»Niemals. Du kannst froh sein, wenn sie dich so überhaupt in den Club lassen.«

»Abwarten. Komm, du Womanizer! Ich will dich scheitern sehen.«

Das Southern ist gut gefüllt, als wir es betreten. Auf der Bühne spielt eine Band und an der Bar herrscht Gedränge. Die Jungs aus der Mannschaft sitzen an unserem Stammtisch und wir schlängeln uns zielstrebig durch die Menge. Hin und wieder klopft uns jemand auf die Schulter und lobt unsere heutige Leistung auf dem Spielfeld.

»Da seid ihr ja«, lallt Sam leicht. Auf dem Tisch stehen einige leere Gläser. Die erste Runde haben wir scheinbar verpasst. Wir setzen uns auf zwei der noch freien Plätze.

»Krasses Spiel heute, oder?«, versucht mich Jay in ein Gespräch zu verwickeln.

»Ja, war ganz okay«, antworte ich knapp, ziehe mein Handy aus der Hosentasche und scrolle durch Instagram. Einige der Jungs haben unseren Erfolg bereits mit ihren Followern geteilt. Ich lasse ein paar Herzen da und lande schließlich auf Nicks Account. Er hat mit Abstand die größte Anzahl an Followern von uns. Mich würde es nicht wundern, wenn die meisten davon weiblich sind, da er mindestens dreimal pro Woche seinen nackten Oberkörper zur Schau stellt. Unauffällig gebe ich Jolees Namen in die Suche ein. Nichts. Auf der Suche nach einem Foto von ihr scrolle ich durch Nicks Feed. Und mit etwas Glück hat er Jolee darauf markiert. Es dauert fast fünf Minuten, bis ich eines finde. Nick grinst in die Kamera, während er das Gesicht eines Mädchens an seine nackte Brust drückt. Sie trägt einen Pulli, auf dessen Rücken das Stanford-Logo prangt. Die Bildunterschrift lautet: *my sister, the brain bug.* Ich rufe die Markierungen auf und werde tatsächlich fündig – *@joe247*. Sofort klicke ich darauf und finde mich auf ihrem Account wieder. Der letzte Post ist von vor drei Monaten und zeigt lediglich eine Landschaftsaufnahme. Stalking ist wirklich nicht mein Ding, aber ich schaue mir trotzdem die Beiträge an, in denen sie markiert wurde. Was ein Fehler ist. Auf einem davon ist sie mit einem Typen zu sehen. Er hat besitzergreifend den Arm um ihre Schultern gelegt und grinst blöd in die Kamera. Jolee sieht verträumt zu ihm auf. Vermutlich ist das *Mister XXL*. Er hat eindeutig die Statur eines Footballspielers und sie reicht ihm gerade einmal bis zur Brust. Der Anblick der beiden und ihre Vertrautheit gehen mir gehörig gegen den Strich. Fick dich, Travis Armstrong.

»Was machst du da?«, fragt Nick und versucht einen Blick auf mein Handy zu erhaschen.

»Nichts.« Schnell lasse ich es in der Hosentasche verschwinden. Wenn er mich dabei erwischt, wie ich seine Schwester stalke, dreht er mir vermutlich den Hals um.

»Und warum schaust du dann, als hättest du einen Frosch verschluckt?«, grinst Jay wissend neben mir. Phoenix und River tauchen wie immer gemeinsam auf und lenken sofort die Aufmerksamkeit auf sich.

»Ich gehe mir was zu trinken holen«, nutze ich die Chance zur Flucht und verdrücke mich in Richtung Bar.

»Bring mir ein Bier mit!«, ruft Nick mir nach.

Tatsächlich schaffe ich es fast bis zur Bar, ohne angesprochen zu werden. Aber eben nur fast, denn jetzt steht Kira vor mir und lächelt mich übertrieben freundlich an.

»Lädst du mich auf einen Drink ein?«

Fragend ziehe ich eine Augenbraue hoch. »Warum sollte ich?« Kira ist die Anführerin der Cheerleader und versucht ständig mich anzugraben. Wir sind quasi dazu bestimmt, ein Couple zu bilden. Jedenfalls ist das ihre

Ansicht, die sie mir bei jeder Gelegenheit unter die Nase reibt. Aber wenn ich eins gelernt habe, dann, dass sie mit Vorsicht zu genießen ist. Sobald sie etwas will, setzt sie alles daran, es auch zu bekommen. Und seit ich der Captain bin, bin ich ihr auserwähltes Ziel. Sie streckt eine Hand nach mir aus und zeichnet mit den Fingerspitzen Kreise auf meine Brust. Unbehagen macht sich in mir breit.

»Weil du ein netter Kerl bist und ich gerne etwas trinken möchte«, erklärt sie und verzieht ihre Lippen zu einem Lächeln. Kira ist hübsch und das weiß sie. Alles in mir sträubt sich dagegen, mich auf ihre Spielchen einzulassen.

»Hier wimmelt es nur so von Kerlen, einer davon gibt dir sicher etwas aus.«

Sie tritt einen Schritt näher an mich heran. Ihre aufdringliche Art geht mir allmählich auf die Nerven.

»Ich will, dass *du* etwas mit mir trinkst.«

Mein Blick wandert in Richtung Bar und bleibt an Jolee hängen. Angewidert verzieht sie das Gesicht, was mir überhaupt nicht gefällt. Bevor es unangenehm wird, wendet sie ihren Blick ab und dreht sich zur Theke um. Sie sagt etwas zu der Person, die neben ihr steht, die daraufhin über ihre Schulter sieht. Bree.

»Kyle? Du und ich, was denkst du?«, lenkt Kira meine Aufmerksamkeit wieder auf sich.

»Sorry. Kein Interesse«, antworte ich und löse ihre Hand von meiner Brust, gehe um sie herum und setze den Weg zur Bar fort. Vor dem Tresen stehen sie bereits in Dreierreihen an. Jolee und Bree sind gut einen Kopf kleiner als die Typen, die sich vor den beiden aufgereiht haben. So kommen sie nie an ein paar Getränke. Ich stelle mich direkt hinter Jolee und beuge mich zu ihr herab.

»Hey«, sage ich so dicht an ihr Ohr, dass ich ihr Parfüm riechen kann. Ist das … Kakao, Lavendel oder vielleicht beides? Erschrocken zuckt sie zusammen, dreht sich aber nicht zu mir um. Würde sie es tun, müsste sie den Kopf in den Nacken legen, um mich überhaupt ansehen zu können.

»Hey«, antwortet stattdessen Bree und sieht freundlich zu mir auf.

»Braucht ihr zwei Hilfe?«, frage ich und nicke in Richtung Barkeeper.

»Nein«, sagt Jolee schroff, die wie erstarrt vor mir steht.

»Doch. Der Typ nimmt überhaupt keine Notiz von uns«, mischt Bree sich ein. Die Frau ist mir wirklich sympathisch.

»Lasst mich mal. Was wollt ihr trinken?« Ohne darüber nachzudenken, fasse ich Jolee an die Hüfte und schiebe sie ein Stück zur Seite. Dabei rutschen meine Fingerspitzen unter ihr Top und streifen die nackte Haut. *Shit!* Sie schnappt überrascht nach Luft. Für einen Augenblick bin ich so abgelenkt, dass ich keine Ahnung habe, was ich eigentlich vorhatte.

»Zwei Sex on the Beach«, grinst Bree mich an.

Meine linke Hand verharrt auf Jolees warmer, weicher Haut, während ich den rechten Arm hebe und dem Kerl hinter der Bar ein Zeichen gebe.

»Was bekommst du?«, fragt er keine zwanzig Sekunden später.

»War ja klar«, murmelt Jolee vor mir. Damit ich nicht brüllen muss, beuge ich mich zum Tresen vor, dabei berührt meine Brust Jolees Schulter. Mein Herzschlag hat sich schlagartig verdoppelt und all meine Sinne sind augenblicklich auf ihre Nähe gepolt. Ich rücke ihr eindeutig auf die Pelle und zu meiner Überraschung nimmt sie das kommentarlos hin. Als sie sich leicht gegen mich drängt, um einen Kerl vorbeizulassen, wird mein Griff an ihrer Hüfte fester und die Hose auf Höhe meines Schritts verdammt eng. *Holy Shit!*

8

Jolee

Okay, was passiert hier gerade? Kyles Hand liegt an meiner Hüfte, als wäre es völlig normal, dass er mich berührt. Dabei hat er kein Recht dazu, mich so anzufassen. Allerdings kann ich mich seiner Nähe auch nicht entziehen, ohne jemand anderem dafür auf die Pelle zu rücken. Der Puls rauscht mir in den Ohren. Er macht mich nervös und die Gedanken in meinem Kopf überschlagen sich. Das hier sollte sich nicht so gut anfühlen. Nur zu gerne würde ich mich umdrehen und einen Blick in sein Gesicht werfen. Vermutlich grinst er selbstzufrieden vor sich hin, weil ihm nicht entgeht, welche Wirkung er auf mich hat.

»Zwei Sex on the Beach, ein Bier und ein Wasser«, bestellt er. Das Wasser ist sicher für seine Begleitung, die eben noch an ihm herumgefummelt hat. Ich verwette meinen Hintern darauf, dass sie ein Cheerleader ist. Die alberne orangefarbene Schleife um ihren wippenden Pferdeschwanz ist ein eindeutiges Indiz dafür. Kyle beugt sich noch weiter nach vorne, um die Getränke entgegenzunehmen. Dabei presst er seinen Körper gefährlich eng an meinen und sein Aftershave vernebelt mir endgültig das Hirn. Eine Mischung aus Leder und Zedernholz, wenn ich raten müsste. Muss er wie eine Einladung riechen? *Eine Einladung*, an ihm zu lecken wie an einer Kugel Eis. Er reicht erst Bree ihren Cocktail, dann mir.

»Danke«, sagt sie, während mir die Worte im Hals stecken bleiben. Meine Konzentrationsfähigkeit ist quasi nicht existent, weil ich die Beule in seiner Hose an meiner Hüfte spüren kann. Er drückt dem Barkeeper einen Zwanziger in die Hand. Super, jetzt hat er unsere Cocktails bezahlt. Hoffentlich erwartet er dafür keine Gegenleistung. Da er für die restlichen Getränke beide Hände braucht, löst er sich endlich von mir. Die Stelle, auf der bis eben noch seine Finger lagen, fühlt sich plötzlich kalt an. Beinahe vermisse ich das

Gefühl, das er in mir ausgelöst hat ... wobei, nein! Niemals würde ich etwas von Kyle vermissen. Auf gar keinen Fall!

»Also dann, Ladys, man sieht sich«, verabschiedet er sich und bringt Abstand zwischen uns. Sofort drehe ich mich um und sehe, wie er in der Menge verschwindet. Zu meiner Überraschung geht er an der Cheerleaderin vorbei, ohne überhaupt in ihre Richtung zu blicken. Eigenartig. So wie sie sich an ihn geschmiegt hat, hätte ich schwören können, die beiden sind gemeinsam hier.

»Soll ich dir einen Kübel mit Eis besorgen?«, kichert Bree neben mir.

»Was? Nein. Natürlich nicht.«

»Gib's zu, du findest ihn heiß.«

»Tue ich nicht!«

»Er dich aber sehr wohl«, sagt sie beiläufig und saugt genüsslich an ihrem Strohhalm. Mein Blick huscht in die Richtung, in die Kyle verschwunden ist, aber er ist nirgends zu sehen. Niemals steht er auf mich. Er benimmt sich nur so, um mich bei Laune zu halten, damit ich ihn nicht hängen lasse. Dass er mit seinem Verhalten bei mir eher den Fluchtinstinkt auslöst, kann er nicht ahnen.

»Los, komm, wir suchen uns einen freien Platz«, sage ich zu meiner Freundin und laufe los. Alles ist besser, als über Kyle zu reden.

»Du kannst die Anziehung zwischen euch nicht ewig ignorieren.«

»Bree!«, ermahne ich sie.

»Du sollst ihn nicht gleich heiraten, sondern nur ein bisschen seine Aufmerksamkeit genießen.«

»Auf gar keinen Fall.« Kyle Blackmoore ist tabu. Anziehung allein reicht nicht aus, um meine Prinzipien über Bord zu werfen. Sportler daten birgt Verletzungsgefahr. Eine Gefahr, der ich mich nicht blindlings ausliefere. Nicht mehr jedenfalls. Diese Lektion habe ich gelernt.

Leider finden wir keinen freien Tisch, weil der Club zum Brechen voll ist. Uns bleibt nichts anderes übrig, als mitten in der Menge stehen zu bleiben. Die Band auf der Bühne hat inzwischen ruhigere Töne angeschlagen, was angenehmer ist, da es nicht so in den Ohren dröhnt. Bree leert ihren Cocktail, zwängt sich durch die Leute, die um einen der Stehtische versammelt sind, und stellt das leere Glas darauf ab. Ich hingegen habe gerade mal an meinem genippt.

»Wir sollten eine Runde tanzen, wenn wir schon hier sind.« *Tanzen* gehört nicht zu meinen Stärken, aber so ein bisschen die Hüften nach links und rechts schwingen, das bekomme ich hin. Und wenn ich mich so umsehe, bin ich mit meinen mäßigen Tanzkünsten nicht allein. Ich stelle das noch fast volle Glas ebenfalls ab.

»Okay, aber ich warne dich vor, Nerds sind nicht gerade für ihr Taktgefühl bekannt.« Bree schüttelt lachend den Kopf, greift nach meiner Hand und zieht mich ins Getümmel.

Die Tanzfläche ist so voll, dass es sich nicht verhindern lässt, dass man hin und wieder mit jemandem zusammenstößt. Genau wie in diesem Moment.

»Sorry«, sage ich und schaue kurz über meine Schulter. Der blonde Typ grinst breit, bevor sein Blick über mich wandert. Er sieht nicht schlecht aus, aber die lüsterne Art, mit der er mich abcheckt, gefällt mir nicht.

»Netter Hintern.« Wie bitte? Ohne zu antworten, wende ich den Blick wieder ab. Einen Wimpernschlag später spüre ich, wie sich jemand von hinten an mich drängt. Ich mache einen Schritt nach vorne, um Abstand zwischen uns zu bringen. Vergebens, denn er schließt die Lücke sofort wieder und zu allem Überfluss packen seine Hände meine Hüfte und halten mich an Ort und Stelle. Spinnt der?

»Lass das!«, zische ich und will mich aus seinem Griff lösen. Vergebens.

»Warum? Du fühlst dich gut an.« Suchend sehe ich mich nach Bree um, die allerdings von der Menge verschluckt wurde und sich irgendwo außerhalb meines Blickfeldes befinden muss.

»Lass mich los!«, versuche ich es erneut. Er beugt sich vor und sein Atem streift meine Wange. Was bei Kyle ein Kribbeln in mir ausgelöst hat, sorgt bei ihm für plötzliche Übelkeit. »Wir können auch einfach ein bisschen Spaß haben.« Seine Hand schiebt sich unter mein Shirt, streift meinen Bauch und presst mich schließlich an seinen Körper. Ich fühle mich, als hätte man mich in einen Schraubstock gespannt. Panik kriecht durch meinen Körper und mir bricht der kalte Schweiß aus. Was zur Hölle soll das hier werden?

»Fass mich nicht an! Ich habe kein Interesse, also lass mich gottverdammt noch mal los!« Mit beiden Händen versuche ich ihn von mir zu lösen. Meine Bemühungen laufen allerdings immer wieder ins Leere, weil er viel stärker ist als ich. Je mehr ich mich wehre, desto enger presst er sich an mich. Die Panik wandelt sich in Wut und letztlich in Verzweiflung. Es scheint völlig unmöglich, ihm zu entkommen. »Du sollst mich verdammt noch mal loslassen«, brülle ich ihn über meine Schulter hinweg an. Als Antwort grinst er und beginnt uns im Takt zu wiegen. Der ist doch völlig übergeschnappt! Hilfe suchend sehe ich mich um. Die Musik ist laut, die Tanzfläche voll und niemand nimmt Notiz von uns. Gerade, als seine Hand aufwärts wandert und meine Brust streift, lässt er abrupt von mir ab. Sofort mache ich einen Schritt nach vorne und drehe mich um, damit ich ihm eine Ohrfeige verpassen kann. Ich sehe gerade noch, wie Kyles Faust mitten im Gesicht des blonden Typens landet und er zu Boden geht. Allerdings rappelt er sich sofort wieder auf und stürzt sich auf Kyle. Die Leute um die beiden herum weichen zurück, machen aber keine Anstalten, sie aufzuhalten. Der Blonde landet einen Treffer, sofort läuft Blut über Kyles Schläfe. Verdammter Mist! Warum geht denn niemand dazwischen?

»Hört sofort damit auf!«, brülle ich, aber sie denken nicht einmal daran, sich nicht die Köpfe einzuschlagen. Alles geht so schnell, dass sich kaum erkennen lässt, wer von beiden gerade zum Schlag ausholt. Und dann ist Nick plötzlich da, reißt den Typen von Kyle runter und hält ihn fest.

»Seid ihr jetzt völlig übergeschnappt?«

»Lass mich los! Ich polier ihm seine dämliche Fresse«, schreit der Blonde. Sein rechtes Auge ist bereits zugeschwollen.

»Halt die Klappe, Sam!« Oh! Nick kennt den Kerl auch noch. Kyle steht regungslos da und starrt den Typen an, als könne er nicht glauben, was hier gerade passiert ist.

»Kyle?« Mein Bruder wirft ihm einen besorgten Blick zu. Endlich scheint er aus seiner Schockstarre zu erwachen und geht auf die beiden zu.

»Mach das noch einmal und ich hacke dir die Hände ab, versprochen!«

Ohne auch nur in meine Richtung zu schauen, verschwindet er in der Menge. Nick sieht ihm nach, anschließend redet er auf Sam ein.

»Was ist denn hier los?«, fragt Bree, die plötzlich neben mir auftaucht.

»Später«, antworte ich und eile hinter Kyle her. Kurz vor den Toiletten fange ich ihn ab.

»Was sollte das denn?«, sage ich laut genug, damit er mich hören kann. Er bleibt stehen und dreht sich zu mir um. Erschrocken schnappe ich nach Luft. Sein hübsches Gesicht hat einiges abbekommen. Seine Lippe ist aufgeplatzt und der Cut an der Augenbraue sieht aus, als müsste er dringend genäht werden. Aber was mir wirklich Sorgen macht, ist, dass er sein rechtes Handgelenk festhält. »Alles okay?«, frage ich vorsichtig. Als Antwort zieht er die unverletzte Augenbraue nach oben. Okay, blöde Frage. Ich mache zwei Schritte auf ihn zu und mustere sein Gesicht genauer. Sein Jochbein hat auch etwas abbekommen. Das gibt ein schönes Veilchen. Kurzentschlossen lege ich ihm die Hände auf die Brust und schiebe ihn rückwärts in die Damentoilette. Zwei Mädels ziehen sich gerade ihren Lippenstift nach und werfen uns einen missbilligenden Blick zu.

»Das ist die Damentoilette«, zischt eine von ihnen.

»Ihr könnt gerne dabei zusehen«, antworte ich und blicke sie herausfordernd an. Beide schnauben empört, greifen nach ihren Taschen, die neben den Waschbecken stehen, und machen sich aus dem Staub.

»Was hast du vor?«, fragt Kyle und sieht verwundert auf mich herab.

»Als Erstes mache ich dein Gesicht sauber und danach trete ich dir für diese Aktion in den Arsch.« Er lacht und verzieht im nächsten Augenblick das Gesicht. Natürlich werde ich das nicht machen. Ich bin wirklich froh, dass Kyle aufgetaucht ist, auch wenn ich dem Typen gerne selbst eine verpasst hätte.

»Tut es sehr weh?«, frage ich und ziehe ein paar Papierhandtücher aus dem Spender.

»Geht schon«, antwortet er und beobachtet mich dabei, wie ich das Papier anfeuchte.

»Setz dich mal auf eine der Toiletten, du bist eindeutig zu groß«, sage ich und manövriere ihn bereits in eine der Kabinen. Brav folgt er meiner Anweisung. Was ich bei meinem Vorhaben nicht bedacht habe, ist, dass so eine Toilettenkabine verdammt eng ist. Kyle spreizt die Beine, damit ich dazwischentreten kann. Sein Gesicht befindet sich nun auf meiner Brusthöhe, was bedeutet, dass er mir direkt in den Ausschnitt glotzen kann. Kyle legt den Kopf in den Nacken, um mich anzusehen. Vorsichtig tupfe ich das Blut von seiner Unterlippe, kurz zuckt er zusammen.

»Sorry«, sage ich und versuche sanfter zu sein. Seine Lippe ist zwar aufgeplatzt, aber muss sicher nicht genäht werden, ganz im Gegensatz zu seiner Augenbraue. Die Blutung lässt sich nicht stoppen. Immer wieder rinnt Blut heraus und läuft über sein Gesicht.

»Du musst ins Krankenhaus, der Cut muss sicher genäht werden. Verdammt, Kyle, du hättest nicht gleich zuschlagen müssen.«

»Er hat es verdient. Sam ist ein Arschloch und denkt, dass er mit allem durchkommt.« Wut blitzt in seinem Gesicht auf. Das Ozeanblau seiner Augen schimmert jetzt wie die tosende See, während eines Sturms.

»Ich wäre schon mit ihm klargekommen.«

»Sorry, für mich sah es nicht so aus, als hättest du die Situation unter Kontrolle.« Ja, damit hat er recht, aber trotzdem habe ich ein schlechtes Gewissen, dass er meinetwegen verletzt ist. Ich werfe das blutige Papiertuch in den Mülleimer und senke den Blick auf sein Handgelenk, das mächtig angeschwollen ist.

»Es tut mir leid«, sage ich und suche wieder seinen Blick.

»Entschuldige dich nicht dafür, dass er sich wie ein Arschloch aufgeführt hat.« Mein Herzschlag gerät aus dem Takt, als er mich liebevoll ansieht. Mist! Das ist noch schlimmer als das Schmunzeln, welches ständig auf seinen Lippen liegt. Etwas benommen strecke ich eine Hand nach ihm aus, umfasse sein Kinn und streiche mit dem Daumen über die unverletzte Stelle seiner Unterlippe. Außer Nick hat sich noch nie jemand meinetwegen geprügelt. Die Aktion war dämlich, aber gleichzeitig auch süß. Unsere Blicke verfangen sich ineinander. So intensiv, dass es ein Flattern in mir auslöst und mein Herz höherschlagen lässt. Schnell ziehe ich die Hand zurück.

»Bist du mit deinem Wagen hier?«, frage ich ihn und trete rückwärts aus der Kabine.

»Ja, warum?«, fragt er sichtlich irritiert und folgt mir.

»Ich fahre dich ins Krankenhaus.«

»Quatsch, so schlimm ist es nicht«, protestiert er.

»Kannst du etwa selbst fahren?«, frage ich und deute auf sein Handgelenk, das er immer noch mit der anderen Hand stützt.

»Ich frage Nick.« Betreten sieht er zur Seite. Es ist ihm unangenehm, dass er in einer Situation steckt, aus der er nicht alleine herauskommt.

»Ich kenne meinen Bruder. Sicher hat er bereits ein paar Bier getrunken. Der fährt keinen Meter mehr.«

»Ich rufe mir ein Uber, du musst dir wirklich nicht solche Umstände machen.«

»Sei nicht albern. Dein Auto steht vor der Tür und ich habe nicht mehr als an dem Cocktail genippt, den du besorgt hast. Oder hast du etwa Angst, dass ich deinen Jeep zu Schrott fahre?«, ziehe ich ihn ein wenig auf, um ihm etwas die Anspannung zu nehmen.

»Was? Nein. Du kannst fahren, wenn es unbedingt sein muss«, gibt er schließlich nach. »Aber ich muss mich um eine Mitfahrgelegenheit für Nick kümmern. Ich bin heute der Fahrer und der Kerl kommt auf dumme Gedanken, wenn er zu viel getrunken hat. Ich will ihn morgen früh nicht irgendwo abholen müssen, weil er mit einem Mädchen mitgegangen ist, für das er sich überhaupt nicht interessiert.« Dass mein Bruder kein Mönch ist, habe ich mir bereits gedacht, aber dass er feuchtfröhlich durch die Betten von Charlottesville hüpft, hätte ich nicht erwartet.

Kyle löst die unverletzte Hand von dem lädierten Handgelenk, um in seine Hosentasche zu greifen. »Fuck!« Sofort stützt er es wieder.

Bei seinem schmerzverzerrten Gesicht meldet sich sofort mein schlechtes Gewissen. Das ist meine Schuld.

»Warte, ich helfe dir.« Ich würde Nick ja mit meinem Handy anrufen, aber das liegt noch auf dem Nachttisch, weil ich vergessen habe den Akku zu laden. Etwas unsicher trete ich näher an Kyle heran und schiebe meine Hand in seine Hosentasche. Den Gedanken, in welche Regionen meine Finger gerade vordringen, versuche ich zu ignorieren. Sobald ich das Telefon erwische, ziehe ich es heraus.

»Dein Code?«, frage ich und er scheint nicht zu verstehen, was ich meine. »Für dein Handy«, ergänze ich.

»0008«, sagt er. Ich gebe die vier Zahlen ein und suche Nicks Kontakt. Da er einen Anruf vermutlich nicht bemerkt, schicke ich ihm eine Nachricht, dass er sich um eine andere Mitfahrgelegenheit bemühen muss, weil ich Kyle ins Krankenhaus fahre.

»Also dann los.« Kyles Handy stecke ich in meine Handtasche und halte ihm die Tür auf.

»Ich dachte schon, ihr beide kommt da gar nicht mehr raus«, grinst Bree uns an, die vor der Tür steht, als hätte sie Wache gehalten. Das erklärt, warum uns niemand gestört hat, denn für gewöhnlich ist auf einer Damentoilette die Hölle los.

»Ich muss Kyle ins Krankenhaus bringen. Kommst du alleine klar?«

Sie sieht kurz zwischen uns hin und her. »Natürlich. Kümmere du dich um Kyle.« Warum werde ich das Gefühl nicht los, dass es ihr gefällt, dass ich mir Sorgen um ihn mache? Plötzlich kommt mir eine Idee.

»Kannst du vielleicht Nick mitnehmen, damit er keine Dummheiten macht?«, frage ich sie und sie wirkt kurz überrascht.

»Deinen Bruder Nick?«

»Ja, genau den.«

»Okay«, sagt sie gedehnt. Erneut ziehe ich Kyles Handy aus meiner Tasche und gebe ihr Nicks Nummer.

»Danke. Bis später«, verabschiede ich mich, umarme sie kurz und verlasse gemeinsam mit Kyle den Club.

Es dauert ein paar Minuten, bis wir Kyles Wagen erreichen. Fast wäre ich an dem Jeep vorbeigegangen, weil er zwischen den parkenden Autos kaum zu erkennen ist.

»Autoschlüssel?«

»Hosentasche«, grinst er. Natürlich, wo auch sonst. Ich fische den Schlüssel aus seiner Tasche und drücke den Knopf für die Zentralverriegelung. Kyle klettert auf den Beifahrersitz. Um ihn anzuschnallen, greife ich nach dem Gurt.

»Das hätte ich schon noch allein geschafft«, sagt er stockend, als ich über seinen Schoß gebeugt versuche, das kleine Metallteil ins Gurtschloss zu fummeln. Über die Schulter hinweg sehe ich zu ihm auf. Er sieht etwas gequält aus. Okay, diese Position ist äußerst unpassend, wie ich gerade bemerke, denn mein Busen drückt genau auf seine Mitte. Kyle scheint das mächtig unangenehm zu sein. Schnell schnalle ich ihn an und rücke von ihm ab. Etwas zu heftig schlage ich die Tür zu. Dann atme ich kurz durch, gehe um das Auto herum und lasse mich auf den Fahrersitz sinken.

9

Kyle

Jolee schiebt den Fahrersitz ein Stück nach vorne, damit sie an die Pedale heranreicht. Dann stellt sie die Spiegel ein und schnallt sich an. Anschließend drückt sie auf einigen Knöpfen herum, vermutlich um herauszufinden, wofür sie sind. Kurz befürchte ich, sie wäre noch nie ein Auto gefahren. Als sie den Wagen anlässt und er nicht direkt wieder absäuft, atme ich erleichtert aus. Allerdings macht sie keine Anstalten loszufahren, stattdessen kramt sie eine Packung Taschentücher aus ihrer Handtasche.

»Kannst du das auf deine Augenbraue drücken, damit du nicht alles einsaust?«, fragt sie und reicht mir die Packung, bevor sie die Tasche auf die Rückbank befördert.

»Das sollte ich hinbekommen«, antworte ich und fummle zwei Taschentücher aus der Verpackung.

»Bereit?«, fragt sie und sieht kurz in meine Richtung.

»Ich bin bereit, wenn du es bist«, grinse ich sie an. »Oder willst du vielleicht noch nachsehen, ob ich ein Warndreieck im Kofferraum habe?«, ziehe ich sie auf.

»Haha, sehr lustig, Blackmoore«, zischt sie und parkt den Jeep aus. Die Straßen sind so gut wie leer, was aber um ein Uhr morgens auch kein Wunder ist. Charlottesville ist nicht gerade eine Großstadt mit ausschweifendem Nachtleben. Wir erreichen das Jefferson Medical Center nach dreißig Minuten, ich hätte es in zwanzig geschafft. Jolee ist so langsam gefahren, als würde sie rohe Eier transportieren. Ohne Verpackung und einzeln auf dem Armaturenbrett liegend. Entweder fährt sie selten oder sie hat Angst um den Wagen und vielleicht auch ein bisschen um mich.

Bevor Jolee wieder halb auf meinen Schoß klettert und meine untere Hälfte damit erneut auf dumme Gedanken bringt, schnalle ich mich selbst ab. Ein stechender Schmerz zuckt durch mein Handgelenk. Aber wenigstens läuft mir das Blut nicht mehr in Strömen über das Gesicht und saut den Hoodie weiter ein. Ein Hoch auf die Blutgerinnung, die endlich ihren Dienst aufgenommen hat. Der Abend ist wirklich nicht optimal gelaufen und ich ahne bereits, worauf der Besuch in der Notaufnahme hinauslaufen wird. Bereue ich es? Auf keinen Fall. Ich würde Sam jederzeit wieder die Fresse polieren, wenn seine Hände auch nur in die Nähe von Jolee kommen sollten. Er ist ein Arschloch und ich kann ihn nicht ausstehen, was rein gar nichts mit ihr zu tun hat. Aber als ich gesehen habe, wie er sie bedrängt hat, ist bei mir eine Sicherung durchgebrannt. Nicht aus Eifersucht, sondern weil so ein Verhalten nicht akzeptabel ist und es ein paar unschöne Erinnerungen heraufbeschworen hat.

»Kommst du?«, durchbricht Jolee meine Gedanken. Sie hat die Beifahrertür geöffnet und sieht mich abwartend an. Umständlich steige ich aus dem Wagen, weil meine Rippen ebenfalls etwas abbekommen haben und bei jeder Bewegung schmerzen.

Die Notaufnahme ist gut besucht, was nicht verwunderlich ist. Die Leute kriechen grundsätzlich an den Wochenenden aus ihren Löchern, um das Krankenhaus aufzusuchen. Meist wegen Dingen, die sie schon eine Weile mit sich herumschleppen. Der Geruch nach Desinfektionsmittel erinnert mich an die vielen Male, in denen ich als Kind mit meiner Mom in der Notaufnahme des Sibley Memorial Hospital in D. C. gesessen habe. Mal wegen mir, mal wegen ihr. Schlagartig wird mir übel.

Jemand berührt meine Schulter, erschrocken zucke ich zusammen.

»Alles okay?«, fragt Jolee und mustert mich besorgt.

»Klar, ich mag Krankenhäuser nur nicht sonderlich.« Ich weiche ihrem Blick aus und stelle mich in der Schlange für die Anmeldung an.

»Was ist passiert?«, fragt eine ältere Dame hinter dem Pult, als wir an der Reihe sind.

»Er ist in eine Schlägerei geraten«, antwortet Jolee für mich und nimmt den Anmeldebogen entgegen.

»Füllen Sie das aus und bringen es mir dann zurück«, erklärt die Schwester und wendet sich bereits dem Nächsten zu. Wir suchen uns zwei freie Plätze. Als wir in dem überfüllten Wartebereich fündig werden, fängt Jolee an, das Formular für mich auszufüllen.

»Geburtsdatum?« Ich nenne ihr meine Daten, die sie fein säuberlich einträgt. Es ist tatsächlich irgendwie süß, wie bemüht sie ist und sich akribisch durch den Fragebogen arbeitet. Anschließend bringt sie das ausgefüllte Formular zur Anmeldung zurück.

»Sie sagt, es könnte eine ganze Weile dauern.« Seufzend lässt sie sich auf den Platz neben mir sinken.

»Du musst nicht mit mir hier warten«, sage ich und kassiere dafür einen bösen Blick.

»Fang nicht schon wieder damit an. Du sitzt nur meinetwegen hier. Es ist das Mindeste, dass ich mit dir hier warte. Soll ich uns einen Kaffee besorgen?«, fragt sie und sieht sich bereits suchend um.

»Für mich nicht, aber wenn du einen möchtest, lade ich dich gerne auf einen miserablen Krankenhauskaffee ein«, antworte ich.

»Muss ich, um an Kleingeld zu kommen, in deiner Hosentasche wühlen?« Vielsagend grinse ich sie an. Was glaubt sie denn, wo ich das Geld deponiert habe, in den Socken?

»Schon gut, ich bezahle meinen Kaffee selbst.« Bevor ich protestieren kann, hat sie sich erhoben und geht auf den Getränkeautomaten zu, der in einer Ecke des Warteraumes steht.

Als sie zurück ist, kramt sie weitere Taschentücher aus ihrer Handtasche, schraubt die Wasserflasche auf, die sie gerade gekauft hat, und befeuchtet eins.

»Darf ich?« Sie deutet auf mein Gesicht. »Du siehst aus, als wärst du mit einem Laster kollidiert.«

So fühle ich mich auch. Wann habe ich mich zuletzt geprügelt? Das muss in der Highschool gewesen sein, als mir Tommy Olsen Ketchup in den Schulranzen gekippt hat und damit all meine Schulbücher hinüber waren.

Ich strecke mich Jolee entgegen. Zum zweiten Mal an diesem Abend reinigt sie mein Gesicht und allmählich finde ich an ihrer fürsorglichen Art

Gefallen, auch wenn mir andere Umstände lieber wären. Für einen Augenblick verliere ich mich in ihrem konzentrierten Blick. Erleichtert atmet sie aus, als die Blutung nach der Reinigung nicht erneut einsetzt. Ihr Mund schwebt so dicht vor meinem, dass ich wirklich gerne eine Hand in ihren Nacken legen würde, um die letzten Zentimeter zwischen uns zu überbrücken. Seit dem Moment im Badezimmer frage ich mich, wie sie reagiert, wenn ich sie einfach küsse. Und wenn ich ihren Blick auf meinen Lippen richtig deute, stellt sie sich eine ganz ähnliche Frage. Aber so ein Typ, der diesen Moment ausnutzen würde, bin ich nicht. Meine Mom hat mich besser erzogen. Man führt eine Frau aus, nähert sich langsam an und wartet auf den richtigen Augenblick. Die Notaufnahme von Charlottesville ist kein geeigneter Ort, um auf Tuchfühlung zu gehen. Entschlossen rücke ich etwas von ihr ab und richte den Blick geradeaus. Warum gehen meine Gedanken überhaupt in diese Richtung, will ich etwa mit ihr ausgehen? Vielleicht, nein ... Ich habe keine Ahnung und das hier ist auch wirklich nicht der beste Augenblick, um darüber nachzudenken. Aus den Augenwinkeln beobachte ich Jolee, die gerade nach einem Magazin greift, das neben ihr auf einem kleinen Ablagetisch liegt.

»Mister Blackmoore?«

Sofort springe ich auf. »Bin gleich zurück«, sage ich zu Jolee und gehe auf die Glastür zu, wo eine Schwester wartet, um mich in eines der Behandlungszimmer zu führen.

»Sie haben sich also geprügelt?«, fragt der Arzt, der vermutlich um die Fünfzig ist, während er meine Augenbraue begutachtet.

»Ja, Sir. Ein Kerl hat meine Freundin bedrängt.« Die Worte sind raus, bevor ich überhaupt darüber nachgedacht habe. *Meine Freundin.* Jolee ist nicht meine Freundin, aber als was sollte ich sie sonst bezeichnen?

Meine Nachhilfelehrerin? Eine Bekannte?

»Das muss genäht werden. Schwester Estelle, bereiten Sie alles fürs Nähen vor.« Sie kommt keine Minute später mit einer kleinen Metallschale und stellt sie auf einem Tisch, der neben der Untersuchungsliege steht, ab. »Ich schätze,

Sie können einiges einstecken oder brauchen Sie eine Betäubung?« Ich schüttle den Kopf. Das ist nicht mein erster Cut. Auf dem Fußballplatz kommt so etwas immer mal wieder vor und da wird so was schnell mal am Spielfeldrand getackert. Trotzdem zucke ich beim ersten Stich kurz zusammen. Fünf Stiche. Das gibt bestimmt ein hübsches Andenken an diesen Abend. Der Doc fragt nach weiteren Beschwerden. Ich deute auf mein Handgelenk und die schmerzenden Rippen. Beides sieht er sich genau an, wirkt aber wenig besorgt.

»Schwester Estelle wird Sie nun zum Röntgen begleiten, anschließend sehen wir uns hier wieder. So wie ich die Sache sehe, hat das Handgelenk eine Fraktur erlitten. Die Rippen sind vermutlich nur geprellt. Mehr wissen wir, nachdem ich mir die Aufnahmen angesehen habe.« Er wirft mir noch einen aufmunternden Blick zu, bevor die Schwester mich aus dem Behandlungsraum führt. Ein gebrochenes Handgelenk wäre eine Katastrophe. Das würde bedeuten, dass ich die nächsten Wochen die Spiele von der Tribüne aus verfolgen müsste. *Fuck!*

Zwanzig Minuten später hat sich der Verdacht bestätigt. Ein glatter Bruch. Zum Glück. Alles andere hätte eine Operation und einen längeren Genesungsprozess nach sich gezogen. Trotzdem könnte ich kotzen. Als Sam mich zu Boden gerissen hat und dabei unsanft mit dem Knie voran auf mein Handgelenk gestürzt ist, ist es mir sofort klar gewesen. Das Knacken hallt noch immer in meinen Ohren. Aber ein kleiner Funken Hoffnung ist dennoch da gewesen.

»So, das war's. Sport fällt für die nächsten sechs bis acht Wochen aus. Die Fäden sollten frühestens in sieben Tagen gezogen werden. Haben Sie noch Fragen?«, erklärt mir der Arzt, nachdem mein Unterarm eingegipst ist und er mir ein Rezept für Schmerzmittel in die andere Hand gedrückt hat.

»Nein«, antworte ich knapp. Das muss ich erst einmal sacken lassen. Jetzt sitze ich nicht aufgrund schlechter Noten auf der Bank, sondern wegen eines gebrochenen Handgelenkes. So ein Mist!

Die Schwester drückt mir ein Kühlpack in die Hand. »Sie sollten Ihr Jochbein kühlen, damit das Veilchen nicht allzu groß wird«, lächelt sie mich an.

»Danke.« Ungläubig betrachte ich meinen rechten Arm und schlagartig wird mir klar, dass so ein Gips noch ganz andere Probleme mit sich bringt. War es wirklich nötig, den Arm bis zu den Fingerspitzen einzugipsen?

Jolee stolpert regelrecht auf mich zu, als ich durch die Glastür trete. »Ach du Scheiße.« Entsetzt schlägt sie sich die Hand vor den Mund.

»Hübsch, oder?«, grinse ich sie an und winke mit meinem neuen Accessoire.

»Das ist nicht lustig. Du hast dir meinetwegen den Arm gebrochen«, sagt sie leise und ihre Augen glänzen verdächtig. Wenn sie jetzt weint, drehe ich Sam den Hals um.

»Ich habe mir nicht deinetwegen das Handgelenk gebrochen, sondern weil der Idiot seine Finger nicht bei sich behalten konnte«, sage ich eine Spur zu schroff. Jolee weicht einen Schritt zurück, ich habe sie erschreckt. »Sorry. Lass uns fahren, ich bin völlig im Arsch.« Mit einem erschöpften Lächeln sehe ich auf sie herab.

»Okay.«

Kaum sitzen wir im Auto, fallen mir die Augen zu. Erst als etwas über meine Wange kitzelt, wache ich auf. Blinzelnd blicke ich Jolee an, die an der offenen Beifahrertür steht und in diesem Augenblick ihre Hand zurückzieht.

»Wir sind da«, sagt sie sanft. Ihre Haltung mir gegenüber hat sich in den letzten Stunden eindeutig verändert. Schade, dass ich mich dafür erst eine Runde prügeln musste.

Ich kann nicht verhindern, dass ein gequälter Laut meinen Mund verlässt, als ich aus dem Wagen steige. Sam hat definitiv ein paar Treffer gelandet, die mir noch einige Tage Freude bereiten werden. Etwas unschlüssig steht Jolee neben dem Jeep. Es dauert einen Augenblick, bis mir ein Licht aufgeht. »Du kannst meinen Wagen nehmen, um nach Hause zu fahren.«

»Danke. Kann ich dich noch hinaufbringen?« Sie wendet ihren Blick ab. »Um sicherzugehen, dass du allein zurechtkommst«, fügt sie schnell hinzu.

»Du möchtest mich ins Bett bringen?«, necke ich sie und suche ihren Blick, aber sie weicht verlegen aus.

»Nenn es, wie du willst.«

»Nur, wenn du mir eine Gute-Nacht-Geschichte vorliest«, setze ich nach.

»Wenn du nicht aufpasst, breche ich dir auch noch den anderen Arm«, sagt sie und lacht leise.

»Na los, komm, bring Klein-Kyle ins Bett.« Für meinen blöden Spruch verpasst sie mir einen leichten Fausthieb gegen den Brustkorb, trifft aber leider genau die Stelle, die Sam ebenfalls erwischt hat. Ich sacke nach vorne und stöhne kurz vor Schmerz auf.

»Shit! Sorry, tut es sehr weh?«

»Wenn du pustest, wird es sicher gleich besser«, grinse ich sie an und richte mich wieder auf.

»Idiot!«, schimpft sie und geht auf den Eingang zu.

»Haustürschlüssel?«

»Hosentasche.«

»Herrgott, was hast du denn alles in deinen Taschen? Ein Wunder, dass dir die Hose nicht vom Hintern rutscht.« Bevor ich sie darauf hinweisen kann, dass ich inzwischen eine Hand frei habe, ist sie bereits vor mich getreten und schiebt beide Hände in meine Taschen. Ihre plötzliche Nähe bringt mich kurz aus dem Konzept und ich ertappe mich dabei, wie ich mir vorstelle, dass sie zu mir aufsieht, sich auf die Zehenspitzen stellt und mich küsst. Augenblicklich erhöht mein Herzschlag sein Tempo und ich kann mich gerade noch davon abhalten, laut aufzustöhnen. Diesmal nicht vor Schmerz. Die Schmerzmittel vernebeln offenbar meinen Verstand. Sobald sie den Schlüssel hat, weicht sie zurück und schließt die Tür auf.

Schweigend steigt sie die Stufen nach oben und ich folge ihr. Ihr Hintern befindet sich genau in meinem Blickfeld. In der engen Jeans bleibt kaum Spielraum für Fantasien. Jolee hat einen unglaublichen Po, da bin ich mir sicher. Als sie die Wohnungstür aufschließt, ist es still und der Flur dunkel. Nick ist entweder noch nicht da oder er schläft bereits. Wir betreten die Wohnung und ich schalte das Licht ein.

»Möchtest du etwas trinken oder essen?«, frage ich, weil ich nicht will, dass sie sofort wieder geht. Ich öffne den Kühlschrank und nehme eine Flasche Wasser heraus.

»Nein danke. Meinst du, Nick ist da?«, fragt sie und sieht in Richtung Flur.

»Keine Ahnung. Vermutlich nicht, aber du kannst gerne nachsehen«, schlage ich vor. Es ist bereits fünf Uhr morgens und ich könnte im Stehen einschlafen. Jolee ist sicher auch todmüde. Als hätte sie meine Gedanken gehört, gähnt sie und hält sich schnell die Hand vor den Mund, um es zu verstecken. »Vielleicht solltest du nicht mehr nach Hause fahren, wenn du so müde bist«, sage ich nachdenklich.

»Quatsch, das geht schon.«

»Du kannst gerne hierbleiben. Um ehrlich zu sein, würde ich mich wohler fühlen, wenn du nicht übermüdet in meinen Wagen steigst.«

Aus zusammengekniffenen Augen mustert sie mich. »Und wo genau schlafe ich dann? In deinem Bett?«

Gerade habe ich einen Schluck aus der Wasserflasche, die ich mit den Zähnen geöffnet habe, genommen, der just in diesem Moment wieder meinen Mund verlässt und auf den Fliesen landet.

»Was, nein!«, antworte ich schnell. »So habe ich das nicht gemeint. Du kannst bei Nick oder auf dem Sofa schlafen? Oder ich schlafe auf dem Sofa und du in meinem Bett?« Okay, jetzt habe ich ihr doch mein Bett vorgeschlagen.

Plötzlich lacht sie. »Entspann dich, Kyle, ich will dir nicht an die Wäsche«, stellt sie klar. Dabei hätte ich damit nun wirklich kein Problem. Vorausgesetzt, sie geht vorher mit mir aus. »Ich nehme Nicks und lasse mich morgen von ihm nach Hause fahren oder ich rufe Bree an, damit sie mich abholt.«

»Ja, okay. Das ist gut.« O Mann, ich klinge wie ein Vollidiot. Sie geht auf Nicks Schlafzimmertür zu und drückt die Klinke nach unten. Nichts. *Mist!*Über die Schulter wirft sie mir einen fragenden Blick zu. »Das bedeutet dann wohl, er ist zu Hause und hat Besuch.« Das Fragezeichen in ihrem Gesicht wird noch größer. »Er schließt die Tür ab, wenn er nicht gestört werden möchte«, erkläre ich schulterzuckend.

»Dann nehme ich eben das Sofa.«

»Ich hole dir eine Decke und Kissen.«

»Warte, ich helfe dir«, sagt sie und folgt mir zu meinem Schlafzimmer. Im

Türrahmen bleibt sie stehen, als wäre dort eine unsichtbare Grenze, die sie nicht einfach übertreten darf.

»Du kannst ruhig reinkommen«, versichere ich ihr, dass es okay ist. Sie zögert einen Moment, ehe sie auf mich zukommt. Ich stehe neben meinem Bett, um ihr eine der beiden Decken und ein Kissen zu holen, halte aber in der Bewegung inne, als Jolee mich eindringlich mustert. Okay, was passiert hier?

10

Jolee

Ich kann immer noch nicht glauben, dass er sich wirklich meinetwegen geprügelt hat. Sein hübsches Gesicht sieht aus, als hätte man es durch den Fleischwolf gedreht. Und der Gips, der nun seinen Unterarm ziert, wird ihm in den nächsten Wochen den letzten Nerv rauben. Wenn ich an meinen gebrochenen Arm zurückdenke, habe ich keine schönen Erinnerungen daran. Nick und ich hatten gewettet, wer zuerst oben auf dem Baum sein würde. Ich hatte zwar gewonnen, aber vor allem war ich noch schneller wieder unten. Da war ich zwölf und Nick vierzehn. Man sollte meinen, dass man da bereits eine gewisse Vernunft erreicht hat. Aber bei Nick und mir ist das bis heute nicht der Fall. Wir duellieren uns, wo wir nur können. Und im Augenblick laufe ich Gefahr, in einem Hotdog-Kostüm zu enden. Denn ausgerechnet Kyle Blackmoore hat meine Ehre verteidigt. Das ist beeindruckend und verwirrend zugleich. Und gefährlich, weil es meine Zweifel ihm gegenüber ins Wanken bringt. Damit hat er eindeutig die Tür zu meinem verschlossenen Herzen eingetreten.

»Jolee?«, reißt er mich aus meinen Gedanken. Nach wie vor stehe ich in seinem Schlafzimmer und starre ihn an. *Decke! Kissen!* – rufe ich mir in Erinnerung. Langsam setze ich mich in Bewegung und greife nach dem Kissen, das am Fußende des Bettes liegt. Kyle versucht derweil, sich aus dem Hoodie zu schälen, und ich stöhne innerlich auf, als seine nackte Haut und die Bauchmuskeln zum Vorschein kommen. Kann er damit nicht warten, bis ich das Zimmer verlassen habe?

»Verflucht!«, schimpft er, den Kopf tief im Stoff vergraben. Das habe ich befürchtet. Allein bekommt er das Teil niemals aus. So wie er gerade mit dem Pulli kämpft, könnte man vermuten, er steckt fest. Er zieht und zerrt daran, dass man wirklich Mitleid mit ihm bekommt. Als er durchs Zimmer stolpert und ich befürchte, er könnte sich bei dem Versuch, sich auszuziehen, noch mehr verletzen, werfe ich das Kissen zurück auf die Matratze.

»Warte, ich helfe dir. Das kann sich ja kein Mensch mit ansehen«, sage ich und eile um das Bett herum.

»Ich schaffe das schon.« Er klingt frustriert und das kann ich völlig nachvollziehen. Mir ging es genauso, aber die richtig nervigen Dinge kommen erst noch. Mit einer Hand ein Brot schmieren, Schnürsenkel binden oder einen verdammten Hosenknopf schließen. Alles alltägliche Dinge, die in den nächsten Wochen für ihn zu einer Herausforderung werden und die das Frustrationslevel in ungeahnte Dimensionen heben.

»Da bin ich mir sicher, aber es geht schneller, wenn du dir helfen lässt.« Resigniert sinken seine Arme nach unten. Sein Kopf kommt wieder zum Vorschein und seine dunklen Haare stehen in alle Richtungen ab. Ich unterdrücke den Impuls, sie in Ordnung zu bringen. Zuerst nehme ich den eingegipsten Arm und versuche das enge Bündchen, das von den Ärzten bis zu seinem Ellenbogen geschoben wurde, ein Stück über den Gips nach unten zu ziehen. Anschließend fasse ich an den Bund des Hoodies und schiebe ihn nach oben. *Einfach nicht hinsehen, dann wird das schon,* sage ich zu mir selbst. Er zieht scharf die Luft ein und eine Gänsehaut breitet sich unter meinen Finger aus, als sie seine nackte Haut streifen. Mein Herz beginnt wild in meiner Brust zu hämmern. Ein ungutes Gefühl breitet sich in meiner Magengegend aus. Ich atme viel zu hektisch. Und dann sehe ich doch hin. Nackte gebräunte Haut, die genauso weich aussieht, wie sie sich anfühlt. Sein Brustkorb hebt sich in schnellen, rhythmischen Bewegungen. Ist es verwerflich, wenn ich gerne einmal meine Finger über seine festen Muskeln wandern lassen möchte? Er hebt die Arme über seinen Kopf und ich sehe zu ihm auf, was wirklich ein Fehler ist. Denn er sieht mich mit einem Blick an, der mich kurz vergessen lässt, was ich hier eigentlich mache. Da Kyle viel größer ist als ich, kann ich ihm den Hoodie nicht einfach über den Kopf ziehen. Aber anstatt ihn zu bitten, sich nach vorne zu beugen, dränge ich ihn die zwei Meter bis zum Bett. Bereitwillig lässt er sich darauf sinken, sobald seine Waden die Matratze berühren. Die Arme immer noch über dem Kopf ausgestreckt. Genau wie in der engen Toilettenkabine stehe ich zwischen seinen Beinen, den Saum des Hoodies in den Händen. Einen Augenblick lang verharren wir hektisch atmend in dieser Position. Mein Herz schlägt inzwischen so heftig, dass ich befürchte, Kyle könnte es bemerken. Ich suche seinen Blick und entdecke darin dasselbe Chaos, das ich fühle. Das hier ist eine verdammt dumme Idee. Vielleicht etwas zu ruckartig ziehe ich ihm den Hoodie über den Kopf und trete einen Schritt zurück.

»Den Rest schaffst du allein«, sage ich und könnte im Erdboden versinken, weil meine Stimme mich verrät.

»Ja.« Seine klingt mindestens genauso verräterisch. Rau, sexy und absolut gefährlich. Kyle Blackmoore ist wie eine Schachtel Pralinen, die man dir vor die Nase hält und von der du genau weißt, dass sie dir mindestens zwei Kilo mehr auf den Hüften bescheren wird. Weil du nicht aufhören kannst, sobald du einmal angefangen hast, davon zu naschen. Trotzdem nimmst du sie, weil du wissen willst, mit was die Schokolade gefüllt ist, und die Versuchung einfach zu groß ist. *Verdammt!* Ich würde es gerne auf den Alkohol schieben, dass ich die Lücke zwischen uns wieder schließe und meine Finger in diesem Moment in Kyles Haaren vergrabe, die sich so seidig anfühlen, doch das kann ich nicht. Ich bin vielleicht nicht bei klarem Verstand, aber definitiv nüchtern. Nachdem ich seine Frisur wieder in Form gebracht habe, fahre ich mit den Fingerspitzen die Konturen seines Kiefers entlang. Kyles Hand umfasst meine Kniekehle und streicht langsam meinen Oberschenkel hinauf. Das Flattern in meinem Bauch entwickelt sich allmählich zu einem Erdbeben. Wie von selbst beuge ich mich ihm entgegen, während er den Kopf in den Nacken legt. Seine Hand wandert zurück, greift erneut in meine Kniekehle. Mit leichtem Druck gibt er mir zu verstehen, dass ich auf seinen Schoß klettern soll. Keine gute Idee und doch mache ich genau das. Kyle schiebt die einzige Hand, die er zur Verfügung hat, in meinen Nacken und sieht mich abwartend an.

»Ich hätte dich wirklich gerne vorher ausgeführt«, sagt er entschuldigend und ich muss lächeln, weil es verdammt süß ist, dass er sich ausgerechnet darüber Gedanken macht. Meine Hände umfassen sein Gesicht, ziehen ihn zu mir heran und plötzlich küsse ich ihn. Ohne jede Vorwarnung und darüber nachgedacht zu haben, was das zu bedeuten hat. Für mich, für ihn, für uns. Mein Verstand hat jeglichen Dienst eingestellt. Als er zurückzuckt, bin ich erschrocken und ein wenig enttäuscht. Sofort rücke ich etwas von ihm ab. Irritiert sieht er mich an.

»Sorry«, flüstere ich und werfe einen Blick auf seine aufgeplatzte Lippe.

Ich will gerade von seinem Schoß klettern, als er seinen eingegipsten Arm um mich schlingt und mich an Ort und Stelle hält. Die andere Hand umfasst noch immer meinen Nacken. »Versprich mir, dass du mit mir ausgehst.« Seine Bitte überrascht mich und ich weiß nicht so recht, was ich davon halten soll, dennoch nicke ich, wenn auch zögerlich. Das ist mindestens eine genauso bescheuerte Idee, wie ihn einfach zu küssen. Bevor ich zurückrudern kann, spüre ich seine Lippen auf meinen. Warm, weich, vorsichtig und als hätte er alle Zeit der Welt. Mit der Zungenspitze stupst er gegen meine Unterlippe. Er erkundet in der Sekunde meinen Mund, in der ich seiner Aufforderung nachkomme. Meine Hände gleiten über seine Schultern, wandern seine nackte Brust entlang, weiter zu seinen festen Bauchmuskeln und wieder hinauf. Seine glatte Haut fühlt sich unter meinen Fingern unglaublich an. Unser Kuss verliert seine Leichtigkeit, als er meinen Körper an sich presst. Ich klammere mich an ihn. Hitze sammelt sich in meinem Bauch und ich rutsche unruhig auf seinem Schoß herum. An den Schultern drücke ich ihn auf die Matratze, beende unseren Kuss und sehe auf ihn hinab. Sein feuriger Blick wandert von meinem Gesicht zu meinen Brüsten, sofort zieht sich mein Unterleib in freudiger Erwartung zusammen. Verlangen durchflutet mich, mein Körper schreit nach mehr als ein paar unschuldigen Küssen. Ich beuge mich zu ihm hinab und verteile eine Spur Küsse, angefangen auf seinem Hals. Ohne jeden Widerstand lässt er zu, dass ich seinen Körper erkunde. Ich ziehe eine Brustwarze zwischen die Lippen und sauge vorsichtig daran. Kyle zieht scharf die Luft ein.

»Fuck!«, stöhnt er. Grinsend gebe ich sie wieder frei und suche erneut seinen Mund. Er hält mich fest umschlungen, während seine Hand unter mein Shirt wandert und mir zärtlich über den Rücken streichelt. Eigentlich habe ich erwartet, dass Kyle nicht so zurückhaltend ist, und eher damit gerechnet, dass er mich schneller aufs Kreuz legt, als mir lieb ist. Aber er überlässt mir die Kontrolle. Allein ich gebe das Tempo vor.

One-Night-Stands sind nicht mein Ding, also was wird das hier? Will ich wirklich mit ihm die Nacht verbringen? Er bemerkt mein Zögern, zieht seine Hand unter dem Shirt hervor und unterbricht unseren Kuss.

Ich setze mich auf und starre ihn im nächsten Augenblick entsetzt an, denn Kyles Erektion drückt sich genau gegen meine Mitte. Sein Mund verzieht sich zu einem Schmunzeln und er zuckt mit den Schultern. So wie er gerade unter mir liegt, würde ich ihm wirklich gerne auch noch das letzte bisschen Stoff vom Körper zerren, aber die Vernunft gewinnt letztlich. Er stützt sich auf die Ellenbogen, was dafür sorgt, dass sich jeder Muskel in seinem Oberkörper anspannt und ich kurz davor bin, doch noch schwach zu werden.

»Sieh mich an, Jolee«, sagt er besorgt. Wenn er wüsste, dass ich nicht aus Verlegenheit den Blick gesenkt habe, sondern gerade fasziniert auf seine Bauchmuskeln starre, würde er sicher lachen und fragen, ob mir die Aussicht gefällt. Ich zwinge mich, ihm ins Gesicht zu sehen.

»Wir müssen das nicht tun, es ist okay.« Muss er auch noch so verständnisvoll sein? Es ist so schon schwer genug, ihm zu widerstehen.

»Wir sollten das nicht tun«, antworte ich wenig überzeugend. Aus irgendeinem Grund möchte ich, dass er weiß, dass es hier nicht darum geht, ob ich es will oder nicht, denn das tue ich. Aber diese Kategorie Mann hat dafür gesorgt, dass ich nun hier und nicht mehr in Stanford bin. Ich will nicht wieder das College wechseln müssen, nur weil ich es nicht in seiner Nähe aushalte, wenn er meiner überdrüssig wird und ich meinen Zweck erfüllt habe. Er setzt sich vollständig auf und ich rutsche von seinem Schoß. Unschlüssig stehe ich vor ihm und er mustert mich forschend.

»Ich sollte besser …« Mit dem Daumen deute ich über meine Schulter in Richtung Tür, bewege mich allerdings keinen Zentimeter. Denn eigentlich würde ich gerne hierbleiben, wenn da nicht diese Ungewissheit wäre, wie die Sache ausgehen wird. Kyle grinst, greift nach meinem Handgelenk und zieht mich ruckartig zurück aufs Bett.

»Oder du bleibst einfach hier.« Er zieht die Decke unter mir hervor und breitet sie über uns aus.

Ich drehe mich auf die Seite, stütze mich auf einen Ellenbogen und mustere Kyle, der mich ebenfalls ansieht. »Was wird das hier, Blackmoore?«

»Wir schlafen jetzt«, antwortet er, greift über mich hinweg und knipst das Licht der Nachttischlampe aus.

»Zusammen in deinem Bett?«

»Ja, in meinem Bett. Ich schwöre, ich behalte die Hände bei mir«, antwortet er und dreht sich auf die Seite. Jedenfalls glaube ich, dass er das tut, weil sich die Matratze unter mir bewegt.

»Was ist mit dem Sofa?«, frage ich und grinse dümmlich vor mich hin. Was er zum Glück nicht sehen kann, weil es im Raum stockdunkel ist.

»Vergiss das Sofa«, murmelt er. Wenige Sekunden später höre ich ihn gähnen.

»Aber …«

»Nichts aber«, schneidet er mir das Wort ab.

Kopfschüttelnd lasse ich mich in die Kissen sinken und starre in Richtung Decke. Ich werde vermutlich kein Auge zumachen. Das ist verrückt, unvernünftig und doch könnte ich mir gerade keinen anderen Ort vorstellen, an dem ich lieber wäre. Verdammt, so sollte es wirklich nicht laufen. Als die Müdigkeit mich schließlich in die Knie zwingt, drehe ich mich auf die Seite, schließe die Augen und kuschle mich mit dem Rücken an ihn heran. Obwohl Kyle schon eine Weile tief und fest schläft, legt sich sein Arm um meine Taille. Er rückt näher und vergräbt sein Gesicht in meinem Nacken. Sein warmer Atem streift meine Haut und jagt wohlige Schauer durch meinen Körper. Erschöpft schlafe ich in seinen Armen ein.

***

Die Nacht war kurz. Als ich nur wenige Stunden später die Augen aufschlage, hält Kyle mich immer noch fest umschlungen. Träge streichle ich über seinen Arm und betrachte die dunklen Linien seines Tattoos, die im Gips verschwinden. Schade, ich hätte gerne einen genaueren Blick darauf geworfen. Das hier fühlt sich absolut nicht falsch an, dennoch löse ich mich wenige Minuten später von ihm. Er murmelt etwas Unverständliches und dreht sich auf den Rücken. Bevor ich aus seinem Zimmer schleiche, sehe ich ihn, kopfschüttelnd und gleichzeitig grinsend, ein letztes Mal an. Was für ein Abend. Ich ziehe gerade die Schlafzimmertür hinter mir zu, als ein Räuspern mich zusammenzucken lässt. Ertappt drehe ich mich um und blicke in das müde Gesicht von Bree. Die Frage, wo sie die Nacht verbracht hat, erübrigt sich. Nick.

»Wir werden nicht darüber reden«, flüstere ich und sie nickt zustimmend.

»Das wollte ich auch gerade sagen«, flüstert sie zurück und wirft einen Blick in die Richtung, in der sich Nicks Zimmer befindet.

»Lass uns verschwinden.«

Brees Wagen steht tatsächlich nur drei Parkplätze neben Kyles. Warum ist er mir nicht aufgefallen? Als wir im Auto sitzen, sieht sie mich vorsichtig von der Seite an.

»Wie geht es ihm?«

»Sein Handgelenk ist gebrochen. Die Platzwunde an der Augenbraue wurde genäht und ein paar blaue Flecken hat er auch abbekommen.«

»Mist!«

»Das kannst du laut sagen. Wegen mir kann er die nächsten Wochen nicht spielen.«

»Was ist denn überhaupt passiert? Ich war nur kurz auf dem Klo und schon finde ich dich inmitten einer Schlägerei wieder.«

Ich seufze. »Ein Typ ist mir zu sehr auf die Pelle gerückt und hat mich betatscht. Kyle hat es gesehen und ist sofort auf ihn losgegangen.«

»Oh. Das ist irgendwie romantisch.«

»Das ist nicht *romantisch*, das ist in erster Linie dämlich. Vermutlich wirft der Coach ihn wegen der Prügelei aus dem Team. Wie kann man nur so leichtsinnig sein?« Fassungslos schüttle ich den Kopf, als mir klar wird, was diese Aktion für Kyle bedeuten könnte.

»Er wollte deine Ehre verteidigen, also ich finde das geradezu heldenhaft.«

»Dafür hätte er nicht gleich die Fäuste auspacken müssen.«

»Ach komm, er hat dich damit beeindruckt, sonst wärst du nicht eben aus seinem Zimmer geschlichen.«

»Wir werden darüber nicht reden, schon vergessen?«, erinnere ich sie. Was zwischen Nick und ihr gelaufen ist, will ich gar nicht so genau wissen. Er ist immer noch mein Bruder und Infos über sein Sexleben sind irgendwie verstörend. Außerdem sind beide erwachsen und ich werde sicher nicht den Moralapostel spielen, nachdem ich die Nacht bei Kyle verbracht habe.

»Also ich brauche dringend eine Dusche und ein ausgiebiges Frühstück. Was hältst du davon?«

»Klingt nach einem fantastischen Plan.«

11

Kyle

Mein Körper fühlt sich bleischwer an. Träge taste ich nach Jolee, werde aber nicht fündig. Ich öffne die Augen und stöhne frustriert auf. Sie hat sich aus dem Staub gemacht. Damit habe ich nicht gerechnet. Ich habe zwar auch nicht erwartet, dass wir einen auf Liebespaar machen oder gemütlich frühstücken, aber ein Gespräch darüber, ob nach letzter Nacht alles in Ordnung zwischen uns ist, wäre schon cool gewesen. Mein Blick fällt auf den Gips, meinen Begleiter für die nächsten Wochen. Der Coach wird mir die Hölle heißmachen. Schwerfällig rolle ich mich aus dem Bett.

Nick steht in der Küche, einen Proteinshake in der einen Hand, das Handy in der anderen.

»Morgen«, murmle ich.

»Scheiße, Alter«, stößt er entsetzt aus.

»Hübsch, oder?«, grinse ich übertrieben und nehme mir eine Tasse aus dem Schrank.

»Alter, ich habe dich dreimal angerufen. Ich habe mir Sorgen gemacht.«

Vielsagend hebe ich eine Augenbraue. »War deswegen deine Tür abgeschlossen? Weil du besorgt um mich gewesen bist?«

»Hä? War sie nicht. Jedenfalls nicht, als ich heute Morgen aufgestanden bin. Der gestrige Abend ist irgendwie verschwommen. Ich schwöre, ich habe ein paar Lücken im Gedächtnis.« Er stellt seine leere Trinkflasche in die Spüle, bevor er mich eingehend mustert. Ob Bree ihn wie abgesprochen nach Hause gebracht hat oder ist er doch mit einer anderen mit, die sich anschließend aus seinem Zimmer geschlichen hat? Seine Tür war hundertprozentig abgeschlossen, als Jolee sie öffnen wollte.

»Warum bist du überhaupt auf Sam losgegangen?«, lenkt er meine Gedanken in eine andere Richtung.

»Er hat sich wie ein Arschloch benommen«, antworte ich schulterzuckend und als wäre es Erklärung genug.

»Na und? Das macht er ständig. Du lässt dich doch sonst nicht von ihm provozieren.« Dass Jolee der Grund für meinen Kontrollverlust gewesen ist, behalte ich für mich. Keine Ahnung, wie er die Sache sieht, aber ich könnte mir vorstellen, dass er dort weitermacht, wo ich aufgehört habe. Wenn wir beide auf dem Spielfeld fehlen, wäre das fatal.

»Können wir vielleicht nicht über diesen Idioten reden?« Ich würde wirklich gerne einen Haken unter die Geschichte machen.

»Hast du den Coach schon informiert? Falls nicht, solltest du das schleunigst erledigen.« Das steht auf meiner To-do-Liste nicht gerade an erster Stelle. Aber Nick hat recht, ich sollte es hinter mich bringen. Ich taste in den Hosentaschen nach dem Telefon. Nichts. Es muss mir aus der Tasche gerutscht sein.

»Das mache ich, sobald ich mein verdammtes Handy gefunden habe.«

»Das erklärt, warum du meine Anrufe nicht entgegengenommen hast.«

Nick folgt mir ins Schlafzimmer und schlagartig werde ich nervös. Bemerkt er, dass seine Schwester die Nacht hier verbracht hat? Hängt ihr Parfüm eventuell in der Luft oder hat sie irgendwas von sich hier liegen gelassen? Unauffällig atme ich tief ein und sehe mich um, kann aber weder etwas Verräterisches riechen noch entdecken. Im Grunde ist ja auch gar nichts passiert und doch überkommt mich ein ungutes Gefühl. Sofort schießen mir Bilder in den Kopf. Jolee, wie sie mich auszieht … wie sie mich küsst … Ihr Mund, der meinen Körper erkundet … *Nichts* ist definitiv der falsche Begriff. Das, was zwischen uns passiert ist, würde man wohl als einen Vorgeschmack bezeichnen. Wobei ich mir nicht so sicher bin, ob ich jemals mehr von ihr bekomme, nachdem sie klammheimlich mein Bett verlassen hat. *Shit!*Will ich, dass die Sache zwischen uns weiter geht? Wie soll ich das Nick erklären? Gott, Jolee ist einfach …

»Alles okay?«, reißt Nick mich aus meinen Gedanken.

»Was?«

»Du starrst auf das Bett, als würde die heilige Mutter Gottes darauf liegen.«

Schnell wende ich den Blick ab und beginne nach meinem Handy zu suchen. »Irgendwo muss das Teil doch sein, verdammt!«, fluche ich.

»Wann hattest du es denn zuletzt?«

Gedanklich lasse ich den Abend Revue passieren. Erst habe ich Jolee gestalkt, dann habe ich sie mit Sam auf der Tanzfläche entdeckt. Die Schlägerei. Damentoilette. Jolee, die Nick Bescheid gibt und mein Handy in ihre Handtasche steckt …

»Jolee hat es. Sie hat mich gestern in die Notaufnahme gebracht und es eingesteckt, nachdem sie dir Bescheid gegeben hat«, fällt es mir wie Schuppen von den Augen. Bevor Nick eventuell doch stutzig wird, dränge ich ihn aus dem Zimmer.

»Will ich eigentlich wissen, warum meine Schwester dich ins Krankenhaus gebracht hat?«

»Du hattest zu viel getrunken und sie war halt irgendwie da.« *Sie war irgendwie da?* Dafür sollte ich mir selbst gegen die Stirn hauen. In dem Club waren Hunderte Leute und ausgerechnet Jolee ist mir über den Weg gelaufen, das glaubt er mir niemals.

»Sie war *irgendwie* da? Wart ihr verabredet?«, hakt er nach. Prüfend bohrt sich sein Blick in mein Gesicht.

»Nein. Wir haben uns zufällig an der Bar getroffen.« Das ist immerhin die Wahrheit. Ich hatte keine Ahnung, dass sie da sein würde. Aber als ich sie entdeckt habe, konnte ich sie einfach nicht mehr aus den Augen lassen. Diese Frau hat in dem Augenblick, als ich sie im Barneys erspäht habe, mein Interesse geweckt. Und da hatte ich noch keinen Schimmer, wer sie ist.

»Zufällig, ja?« Fragend schießt Nicks Augenbraue in die Höhe. Er glaubt mir nicht.

»Bist du dann fertig mit deinem Verhör?« Mit etwas zu viel Schwung befördere ich die Tasse in die Spüle. Nick wirft mir einen Blick zu, den ich nicht recht deuten kann. Enttäuscht, verärgert oder vielleicht auch missbilligend … Ob er etwas ahnt?

»Kannst du mich zu deiner Schwester fahren, damit ich mein Handy holen kann?«

»Klar, aber komm ja nicht auf die Idee, dass ich die nächsten Wochen dein Uber spiele.«

Die kommende Zeit würde zu einer wahrhaftigen Herausforderung werden. Ich komme ja nicht einmal alleine aus meinen verdammten Klamotten heraus.

»Ich springe schnell unter die Dusche und dann können wir los«, sage ich und bin schon auf halbem Weg ins Bad, als Nick mich zurückpfeift.

»Was hast du damit vor?« Argwöhnisch betrachte ich die Plastiktüte und das Klebeband. Würden wir uns in einem Thriller befinden, wüsste ich genau, was als Nächstes passiert. Szenen, von mir mit einer Tüte über dem Kopf, bilden sich vor meinem geistigen Auge. Das würde er nicht tun, nur weil ich mit seiner Schwester auf Tuchfühlung gegangen bin, oder?

»Joe hat sich mal den Arm gebrochen, als sie vom Baum gefallen ist. Mom hat ihren Arm immer eingepackt, damit der Gips nicht nass wird.« Erleichtert atme ich aus, dabei habe ich nicht einmal bemerkt, dass ich die Luft angehalten hatte. Nicht sicher, ob das wirklich eine gute Idee ist, strecke ich Nick den rechten Arm entgegen.

»Die Hose bekommst du aber schon allein aus, oder?«, grinst er, nachdem er alles fest verklebt hat. Spielerisch greift er nach meinem Hosenbund.

»Ja!« Eilig trete ich einen Schritt zurück, damit er nicht auf dumme Ideen kommt. Zum Glück trage ich eine Trainingshose. Ich will mir gar nicht vorstellen, wie ich versuche, mich aus einer engen Jeans zu schälen. Oder doch Nick um Hilfe bitten muss.

Am Ende ist es nicht das Ausziehen oder das Anziehen, woran ich scheitere, sondern meine Schuhe. Mit einer Hand kann man einfach keine Schleifen binden. Vielleicht sollte ich in ein Paar mit Klettverschlüssen investieren. Bei dem Gedanken muss ich lachen.

»Was ist so lustig?«, fragt Nick, der sich gerade eine Jacke überzieht.

»Klettverschlüsse.« Mit meiner intakten Hand stecke ich die Schnürsenkel seitlich in die Schuhe damit sie nicht auf dem Boden schleifen.

»Du hast dir nicht auch noch den Kopf gestoßen, oder?«

»Nein. Lass uns fahren.« Notdürftig schlüpfe ich wenigstens mit einem

Arm in meine Jacke. Nur im T-Shirt würde es schon ziemlich frisch werden. Weite Ärmel lassen sich auf jeden Fall besser handhaben.

Nur um mich zu ärgern, hält Nick mir die Tür auf und ich denke kurz darüber nach, ihm eins mit dem Gips überzuziehen, damit er endlich aufhört so dämlich zu grinsen. Bevor er mir auch noch die Wagentür aufhält, eile ich an ihm vorbei, sobald er auf den Knopf für die Zentralverriegelung drückt.

Die Fahrt zu Jolee ist kurz und mein bester Freund ziemlich schweigsam. Als wir vor dem Wohnhaus ankommen, schnallt er sich nicht ab.

»Kommst du nicht mit rauf?«, frage ich und sehe ihn verdutzt an.

»Nein, ich warte hier. Es dauert ja nicht lang.« Da hat er zwar recht, aber die Art, wie er schaut und dass er so angespannt wirkt, macht mich stutzig. Okay, ein entscheidendes Detail entgeht mir hier. Welche Optionen gibt es? Er will nicht mit zu seiner Schwester, weil ...

»Hör auf damit!«

»Womit?«

»Dir in deinem Kopf etwas zusammenzureimen. Ich habe einfach keinen Bock auf meine kleine Schwester.«

Nick ist, genau wie ich, ein miserabler Lügner. Er könnte genauso gut jedes Mal eine blinkende Leuchtreklame über seinen Kopf halten, es wäre nicht weniger auffällig. Da er aber scheinbar nicht darüber reden möchte, hake ich nicht weiter nach. Ich steige aus und gehe alleine zum Haus. Zögerlich drücke ich auf den Klingelknopf.

»Ja?«, ertönt Brees Stimme über die Gegensprechanlage.

»Hey, ich bin es, Kyle, ist Jolee da?« Ohne zu antworten, betätigt sie den Türöffner und ich trete in den warmen Hausflur. Das Licht schaltet sich automatisch ein.

Mit jedem Stockwerk, das ich passiere, werde ich nervöser, weil ich keine Ahnung habe, was Jolee von mir und letzter Nacht hält. Bree lehnt im Türrahmen und grinst wissend. Jetzt bin ich wirklich froh, dass Nick im Wagen wartet. Denn man müsste schon blind sein, um ihren Blick nicht deuten zu können.

»Hast du bereits Sehnsucht?«

»Jolee hat mein Handy«, ignoriere ich ihre Anspielung. Sie tritt zur Seite und lässt mich mit einer einladenden Geste in die Wohnung.

»Na dann, komm mal mit, Loverboy.« Vor einer Tür bleibt sie stehen und klopft leise an. Keine Antwort.

»Jolee, du hast Besuch«, sagt sie, nachdem sie ohne Aufforderung den Raum betreten hat. Da hat sie etwas mit Nick gemeinsam, der platzt auch immer ungefragt in mein Zimmer. Jolee sitzt auf ihrem Bett, einen Stapel Bücher vor sich und kaut auf ihrem Brillenbügel herum. Als sie aufsieht und mich entdeckt, wirkt sie überrascht, aber keineswegs verärgert. Der Anflug eines Lächelns liegt auf ihren Lippen. *Lippen*, die ich vor wenigen Stunden noch geküsst habe und die ich wieder auf meinen spüren will. Ich war mir nicht sicher, wie sie reagiert, wenn ich hier unangemeldet auftauche.

»Hey.« Wie ein Volltrottel hebe ich die Hand und winke kurz.

»Ich lass euch dann mal allein.« Bree schlüpft an mir vorbei und schließt die Tür hinter sich.

»Was machst du denn hier?«, fragt sie, schiebt die Brille auf ihre Nase und steht auf. Mein Blick wandert von ihrem Gesicht bis zu ihren Füßen. Einen Augenblick bleibe ich an ihren nackten Beinen, die nur in kurzen Shorts stecken, hängen, bevor ich wieder nach oben schaue und stutze.

»Ist das mein Hoodie?«, frage ich irritiert, als ich das Logo der Kings auf ihrer Brust und die kleine eingestickte Acht entdecke. Der Pulli ist ihr mindestens zwei Nummern zu groß.

»Du hast mein Stanford-Sweatshirt, das ist meine Alternative.« Wozu? Als Erinnerung daran, dass sie sich von Typen fernhält, die in den Pullover hineinpassen? Denn genau das hat sie über das Teil von Mister XXL gesagt. Allerdings gefällt es mir verdammt gut, dass ihr zierlicher Körper in meinem Hoodie steckt, auch wenn sie ihn aus den falschen Gründen trägt.

»Behalte ihn, wenn ich dafür das Stanford-Teil in den Altkleidercontainer stopfen darf.« Die Vorstellung, dass sie den Pullover von dem Typen auf dem Foto trägt, verursacht bei mir ernsthafte Übelkeit. Sie ist zwar nicht mehr mit ihm zusammen, aber das Wissen, dass etwas von ihm sie einhüllt, bringt mein Blut auf eine unangenehme Art zum Kochen. Ich bin tatsächlich auf einen Pullover eifersüchtig, das ist lächerlich. Aber vor allem, was hat das zu bedeuten?

»Du willst also, dass ich mich von dir fernhalte?«, fragend hebt sie eine Augenbraue. Die Brille auf ihrer Nase rutscht ein Stück nach vorne und sie blickt mich über den Brillenrand hinweg an. Verdammt, das ist wirklich scharf.

»Was, nein! Wie kommst du darauf?«

Mit dem Zeigefinger schiebt sie die Brille zurück. Die hat sie im Barneys und bei unserer ersten Nachhilfestunde auch getragen, aber die letzten Tage nicht. Vermutlich trägt sie meistens Kontaktlinsen. Was schade ist, denn sie sieht mit dem Ding echt heiß aus.

»Weil ich Stanford gegen ...« Sie zupft an dem Hoodie. »... den hier eintauschen soll. Also sollte ich mich wohl besser von dir fernhalten.« Ein Schmunzeln schleicht sich in ihr Gesicht. Okay, sie verarscht mich gerade. Tut sie doch, oder?

Mit drei Schritten stehe ich vor ihr und sehe auf sie hinab. Sie legt den Kopf in den Nacken, um mich anzusehen. Jolee ist wirklich winzig im Vergleich zu mir. Es fällt mir jedes Mal aufs Neue auf, wenn ich ihr so nah bin. Es weckt in mir den Wunsch, sie beschützen zu wollen. *Blackmoore, du hast eindeutig ein Problem* – meldet sich mein Unterbewusstsein.

»Nur, wenn du mir das Herz brechen willst«, grinse ich sie an. Auch wenn es wie ein Scherz klingt, bin ich mir nicht sicher, ob es als einer gemeint ist. Denn nach letzter Nacht kreisen meine Gedanken nonstop darum, was wäre, wenn das zwischen uns über die vereinbarten Nachhilfestunden hinausginge. Wenn da mehr zwischen uns wäre. Jolee fasziniert mich auf eine Weise, die ich weder kenne noch einzuordnen weiß. Aber ich würde gerne herausfinden, wo das Ganze hinführt.

»Hast du denn eins?«, erwidert sie und grinst ebenfalls. Ich steh echt drauf, dass sie mir keinen Honig um den Mund schmiert. Die Art, wie sie mir immer wieder Paroli bietet, macht mich wirklich an. Sie fordert mich heraus, wie es noch nie eine Frau getan hat. Und ich liebe Herausforderungen.

»Find's heraus.« Keine Ahnung, wer von uns beiden den Abstand verringert hat, aber wir sind uns jetzt so nah, dass sich die Stimmung in dem Raum verändert hat. Ein Knistern liegt in der Luft. Ihr Grinsen verblasst. Mein Blick verharrt auf ihren Lippen, die ich gerne küssen würde. Wie von selbst legen sich meine Finger um ihr Kinn und ich fahre mit dem Daumen die Kontur ihrer Unterlippe nach.

»Geh mit mir aus, Jolee«, sage ich leise und kann den sehnsüchtigen Ton in meiner Stimme nicht verhindern. Im nächsten Moment beuge ich mich vor und platziere einen flüchtigen Kuss auf ihrem Mundwinkel. »Bitte«, hauche ich gegen ihre Lippen. Völlig regungslos steht sie vor mir, was, wie ich anneh-me, kein gutes Zeichen ist. Im nächsten Augenblick tritt sie einen Schritt zurück. Das habe ich befürchtet.

»Warum bist du wirklich hier?« Die Distanz in ihrer Stimme gefällt mir nicht und ich frage mich, was ich falsch gemacht habe.

»Du hast mein Handy noch.« Wie konnte die Stimmung so plötzlich kip-pen? Jolee wendet sich ab und geht auf den Schreibtisch zu, der unter dem Fenster steht. Während sie in ihrer Handtasche wühlt, nutze ich die Gelegen-heit und sehe mich in ihrem Zimmer um. Es ist kleiner als meins. Neben dem Bett befindet sich ein Nachtschrank, darauf liegt ein Buch. Sonst gibt es nur einen Kleiderschrank und ein Bücherregal. Es ist sauber und ordentlich. Zu aufgeräumt für meinen Geschmack. Ich versinke zwar nicht im Chaos, aber es stört mich auch nicht, wenn mal etwas herumliegt.

»Hier. Ich habe nicht daran gedacht, dass ich es in meine Tasche gesteckt habe.« Aus sicherer Entfernung hält sie mir das Smartphone entgegen. Nach-dem ich es ihr abgenommen habe, entsperre ich das Display. Drei Anrufe von Nick und ein paar Benachrichtigungen von Instagram. Sonst nichts.

»Ich habe nicht geschnüffelt, falls du das denkst.« Fragend sehe ich Jolee an. »In deinem Handy. Du hast mir dein Passwort verraten. Vielleicht solltest du es besser ändern.«

»Warum? Ich habe nichts zu verbergen«, antworte ich schulterzuckend und lasse das Handy in meiner Hosentasche verschwinden. »Da ich in nächster Zeit nichts anderes vorhabe, können wir die Nachhilfestunden auf nachmittags verlegen, wenn dir das lieber ist«, versuche ich uns wieder in sichere Gewässer zu manövrieren. Ich will nicht gehen, solange die Stimmung zwischen uns angespannt ist. Mit meiner Frage nach einem Date habe ich eindeutig eine Grenze überschritten. Etwas Smalltalk kann die Situation hoffentlich retten.

»Ja, das ist eine gute Idee. Ich habe gerade was für dich vorbereitet.« Als sie darauf eingeht, atme ich erleichtert aus und baue unser Gespräch auf neutralem Terrain aus.

»Jolee, es ist Sonntag.« Sie zieht die Augenbrauen zusammen, als wüsste sie nicht, was ich damit meine. »Da chillt man und hängt nicht über Büchern.«

»Ich habe nichts gegen Bücher.« Das glaube ich ihr sofort bei einem Bücherregal, das aus allen Nähten platzt.

»Dann lies *Harry Potter* oder so, aber kein Buch über amerikanische Geschichte.«

»Ich kann *Harry Potter* nicht ausstehen.« Da sind wir schon zwei. Wer hätte gedacht, dass die Kratzbürste und der Ballkünstler etwas gemeinsam haben? Ich habe das beinahe für unmöglich gehalten.

In meiner Hosentasche vibriert es plötzlich. Vermutlich ist es Nick, der allmählich ungeduldig wird.

»Sorry, ich muss los. Dein Bruder wartet im Auto auf mich. Sehen wir uns morgen?«

»Ich rufe dich an.« Das klingt wie nach einem One-Night-Stand, wenn beiden klar ist, dass weder der eine noch der andere anrufen wird. *Shit!*

»Gut«, erwidere ich knapp, obwohl ich sie gerne fragen würde, ob zwischen uns alles in Ordnung ist. Da ich aber befürchte, dass Jolee sich erneut zurückzieht, schlucke ich meine Frage hinunter und hebe zum Abschied lediglich die Hand.

Eigentlich habe ich erwartet, einer lauschenden Bree in die Arme zu stolpern, sobald ich aus Jolees Zimmer trete, aber von ihr ist weit und breit nichts zu sehen. Ohne mich von ihr zu verabschieden, verlasse ich die Wohnung und eile die Treppe herunter.

»Alter, was hat da so lange gedauert?«, motzt Nick und startet den Motor, bevor ich überhaupt die Wagentür geschlossen habe.

»Wir haben die Termine für die Nachhilfestunden abgesprochen. Mein Zeitplan ist in den nächsten Wochen auf einmal sehr flexibel.«

»Das ist echt Mist. Du hättest Sam einfach ignorieren sollen, anstatt auf ihn loszugehen.«

Ich würde es, ohne zu zögern, wieder tun.

12

Jolee

Bin ich nervös? Jap. Bin ich verwirrt? *Definitiv.*

Immer wieder werfe ich einen Blick zur Tür.

»Wartest du auf jemanden?«, grinst Bree wissend, als sie mich dabei erwischt. Die Vorlesung beginnt in fünf Minuten und ich halte tatsächlich Ausschau nach Kyle. Was sagt das über mich aus? Genau – ich bin ein hoffnungsloser Fall.

Er schafft es gerade noch pünktlich und wirkt etwas abgehetzt. Suchend sieht er sich um. Der Platz neben mir ist frei. Ein Flattern breitet sich in meinem Bauch aus, als er zielstrebig auf mich zukommt. Sein Jochbein schimmert in Blau- und Violetttönen und hat somit fast dieselbe Farbe wie seine Augen. Das weiße Pflaster auf der Augenbraue leuchtet, wie ein Warnhinweis in seinem Gesicht. Sofort meldet sich mein schlechtes Gewissen, weil er es mir verdankt, dass er so entstellt aussieht. *Entstellt* ist vielleicht etwas übertrieben, Kyle ist immer noch attraktiv, aber eben auf eine lädierte Art. Wie ein Bad Boy, der in eine Straßenschlacht geraten ist. Und irgendwie ist er das ja auch, meinetwegen.

»Hey, darf ich?«, fragt er und deutet auf den leeren Stuhl. Da ich nicht glaube, dass er sich davon abhalten lässt, nicke ich. Etwas unbeholfen packt er seine Sachen aus dem Rucksack und legt sie vor sich auf dem Tisch ab. Bücher, Block und ein paar Stifte. Heute ist er eindeutig besser vorbereitet. Der Prof schließt direkt am Thema der letzten Vorlesung an. Aus den Augenwinkeln beobachte ich Kyle dabei, wie er sich mit der linken Hand abmüht, wenigstens ein paar Notizen aufs Papier zu bekommen.

»Hey.« Sein Blick wandert zu mir. »Ich kopiere dir später meine Aufzeichnungen, okay?«, flüstere ich in seine Richtung.

Dankbar lächelt er mich an. »Du bist meine Rettung. Das linke Handgelenk wäre mir wirklich lieber gewesen. Ich komme mir vor wie ein Bewegungstrottel, der zum ersten Mal einen Stift in der Hand hält.«

»Hör einfach zu, dann brauche ich dir hinterher nicht so viel erklären.« Ich richte meinen Blick wieder nach vorne und lausche den Worten des Profs.

Alles, von dem ich glaube, es könnte nützlich für Kyle sein, schreibe ich auf. Auch wenn vieles davon selbsterklärend ist und ich es normalerweise nicht notieren würde. Während der nächsten Stunde huscht mein Blick ständig zu ihm. Wenn er mich dabei erwischt, wie ich ihn ansehe, schleicht sich jedes Mal ein Lächeln auf seine Lippen. Als Reaktion darauf gerät mein Herz immer wieder aus dem Takt.

»Sehen wir uns nachher?«, fragt er, während er seine Sachen zurück in den Rucksack stopft. Lautes Stimmengewirr umringt uns, als die Studenten den Hörsaal verlassen. »Wegen der Notizen«, fügt er schnell hinzu. Das Einfachste wäre, ich drücke sie ihm in die Hand damit er sie sich selbst kopiert, stattdessen nicke ich. Dieses verräterische Klopfen in meiner Brust besagt eindeutig, dass ich in seiner Nähe sein will. Dabei brauche ich dringend mal ein bisschen Abstand zum Durchatmen und um meine Gedanken zu sortieren. Aber vor allem, um dieses verdammte Flattern, das er ständig in mir auslöst, im Keim zu ersticken.

»Ich habe noch eine Vorlesung, dann habe ich Zeit.«

»Das passt, ich muss zum Coach und mir meine Standpauke abholen. Ich würde vorschlagen, wir treffen uns nach deiner Vorlesung im Barneys?«, grinst er, aber der Ausdruck in seinen Augen ist eindeutig besorgt.

»Wird es sehr schlimm werden?«, frage ich, während ich meinen Rucksack schultere. Bree verabschiedet sich und eilt aus dem Raum. Verwundert sehe ich ihr nach, denn für gewöhnlich hat sie es nicht so eilig.

»Was denkst du? Ich bin der Captain. Ich sollte mit gutem Beispiel vorangehen und mich nicht wie ein pubertierender Teenager prügeln.«

»Es tut mir wirklich leid, dass du meinetwegen Ärger bekommst.« Mein schlechtes Gewissen ist förmlich greifbar. Kyle entgeht das natürlich nicht.

Zwei Finger legen sich unter mein Kinn und heben es sanft an. »So schlimm wird es schon nicht werden. Es ist nicht deine Schuld, okay?«

»Und wenn er dich aus dem Team wirft? Wem gibst du dann die Schuld?« Er verringert den Abstand zwischen uns und das Flattern in meinem Bauch läuft zur Hochform auf. Immer wenn er mir so nah ist, muss ich mich zusammenreißen, nicht die Hände in seinen Nacken zu schieben, mich auf die Zehenspitzen zu stellen und ihn einfach zu küssen. Was eine bescheuerte Idee ist, weil es die Dinge unnötig kompliziert macht. Bilder von Samstagnacht schießen mir durch den Kopf. Verdammt, ich würde ihn wirklich gerne küssen. Und so, wie sein Daumen in diesem Augenblick über meine Lippen streicht, würde ich behaupten, er würde es ebenfalls gerne tun.

»Machst du dir etwa Sorgen um mich?« Das Schmunzeln in seinem Gesicht spricht Bände. Er weiß genau, was er mit mir anstellt, und er genießt es.

»Ich mache mir eher Sorgen darum, was die Meute mit mir macht, wenn sie herausfindet, dass ich dafür verantwortlich bin, dass dein hübsches Gesicht so aussieht.« Gedanklich verdrehe ich die Augen, weil ich ihm gerade eine erstklassige Steilvorlage gegeben habe. Sein Ego ist so schon groß genug, da muss ich es nicht noch zusätzlich pushen.

»Du findest mich also hübsch.« Sein Grinsen wird breiter und der Griff um mein Kinn fester.

»Ach komm, das muss ich dir doch nicht sagen, du hast sicher einen Spiegel zu Hause.« *Jolee, halt sofort die Klappe!*

»Miss Mitchell, Mister Blackmoore. Ich würde gerne den Raum abschließen. Wenn Sie also so freundlich wären, Ihre Unterhaltung nach draußen zu verlegen.«

Sofort trete ich, peinlich berührt, einen Schritt von Kyle zurück. »Bis später.« Etwas unbeholfen dränge ich mich an ihm vorbei, eile die Stufen nach unten und verlasse fluchtartig den Hörsaal.

Meine letzte Vorlesung hätte ich mir sparen können, denn ich habe kein Wort mitbekommen. Wirklich rein gar nichts. Nada. Niente. Kyle Blackmoore ist wie ein beschissener Ohrwurm, der in Dauerschleife in meinem Kopf herumschwirrt. Selbst als ich am Kopierer stehe, beherrscht er meine Gedanken. Weil ich mich die ganze Zeit frage, wie sein Gespräch mit dem Coach läuft.

»Wird das heute noch etwas?« Mein Blick huscht nach rechts. Eine Cheerleaderin sieht genervt auf mich herab. Es dauert einen Moment, bis mir einfällt, wo ich sie schon einmal gesehen habe. Sie war es, die Kyle im Club so selbstverständlich angefasst hat, dass ich mir sicher war, dass zwischen ihnen etwas läuft. Zu diesem Zeitpunkt hat es mich nicht gestört, aber jetzt kann ich einen kleinen Anflug von Eifersucht nicht verhindern.

»Soll ich dir eine Bedienungsanleitung für das Teil besorgen?«, fragt sie herablassend und verschränkt demonstrativ die Arme vor der Brust. Wortlos sammle ich meine Unterlagen zusammen und rausche davon. Verdammt, ich bin doch nicht mehr auf der Highschool, dass ich das Weite suche, sobald mich jemand blöd von der Seite anmacht. Ich krame mein Handy aus der Tasche und schreibe Kyle, dass ich auf dem Weg ins Barneys bin und dort auf ihn warte, damit ich ihm die Kopien geben kann. Er antwortet nicht. Vermutlich ist er noch beim Coach.

Während ich darauf warte, dass er sich meldet, besorge ich mir einen Schokomilchshake. Zwanzig Minuten später bin ich mir sicher, dass er mich versetzt. Das Flattern, das ich bisher bei den Gedanken an ihn verspürt habe, entwickelt sich gerade zu einem vernichtenden Tornado. Ein Tornado, der Kyle von den Füßen reißt und ihn durch die Luft wirbelt, bis er sich selbst auf die Schuhe kotzt. Ich hätte mich niemals von seiner netten Art blenden lassen dürfen. Typen wie er geben sich nicht mit Mädchen wie mir ab, außer sie haben einen Nutzen davon. Der Coach hat ihn sicher hochkant aus dem Team geworfen und jetzt braucht er mich und meine dämlichen Notizen nicht mehr. Von wegen, er gibt mir an seiner Misere nicht die Schuld. Jetzt ist es genau so gekommen, wie ich befürchtet habe. Ich befördere den leeren Becher in den nächsten Abfalleimer und trete geknickt den Heimweg an.

Von Bree fehlt jede Spur, als ich die Wohnung betrete. Meine Gefühlslage schreit nach Eiscreme. Im Tiefkühlfach finde ich noch einen unserer sogenannten Notfallbecher. In die Wolldecke eingewickelt starte ich Netflix und suche mir einen Film heraus, der zu meiner Stimmung passt. Nicht unbedingt die beste Entscheidung, denn vierzig Minuten später sitze ich schniefend mit einer leeren Eispackung vor dem Fernseher. Das Klingeln an der Tür erschreckt mich beinahe zu Tode. Bestimmt hat Bree wieder ihren Schlüssel vergessen. Ich schäle mich aus der Decke, um sie hereinzulassen. Genervt seufze ich und nehme den Hörer der Gegensprechanlage in die Hand.

»Na, hast du wieder deinen Schlüssel vergessen?«, frage ich Bree, doch es ist eine andere Stimme, die sich meldet. Eine, die Wut in mir aufwallen lässt.

»Nein, ich bin es. Kyle.« Was will dieser Idiot hier? Wenn er denkt, ich lasse ihn einfach zu mir rauf, dann hat er sich geschnitten.

»Nenn mir einen Grund, warum ich dich reinlassen sollte!«, fordere ich..

»Weil ich die beste Entschuldigung, die du dir vorstellen kannst, dabeihabe.« Mein erster Gedanke ist, mich einfach wieder auf das Sofa zu verziehen und ihn vor der Tür stehen zu lassen. Da ich aber auf die Erklärung gespannt bin und ihm immer noch den Kopf abreißen möchte, drücke ich auf den Türöffner. Hastige Schritte hallen durch das Treppenhaus, als würde er mehrere Stufen auf einmal nehmen. Und so schnell wie er vor mir steht, hat er das auch. Er hält eine Papiertüte in der Hand und mustert mich unsicher.

»Hey. Es tut mir leid. Kann ich reinkommen?« Kommentarlos wende ich den Blick von ihm ab und gehe zurück ins Wohnzimmer, um mich wieder in meine Decke einzuhüllen. Die Tür lasse ich offen, damit er mir folgen kann.

»Ich schätze, das hier brauchst du wohl nicht mehr, außer du verträgst eine zweite Portion.« Sichtlich nervös tritt er von einem Fuß auf den anderen. Weil ich keine Ahnung habe, was er damit meint, blicke ich ihn fragend an. Er macht zwei Schritte nach vorn und stellt die Papiertüte auf dem Couchtisch ab. Neugierig werfe ich einen Blick hinein.

»Eiscreme?«

»Wenn meine Mom sauer auf einen Typen ist, gönnt sie sich eine Packung und dann sieht die Welt schon wieder etwas besser aus. Ich dachte, ich versuche mal mein Glück und kann damit verhindern, dass du mich zum Teufel jagst.« Er deutet auf den leeren Eisbecher. »Aber ich komme wohl zu spät.«

»Du hättest mir wenigstens antworten können.«

»Mein Handy liegt zu Hause. Ich habe vergessen, es mitzunehmen. Das ist mir aber erst nach der Vorlesung aufgefallen und Nick habe ich auf dem Sportplatz nicht gesehen, damit er dir Bescheid gibt. Das Gespräch mit dem Coach hat länger gedauert, als ich erwartet habe. Glaubst du mir, dass ich einer Verkettung unglücklicher Zufälle zum Opfer gefallen bin? Ich wollte dich wirklich nicht versetzen, Jolee.«

»Vielleicht solltest du dir ein Täschchen besorgen, damit du dir dein Handy um den Hals hängen kannst. Du scheinst es ja öfter mal irgendwo zu vergessen.« Ein versöhnliches Lächeln erscheint auf meinen Lippen. Ich glaube ihm seine Geschichte, auch wenn das vielleicht etwas zu naiv ist. Allerdings sieht er nicht so aus, als hätte er sich das gerade alles ausgedacht. Die verkappte Romantikerin in mir will ihm einfach glauben.

»Du beförderst meinen Hintern also nicht direkt wieder vor die Tür?« Jegliche Anspannung fällt aus seinem Gesicht und das typische Kyle-Blackmoore-Schmunzeln erscheint.

»Nein, vorerst nicht, aber du bewegst dich auf dünnem Eis, mein Freund«, necke ich ihn und stehe auf, um die Unterlagen für ihn zu holen. Kyle macht es sich derweil auf dem Sofa bequem, obwohl ich ihn nicht dazu aufgefordert habe, sich zu setzen. Bevor ich zurück ins Wohnzimmer gehe, werfe ich einen Blick in den Spiegel, der an der Tür vom Kleiderschrank angebracht ist. Ein Seufzen entweicht mir. Verschmierte Wimperntusche, rote verquollene Augen, die Haare zerzaust. Nicht gerade ein Hingucker. Im Bad versuche ich mich halbwegs auf Vordermann zu bringen. Ich fummle die Kontaktlinsen heraus, weil sie durch die verheulten Augen unangenehm drücken. Die Brille lenkt wenigstens etwas von meinem desaströsen Zustand ab. Notdürftig kämme ich mir die Haare und binde sie zu einem Knoten zusammen.

Mit den Notizen in der Hand gehe ich zurück zu Kyle, der mit der Fernbedienung seelenruhig durch die Filmliste zappt.

»Was machst du da?« Er schaut über die Schulter und mustert mich kurz – mit einem Grinsen zum Niederknien auf den Lippen.

»Ich dachte ja, du hast dir meinetwegen die Augen aus dem Kopf geheult, aber das war wohl doch eher der Verdienst von Netflix.«

»Nimm dich nicht so wichtig, Blackmoore. Ich fange nicht gleich an zu heulen, nur weil du mich versetzt.« Ganz so schlimm steht es nun auch wieder nicht um meine emotionale Verfassung in Bezug auf den Egoprotz, der auf dem Sofa sitzt. Außerdem ist Kyle nicht der erste Mann, der mich in einem Café warten lässt und am Ende nicht auftaucht. Neben dem Sofa bleibe ich stehen und sehe auf ihn herab. Munter scrollt er weiter durch die Filme. An *Avengers – Infinity War* bleibt er hängen.

»Den muss ich unbedingt noch gucken.« Er starrt so sehnsüchtig auf den Bildschirm, als würde er vor dem Schaufenster eines riesigen Süßwarenladens stehen. Okay, in Kyles Fall ist es wohl eher ein Sportgeschäft, bei mir wären es ganz klar die Süßigkeiten. Vermutlich ist es eine bescheuerte Idee, aber ich würde ihm gerne eine Freude machen. Zum einen, weil mein schlechtes Gewissen immer noch an mir nagt, und zum anderen, weil ... ja, warum eigentlich?

»Tu dir keinen Zwang an«, sage ich und deute mit dem Kinn in Richtung Fernseher.

»Echt jetzt? Du meinst, ... also, ... cool.« Im nächsten Augenblick drückt er auf den Play-Knopf. Während der Vorspann läuft, rückt er sich die Sofakissen zurecht und legt sich eins auf den Schoß.

»Los, komm, wir machen es uns gemütlich«, grinst er und klopft auf das Kissen.

»Vergiss es, Blackmoore!« Er zieht eine Schnute. Augenblicklich muss ich lachen, weil das bei seinem lädierten Gesicht komisch aussieht. Ich stehe nur eine Armlänge von Kyle entfernt, was sich nun als fataler Fehler entpuppt, denn bevor ich ausweichen kann, greift er nach mir und ich lande rittlings auf seinem Schoß. Das Kissen als Puffer zwischen uns.

»Die Position gefällt mir auch ausgesprochen gut.« Es ist wirklich erstaunlich, dass wir ständig in verfänglichen Situationen landen, sobald wir zehn Minuten alleine sind. Noch erstaunlicher ist allerdings, dass mein Körper in Bezug auf Kyle grundsätzlich entgegengesetzt zu meinem Verstand arbeitet. Anstatt aufzuspringen und ihm den Marsch zu blasen, schiebe ich die Hände in seinen Nacken. Er lässt sich gegen die Rückenlehne des Sofas sinken und zieht mich mit sich. Mein Gesicht schwebt plötzlich verdammt nah vor seinem.

»Ich würde dich wirklich gerne küssen, weißt du das?«, flüstert er. Sehnsüchtig sieht er auf meine Lippen. Augenblicklich stehe ich in Flammen.

13

Kyle

Bis hierher war der Tag ein Desaster. Nick war heute Morgen bereits verschwunden. Den Bus habe ich verpasst, also musste ich zum College laufen. Die Verbindung zum Campus ist katastrophal. Einmal pro Stunde von A nach B ist wirklich ein Witz. Die erste Vorlesung fand demzufolge ohne mich statt. Das Frühstück konnte ich knicken und in der Eile habe ich das Handy auf dem Küchentisch liegen gelassen. An das Gespräch mit dem Coach will ich gar nicht erst denken.

Jolee ist das Highlight des Tages. Das meiner Gedanken ist sie schon längst. Mein Blick huscht von ihren Lippen zu ihren Augen und wieder zurück. Ich würde sie unheimlich gerne küssen. Allerdings werde ich es nicht tun. Auf keinen Fall will ich uns erneut in eine unangenehme Situation bringen, weil ich mich nicht unter Kontrolle habe.

»Und warum tust du es dann nicht?«, haucht sie und ich stoße frustriert die Luft aus. Meine Antwort wird den Moment schockgefrieren.

»Weil das so nicht läuft. So ein Typ bin ich nicht. Meine Mom legt mich übers Knie, wenn ich mich nicht wie ein Gentleman verhalte. Du musst also schon vorher mit mir ausgehen, wenn du meinen Körper willst.« Belustigt sieht sie auf mich herab. Sie denkt sicher, ich verarsche sie gerade, aber ich meine es ernst. Das, was neulich passiert ist, war ein Ausrutscher, den ich damit entschuldige, dass wir uns in einer Extremsituation befunden haben und die überschüssige Energie ein Ventil gebraucht hat. Damit will ich keinesfalls sagen, dass es mir nicht gefallen hat. Im Gegenteil, es macht mich wahnsinnig zu wissen, wie sie sich anfühlt, und mich nicht einfach auf sie stürzen zu können. Dass sie sich in diesem Augenblick vorbeugt und mit ihren Lippen spielerisch über meine streicht, macht es nicht gerade leichter, ihr zu widerstehen.

»Deine Mom muss es ja nicht erfahren«, schlägt sie verschwörerisch vor. Warum stellt sie meine Selbstbeherrschung so auf die Probe? Gedanklich kippe ich mir einen Kübel Eiswasser ins Gesicht. Ohne die gewünschte Wirkung, denn mein Körper reagiert sofort, als sie federleichte Küsse entlang meines Kiefers platziert. *Fuck!* Ich schlinge die Arme um sie, hebe sie von meinem Schoß und befördere sie auf das Sofa. *Großer Fehler, Blackmoore!* Denn jetzt liegt sie auf dem Rücken und sieht mich herausfordernd an. Ihre Zungenspitze taucht zwischen ihren Lippen auf und fährt einmal darüber. Für einen Augenblick wirft mich das völlig aus der Bahn. Verdammt, ich würde sie gerne sofort aus den Klamotten schälen. Ich schiebe mich über sie und stütze mich auf den Ellenbogen ab. Meine Nasenspitze berührt ihre. In einem ganz ähnlich schnellen Rhythmus hebt und senkt sich ihre Brust gegen meine. Jolee zu widerstehen ist härter, als in einem ausverkauften Stadion einen Elfmeter zu versenken. Bei einem Auswärtsspiel. Sie verlangt mir wirklich das letzte bisschen Selbstkontrolle ab.

»Netter Versuch.« Ich rolle mich von ihr und quetsche mich auf der Seite liegend zwischen sie und die Rückenlehne. Völlig perplex starrt sie mich an. Damit hat sie nicht gerechnet. Meine Mom klopft mir imaginär lobend auf die Schulter.

»Reichst du mir mal die Eiscreme?«, frage ich seelenruhig, als wären wir nicht gerade kurz davor gewesen, übereinander herzufallen. Sie seufzt enttäuscht und ich muss schmunzeln, weil sie nicht einmal versucht, es zu verbergen. Jolee dreht sich auf die Seite und angelt nach dem Becher. Ich nutze die Gelegenheit und verschaffe mir etwas mehr Platz. Dadurch ist sie gezwungen, sich an mich zu kuscheln. Ich greife über sie hinweg und nehme mir den Löffel, der in der leeren Eispackung steckt.

»Kannst du sie aufmachen?«

»Soll ich dich vielleicht auch noch füttern?«, fragt sie sarkastisch und verdreht dabei die Augen.

»Wenn du mich so fragst …« Demonstrativ halte ich ihr den Löffel hin. »… auf jeden Fall.« Zu meiner Überraschung nimmt sie ihn mir tatsächlich ab, reißt den Deckel auf, taucht ihn in die Eiscreme und streckt ihn mir dann über ihre Schulter hinweg entgegen. Ich rutsche noch etwas näher an sie heran, schließe die Lippen um den Löffel und lasse mir das Eis auf der Zunge zergehen. Jolees Augen weiten sich, als sie mich dabei beobachtet. O ja, das hier gefällt mir extrem gut. Sie liegt immer noch auf der Seite, als sie erneut den Löffel in die Eiscreme taucht und mir entgegenhält. Ihren Blick hat sie allerdings auf den flackernden Bildschirm gerichtet. Mein Kinn lege ich auf ihrer Schulter ab, den eingegipsten Arm habe ich, bereits nachdem sie mir den Löffel abgenommen hat, vor ihrem Bauch platziert, damit sie nicht flüchten kann. Der von mir erwartete Protest ist ausgeblieben. Erneut hält sie mir einen Löffel Eiscreme vor die Nase. Noch nie hat mich Eis essen so angemacht wie in diesem Augenblick und ich werde es nie wieder auf eine andere Art und Weise essen wollen. Zwischendurch landet auch immer wieder ein Löffel Eiscreme in Jolees Mund. Das hier steigt direkt in die Top Five meiner besten Momente ein. Mit ihr auf dem Sofa zu liegen, fühlt sich so normal und vertraut an, dass es mich selbst überrascht. Bei unserer ersten Begegnung dachte ich, sie lässt mich nicht mal auf eine Armlänge an sich heran, außer sie will mich vor einen fahrenden Bus stoßen. Irgendwo zwischen überflutetem Badezimmer und Ich-poliere-Sam-die-Fresse ist ihre Meinung über mich gekippt. Und damit kann ich gut leben. Jetzt muss ich sie nur noch dazu überreden, dass sie mit mir ausgeht. Allerdings habe ich die Vermutung, ich würde sie eher ins Bett als in ein Restaurant bekommen. Und zu gerne würde ich wissen, was der Grund dafür ist. Denn es muss einen geben.

Als der Becher schließlich leer ist, stellt sie ihn auf dem Couchtisch ab.

»Wenn du irgendjemandem hiervon erzählst, stopfe ich dich in den Trockner, und zwar nicht im Schonprogramm, verstanden?« Und da ist sie wieder, die alte Jolee.

»Dann sollte ich wohl das Interview für morgen mit dem Campusradio absagen«, necke ich sie.

»Ich meine es ernst, Blackmoore. Ich habe keine Lust auf Gerede und ich bin auch keines deiner Groupies, das dir schmachtend nachläuft«, antwortet sie streng. Und zum ersten Mal erkenne ich eine Ähnlichkeit zwischen ihr und Nick. Der Tonfall ist eindeutig derselbe.

»Nein, das bist du nicht, denn wärst du es, würde ich nicht hier mit dir auf dem Sofa kuscheln.«

»Wir *kuscheln* nicht, wir sehen uns einen Film an«, widerspricht sie mir.

»Natürlich. Mein Fehler.« Das kann man jetzt betrachten, wie man will. Das Sofa ist zwar klein, aber nicht so mickrig, dass diese Position für einen gemütlichen Filmabend zwingend notwendig ist.

Als der Abspann läuft, schläft Jolee bereits. Vorsichtig, um sie nicht zu wecken, klettere ich über die Rückenlehne des Sofas. Dann nehme ich die Wolldecke von dem kleinen Hocker, der neben dem Couchtisch steht, und breite sie über ihr aus. In dem Moment, als ich in meine Schuhe schlüpfe, schließt Bree die Eingangstür auf. *Shit!*

»Hey.« Ertappt halte ich in der Bewegung inne.

»Hi«, grinst sie mich an. »Wo ist Jolee?« Suchend sieht sie an mir vorbei. Da ich das Wohnzimmerlicht ausgeschaltet habe, liegt die restliche Wohnung im Dunkeln.

»Sie schläft auf dem Sofa.« Fragend hebt sie eine Augenbraue. Da Jolee mich vermutlich wirklich in den Trockner steckt, lasse ich ihre unausgesprochene Frage unbeantwortet.

»Bin dann mal weg.« Schnell dränge ich mich an Bree vorbei und trete in den Hausflur hinaus.

»Wie kommst du denn nach Hause? Du bist doch sicher nicht mit dem Auto da.«

»Zu Fuß.«

»Soll ich dich fahren?«, fragt sie und nimmt bereits ihren Schlüssel von der kleinen Kommode.

»Lass mal. Ein bisschen Bewegung schadet nicht. Schließlich fällt für mich vorerst das Training aus.«

»Wie du meinst.«

»Man sieht sich.«

»Ja, das vermute ich auch.« Ihr wissendes Grinsen ist beängstigend. Bevor sie mich doch noch ins Kreuzverhör nimmt, suche ich das Weite.

In den Straßen von Charlottesville ist kaum etwas los. Die Bars und Restaurants hingegen sind gut gefüllt. Vereinzelt fahren Autos an mir vorbei. Es ist bereits kurz nach zehn. Die Nacht ist klar und die Luft wirkt irgendwie frischer als tagsüber. Da ich für gewöhnlich mit dem Jeep unterwegs bin, ist mir noch nie aufgefallen, wie friedlich es hier eigentlich ist. Allerdings habe ich den Fußmarsch bis nach Hause eindeutig unterschätzt. Man sollte meinen, dass einem Leistungssportler ein kleiner Spaziergang nichts ausmacht. Würde es vermutlich auch nicht, wenn ich nicht mehrere geprellte Rippen hätte, die sich bei jeder Bewegung schmerzhaft bemerkbar machen. Am Ende brauche ich fast eine halbe Stunde, bis ich endlich um die Ecke biege und das Wohnhaus vor mir auftaucht. Erleichtert atme ich aus.

»Alter, wo kommst du denn jetzt erst her?«, fragt Nick, sobald ich die Wohnung betreten habe. Der Fernseher flimmert, während er in der Küche herumhantiert.

»Nachhilfe«, antworte ich knapp.

»Du hast schon wieder dein Handy vergessen.«

»Ich hatte es heute Morgen etwas eilig, als mir eingefallen ist, dass ich hiermit nicht fahren kann.« Demonstrativ halte ich meinen neuen Begleiter in die Luft, um ihn daran zu erinnern.

»Shit, das habe ich total vergessen. Ich kann dich morgen mitnehmen. Allerdings müsstest du dann mit zum Training.«

»Lass mal, ich stehe doch nicht um fünf auf, wenn ich nicht unbedingt muss.« Außerdem habe ich keinen Bock, den Jungs beim Training zuzusehen, in dem Wissen, für die nächsten Wochen auf der Bank zu sitzen.

Nick schnippelt Gemüse und gibt es anschließend in eine heiße Pfanne. Ein lautes Zischen erfüllt den Raum.

»Der Coach hat Sam zum Captain gemacht.« Er wirft einen Blick über seine Schulter, um meine Reaktion darauf zu sehen. Das habe ich befürchtet, er ist schließlich der Co-Captain und im Vergleich zu mir mit einem blauen Auge davongekommen. Im wahrsten Sinne des Wortes.

»Was hat der Coach eigentlich zu eurem kleinen Zwischenfall gesagt?«

»Dass ich ein leichtsinniger Idiot bin.« Das ist jedenfalls die nette Version davon. Vierzig Minuten lang hat er mich angeschrien. Mich verantwortungslos, dämlich, dumm, selbstsüchtig und nutzlos genannt. Alles in ein paar hübsche Sätze verpackt, die ihm von meiner Mom mehr als eine Ohrfeige eingebracht hätten, wenn sie davon wüsste. Da fällt mir ein, ich sollte sie anrufen und die Sache beichten, bevor sie es auf anderem Wege erfährt. Auch wenn sie nach wie vor in Washington, D. C., lebt, funktioniert der Buschfunk zuverlässiger als die Tageszeitung geliefert wird.

»Was machst du da überhaupt?«

»Ich koche.« Es ist nicht ungewöhnlich, dass er so spät noch etwas isst. Dass er kocht hingegen schon.

»Ja, das sehe ich, aber warum? Hat der Lieferdienst Betriebsferien?« Wenn ich uns nichts zu essen zubereite, dann bestellen wir oder holen etwas auf dem Heimweg. Das Bild von Nick am Herd ist irgendwie irritierend und befremdlich.

»Ich dachte, ich probiere es mal aus.« Neugierig trete ich näher und werfe einen Blick in die Pfanne. Was auch immer es werden soll, ich bezweifle, dass es so aussehen muss. Da es vermutlich doch auf den Lieferdienst hinauslaufen wird, hole ich schon mal die Flyer aus der Schublade und werfe einen Blick auf die Uhr. Wenn wir uns beeilen, schaffen wir es noch, etwas zu bestellen, bevor die Restaurants schließen.

»Thai, indisch oder italienisch?«

»Hä? Das wird mexikanisch.«

»Ich meinte eigentlich, bei welchem Lieferdienst ich anrufen soll?«

»Echt jetzt? Hab doch mal ein bisschen Vertrauen, ich bekomme das hin.«

»Hast du überhaupt ein Rezept?«

»Ja.« Stolz hält er ein aufgeschlagenes Buch in der Hand, das ich noch nie zuvor gesehen habe.

»Seit wann besitzen wir ein Kochbuch?«

»Habe ich in der Buchhandlung gekauft.«

Okay, allmählich macht er mir Angst.

»Kochbuch, Buchhandlung? Hast du Fieber oder so?« Nick hat einige Talente, aber was er nicht hat, ist eine häusliche Seite. Also irgendwas ist hier im Busch, dass er sich derart ins Zeug legt.

»Jetzt guck nicht so und setz dich endlich hin. Du gehst mir auf die Eier, wenn du mir über die Schulter siehst.«

Zwanzig Minuten später stellt er zwei Teller auf den Tisch. Eine Ähnlichkeit zu Chili con Carne besteht durchaus. Geschmacklich ist ihm allerdings der Salzstreuer in die Pfanne gefallen.

»Gar nicht schlecht, oder?«, sagt er und macht dabei ein zufriedenes Gesicht.

»Wenn man Salz mag.« Weil ich seine Mühe honoriere, esse ich eine halbe Portion und spüle das Ganze mit ordentlich viel Wasser nach.

»Verrätst du mir jetzt, warum du plötzlich den Kochlöffel schwingst?«

»Ein Mann braucht halt noch andere Qualitäten. Eine gute Ausdauer in der Horizontalen ist nicht alles«, grinst er und ich pruste laut los. Ein Teil des Essens, das ich soeben in meinen Mund befördert habe, landet wieder auf dem Teller.

»Okay, welche Frau hat an deinem Ego gekratzt?«, frage ich und sehe ihn amüsiert an. Ausgerechnet Nick, der ein Selbstbewusstsein hat, das für einen ganzen Bundesstaat ausreicht, hat eine Breitseite bekommen. Dass ich das noch erleben darf. Der Frau würde ich gerne mal die Hand schütteln. Er schnauft, schnappt sich beide Teller, wirft die Reste in den Müll und stellt sie anschließend in die Spüle.

»Ich knall mich noch eine Runde an den Controller«, ignoriert er meine Frage und stapft auf das Sofa zu. Die Frau hat ihm nicht die Breitseite gegeben, sie hat ihn niedergetrampelt. Und so, wie ich ihn kenne, mehr als verdient.

»Jetzt, da ich nicht mitspielen kann, gewinnst du endlich mal«, ziehe ich ihn auf, kassiere dafür einen Mittelfinger und verschwinde lachend in meinem Zimmer.

Umständlich schäle ich mich aus den Klamotten und krieche ins Bett. Meine Gedanken schweifen zu Jolee. *Unanständige Gedanken*. Dass meine Fantasie mit mir durchgeht, bleibt nicht ohne Folgen. Frustriert drücke ich mir ein Kissen aufs Gesicht. Sich mit der linken Hand einen runterzuholen ist echt keine Option. Das werden verdammt *harte* sechs Wochen. Außer Jolee geht doch mit mir aus und es entwickelt sich etwas zwischen uns. Ich nehme mein Handy vom Nachtschrank und schicke ihr eine Nachricht.

Kyle:
Geh mit mir aus, bitte.

Ab wann wirkt man verzweifelt? Reichen dreimal aus? Eine weitere halbe Stunde wälze ich mich im Bett herum und versuche in den Schlaf zu finden. Am Ende probiere ich es sogar mit Schäfchenzählen. Bei siebenundneunzig gebe ich auf. Erneut greife ich nach dem Handy, öffne Instagram und scrolle durch die Beiträge meiner Freunde. Ich schieße ein Selfie von mir mit dem Gipsarm. Kurz zögere ich, bevor ich es mit einem einzigen Satz poste. *Schlaflos in Charlottesville.*

14

Jolee

Es ist mitten in der Nacht, als ich aufwache und feststelle, dass ich immer noch auf dem Sofa liege. Allein. Was total widersprüchliche Gefühle in mir hervorruft. Erleichterung und Traurigkeit. Kyle Blackmoore hat es innerhalb einer Woche geschafft, dass meine Meinung zu ihm eine Hundertachtzig-Grad-Wendung hinlegt. Was nicht nur daran liegt, dass er verdammt heiß ist, sondern dazu auch schrecklich nett. Warum kann er sich nicht wie ein Arschloch benehmen? Das würde es einfacher machen, ihm zu widerstehen und nicht zu einem sabbernden Groupie zu mutieren. Dabei bin ich mir so sicher gewesen, dass ich nie wieder in diese Falle tappe. Man lernt ja bekanntlich aus seinen Fehltritten. Jedenfalls habe ich das gehofft. Im Augenblick stolpere ich mit aller Wahrscheinlichkeit kopfüber in dasselbe Szenario, vor dem ich aus Stanford geflohen bin. Und ich habe keine Ahnung, wie ich es verhindern könnte. Mein Verstand hat zwar sämtliche Warnschilder aufgestellt, aber mein Herz macht einen gekonnten Slalom drumherum und steuert direkt auf Kyle zu. Es will um jeden Preis seine Aufmerksamkeit, während mein Geist brüllt, er soll sie für sich behalten.

Da ich ohnehin nicht wieder einschlafen kann, quäle ich mich vom Sofa hoch und gehe in mein Zimmer. Mein Handy liegt auf dem Bett und blinkt in der Dunkelheit. Eine Nachricht von Kyle. Ein verräterisches Lächeln schleicht sich auf meine Lippen, als ich den Text lese. Eines muss man ihm lassen, er ist hartnäckig. Und irgendwie rechne ich es ihm hoch an, dass er die Gelegenheit vorhin nicht ausgenutzt hat und unbedingt vorher mit mir ausgehen will. Allerdings bekundet ein Date ernsthaftes Interesse. Etwas Offizielles. Keine flüchtige Affäre, die sich ausschließlich auf rein körperliches Vergnügen bezieht. Sich zu daten setzt eine Bereitschaft für das Zulassen von Gefühlen voraus. In diesem Punkt kann ich nicht über meinen Schatten springen.

Meine letzte Beziehung ist in einem Desaster geendet. Travis Armstrong, Footballer und einer der beliebtesten Typen in Stanford. Dabei hätte ich es kommen sehen müssen, als Travis sich plötzlich für mich zu interessieren schien, nachdem er sich in der Highschool so viel Mühe gegeben hatte, mich zur Zielscheibe zu machen. Der leichtgläubige Teil von mir hatte gehofft, dass in Stanford andere Regeln gelten würden. Die Ernüchterung kam schnell und auf schmerzhafte Weise. Das College ist vielleicht nicht die Highschool, aber die Hierarchien sind ähnlich. Mädchen wie ich himmeln diese Jungs aus der zweiten Reihe an, denn an vorderster Front stehen die Cheerleader und melden ihren Anspruch an. Trotzdem war ich naiv genug, um zu glauben, dass Travis mehr in mir sieht als die Streberin, die seine Hausarbeiten schreibt, weil ihm dafür die Zeit fehlt. Inzwischen weiß ich, dass er seine Zeit lieber mit dem halben Cheerleaderteam verbracht hat. Die Parallelen zwischen Kyle und Travis lassen sich jedenfalls nicht gänzlich ignorieren.

In meiner Magengegend breitet sich, bei der Erinnerung an Travis, ein ungutes Gefühl aus und verleiht Kyles Worten einen bitteren Beigeschmack, den ich nicht einfach hinunterschlucken kann. Es ist eine Sache, wenn man checkt, dass man verarscht wurde, aber eine ganz andere, wenn es die gesamte Uni weiß und dir Blicke zugeworfen werden, die eindeutig sagen: *Sie hat doch nicht wirklich geglaubt, dass er auf sie steht?* Diesen Fehler werde ich keinesfalls erneut begehen. Das kleine Instagram-Icon oben links auf dem Display erweckt meine Aufmerksamkeit. Seit ich aus Stanford geflüchtet bin, war ich nicht mehr in den sozialen Medien unterwegs. Und doch öffne ich die App, ignoriere die Benachrichtigungen, gebe Kyles Namen in die Suche ein und werde sofort fündig. Sein letzter Post ist gerade einmal eine Stunde alt. Mit nacktem Oberkörper liegt er in seinem Bett, in dem ich selbst schon gelegen und mich an ihn gekuschelt habe. Der Gipsarm bedeckt die Hälfte seines Gesichts und versteckt somit die Spuren der Schlägerei. *Schlaflos in Charlottesville* – ist die Bildunterschrift. Der Post ist ungefähr so alt wie die Nachricht, die er mir geschickt hat. Für einen Augenblick schießt mir der Gedanke durch den Kopf – *er liegt meinetwegen wach.* Obwohl es mitten in der Nacht ist, hat das Bild bereits dreihundertzwölf Herzen und einundvierzig

Kommentare. Ich lese sie mir alle durch und komme zu dem Entschluss, mir Kyle Blackmoore schleunigst aus dem Kopf zu schlagen. *Hottie; Babe, you kill me* und *Ich helfe dir gerne beim Einschlafen* gehören noch zu den harmlosen Texten unter dem Foto. Weitere zehn Minuten scrolle ich durch seine Bilder. Kyle beim Fußball, mit einem Controller in der Hand, breit grinsend und jede Menge Aufnahmen mit Nick. Nicht ein einziges Bild zeigt ihn mit einer Frau. Ich klicke auf seine Markierungen, aber auch da werde ich nicht fündig. In seinem Leben muss es doch Frauen geben? Als ich begreife, dass ich ihn mitten in der Nacht stalke, nur um etwas zu finden, das bei mir den – *Ich-habe-es-gewusst-Moment* – auslöst, schalte ich das Handy aus und lege es auf den Nachttisch.

***

»Na, hattet ihr Spaß?«, fragt Bree, als ich am nächsten Morgen aus meinem Zimmer schleiche. Dieses wissende Grinsen heißt wohl, dass sie uns auf dem Sofa erwischt hat, als sie nach Hause gekommen ist. Und während Kyle vermutlich fluchtartig die Wohnung verlassen hat, hat sie ihre eigenen Schlüsse daraus gezogen.

»Es ist nicht das, wonach es aussah«, sage ich und hole eine Packung Cornflakes und Milch aus dem Schrank.

»Wonach sah es denn aus?« Misstrauisch mustere ich sie. Stellt sie mich gerade auf die Probe?

»Was hast du denn gesehen?«

»Verdammt, jetzt wünsche ich mir wirklich, ich wäre zehn Minuten eher nach Hause gekommen und hätte Kyle nicht nur dabei erwischt, wie er sich aus der Wohnung schleicht.«

»Wir haben uns zusammen einen Film angesehen«, gebe ich zu, weil Bree ohnehin nachbohren würde, bis ich es ihr erzähle.

»O Baby, sag mir bitte, dass du ihm wenigstens die Eiscreme von seinem Sixpack geleckt hast«, seufzt sie und macht dabei ein verträumtes Gesicht. Verdammt, ich hätte die leeren Packungen wegräumen sollen, anstatt sie auf dem Couchtisch stehen zu lassen.

»Natürlich nicht«, antworte ich empört, kann aber nicht verhindern, dass ich mir genau diese Szene vorstelle. Der Kerl ist schon anbetungswürdig, wenn er nur Eiscreme von einem Löffel isst. Was wäre er erst, wenn man ihn mit Peanut-Butter-Crunch-Eiscreme einschmieren würde? Ich werde nie wieder meine Lieblingssorte essen können, ohne dabei diese Bilder im Kopf zu haben. *Danke, Bree!*

Brees Lachen reißt mich aus meinen Gedanken.

»Was?«

»Ich weiß genau, welcher Streifen gerade in deinem Kopf abgelaufen ist. Kyle, Eiscreme und jede Menge nackte Haut.« Sie fächelt sich ernsthaft mit der Hand Luft zu. Kopfschüttelnd wende ich den Blick von ihr ab.

»Dann pflanz mir keine Bilder in den Kopf!« Leugnen ist sinnlos, denn meine Wangen fühlen sich so heiß an, dass sie vermutlich wie zwei Tomaten leuchten.

»Also, wenn du mich fragst, solltest du dir Kyle Blackmoore unter den Nagel reißen. Er ist nett, heiß und mehr als interessiert.«

»Ja, vor allem *interessiert* er sich dafür, dass ich ihm den Arsch rette und er nicht aus dem Team fliegt.«

»Glaubst du das wirklich oder ist das deine Ausrede, um ihn auf Abstand zu halten?« Das Grinsen ist aus ihrem Gesicht verschwunden. Sie meint diese Frage ernst.

»Kerle wie er interessieren sich nicht für Mädchen wie mich«, antworte ich schulterzuckend und kippe die Milch in die Schüssel mit den Cornflakes.

»Was ist das denn für ein Bullshit?«

»Sieh mich doch mal an und dann ihn. Ich bin kein Cheerleader oder eines dieser Instagram-Girls, sondern ein Nerd, der seine Nase ständig in Bücher steckt. Wir haben nichts gemeinsam.«

»Echt jetzt, Jolee? Du bist hübsch und intelligent, also warum sollte er sich nicht für dich interessieren? Du bist quasi ein Jackpot.« Da mir darauf schlichtweg nichts einfällt, löffle ich schweigend meine Cornflakes.

»Du könntest ihm wenigstens eine Chance geben, denn ich glaube, er mag dich wirklich.«

»Und wenn es nicht so ist, macht er mich zum Gespött der gesamten UVa. Nein danke, das hatte ich schon.«

»Was meinst du damit?« Verdammt, das hätte ich nicht ansprechen sollen. Ich sehe auf und ihr fragender Blick bohrt sich in meine Stirn, als würde sie mein Gehirn nach der Antwort anzapfen wollen. Seufzend lege ich den Löffel beiseite und erzähle ihr von Travis und wie ich erst auf ihn herein- und anschließend auf die Nase gefallen bin.

»Kyle ist aber nicht der Typ aus Stanford. In den zwei Jahren, die ich hier bin, habe ich ihn noch nie mit einem der Cheerleader außerhalb des Sportplatzes gesehen. Um ehrlich zu sein, habe ich ihn noch nie mit einer gesehen, die seine Freundin sein könnte.«

»Und was genau sagt das über ihn aus? Dass er eher der Typ für flüchtige Affären ist und nicht auf etwas Festes aus ist.« Hätte er mich nach einer Verabredung gefragt, wenn er wirklich so tickt? Wäre er nur darauf aus, könnte er das wesentlich einfacher haben. Leider. Eine Berührung von ihm reicht und ich will mir die Kleider vom Leib reißen.

»Oder es sagt lediglich, dass ihm die Richtige noch nicht über den Weg gelaufen ist.«

»Und das soll ausgerechnet ich sein?« Ungläubig verdrehe ich die Augen und räume meine Schüssel in die Spüle, nachdem mir der Appetit auf die Cornflakes vergangen ist. Diese Vorstellung ist wirklich absurd. Kyle und ich, die glücklich bis ans Ende ihrer Tage gemeinsam in den Sonnenuntergang reiten. Das hier ist kein Hollywoodstreifen, sondern mein Leben. Und das legt mir eher Steine in den Weg, als den roten Teppich für mich auszurollen.

»Das wirst du nicht herausfinden, wenn du ihm nicht wenigstens eine Chance gibst.« Bree weiß wirklich, was es heißt, sich wie ein Bullterrier festzubeißen.

»Er hat mich gefragt, ob ich mit ihm ausgehe«, sage ich vorsichtig. Jetzt, nachdem ich es ausgesprochen habe, fühlt es sich gar nicht mehr so beklemmend an.

»Und was hast du gesagt?«

»Nichts.«

Überrascht schießen ihre Augenbrauen in die Höhe. »Wow, jetzt habe ich echt Mitleid mit ihm.« Bree steht auf und schiebt ihren Stuhl an den Tisch heran. »Denk wenigstens einmal darüber nach.«

Es ist nicht so, als würde ich das nicht bereits seit Tagen tun. Seit wir uns geküsst haben und es sich so verdammt richtig angefühlt hat, denke ich an nichts anderes. Genau wie es sich absolut nicht verkehrt angefühlt hat, mit ihm auf dem Sofa zu liegen und einen Film anzusehen. Nichts an Kyle fühlt sich falsch an und genau das bereitet mir Bauchschmerzen. Der Kerl muss einfach einen Haken haben. Niemand ist derart perfekt, ohne nicht auch einen Schatten zu werfen. Mein Blick fällt auf die Küchenuhr.

»Verdammt, wir kommen zu spät.«

»Was? Shit!« Wie ein Tornado stürmt Bree aus der Küche und steht keine zwei Minuten später abfahrbereit im Flur.

»Kommst du?«, fragt sie leicht außer Atem. Lachend eile ich zu ihr, schlüpfe in meine Schuhe und nehme im Vorbeigehen eine Jacke von der Garderobe.

So schnell waren wir noch nie auf dem Campus, was vor allem an Brees Fahrstil gelegen hat. Zusammen hasten wir über die Schotterwege, vorbei an den Backsteingebäuden und erreichen gerade noch rechtzeitig den Hörsaal. Zufälligerweise haben Bree und ich bis auf zwei Kurse einen identischen Vorlesungsplan. Kyle ist nicht in diesem Kurs. Wir suchen uns freie Plätze und atmen erst einmal durch. Ich würde gerne behaupten, dass mich die Makroökonomie in ihren Bann zieht, aber so ist es nicht. Meine Gedanken kreisen einzig und allein um die Frage: *Was wäre, wenn ich ihm eine Chance gebe?* Unauffällig ziehe ich das Handy aus meiner Tasche und öffne die Nachricht von Kyle, die ich nach wie vor nicht beantwortet habe. Zwei Buchstaben. *Ok*. So schwer ist das nicht und doch schwebt mein Zeigefinger über dem Senden-Button, als würde er einen Atomkrieg auslösen, sollte ich ihn drücken. Mit zusammengekniffenen Augen bringe ich es hinter mich. Die nächsten zwei Minuten starre ich auf das Display und bekomme beinahe einen Herzinfarkt, als *Kyle schreibt …* erscheint.

Kyle:
Ok, was? :-)

Was versteht er daran nicht? Die Frage steht doch genau darüber, da besteht nun eindeutig kein Zweifel, worauf sich dieses *Ok* bezieht.

Jolee:
Ok. Ich gehe mit dir aus, ABER es gibt Regeln.

Kyle:
Regeln? So etwas wie, kein Sex vor dem dritten Date?

Mit weit aufgerissenen Augen starre ich sekundenlang auf die Nachricht, bevor ich mich hastig umsehe, ob jemand bemerkt, dass ich gerade rot anlaufe.

Jolee:
So etwas in der Art. Wir besprechen das später.

O Gott, das klingt wie ein Geschäftsmeeting. Vor meinem geistigen Auge sehe ich die Szene bereits vor mir. Kyle sitzt mir an einem langen Tisch gegenüber und studiert einen Vertrag, den ich aufgesetzt habe. Christian Grey lässt grüßen. Ich hasse Bree dafür, dass sie mich dazu gezwungen hat, mit ihr die Filme anzusehen. Und dafür, dass Kyle in meinen Gedanken in einigen Szenen davon gerade die Hauptrolle übernimmt. Meine Wangen explodieren jeden Moment, so heiß wie sie sich inzwischen anfühlen.

Kyle:
Brauche ich einen Kugelschreiber? Nur für den Fall, dass ich irgendwas unterschreiben muss.

Vermutlich hat er eben etwas ganz Ähnliches gedacht. Wobei ich bezweifle, dass er *Fifty Shades of Grey* gesehen hat.

Jolee:
Idiot.

Dieses verräterische Grinsen in meinem Gesicht entgeht Bree natürlich nicht, die genau in diesem Augenblick in meine Richtung blickt. Glücklicherweise verkneift sie sich einen Kommentar. Auch nach der Vorlesung ist sie sehr schweigsam und wirkt etwas abgelenkt.

»Du hast gewonnen. Ich gebe ihm eine Chance«, platzt es aus mir heraus, als ich die Stille zwischen uns nicht mehr aushalte.

»Ich habe nichts anderes erwartet«, grinst sie.

»Und warum bist du dann so still?« Ihr Verhalten verwirrt mich etwas. Denn Bree ist alles, nur nicht in sich gekehrt, so wie in diesem Moment.

»Ich befürchte, wenn ich einen euphorischen Freudenschrei loslasse, ruderst du zurück. Also übe ich mich in dezenter Zurückhaltung.« Zeitgleich lachen wir los. Bree und *dezente Zurückhaltung* passen nicht zusammen. Sie ist eher der *Mit-der-Tür-ins-Haus-fallen*-Typ. Immer noch kichernd biegen wir, auf dem Weg zu unserer nächsten Vorlesung, um die Ecke. Kyle steht neben der Tür, die in den Hörsaal führt. Als er uns entdeckt, stößt er sich von der Wand ab und kommt auf uns zu.

»Hey.« Er sieht erst Bree, dann mich an.

»Ich suche uns schon mal Plätze.« Bevor ich sie davon abhalten kann, stürmt sie bereits in Richtung Tür. Einen Moment länger als nötig sehe ich ihr nach.

»Jolee?« Kyle umfasst mein Kinn und dreht ihm mein Gesicht zu. Ich sehe ihn nicht direkt an. Es ist nicht so, dass ich mich plötzlich in seiner Nähe unwohl fühle, eher unsicher. Immerhin habe ich zugestimmt mit ihm auszugehen und keine Ahnung, ob es sich am Ende als Fehler entpuppt. »Alles okay?«, fragt er und mustert mich besorgt.

»Ja«, antworte ich und könnte mir für das Zittern in meiner Stimme selbst vor die Stirn schlagen.

»Aber?« Er tritt näher an mich heran und ich werfe einen kurzen Blick über die Schulter, um nachzusehen, ob uns jemand beobachtet. Gerüchte sind das Letzte, was ich will.

»Können wir das nachher besprechen?«

»Kommt darauf an, ob du mir doch einen Korb gibst?« Sein Gesicht nähert sich verdächtig meinem. Mein Herzschlag hat inzwischen die Frequenz eines Spitzensportlers erreicht und das, obwohl ich mich in den letzten zwei Minuten keinen Zentimeter bewegt habe.

»Nein, das habe ich nicht vor, aber …«

»Es gibt Regeln, schon verstanden. Können wir die für die nächsten fünf Minuten vergessen, denn ich bin mir ziemlich sicher, dass ich gleich eine davon brechen werde.« Ein Schmunzeln erscheint auf seinen Lippen. Spätestens jetzt sollten bei mir sämtliche Alarmglocken läuten, aber nichts. Mein Kopf ist wie leer gefegt.

15

Kyle

»Was hast du vor?« Jolee steht völlig regungslos vor mir, ihren Blick auf meinen Mund geheftet.

»Ich werde dich küssen.« Denn genau das habe ich vor, seit dieses verdammte *Ok* auf dem Display erschienen ist. Hektisch sieht sie sich nach rechts und links um. Der Gang ist nahezu leer. Dass sie hofft, dass uns keiner beobachtet, lässt mich kurz an meinem Vorhaben zweifeln. Aber ich bin niemand, der etwas anpreist und es dann nicht durchzieht.

Ich schiebe eine Hand in ihren Nacken und berühre sanft, fast schon schüchtern, ihre Lippen mit meinen. Für einen Augenblick verharre ich in dieser Position. Erst als Jolee ihr Hände an meine Seiten legt und mir etwas entgegenkommt, werde ich mutiger und taste mich vor. Als sie ihren Mund leicht öffnet, nehme ich diese Einladung nur allzu gerne an. Viel zu schnell löst sie sich wieder von mir und tritt einen Schritt zurück.

»Wir kommen zu spät«, sagt sie entschuldigend.

Amerikanische Geschichte ist das Letzte, was mich im Augenblick interessiert. Aber ich bezweifle, dass sie die Vorlesung mit mir schwänzt. Nur damit wir hier an der Stelle weitermachen, wo wir gerade aufgehört haben.

»Gib mir eine Minute Vorsprung.« Im Ernst? Ich habe jetzt nicht erwartet, dass wir händchenhaltend in den Hörsaal marschieren, dass wir ihn allerdings getrennt betreten, finde ich etwas übertrieben. Mich beschleicht der Verdacht, dass mir Jolees Regeln nicht gefallen werden. Hoffentlich räumt sie mir einen gewissen Verhandlungsspielraum ein. Als sie durch die Tür verschwindet, sehe ich auf die Uhr und warte exakt zwei Minuten, bis ich ihr folge. Suchend gehe ich die einzelnen Reihen durch und steuere zielstrebig den Platz neben ihr an. Sie sieht nicht mal in meine Richtung, als ich mich auf den Stuhl rechts von ihr setze. Allerdings finde ich das eher amüsant als besorgniserregend. Den Block packe ich heute gar nicht erst aus, da Mitschreiben ohnehin ausfällt. Außer ich entwickle auf wundersame Weise die Fähigkeit des beidhändigen Schreibens.

Dreißig Minuten später fühlt sich mein Körper vom Sitzen so steif an, dass ich mich kurz strecken muss. Das fehlende Training macht sich bereits bemerkbar. Mein Knie stößt gegen Jolees Oberschenkel und sie sieht auf die Stelle, wo sich unsere Körper berühren. Dann wandert ihr Blick aufwärts und bleibt an dem nackten Streifen Haut hängen, der sich zeigt, weil das Shirt beim Strecken nach oben gerutscht ist. Etwas länger als nötig dehne ich meinen Oberkörper, bevor ich mich zu ihr rüberbeuge.

»Genießt du die Aussicht?« Ihr Kopf schnellt hoch und plötzlich schwebt ihr Gesicht dicht vor meinem, die Wangen gerötet. *Hallo, Schönheit.*

»Ja«, grinst sie und bringt mich damit für einen Moment aus dem Konzept. Ich habe eher mit einem – *Träum weiter, Blackmoore* – gerechnet. Ein sehnsüchtiger Blick wandert zu meinem Mund. *Fuck!*Ich würde sie jetzt wirklich gerne auf den Schoß ziehen und bis zur Besinnungslosigkeit küssen, während ich meine Hände unter diesen weiten Wollpulli schiebe und die zarte Haut darunter streichle. Da das aber in einer Vorlesung mehr als unangebracht wäre und wir dafür mit aller Wahrscheinlichkeit von der Uni fliegen, wende ich, mit einem breiten Grinsen und einem protestierenden Zucken in meiner Leistengegend, den Blick von ihr ab.

»Sehen wir uns später?«, frage ich sie, als wir nach der Vorlesung zusammenpacken und gemeinsam mit Bree den Hörsaal verlassen.

»Ich rufe dich an«, antwortet sie, ohne jeglichen Anflug von Euphorie in der Stimme. Wann? In einer Stunde oder erst in drei Wochen? Ständig habe ich das Gefühl, sobald ich einen Schritt nach vorne wage, macht sie zwei zurück. Vielleicht liegt es an Brees Anwesenheit, aber meinen Arsch würde ich darauf nicht verwetten. Als der Flur sich in zwei Richtungen teilt, bleiben wir stehen. Mein Weg führt mich nach rechts. Etwas unschlüssig sehe ich auf Jolee hinab und denke fieberhaft darüber nach, welche Art der Verabschiedung angebracht wäre, nachdem ich sie vorhin geküsst habe. Ein Kuss auf die

Wange? Ein Schulterklopfen? Oder ein zurückhaltendes Nicken? Nie weiß ich, wie ich mich ihr gegenüber verhalten soll. Ständig habe ich das Gefühl, auf einem Drahtseil zu balancieren, und das in zehn Metern Höhe. Ohne Fangnetz. Rutsche ich ab, war's das. Jolee nimmt mir die Entscheidung mit einem *Bis später*ab und biegt nach links. Kein Kuss oder Schulterklopfen, nicht mal ein Nicken. Sie geht einfach davon. Wow, das fühlt sich beinahe wie eine Ohrfeige an.

Alleine setze ich meinen Weg fort. Als Nächstes steht Sporttheorie auf dem Plan. Eine der wenigen Vorlesungen, die ich mit Nick und den anderen Jungs zusammen habe. Schon von Weitem entdecke ich meine Freunde, die auf dem Gang herumalbern.

»Hey. Das mit dem Bruch ist echt beschissen«, ruft Jay mir zu. Ich zwinge mich zu einem Lächeln. Seit dem Vorfall im Club gehe ich den Jungs aus dem Weg, um Gespräche dieser Art zu vermeiden. Vor allem Sam, denn ich kann nicht garantieren, dass ich nicht sofort wieder auf ihn losgehe, sollte er auch nur in meine Richtung glotzen. Grundsätzlich bin ich kein nachtragender Mensch, aber ich kann ihn einfach nicht ausstehen. Seine provozierende Art geht mir gehörig auf die Nerven und dass er Jolee gegen ihren Willen angefasst hat, lässt mich ihm gedanklich den Hals umdrehen. Aber Jay ist ein netter Kerl, der sich eher im Hintergrund hält. Anders als Nick, der sich gerne in den Mittelpunkt schiebt.

»Shit happens«, antworte ich und werfe einen kurzen Blick in die Runde. Nick kabbelt sich mit Phoenix und befördert ihn gerade in einen Schwitzkasten. River steht daneben und feuert die beiden an.

»Der Coach hat echt miese Laune«, klinkt Mase sich ein. Das kann ich ihm nicht verübeln. Immerhin besteht wegen meiner dummen Aktion die Möglichkeit, dass wir die Meisterschaft verlieren. Mit dem Gips habe ich mich erstklassig ins Aus befördert.

»Meine Herren, das hier ist eine Universität, kein Kinderspielplatz«, donnert die Stimme von Professor Simmons durch den Gang.

Nick gibt Phoenix frei und murmelt eine kurze Entschuldigung. Gemeinsam betreten wir den Hörsaal und suchen uns Plätze in der hintersten Reihe.

Ich sitze zwischen Nick und Jay. Während sich mein bester Freund entspannt zurücklehnt, kramt Jay, ähnlich wie Jolee, alles Mögliche aus seinem Rucksack heraus und legt es auf dem Tisch ab.

»Kann ich später deine Aufzeichnungen kopieren?«, frage ich ihn. Überrascht sieht er zu mir auf. Normalerweise nehme ich eine ähnliche Haltung wie Nick ein, aber irgendwie habe ich das Gefühl, wenn ich bei Jolee punkten will, muss ich mich etwas mehr reinhängen und den Kopf nicht gerade so über Wasser halten.

»Ich muss meine Noten verbessern, sonst steigt mir der Coach aufs Dach«, gestehe ich.

»Klar.« Jay ist zwar clever und hat meines Wissens nach einen guten Schnitt, aber er ist miserabel darin, Dinge zu erklären. Für Nachhilfestunden ist er eine absolute Fehlbesetzung. In Betracht habe ich ihn dennoch gezogen, hätte Nick nicht seine Schwester aus dem Hut gezaubert.

»Cool.«

»Hey, Kyle! Stimmt es, dass du wegen einer Frau auf Sam losgegangen bist?« Phoenix hat sich nach vorne gebeugt und sieht an Nick vorbei, um mich direkt anzusehen. Nicks Kopf schnellt sofort in meine Richtung. *Mist!*

»Bist du?«, fragt er prompt.

»Natürlich nicht. Er ist ein Idiot und ist mir auf die Nerven gegangen.« Misstrauisch mustert Nick mein Gesicht. Wenn er genau hinsieht, würde er darin die Wahrheit finden.

»Würde mein Alter nicht sofort im Dreieck springen, hätte ich ihm auch schon längst mal die Fresse poliert. Der Typ denkt echt, er kann sich alles erlauben. Aber wenn mein Dad mir die Kreditkarte abnimmt, war's das mit der Sonnenseite«, seufzt Phoenix und lehnt sich wieder zurück.

»Gehen wir nachher in den Club?«, fragt River in die Runde. Alle außer Jay stimmen sofort zu. Er reagiert gar nicht, da er sich voll auf das Gequatsche des Profs konzentriert. Ich zögere mit meiner Antwort, weil ich keine Ahnung habe, ob ich eventuell mit Jolee verabredet bin. Was genau bedeutet bei ihr – *bis später*?

»Mal sehen«, äußere ich mich schließlich vage. Die vier versinken tief in ihr Gespräch über den heutigen Abend. Jay lässt sich nicht ablenken und kritzelt

Unmengen an Notizen in seinen Block. Professor Simmons erzählt etwas über Regeneration nach einer Sporteinheit. Für den Rest der Vorlesung höre ich ihm aufmerksam zu.

***

»Willst du wirklich nicht mitkommen?« Nick lehnt im Türrahmen und sieht mich abwartend an. Vom Sofa aus zappe ich durch die Kanäle.

»Nein, ich mache mir einen entspannten Abend. Die Rippenprellung macht mir zu schaffen.« Das ist nicht gelogen, denn ich bin mehr als erledigt. Was mich bei der ganzen Geschichte allerdings ärgert, ist, dass Sam nicht ansatzweise so leidet, wie ich es mir wünsche.

»Soll ich den Jungs absagen, falls du etwas brauchst?«

»Ich brauche keinen Krankenpfleger!«

»Aber vielleicht eine Krankenschwester?«, grinst er mich breit an. Genervt verdrehe ich die Augen.

»Auch *die* nicht! Ich bin kein Pflegefall!«

»Ich finde schon noch heraus, wer sie ist.«

»Wie bitte?« *Shit!* Ich hatte gehofft, er würde nicht zu viel in Phoenix Bemerkung hineininterpretieren.

»Die Frau, wegen der du dich geprügelt hast.« Na dann bin ich mal gespannt, ob ihm die Auflösung gefällt. Zum Abschied klopft er mit der Faust zweimal gegen den Türrahmen. »Warte nicht auf mich.« Das hatte ich auch nicht vor.

Sobald er aus der Tür raus ist, ziehe ich mein Handy aus der Tasche, um nachzusehen, ob sich Jolee gemeldet hat. Fehlanzeige. Sie hat wirklich eine komische Definition von *später*. Inzwischen ist es nach acht Uhr. Mit jeder Minute, die verstreicht, schwindet meine Hoffnung, überhaupt ein Lebenszeichen von Jolee zu erhalten. Irgendwann bleibe ich an einer Quizsendung hängen, während ich nebenbei durch die sozialen Medien scrolle. Nick ist schon wieder völlig in seinem Element und hat unzählige Storys gepostet. Unter anderem, wie er in den Club fährt, eine, wie er mit den Jungs anstößt, und eine, die zeigt, wie jemand auf seinem Schoß sitzt. Ihr Gesicht fehlt auf dem Bild allerdings. Mein Post *Schlaflos in Charlottesville* hat mehrere hundert Herzen und haufenweise Kommentare. Ich mache mir gar nicht erst die Mühe, sie alle zu lesen. Das meiste wiederholt sich wahrscheinlich ohnehin. Als das Handy in meiner Hand vibriert, lasse ich es vor Schreck beinahe fallen.

Jolee:
Hey, bist du zu Hause?

Statt zu antworten, schicke ich Jolee ein Foto, wie ich auf dem Sofa sitze.

Jolee:
Dann beweg deinen Hintern von der Couch hoch und mach mir die Tür auf.

Ich bin schon aufgesprungen, bevor ich die Nachricht überhaupt zu Ende gelesen habe.

Mein Herz schlägt mir bis zum Hals, als ich höre, wie sie die Treppe hinaufkommt. Völlig selbstverständlich tritt sie an mir vorbei, kickt ihre Schuhe von den Füßen und hängt ihre Jacke an die Garderobe.

»Hey«, sage ich und schließe die Tür hinter ihr.

»Hi, ist Nick da?« Okay, sie ist nicht meinetwegen hier. Enttäuschung überschwemmt mich. Warum hat sie dann mir und nicht ihrem Bruder geschrieben, wenn sie zu ihm will?

»Nein, der ist im Southern. Er kommt vermutlich nicht vor morgen früh zurück.«

»Gut, dann können wir die Regeln besprechen«, sagt sie ohne Umschweife. Deswegen ist sie also hier.

»Du hast das mit den Regeln wirklich ernst gemeint?«

»Natürlich.«

»Können wir uns dafür vielleicht hinsetzen?« Ich habe nicht vor, dieses Gespräch mit ihr im Flur zu führen. Wortlos geht sie ins Wohnzimmer und setzt sich auf das Sofa.

»Möchtest du etwas trinken?« Ich brauche definitiv ein Bier, denn mir schwant Böses.

»Gern. Ein Wasser, bitte.« Ich klemme mir die geschlossene Bierflasche unter den Arm, während ich das Glas Wasser in der Hand halte. Sie nimmt es mir ab und stellt es auf dem Couchtisch ab. Da ich den Flaschenöffner vergessen habe, muss ich noch mal in die Küche, um ihn zu holen. Ein ungutes Gefühl macht sich in mir breit. Das hier wird nicht so laufen, wie ich es mir vorstelle.

»Also«, sagt sie, fummelt einen Zettel aus ihrer Hosentasche und faltet ihn auseinander.

»Du hast dir eine Liste gemacht?« Verblüfft starre ich sie an. Das nenne ich mal vorbereitet.

»Ja.«

»Muss ich am Ende wirklich etwas unterschreiben? Dann hole ich schnell einen Stift«, grinse ich sie an, um die Situation aufzulockern.

»Kannst du mich vielleicht nicht ständig unterbrechen?« Hat sie gerade die Augen verdreht?

»Okay, dann schieß mal los.« Sie wirft mir einen Blick zu, der eindeutig sagt – *Nimm mich ernst, sonst stecke ich dich in den Trockner.*

»Erstens: Wenn wir miteinander ausgehen, dann irgendwo mindestens eine Stunde von Charlottesville entfernt.« Damit kann ich vorerst leben. Als Antwort nicke ich und sie hakt den Punkt in diesem Augenblick auf ihrer Liste ab. »Zweitens: Du rückst mir auf dem Campus nicht auf die Pelle.«

»Wie jetzt, ich soll dir aus dem Weg gehen?«

»Ja.«

»Warum?«

»Weil ich nicht Gesprächsthema Nummer eins auf dem Campus sein will.«

»Habe ich einen Verhandlungsspielraum?«

»Kommt darauf an, was du anzubieten hast.« Wenn es mir nicht wirklich ernst mit ihr wäre, würde ich genau an diesem Punkt lachen, weil es völlig absurd ist.

»Ich rücke dir nicht auf die Pelle, aber ich werde dir ganz sicher nicht aus dem Weg gehen. Wir können gerne so tun, als wären wir *nur* Freunde.«

Nachdenklich zieht sie die Augenbrauen zusammen. Gedanklich wäge ich bereits meine Möglichkeiten ab, sollte sie auf ihrer Forderung bestehen.

»Okay. Drittens: Ich werde nicht zu deinen Spielen kommen oder dein Trikot tragen.« Das sollte in den nächsten Wochen kein Problem sein. Und um ehrlich zu sein, ist es mir nicht wichtig, dass eine Frau auf der Tribüne sitzt und meinen Namen brüllt. Dennoch schleicht sich ein Schmunzeln auf meine Lippen, weil sie offensichtlich langfristig denkt. Sie hat also nicht vor, mit mir auszugehen und mich anschließend direkt in die Wüste zu schicken.

»Viertens: ...«

»Wie lang ist denn deine Liste? Vielleicht sollte ich mir sicherheitshalber eine Kopie machen.« Wie viele Regeln kann man für ein Date überhaupt aufstellen?

»Viertens: Wir machen keinen Pärchenkram«, fährt sie unbeirrt fort. Das ist der Moment, in dem ich das Bier beinahe in einem Zug austrinke. Die Rädchen in meinem Kopf drehen sich ein paar Windungen zu schnell und ich versuche ernsthaft zu verstehen, was der Quatsch soll.

»Nur für das allgemeine Verständnis. Warum genau machen wir das hier? Also ... du willst schon mit mir ausgehen, oder?«

»Wenn ich deinen Körper will, muss ich vorher mit dir ausgehen. Diese Bedingung hast du gestellt. Du erinnerst dich?«

»Du willst also nur mit mir ins Bett?«, frage ich verblüfft, weil ich nicht glauben kann, dass sie so gestrickt ist. An Angeboten für eine Nacht mangelt es nicht, dafür brauche ich mich nicht auf Jolee einzulassen und riskieren, dass Nick völlig austickt. Ich will sie besser kennenlernen, weil ich mir mehr als bedeutungslosen Sex mit ihr vorstellen kann. Jetzt bin ich allerdings etwas verwirrt.

»Nein, aber ich will nicht, dass du dich ins Zeug legst und später als Reinfall entpuppst.« Sie verarscht mich, oder? Das Lachen kommt mir über die Lippen, bevor ich es verhindern kann.

»Findest du das lustig?«

»Ja, irgendwie schon, wenn ich ehrlich bin. Wir sitzen hier und verhandeln über Konditionen wie bei einem Bewerbungsgespräch. Und ich verstehe wirklich nicht warum. Was ist so falsch daran, die Dinge einfach laufen zu lassen und abzuwarten, wie es sich entwickelt?«

»Das habe ich bereits probiert und das ist gewaltig nach hinten losgegangen.«

»Du veranstaltest das hier alles wegen des Footballers aus Stanford? Egal was er verzapft hat, ich bin nicht dieser Travis!« Bei meinen Worten zuckt sie zusammen. *Mist!*Diese Information sollte ich nicht haben. So wie sie mich gerade anschaut, sieht sie das genauso.

16

Kyle

»Woher …« Mitten im Satz bricht sie ab und mir ist klar, dass ich einen entscheidenden Fehler begangen habe. Ihr Gesicht wirkt plötzlich ausdruckslos und sie scheint kilometerweit entfernt. Warum habe ich nicht meine Klappe gehalten?

»Instagram. Du hast mir einen Pullover in Größe XXL in die Hand gedrückt. Ich war neugierig«, gebe ich zu. Ihre Augen verengen sich zu schmalen Schlitzen. Das hier sieht nicht gut für mich aus.

»Ich denke, das hier war eine wirklich bescheuerte Idee. Ich sollte gehen.« Die Panik steht ihr ins Gesicht geschrieben. Die alberne Liste fällt zu Boden. Jolee springt vom Sofa auf und taumelt in Richtung Flur. Wenn ich sie jetzt gehen lasse, dann war's das.

»Warte!« Bevor sie in die Schuhe schlüpfen kann, greife ich nach ihrem Oberarm und halte sie zurück. »Du musst mir nichts darüber erzählen, aber können wir uns darauf einigen, dass es hier nicht nur um Sex geht? Dafür bin ich echt nicht der Typ. Von mir aus gehe ich in der Öffentlichkeit auf Abstand und schleppe dich nicht zum Fußball. Aber ich werde mich nicht nur mit dir treffen, um amerikanische Geschichte zu büffeln oder dich flachzulegen. Hin und wieder möchte ich schon mal mit dir Eiscreme essen oder einfach nur einen Film ansehen. Eine einzige Chance, Jolee, mehr verlange ich gar nicht. Meinst du, du bekommst das hin?« Eigentlich fehlt nur noch, dass ich vor ihr auf die Knie falle und sie anflehe, keinen Rückzieher zu machen, bevor wir es wenigstens probiert haben.

Als sie weder Anstalten macht, mich anzusehen noch überhaupt etwas dazu zu sagen, löse ich meine Hand von ihrem Oberarm. Im nächsten Augenblick lege ich zwei Finger unter ihr Kinn und hebe es an, damit ich ihr wenigstens ins Gesicht schauen kann. Die Unentschlossenheit lässt sich an ihrer

Nasenspitze ablesen. Sie hadert mit sich und ich wage einen weiteren Versuch.

»Jolee, ich habe dich um ein Date gebeten, weil ich dich mag und gerne herausfinden würde, wohin uns das Ganze führt. Ich schwöre, du kannst mir vertrauen.« Ihre Miene wird weicher. »Wir lassen es langsam angehen. Du gibst das Tempo vor«, füge ich hinzu, um ihr die Unsicherheit zu nehmen. Ich kann förmlich dabei zusehen, wie ihr Widerstand in sich zusammenfällt.

»Okay, aber ...« War klar, dass es ein *Aber* gibt. Fragend hebe ich die Augenbraue, während ich etwas näher an sie herantrete und auf sie herabblicke.

»Nick darf davon nichts erfahren.« Es gefällt mir zwar nicht, ihm das zu verheimlichen, aber die Entscheidung treffe ich nicht allein. Wenn sie will, dass er es vorerst nicht weiß, werde ich meinen Mund halten. Die Frage ist allerdings, wie lange es dauert, bis Nick es von selbst herausfindet. Für solche Dinge hat er einen siebten Sinn.

»Sind das alle Regeln oder kommen da noch ein paar?«, frage ich und streiche ihr eine lose Haarsträhne hinters Ohr, die sich aus ihrem Zopf gelöst hat. »Denn wenn wir alles geklärt haben, würde ich dich wirklich gerne küssen.« Ihr Blick wandert zu meinem Mund, verharrt dort einen Augenblick, bevor sie schließlich sehnsüchtig zu mir aufsieht. Gerade will ich die letzten Zentimeter zwischen uns überbrücken, als sie die Arme um meinen Hals legt, sich auf die Zehenspitzen stellt und mich küsst. Stürmisch und drängend. Wir stolpern durch den Flur in Richtung Schlafzimmer. Ich verpasse der Tür, sobald wir im Zimmer sind, einen leichten Tritt, damit sie hinter uns ins Schloss fällt.

Schwer atmend löse ich mich von ihr. Inzwischen liegen wir auf dem Bett, ich unter ihr. Jolee gibt hier eindeutig den Ton an.

»Darf ich auch ein paar Bedingungen stellen?«, frage ich, während sie auf mir sitzt und mein Shirt nach oben schiebt. In der Bewegung hält sie inne. Eine Mischung aus Unsicherheit und Neugier liegt in ihrem Blick.

»Klar.« Sie zieht ihre Hände zurück und legt sie sich auf die Oberschenkel. Sofort bereue ich es, überhaupt den Mund aufgemacht zu haben, weil ich sie wieder auf mir spüren möchte. Ich stütze mich auf die Ellenbogen, sie rückt etwas von mir ab und ich setze mich auf. Bevor sie von meinem Schoß klettern kann, lege ich einen Arm um sie, damit sie genau da bleibt, wo sie gerade ist.

»Kein Sex vorm dritten Date. Du schleichst dich morgens nicht ohne Abschied davon. Und ich teile nicht.« Ein Lächeln umspielt ihre Mundwinkel. Was hat sie denn gedacht, was ich verlange? »Ich meine es ernst, Jolee. Das sind meine Bedingungen.«

»Muss ich dich etwa teilen?« Plötzlich ist da wieder dieser unsichere Ausdruck in ihrem hübschen Gesicht.

»Ich verlange grundsätzlich nichts, womit ich selbst ein Problem habe. Also nein, du musst mich nicht teilen.« Meine Highschool-Liebe ist genau daran gescheitert. Erst war Mel meine beste Freundin, dann meine Freundin, die mich letztlich wegen meinem besten Freund sitzen ließ. An diesem Umstand war ich nicht gänzlich unschuldig. Fußball stand aus vielerlei Gründen schon immer an erster Stelle. Erst, um nicht zu Hause sein zu müssen, dann, um Anschluss in der Privatschule zu finden, und jetzt, um mir die Uni leisten zu können. Mein Zeitfenster, mich um eine Freundin zu kümmern, war also stets begrenzt. Das Zeitfenster meines besten Freundes hingegen nicht. Bei Jolee würde sich wenigstens dieser Teil nicht wiederholen, aber wenn es dennoch dumm läuft, ist der Ausgang derselbe. Keine Freundin, kein bester Freund. Allerdings scheint Jolee auch nicht daran interessiert zu sein, dass ich ihr meine komplette Freizeit opfere, obwohl ich ausnahmsweise mal kein Problem damit hätte und aktuell genug davon zur Verfügung habe. Nach Mel hat es ein paar Dates gegeben, aber am Ende hat sich nie etwas Ernsthaftes daraus entwickelt. Ich weiß, dass ich unter den Studentinnen den Ruf habe, unerreichbar zu sein. Was wirklich nicht daran liegt, dass mir keine gut genug ist, sondern schlichtweg der Tatsache geschuldet ist, dass mir die Zeit fehlt, mich ernsthaft mit jemanden zu beschäftigen. Und wäre Jolee nicht in mein Leben gestolpert, um mir den Arsch zu retten, wäre sie mir nicht aufgefallen. Dabei ist Jolee genau mein Typ, aber ich war einfach nicht auf der Suche. Nick sagt immer, ich renne blind durch die Welt. Um all die Frauen zu sehen, sollte ich mal die Scheuklappen abnehmen. Mein Fokus lag nie auf diesem Thema. Das konnte ich mir nicht leisten.

»Und wie verbringen wir dann jetzt den restlichen Abend?«, fragt sie grinsend, schiebt ihre Finger in meinen Nacken und spielt mit meinen Haaren.

»Uns fällt sicher etwas ein.« Mit der Nasenspitze stupse ich gegen ihre, bevor ich sie wieder küsse.

Es ist mitten in der Nacht und ich habe noch kein Auge zu gemacht. Jolee liegt mit dem Kopf auf meiner Brust und schläft. Irgendwann ist ihre Hand unter mein Shirt gewandert und ruht nun auf meinem Bauch. Bei jeder Bewegung halte ich die Luft an, weil ich befürchte, ihre Hand könnte eine Etage tiefer rutschen und damit meinen Entschluss, die Sache langsam angehen zu lassen, zunichtemachen. Noch bescheuerter war allerdings die Idee, sie in eines meiner T-Shirts zu stecken, damit sie nicht in ihrem Wollpulli schlafen muss. Jetzt liegt sie neben mir, nur mit einem Shirt der UVa bekleidet, und eines ihrer nackten Beine hat sich um meins geschlungen. Auch wenn ich gerade wirklich nah am Rande der Verzweiflung bin, fühlt es sich verdammt richtig an, dass sie hier ist. Als es um drei Uhr morgens im Flur poltert und ein Kichern folgt, schreckt sie hoch. Nick ist nach Hause gekommen und offensichtlich ist er nicht allein. Ich ziehe sie zurück an meine Brust und hauche ihr einen Kuss auf die Stirn. Keine zehn Minuten später hallen eindeutige Geräusche aus dem Zimmer von nebenan. Das macht meine Situation nicht besser, denn er veranstaltet gerade das, was ich mir seit Stunden in meiner Fantasie vorstelle.

»Hat er gerade wirklich Sex?« Die Frage muss ich nicht beantworten, denn es ist ganz und gar unmöglich, das Gestöhne zu ignorieren. »Ich muss gestehen, ich bin gerade etwas neidisch«, flüstert sie und streicht mit ihrer Hand über meine Bauchmuskeln, die sich unter dieser Berührung sofort anspannen. Das Gefühl ihrer Haut auf meiner treibt mich in den Wahnsinn.

»Du machst mich fertig«, seufze ich, rolle mich halb auf sie und verschließe ihre Lippen mit meinen. Ich werde ganz sicher nicht mit ihr schlafen, während ihr Bruder nebenan gerade zugange ist. Aber ein kleiner Vorgeschmack sollte wohl erlaubt sein.

Frustriert stoße ich die Luft aus, als ich feststelle, dass sie unter dem Shirt keinen BH trägt. Sie befördert mich direkt in die Hölle.

»Du hast diese Regel aufgestellt, nicht ich.« Ich bin mir ziemlich sicher, dass sie gerade grinst. Jolee tut auch nichts, um mir dabei zu helfen, an meinem Standpunkt festzuhalten. Nein, sie macht es noch schlimmer, indem sie ihr Becken an mir reibt. Will sie mich auf die Probe stellen oder weichklopfen?

»Jolee, bitte, ich würde mich wirklich nicht gut dabei fühlen, wenn wir die Sache so überstürzen.«

»Blackmoore, du bist der einzige Kerl, der daraus eine riesige Sache macht.« Trotzdem rückt sie etwas von mir ab und ich atme erleichtert aus. »Morgen Abend gehen wir aus, also was immer du geplant hast, sag es ab.« Sie drückt mir einen Kuss auf die Wange, bevor sie sich an mich kuschelt. Diese eine Nacht überstehe ich auch noch. Zehn Minuten später kehrt im Nachbarzimmer endlich Ruhe ein und ich sinke in den Schlaf.

***

Ein Kitzeln in meinem Gesicht weckt mich. Die Nacht war verdammt kurz. Widerwillig schlage ich die Augen auf.

»Ich dachte schon, ich muss einen Eimer Wasser holen.« Jolee hält eine ihrer blonden Strähnen zwischen den Fingern. Sie streicht mit den Haarspitzen von meiner Wange über meinen Hals und wieder zurück. Ein zufriedenes Lächeln schleicht sich auf meine Lippen. Ich habe damit gerechnet, alleine in diesem Bett aufzuwachen, aber sie ist tatsächlich noch hier. Ich werfe einen Blick auf die Uhr – es ist gerade mal sieben.

»Warum bist du schon wach?«

»Ich muss nach Hause, wenn ich pünktlich zu meiner Vorlesung da sein will.«

»Es ist sieben Uhr.« Doch dann fällt mir ein, dass sie entweder mit dem Bus fahren oder nach Hause laufen muss. Beides dauert eine Ewigkeit. »Du nimmst nachher den Jeep.«

»Nein, das werde ich nicht. Wie sieht das denn aus?«, protestiert sie und macht Anstalten aufzustehen. Sofort ziehe ich sie zurück ins Bett.

»Genau danach, was es ist – ich leihe dir mein Auto, weil ich es ohnehin nicht brauche.« Natürlich wirft es Fragen auf, wenn sie mit meinem Wagen auf dem Campus auftaucht. Mir ist das herzlich egal, aber ihr nicht. »Du könntest aber auch mit dem Jeep bis zu dir fahren und später mit Bree zum College, wenn du dich damit wohler fühlst«, biete ich ihr als Kompromiss an. Sie scheint kurz zu überlegen, dann greift sie über mich hinweg und nimmt ihr Handy vom Nachttisch. Ein paarmal tippt sie darauf herum und legt es anschließend zurück.

»Eine halbe Stunde, keine Minute länger.« Im nächsten Moment kuschelt sie sich wieder an mich und das Grinsen in meinem Gesicht wird noch breiter, weil ich sie nicht sofort gehen lassen muss.

Exakt dreißig Minuten später kriecht sie aus dem Bett, schlüpft in ihre Jeans und stülpt sich ihren Wollpulli über den Kopf. Sie zieht weder ihren BH an noch mein Shirt aus. Schmunzelnd sehe ich ihr dabei zu, wie sie sich mit den Fingern durch die Haare fährt und sie schließlich notdürftig zusammenbindet. Abwartend sieht sie mich an. Seufzend quäle ich mich ebenfalls aus dem Bett und sehe nach, ob die Luft rein ist. Es würde mich zwar wundern, wenn Nick bereits aus den Federn gekrochen ist, aber sicher ist sicher. Jolee schleicht hinter mir her. Ihre Schuhe stehen noch neben der Tür und ihre Jacke hängt an der Garderobe. *Shit!* Hoffentlich hat ihr Bruder die Sachen nicht entdeckt. Jolee scheint sich darüber keine Gedanken zu machen und ich werde sie auch nicht darauf hinweisen, dass wir eventuell bereits aufgeflogen sind. Ich gebe ihr den Autoschlüssel. Bevor sie reagieren kann, ziehe ich sie in meine Arme und presse meine Lippen auf ihre.

»Ich muss wirklich los«, sagt sie etwas außer Atem und schiebt mich von sich.

»Wir haben heute Abend ein Date, oder?«, vergewissere ich mich, ob das, was sie letzte Nacht gesagt hat, noch Bestand hat. Sie schließt die Lücke zwischen uns wieder und gibt mir einen flüchtigen Kuss.

»Ja, aber erwarte nicht zu viel. Ich hole dich um sieben ab.« Mit diesen Worten wendet sie sich ab und eilt die Treppe hinunter. Nachdem ich die Tür geschlossen habe, lehne ich mich mit dem Rücken dagegen. Das lief doch ganz gut.

Vielleicht ein bisschen zu gut. Irgendwie habe ich das Gefühl, dass das dicke Ende schneller kommt, als mir lieb ist. Ich schleiche zurück in mein Zimmer und krieche wieder unter die Decke. Jolees Geruch hängt in jeder Faser des Bettzeugs und ich würde mich am liebsten für den Rest des Tages in dieser Mischung aus Kakao und – was auch immer noch darin steckt – verlieren. Nur leider wird daraus nichts, denn ich kann es mir nicht leisten, die Vorlesungen zu schwänzen. Ganz im Gegensatz zu Nick. Keine Ahnung, wie er es schafft, kaum anwesend zu sein und doch gute Ergebnisse zu erzielen. Mal abgesehen von der Tatsache, dass er seine Hausarbeiten von seiner Schwester schreiben lässt. Dumm ist der Kerl auf keinen Fall, nur stinkfaul. Vermutlich ist das ein genetisches Ding, denn Jolee muss sich wahrscheinlich auch nicht sonderlich bemühen.

Mit dem Gedanken, wie sich Jolee in meinen Armen anfühlt, drifte ich erneut in den Schlaf.

17

Jolee

Unschlüssig stehe ich vor dem weißen Jeep. Das ist verrückt. Er gibt mir einfach so sein Auto. Alles im Zusammenhang mit Kyle ist verrückt. Wann genau bin ich eigentlich vom rechten Weg abgebogen und habe entschieden, mich auf diesen Wahnsinn einzulassen? Ich drücke auf den Knopf für die Zentralverriegelung und klettere auf den Fahrersitz. Zum Nachdenken, ob das hier eine gute Idee ist, fehlt mir die Zeit, denn ich bin bereits viel zu spät dran. Der Wagen ist immer noch auf meine Position eingestellt. Bei der Erinnerung an den Abend, der Kyle in die Notaufnahme gebracht hat, krampft sich mein Magen zusammen. Um mich abzulenken, schalte ich das Radio ein und parke aus. Es ist ein komisches Gefühl, alleine mit seinem Wagen durch die Straßen von Charlottesville zu fahren. Ständig schaue ich in den Rückspiegel, ob mich jemand dabei erwischt. Wenn ich es nicht besser wüsste, würde ich glauben, ich habe den Jeep geklaut. Keine zehn Minuten später parke ich den Wagen neben Brees altem Ford und haste die Treppe nach oben.

»Morgen.« Aus müden Augen sieht sie mich an. Sie sitzt am Küchentisch, eine Tasse Tee in der Hand.

»Hey, ich nehme mal an, die Frage, wo du herkommst, erübrigt sich?«

»Nachhilfe. Ist ziemlich spät geworden.«

»Was stand denn auf dem Lehrplan? Anatomie?« Ich schnappe mir einen Topflappen und werfe ihn nach ihr. Geschickt weicht sie aus und lacht. »Ich hoffe, er hat auf dem Gebiet mehr zu bieten als in amerikanischer Geschichte«, setzt sie noch einen drauf und ich verdrehe zur Antwort die Augen.

»Ich hüpfe schnell unter die Dusche, dann können wir los.«

Zwanzig Minuten später stehe ich mit noch feuchten Haaren abfahrbereit im Flur. Bree wartet bereits an der offenen Tür.

»Ich dachte schon, ich muss einen Rettungsschwimmer losschicken, damit er dich aus dem Abfluss zieht«, scherzt sie und schließt die Tür hinter uns.

Für einen Moment habe ich wirklich gehofft, dass Bree nicht bemerkt, wessen Auto neben ihrem steht. Fast hätte es geklappt. Doch jetzt macht sie zwei Schritte zurück und wirft einen Blick auf das Kennzeichen.

»Warum steht Kyles Jeep vor unserer Tür?«, fragt sie und sieht mich verwirrt an. *KYLEBM* – lässt nicht gerade viel Spielraum, um es abzustreiten. Warum muss der Idiot auch unbedingt mit seinem Namen auf dem Nummernschild durch die Gegend fahren?

»Er hat ihn mir geliehen, damit ich nicht laufen oder den Bus nehmen muss.« Überrascht reißt sie die Augen auf.

»Wow. Andere Kerle drücken dir ihr Trikot in die Hand, damit du ihre Rückennummer zur Schau trägst, und er gibt dir gleich mal seinen Wagen. Der meint es wirklich ernst.« Ein anerkennender Pfiff verlässt ihre Lippen.

»Er hat mir sein Auto nur gegeben, weil er es momentan nicht nutzen kann.« Dass ich mit seinem T-Shirt, auf dem tatsächlich eine Acht unter dem Logo der Kings prangt, nach Hause gekommen bin, behalte ich besser für mich. Von dem Hoodie, der auf meinem Bett liegt, mal ganz abgesehen. Ich stecke wirklich tiefer in der Sache drin, als ich dachte. Nick würde jetzt sagen: Du bist am Arsch, Sis.

»Das Teil hat vermutlich eine Klimaanlage«, sagt sie gedankenverloren, während sie den Wagen begutachtet.

»Ja, und ein funktionierendes Radio«, merke ich an. Bree seufzt. Ihr alter Ford hat weder das eine noch das andere.

»Ob Kyle etwas dagegen hat, wenn wir mit dem Jeep zum Campus fahren?«

»Vergiss es! Ich will morgen nicht der Gossip der gesamten UVa sein.« Demonstrativ öffne ich die Tür von Brees Wagen und rutsche auf den Beifahrersitz.

»Aber du lässt mich doch mal fahren, oder?«, fragt sie, nachdem sie sich hinters Steuer gesetzt hat.

»Bree, es ist nur ein Auto«, lache ich.

»Hast du die Ledersitze gesehen und das Multifunktionslenkrad? Das ist mehr als nur ein Auto. Das ist Sex auf Rädern.« Mir war gar nicht klar, dass sie eine Schwäche für fahrbare Untersätze hat.

»Können wir dann fahren oder willst du dir erst noch den Sabber abwischen?«, ziehe ich sie auf. Lautes Lachen schallt durch den Innenraum. Im nächsten Moment manövriert sie ihren Ford aus der Parklücke.

»Stell dir vor, wir könnten jetzt das Radio einschalten. Shawn Mendes würde für uns singen. Die Klimaanlage sorgt für eine angenehme Temperatur. Besser könnte ein Tag nicht beginnen«, seufzt sie an der nächsten Kreuzung und kurbelt ihr Fenster ein Stück herunter.

»Du könntest das Radio reparieren lassen oder ein neues einbauen«, schlage ich vor.

»Das ist viel zu teuer. Ich fahre nicht so einen alten Schrotthaufen, weil ich Nostalgiker bin.«

»Ich könnte Nick fragen. Er steht auf Technik. Früher hat er ständig Dinge auseinandergeschraubt und wieder zusammengebaut.«

»Mmh. Ja, mal sehen.« Das Zögern in ihrer Stimme macht mich stutzig. Wir haben zwar abgemacht, dass wir nicht darüber reden, aber vielleicht sollten wir das doch. Auch wenn das Sexleben meines Bruders nicht gerade ein Thema ist, von dem ich Exklusivinfos haben möchte. Schon gar nicht, nachdem ich letzte Nacht eine akustische Darbietung erhalten habe. Wo hat Bree eigentlich den gestrigen Abend verbracht?

»Willst du darüber reden?«

»Worüber?«

»Über Nick?«

In diesem Moment halten wir an einer roten Ampel und ihr Kopf schießt in meine Richtung.

»Da gibt es nicht viel zu sagen. Dein Bruder ist heiß, aber niemand, dem man sein Herz schenken sollte. Das neulich war eine einmalige Sache.« Meine Vermutung, dass sie die letzte Nacht mit Nick verbracht hat, ist somit hinfällig. Kyle hat also die Wahrheit gesagt, als er meinte, Nick hüpft von einer zur anderen. Dabei bin ich mir sicher, dass mein Bruder eigentlich gar nicht so ist. Ja, er braucht eine Menge Aufmerksamkeit, die er dank mir selten von unseren Eltern bekommt. Ich bin das brave Mädchen, das man mit einem beeindruckenden IQ gesegnet hat, und Nick ist einfach nur Nick, der geschickt mit einem Ball umgehen kann und sich ständig Ärger einhandelt.

»Er hat es nicht immer leicht gehabt ...«

»Du musst ihn nicht verteidigen. Es ist alles gut so, wie es ist. Aber ein funktionierendes Radio wäre schon fantastisch. Ich werde ihn bei Gelegenheit fragen«, unterbricht sie mich und ich behalte die restlichen Worte für mich. Nachdenklich mustere ich sie von der Seite und komme zu dem Entschluss, dass sie meinen Bruder nicht um Hilfe bitten wird. Lieber stellt sie sich einen batteriebetriebenen Kassettenrekorder auf den Beifahrersitz.

Die Vorlesung vergeht nur schleppend und ich bin etwas abgelenkt, denn Kyle hat mir gerade ein Selfie von sich im Bett geschickt.

Kyle:
Ziemlich einsam hier. Lass die Vorlesung sausen und komm wieder ins Bett.

Jolee:
No way. Und wenn mich nicht alles täuscht, steht bei dir heute Mittag noch Sporttheorie auf dem Plan. Je weniger du vom Stoff mitbekommst, desto mehr musst du nachholen. Was wiederum bedeutet, dass wir weniger Zeit für andere Dinge haben.

Mein Finger schwebt über dem Senden-Button. Ich kann nicht so offensichtlich mit ihm flirten. Er kann das, aber ich bin nicht der Typ dafür. Dennoch schafft er es immer wieder, dass sich meine Gedanken wie bei einem hormongesteuerten Teenager überschlagen und mein Kopfkino ohne Sendepause läuft. Er braucht nur schmunzeln und ich könnte mich auf ihn stürzen. Kyle Blackmoore ist der Untergang für mein rationales Denken. Bevor ich wirklich auf die Idee komme, die Nachricht abzuschicken, lösche ich den Text und stecke das Telefon zurück in meinen Rucksack.

Die Mittagspause verbringen wir im Barneys. Bree hat sich einen Salat mit Hähnchenstreifen bestellt. Ich gönne mir einen Schokomilchshake und ein Truthahnsandwich mit Cranberrysoße.

»Wollen wir heute Abend unseren geplanten Serienmarathon mit den *Gilmore Girls* starten?«, fragt Bree und schiebt sich eine Gabel Grünzeug in den Mund.

»Sorry, ich habe heute Abend schon etwas vor. Aber wir holen das nach, versprochen.«

»Mit Kyle?«, fragt sie und wackelt vielsagend mit den Augenbrauen.

»Ja. Stell dir vor, bevor er mit mir ins Bett geht, muss ich mit ihm ausgehen. Welcher Mann besteht auf ein Date, wenn man sich ihm bereits als Vorspeise angeboten hat?«, rutscht es mir heraus. Bree verschluckt sich an einem Salatblatt und plötzlich haben wir die Aufmerksamkeit des gesamten Cafés, inklusive des Tischs rechts hinten in der Ecke. Der Typ, auf dessen Rücken die Nummer siebzehn gedruckt ist, dreht sich in diesem Moment zu uns um. Seine Augen weiten sich, als sein Blick auf meinen trifft. *Mist! Dreh dich einfach wieder um.* Natürlich tut er mir diesen Gefallen nicht, sondern steht auf und kommt auf uns zu. Ungefragt setzt er sich rittlings auf einen der freien Stühle an unserem Tisch. Bree mustert ihn überrascht, während ich ihn gerne vom Stuhl schubsen möchte.

»Hey, ich bin beim letzten Mal nicht dazu gekommen, mich vorzustellen. Ich bin Sam.« Sein Gesicht zeigt verblasste Spuren des Wochenendes. Im Vergleich zu Kyle ist er wohl besser weggekommen.

»Hey«, antworte ich, um nicht unhöflich zu sein. Nur für den Fall, dass er sich für sein Verhalten entschuldigen möchte. Ich bin kein nachtragender Mensch. Auch wenn die Aktion mehr als daneben gewesen ist.

»Da Blackmoore neulich dazwischengefunkt hat, was hältst du davon, wenn du mir deine Nummer gibst? Ich rufe dich an und wir machen genau an dem Punkt weiter, an dem wir aufgehört haben.« Ziemlich sicher sind mir bei seinen Worten gerade die Gesichtszüge entglitten. Das kann er nicht ernst meinen.

»Wie bitte?« Bin ich es, die so schrill klingt? Auch Bree scheint nun eins und eins zusammenzuzählen.

»Warte, das ist der Typ, der dich im Southern begrabscht hat?«

Sein Kopf schießt in Brees Richtung. »Ich habe sie nicht *begrabscht!* Wir haben uns sehr gut amüsiert«, sagt er so abfällig, dass es mir Angst macht.

»Da habe ich aber etwas anderes gehört.«

»Hat dich jemand nach deiner Meinung gefragt, Babe?« Sein Ton ist nun eine Spur schärfer.

»Warum? Du hast doch auch nicht gefragt, ob du dich zu uns setzen darfst. Und nenn mich nicht Babe!« Angriffslustig funkelt sie ihn an, als hätte sie mit ihm selbst noch eine Rechnung offen.

»Hör zu, Sam, wir vergessen die ganze Sache und du gehst einfach«, mische ich mich in die Unterhaltung ein, bevor meine beste Freundin ihm die Gabel ins Auge rammt.

»Ignorier Bree, sie ist nur sauer, weil ich sie abserviert habe.« Überrascht sehe ich sie an und sie verzieht angewidert das Gesicht.

»Hast du sie noch alle? Du verdrehst die Tatsachen. Ich habe dich in den Wind geschossen, als du jede flachgelegt hast, die dir vor die Flinte gekommen ist.« Damit hat sie eindeutig meine Neugierde geweckt. Sie und dieser Sam?

»Fahr die Krallen ein, Babe«, sagt er herablassend. Bree sieht aus, als würde sie jeden Augenblick über den Tisch hechten und ihn erwürgen wollen.

»Kyle hätte dir die Nase brechen sollen«, zischt sie. Sam lacht. Ich komme mir vor wie in einer Daily Soap.

»Blackmoore ist ein Weichei. Wenn du einen richtigen Mann willst, der es im Bett auch bringt, sag Bescheid. Ich weiß genau, wie du es brauchst«, sagt er an mich gewandt. Der Kerl verursacht einen unangenehmen Kurzschluss in meinem Gehirn, denn ich hole aus und verpasse ihm eine Ohrfeige. Wie kann man nur so respektlos sein?

»Das wirst du bereuen, Miststück!«, zischt er. Ich habe noch nie jemanden geschlagen. Außer Nick, aber nicht doll und nur so, wie man das halt unter Geschwistern macht. Meine Handfläche kribbelt schmerzhaft. Sam springt vom Stuhl auf. Von dem Tisch, an dem er zuvor gesessen hat, schallt lautes Gelächter zu uns herüber. Das wird er nicht auf sich sitzen lassen, das ist mal sicher. Kurz überlege ich, mich zu entschuldigen. Er hat die Ohrfeige zwar verdient, trotzdem habe ich ein schlechtes Gewissen. Er beugt sich mir entgegen, umfasst fest mein Kinn und zwingt mich, ihn anzusehen.

»Du solltest dich in Zukunft zweimal umsehen«, presst er hervor und ich erstarre. Atme ich überhaupt noch?

»Lass den Scheiß, Sam. Verpiss dich einfach«, mischt sich Bree ein. Sie greift über den Tisch und versucht ihn von mir wegzuziehen. Mit einer einzigen Bewegung schlägt er ihre Hand weg und zieht mich im selben Moment auf die Füße.

»Nimm deine Hände von mir!« Ich erwache endlich aus meiner Schockstarre und verpasse ihm einen Schubs.

»Sonst was?« Sein Blick verfinstert sich, als er erneut nach mir greift und mich gewaltsam an sich zieht. Meine Brust stößt gegen seine. Ich will gerade zu einer Antwort ansetzen, als etwas hinter mir seine Aufmerksamkeit erregt.

»Sonst befördere ich dich direkt in die Hölle«, ertönt Kyles tiefe Stimme und ich war noch nie so froh darüber.

»Wer bist du, dass du dich ständig so aufspielst?« Auch wenn ich es nicht erwartet habe, lässt er mich los und Kyle schiebt sich direkt zwischen uns.

»Ich bin ihr …« Mitten im Satz bricht er ab und seufzt. Es ist offensichtlich, was er sagen wollte und Sam nur zu gern unter die Nase reiben will. »Ich bin der beste Freund ihres Bruders. Und wenn Nick hiervon Wind bekommt, bin ich dein geringstes Problem.« Sam reißt überrascht die Augen auf, fängt sich aber sofort wieder. Dass ich Nicks Schwester bin, hat anscheinend noch nicht die Runde gemacht. Was mich nicht wundert, Kyle hatte schließlich auch keine Ahnung.

»Wenn Nick herausfindet, dass du seine kleine Schwester vögelst, bin ich sein geringstes Problem.« Lachend wendet er sich ab und geht zurück an seinen Tisch. Sofort dreht sich Kyle zu mir um.

»Alles okay?« Besorgt sieht er auf mich herab und streicht kurz mit den Fingerknöcheln über meine Wange. Sofort zieht er seine Hand wieder zurück und bringt etwas Abstand zwischen uns. Im Augenblick würde ich meine aufgestellten Regeln gerne über Bord werfen und mich von ihm in den Arm nehmen lassen.

»Alter, auf dem Campus ist die Hölle los. Ich musste am Arsch der Welt …« Nick steht so plötzlich neben uns, dass ich erschrocken zusammenzucke. Er sieht zwischen Kyle und mir hin und her. Hoffentlich drehen sich die Rädchen in seinem Kopf nicht zu schnell. »Alles okay bei euch?«

»Klar. Ich habe nur *Hallo* gesagt. Komm, wir holen uns einen Kaffee und verziehen uns.« Kyle legt ihm einen Arm um die Schultern und will ihn zum Tresen delegieren, doch Nick bewegt sich keinen Zentimeter von der Stelle.

»Wirklich alles okay, Joe?«

»Ja, alles bestens.«

»Sicher? Du bist etwas blass um die Nase. Wenn Kyle sich wie ein Idiot benommen hat, breche ich ihm auch noch den anderen Arm.« Seit wann macht er sich denn Sorgen um mich?

»Wirklich. Geh dir einen Kaffee holen und hör auf, den großen Bruder raushängen zu lassen. Ich komme alleine klar.«

»Wie du meinst.« Bevor er mit Kyle geht, wirft er einen kurzen Blick zu Bree und ich könnte schwören, dass das Zucken seines linken Mundwinkels ein Lächeln werden sollte.

18

Kyle

Was bildet sich dieser Typ überhaupt ein? Am liebsten würde ich ihn von seinem Stuhl zerren und dem Erdboden gleichmachen. Eigentlich hatte ich für Nick und mich nur schnell einen Kaffee holen wollen, während er einen Parkplatz sucht. Und dann sehe ich durch das Schaufenster, wie Sam Jolee erneut bedrängt. Es gibt genug Frauen, die sich ihm freiwillig an den Hals werfen, warum muss es ausgerechnet die sein, für die ich mich interessiere? Ich hätte ihm wirklich gerne an den Kopf geschleudert, dass Jolee zu mir gehört und ich jedes Recht dazu habe, mich so aufzuführen. Aber erstens sind wir nicht zusammen und zweitens hätte ich mir damit nur Ärger mit ihr eingehandelt. Denn egal, was das zwischen uns ist, vorerst bleibt es ein Geheimnis. Auch wenn mir das missfällt, respektiere ich ihren Wunsch. Trotzdem könnte ich kotzen, dass mir momentan die Hände gebunden sind. Eingegipst trifft es wohl eher.

»Okay, spuck es aus!« Wir haben das Café kaum verlassen, da nimmt Nick mich ins Kreuzverhör.

»Was?«

»Was gerade im Barneys passiert ist, das ich nicht mitbekommen habe.«

»Nichts, habe ich doch schon gesagt.« Für einen Augenblick schweigt er, was mich sofort in Alarmbereitschaft versetzt. Denn wann immer er das tut, haut er mir eine Minute später die Tatsachen um die Ohren.

»Du hast was mit meiner Schwester.« *Peng! Treffer und versenkt.* Augenblicklich verschlucke ich mich an meinem Kaffee, spucke ihn im hohen Bogen aus und sehe dabei zu, wie der braune Fleck in den Ritzen des Kopfsteinpflasters versickert.

»Was? Nein! Da drinnen ging es nicht um mich und Jolee, sondern um sie und Sam«, rutscht es mir heraus. *Fuck!*Das hätte ich nicht sagen dürfen.

»Sam hat was mit Joe? Niemals! So dumm ist sie nicht.«

»Vergiss, was ich gesagt habe«, rudere ich zurück. Das Problem an ausgesprochenen Worten ist, dass man sie nicht, wie bei einer Textnachricht, einfach wieder löschen kann, bevor man sie tatsächlich abschickt. Was raus ist, ist raus. Alles, was dir dann noch bleibt, ist, Schadensbegrenzung zu leisten.

»Hast du deswegen Sam verprügelt? Weil du eifersüchtig bist?« Die Hoffnung, dass er lockerlassen wird, schwindet mit jeder Aussage, die ich treffe, weil ich mich weiter verstricken werde. Im Lügen war ich schon immer eine Vollkatastrophe. Bei meiner Mom brauche ich nur die Tür aufzuschließen und sie riecht den Braten. Angeblich verrät mich ein Zögern, bevor ich den Schlüssel im Schloss herumdrehe.

»Bullshit! Sie ist deine Schwester!« *Bullshit*ist einzig und allein meine Antwort und der Ton, in dem sie meine Lippen verlässt.

»Du tust ja gerade so, als würde ich dir unterstellen, etwas mit *deiner* eigenen Schwester zu haben.« Können wir das Thema nicht einfach fallen lassen?

»So ähnlich ist es auch. Du bist für mich wie ein Bruder, was sie irgendwie zu meiner Schwester macht.« *Blackmoore, halt sofort die Klappe. Du hattest letzte Nacht ihre Nippel im Mund und hättest nur zu gern noch ganz andere Dinge getan.* Wenn Jolee etwas für mich nicht ist, dann meine Schwester. Nicks Lachen reißt mich aus meinen Gedanken. Verwirrt blicke ich ihn an. Was ist plötzlich so lustig?

»Ich verarsch dich doch nur. Du solltest mal dein Gesicht sehen. Du siehst aus, als hätte dir jemand rohen Fisch angedreht.« Ich hasse Sushi. Wann immer Nick eine dieser Plastikschalen auspackt und genüsslich verspeist, wird mir vom Zuschauen übel. »Natürlich stehst du nicht auf Joe, das wäre absurd«, fügt er kopfschüttelnd hinzu.

»Hey, Leute!«, erlöst Phoenix mich aus meiner misslichen Lage. »Ich schmeiße nächstes Wochenende eine Party im Poolhaus. Mein Alter ist mal wieder in L.A. unterwegs. Ihr kommt doch, oder?«

»Klar, ich bin dabei, was ist mit dir?« Nick lässt sich selten eine Party entgehen. Für gewöhnlich begleite ich ihn, damit er nicht über die Stränge schlägt oder sich Ärger einhandelt, trotzdem zögere ich. Sollte ich Jolee nach ihren Plänen für das Wochenende fragen? Keine Ahnung, was sie von unserer Nicht-Beziehung erwartet, außer einem Exklusivrecht an mir.

»Ich denke darüber nach«, antworte ich schließlich und halte mir somit beide Optionen offen.

»Cool.« Gemeinsam setzen wir unseren Weg fort.

Jay, Mase und River stehen zwischen einer Gruppe Cheerleader und unterhalten sich.

»Was geht?«, erkundigt sich Nick und klatscht mit den Jungs ab. Zu meiner Überraschung ignoriert er die Mädels, die ihm lüsterne Blicke zuwerfen. Mehr als ein kurzes Zucken seiner Mundwinkel hat er heute nicht für sie übrig. Während ich mich noch über das Verhalten meines besten Freundes wundere, taucht Kira neben mir auf und haucht etwas in mein Ohr. Gekonnt ignoriere ich sie und mache einen Schritt zur Seite.

»Kyle, hörst du mir überhaupt zu?«, fragt sie nun lauter und ich sehe in ihre Richtung.

»Sorry, was hast du gesagt?« Wirklich gerne hätte ich geantwortet, dass es mich nicht interessiert, was sie zu sagen hat. Aber ich bin von Natur aus kein unhöflicher Mensch.

»Ich habe dich gefragt, ob du heute Abend schon etwas vorhast?«

»Ja.« Misstrauisch blickt sie mich an. Sie wird nicht lockerlassen, wenn ich ihr nicht mehr gebe. »Mit einer Frau«, füge ich schnell hinzu und bereue es sofort. Denn jetzt hat sie erst recht einen Grund, um nachzuhaken.

»Eine Frau?« Das habe ich befürchtet. Heute ist eindeutig der Tag, an dem ich mich um Kopf und Kragen rede. Ich sollte dringend lernen mein Gehirn einzuschalten, bevor ich einfach drauflosquatsche.

»Wo kommt *die* denn so plötzlich her?« Meint sie ihre Frage ernst?

»Hat sich so ergeben.« Für meine bescheuerten Antworten kann ich allmählich auch eine Strichliste anlegen. Kira zieht nachdenklich die Augenbrauen zusammen. *Sie und Sam würden sich perfekt ergänzen,* schießt es mir durch den Kopf. Jetzt, da er meinen Posten hat, wäre er doch sicher eine

Option für sie. »Sam ist jetzt der Captain des Fußballteams.« Ihr Ausdruck ändert sich von nachdenklich zu verwirrt, weil ich Bullshit rede.

»Sam ist ein Idiot. Du bist süß.« *Süß?* Nicht gerade das Wort, mit dem man als Mann in Verbindung gebracht werden möchte. Wenn eine Frau zu dir sagt, dass du süß bist, kommt das einem – *Ich bin nicht interessiert* – gleich. Was mich im Zusammenhang mit ihr allerdings weniger stören würde.

»Mach einen Abflug, Kira, er steht nicht auf dich. Das muss selbst mal in deinem Hirn ankommen«, zischt Nick. Sie streckt ihm den Mittelfinger entgegen, wendet sich aber endlich von mir ab. Mit ihm legt sie sich ungern an, denn er kann mehr als unausstehlich werden.

»Alter, du bist immer viel zu nett.«

Ich muss lachen. Erst süß, jetzt nett, was für eine Bilanz. Kann man das noch steigern?

Nick schiebt mich in den Vorlesungssaal. »Wenn du dir endlich mal ein Mädchen suchen würdest, hättest du das Biest vom Hals.« *Was hältst du davon, wenn ich mein Glück bei deiner Schwester versuche?*Die Frage schießt mir so schnell durch den Kopf, dass ich für einen Augenblick befürchte, sie laut ausgesprochen zu haben.

»Für so etwas habe ich keine Zeit und so, wie du es handhabst, ist es für mich keine Option.«

»Du bist ein hoffnungsloser Fall. Du glaubst doch nicht wirklich, dass dir ausgerechnet hier die große Liebe über den Weg läuft, oder? Die Uni ist dafür da, dass man sich die Hörner abstößt, bevor man im Spießeralltag mit Frau und Kind versinkt und nur noch damit beschäftigt ist, Darlehen zu tilgen.« Eine Ansicht, die ich ganz klar nicht mit ihm teile. Gemütliche Abende auf der Couch sagen mir eher zu, als sich ständig irgendwo die Nächte um die Ohren zu schlagen.

Der Dozent bittet um Ruhe. Nick zieht sein Handy aus der Tasche, schießt schnell ein Bild von uns und schiebt es mit dem Text – *mein Bro, der versnobte Romantiker* – direkt in seine Story. Ich verkneife mir einen Kommentar und stoße Jay an.

»Kann ich später deine Notizen haben?« Er nickt kurz und wendet sich dann dem Dozenten zu.

Als wir am späten Nachmittag nach Hause fahren, gibt es für Nick nur ein Thema. Wie viele Reaktionen er auf seine Story bekommen hat und dass mich einige Frauen kennenlernen wollen. Sein Monolog endet erst, als wir aus dem Wagen steigen und er sich suchend umsieht.

»Alter, die haben dein Auto geklaut!«

Es dauert einen Augenblick, bis ich begreife, was er damit meint. Mein Jeep steht nicht auf seinem Parkplatz. Wenn ich jetzt mitspiele, wird er die Polizei rufen und das wäre eine beschissene Idee.

»Nein, Jolee hat den Jeep«, antworte ich so beiläufig wie möglich. Aus den Augenwinkeln beobachte ich seine Reaktion.

»Joe? Warum hat sie dein Auto?«

Damit sie sich nicht mitten in der Nacht aus meinem Bett schleichen muss.

»Wir haben ziemlich lange gelernt und ich wollte nicht, dass sie so spät allein nach Hause läuft. Ich kann sie ja nicht fahren«, erkläre ich und hoffe, dass Nick es schluckt. Aber vor allem hoffe ich, er erinnert sich nicht daran, dass mein Wagen noch auf dem Parkplatz stand, als er mitten in der Nacht nach Hause gekommen ist.

»Ah, okay. Keine Ahnung, warum sie sich nicht einfach von unseren Eltern ein Auto schenken lässt. Manchmal hat sie echt komische Ansichten. Wie läuft es denn mit der Nachhilfe?« Tatsächlich haben wir eher weniger gelernt und uns mehr miteinander beschäftigt.

»Laut Jolee bin ich ein hoffnungsloser Fall.«

Er lacht. »Für meine Schwester ist jeder ein hoffnungsloser Fall, der nicht mindestens einen IQ von Hundertzwanzig besitzt.«

»Da hast du vermutlich recht.«

»Wie sieht es aus, machen wir uns einen gemütlichen Abend vor dem Fernseher, wenn ich vom Training zurück bin?«

»Ich bin mit Jolee zum Lernen verabredet.«

»Das heißt, sie kommt nachher vorbei? Dann verpisse ich mich, damit ihr in Ruhe lernen könnt.« Sofort habe ich ein schlechtes Gewissen, weil er die Wohnung räumen würde, nur um uns nicht zu stören.

»Jolee holt mich später ab. Wir lernen bei ihr, so muss sie nicht alles mitschleppen.« Das klang doch gar nicht so schlecht.

»Okay. Ich hole nur schnell meine Tasche und bin dann weg.«

Vierzig Minuten später stehe ich nur mit einem Handtuch um die Hüften vor dem Bett und betrachte die Jeans skeptisch. Keine Ahnung, was Jolee vorhat, aber in einer Trainingshose werde ich wohl kaum bei ihr punkten können. Es dauert zehn Minuten, bis ich es schaffe, sie mir mit nur einer Hand anzuziehen. Egal wie angesagt diese engen Jeans momentan sind, ich wünschte, ich hätte ein paar Baggy Pants im Schrank. Sie einhändig hochzuziehen grenzt an Schwerstarbeit. Weitere fünf Minuten brauche ich, um die vier Knöpfe zu schließen. Ein Hoch auf die Erfindung des Reißverschlusses, der mir aber im Augenblick nichts bringt. Warum besitze ich nur Hosen mit Knöpfen? Auf ein Hemd verzichte ich und entscheide mich aus Bequemlichkeit für ein T-Shirt, auf dem nicht das Logo der Kings aufgedruckt ist.

Punkt sieben Uhr klingelt mein Handy.

»Hey.«

»Ich warte unten im Wagen auf dich.« Ich werfe einen letzten prüfenden Blick in den Spiegel. Meine Frisur hat auch schon mal besser ausgesehen. Hastig schlüpfe ich in meine Schuhe, nehme eine Jacke vom Haken und eile die Treppe nach unten. Der Jeep parkt direkt vor der Tür. Ich klettere auf den Beifahrersitz. Mit einem prüfenden Blick mustert sie mich.

»Du trägst eine Jeans. Ich bin beeindruckt«, grinst sie. Nun werfe auch ich einen Blick auf sie. Ihr Gesicht ist mehr geschminkt als sonst. Die Haare fallen ihr in weichen Wellen über die Schultern. Sie trägt einen weiten grauen Wollpulli und einen kurzen Rock. Leider stecken ihre fantastischen Beine in einer blickdichten Strumpfhose. Sie so zu sehen ist ungewohnt. Wann immer ich Jolee vor Augen habe, trägt sie Jeans und ein Sweatshirt, das ihre Kurven versteckt. Okay, seit gestern trägt sie in meinen Gedanken nur ein T-Shirt mit dem Aufdruck der Kings und die Acht, die sie als die

Meine brandmarkt. *Blackmoore, fahr mal einen Gang runter,* mahnt mich die Stimme in meinem Kopf.

»Du siehst anders aus«, sage ich, ohne nachzudenken.

»Gut anders oder schlecht anders?«, fragt sie grinsend und startet den Wagen.

»Gut, denke ich. Aber ich mag dich auch in Jeans und Schlabberpulli«, gestehe ich und könnte mich selbst schütteln, weil ich mich gerade zum Idioten mache. »Du siehst wirklich gut aus«, versuche ich die Kurve zu bekommen, bin mir aber nicht sicher, ob ich es damit nicht noch schlimmer mache. Jolee lacht, was mich verunsichert. Nie weiß ich, was ich sagen oder tun soll, um nicht wie ein Depp rüberzukommen. Small Talk mit Jolee ist nicht meine Stärke. Es gleicht einem Wunder, dass ich keinen Totalausfall erleide, sobald wir uns näherkommen.

»Die Sache mit Sam heute tut mir leid«, wechsle ich die Gesprächsrichtung. Ihr Lachen verstummt und ich warte auf eine Reaktion. Das Thema ist ganz klar ein Stimmungskiller. Warum habe ich es überhaupt angesprochen? Eine merkwürdige Stille liegt plötzlich zwischen uns, im Jeep wird die Luft knapper. Ich bewege mich eindeutig auf dünnem Eis. »Wir müssen nicht darüber reden, wenn du nicht möchtest«, rudere ich zurück.

»Ich habe ihm eine Ohrfeige verpasst«, sagt sie kleinlaut und ich würde gerne – *That's my girl* – brüllen.

»Die er mehr als verdient hat.«

»Ich habe noch nie jemanden geschlagen.« Das überrascht mich nicht. Jolee wirkt nicht wie der Typ Frau, die gerne mal körperlich austeilt. Sicher löst sie Probleme, indem sie Reden schwingt, und das vermutlich mit einer immensen Ausdauer.

»Sam ist ein Idiot. Ich würde jederzeit wieder zuschlagen, wenn er dir auf die Pelle rückt.« Das gilt übrigens auch für jeden anderen Kerl.

19

Jolee

»Und was hast du jetzt davon? Ein gebrochenes Handgelenk und das Fußballspielen kannst du für die nächsten Wochen auch vergessen. War es das wirklich wert?« Mein Blick huscht zu ihm rüber. Es kann ihm doch nicht egal sein, dass er meinetwegen für Wochen auf der Bank sitzt. Mir wäre es das jedenfalls nicht. Schon gar nicht, wenn ich die Person, die ich verteidigt habe, kaum kenne.

»Die Frage ist nicht, ob es das wert war, sondern ob es richtig war. Und das war es definitiv. Klar, ich hätte mir einen anderen Ausgang gewünscht, aber ich sehe es positiv. Diese Zwangspause ermöglicht es, Zeit mit dir zu verbringen und gleichzeitig meine Noten zu verbessern. Für beides hätte ich nämlich bei dem straffen Trainingsplan keine Zeit. Meine Mom sagt immer: Es ist selten ein Schaden, es ist meist ein Nutzen dabei. Zum ersten Mal verstehe ich, was genau sie damit eigentlich meint.« Bei ihm klingt das so, als würde er sich tatsächlich darüber freuen. Ich hatte wenigstens mit etwas Wehmut gerechnet.

»Hast du denn keine Angst, was das für deine Karriere bedeutet?«, frage ich. Denn darüber habe ich mir in den letzten Tagen tausende Gedanken gemacht. Dass er kurz zögert, bevor er antwortet, lässt mich vermuten, dass er ebenfalls darüber nachgedacht hat.

»Die Dinge sind jetzt, wie sie sind, und alles andere wird sich zeigen. Verrätst du mir, wo wir hinfahren?«, lenkt er unser Gespräch erneut um.

»Nach Richmond.«

»Wow, du willst echt nicht riskieren, dass wir zusammen gesehen werden. Soll ich mich auf der Rückbank verstecken, bis wir die Stadt verlassen haben?«

»Das würdest du tun?« Bei seinem entsetzten Gesicht muss ich lachen. Er traut mir wirklich zu, dass ich das von ihm verlangen könnte.

»Wir sitzen in deinem Jeep und auf dem Nummernschild steht dein Name. Es ist also überflüssig, dass du auf die Rückbank kletterst«, beruhige ich ihn und seine Gesichtszüge entspannen sich wieder.

»Und was machen wir in Richmond?«

»Wenn ich dir das verrate, springst du vermutlich aus dem fahrenden Auto. Noch einen Aufenthalt in der Notaufnahme meinetwegen ertrage ich nicht.«

»Auch auf die Gefahr hin, dass ich mich wiederhole: Es war nicht deine Schuld.«

»Ich weiß. Das heißt aber nicht, dass ich mich nicht schuldig fühle.« Wir lassen Charlottesville hinter uns und fahren auf der Interstate I-64 E in Richtung Richmond. Um uns beiden eine kleine Atempause zu gönnen, schalte ich das Radio ein. Zum Glück versteht er den Wink. Kyle schaut aus dem Fenster, während ich uns durch den Abendverkehr schlängle. Die Stille zwischen uns fühlt sich nicht unangenehm an, sondern eher beruhigend. Als ich vorhin in den Jeep gestiegen bin, um ihn abzuholen, war ich ziemlich nervös. Auch wenn ich das hier nicht als ein richtiges Date betrachte, habe ich planlos vor dem Kleiderschrank gestanden, weil ich ihm gefallen wollte. Mit klopfendem Herzen habe ich im Wagen auf ihn gewartet und hätte beinahe laut geseufzt, weil er sich ebenfalls Gedanken über sein Outfit gemacht hat. Allerdings muss ich gestehen, dass er mir in Sportkleidung einen Hauch besser gefällt. Was total absurd ist, weil es genau diese Klamotten sind, die ihn als Sportler brandmarken. Der Hoodie und die Trainingshose haben sich bereits tief in mein Gedächtnis eingebrannt. Genau wie dieses unverschämte Schmunzeln, das ständig auf seinen Lippen liegt. Für unseren Ausflug eignen sich Jeans und ein Shirt, auf dem nicht das Logo der Kings prangt, eindeutig besser. Auf sein Gesicht, wenn ich ihn ins *Museum of History & Culture* schleppe, bin ich wirklich gespannt. Warum unser Date nicht mit etwas Nützlichem verbinden? Eine Extraeinheit in amerikanischer Geschichte kann nicht schaden, nachdem wir die letzten Tage mit anderen Dingen beschäftigt waren. Kyles Noten aufzubessern steht noch immer ganz oben auf meiner Liste.

Nach etwas mehr als einer Stunde erreichen wir Richmond. Wenige Minuten später setze ich den Blinker, um auf den Parkplatz zu fahren, der sich vor dem Gebäude befindet.

»Wir gehen ins Museum?« Kyle starrt ungläubig aus der Frontscheibe und dann zu mir.

»Du brauchst Nachhilfe in Geschichte. Ich dachte, ein bisschen visuelle Unterstützung wäre vielleicht nicht verkehrt.«

»Wie romantisch«, spottet er.

»Es ist Museumsnacht, verleite mich nicht dazu, dich in jedes Museum in Richmond zu zerren. Wenn du unbedingt Romantik brauchst, können wir uns nachher noch den Sternenhimmel ansehen.«

»Wir sind mitten in der Stadt. Das Einzige, was hier nachts leuchtet, sind Straßenlaternen.« Nachdem ich den Jeep geparkt habe, wende ich mich ihm zu.

»Schmollst du etwa gerade?«

»Um ehrlich zu sein, ja.«

»Ach komm, so schlimm ist es auch wieder nicht. Das nächste Mal kannst du entscheiden, was wir unternehmen.« Ich beiße mir auf die Innenseite meiner Wange, weil ich gerade zugegeben habe, dass ich auch außerhalb der Nachhilfestunden Zeit mit ihm verbringen will. Dass er das möchte, hat er mir bei unserem Gespräch mehr als deutlich gesagt. Dass es mir genauso geht, habe ich ihm allerdings nicht auf die Nase gebunden. Die Angst in meinem Kopf hemmt mich, mich ernsthaft auf ihn einzulassen und ihm eine wirkliche Chance zu geben. Im Moment warte ich minütlich darauf, dass die Blase platzt und Kyle sich als Arschloch entpuppt.

Dieses Schmunzeln, das mich jedes Mal um den Verstand zu bringen droht, taucht auf seinen Lippen auf und schmeißt damit mein Vorhaben, nicht wie ein verliebter Teenager ins Straucheln zu geraten, über Bord.

»Es wird ein nächstes Mal geben?« Er hat seine helle Freude daran, mich aus meiner Komfortzone zu locken.

»Das hängt ganz davon ab, wie du dich heute schlägst. Wenn du dich wie ein trotziges Kind in die Lobby wirfst und strampelst, dann nicht.«

»Okay. Ich versuche mich zu benehmen.« Zeitgleich lösen wir die Sicherheitsgurte und steigen aus dem Auto. Am Einlass des Museums wartet eine überschaubare Menge. Sobald wir an der Reihe sind, bitte ich um zwei Tickets und zücke das Portemonnaie, aber Kyle legt seine Hand auf meine.

»Vergiss es! Ich lasse mich nicht auch noch von dir einladen, wenn du mich durch die Gegend chauffierst.«

»Ach, du würdest mich bezahlen lassen, wenn du gefahren wärst?«, grinse ich ihn an.

»Nein, auch dann nicht.«

»Ist das so ein Ego-Ding? Ein Mann lässt sich nicht von einer Frau einladen?«

»Ja.« Er versucht nicht einmal es abzustreiten.

»Wollt ihr nun zwei Tickets oder nicht?«, reißt uns der Verkäufer aus unserer Debatte. Sichtlich gelangweilt sitzt der Kerl hinter einem massiven Holzschreibtisch links vom Eingang. Kyle reicht ihm einen Zwanziger und nimmt unsere Eintrittskarten entgegen.

»Was sehen wir uns zuerst an?«, fragt er und studiert die riesige Anzeigetafel in der Lobby.

»Ich würde sagen, wir arbeiten uns systematisch von einem Raum zum anderen durch«, antworte ich und betrete den blau gestrichenen Raum, der sich direkt an den Eingangsbereich anschließt. Dort befinden sich drei Landschaftsgemälde, die Virginia von seiner schönsten Seite zeigen. Drei Holzbänke laden die Besucher dazu ein, einen Moment lang alles auf sich wirken zu lassen. Ich werfe einen Blick auf Kyle, der nicht sehr angetan aussieht. Kunst begeistert ihn schon mal nicht. Rechts und links gehen weitere Räume ab. Wir entscheiden uns für rechts. Während ich die riesigen Wandgemälde bewundere, die die Geschichte von Virginia zeigen, hastet Kyle durch den Raum und wirft lediglich einen groben Blick auf die Bilder.

Sein Interesse steigert sich minimal in der Ausstellung alter Artefakte und Virginia 1924 bis heute.

»Da hättest du auch an vorderster Front gestanden«, bricht er unser schweigsames Nebeneinanderherlaufen. Er steht vor einem Glaskasten, in dem es um das Wahlrecht für Frauen geht. Ich komme gar nicht dazu, ihm zu antworten, denn er steuert bereits zielstrebig eine restaurierte Kutsche von 1865 an.

»Kannst du dir vorstellen, dass man sich früher nur so fortbewegt hat? Was meinst du, wie lange man damit bis nach Charlottesville braucht?«

»Keine Ahnung. Vielleicht einen Tag.«

»Heute brauchen wir gerade mal eine Stunde.« Einen Augenblick lang betrachtet er die Kutsche, bevor er zum nächsten Exponat tritt. Die Ausstellung zum Bürgerkrieg von 1861 bis 1865 hat etwas Erdrückendes mit all den Bildern und den Ausstellungsstücken. Kyles Hand schiebt sich plötzlich in meine. Erschrocken ziehe ich sie zurück, weil er mich damit überrumpelt.

»Sorry«, murmelt er und starrt verlegen auf das Foto eines Hospitals. Ich würde mich glatt selbst ohrfeigen, wenn es keine Fragen über meinen geistigen Zustand aufwerfen würde. Verdammt, ich habe dieser Verabredung zugestimmt, also sollte ich Kyle auch eine Chance geben. Entschlossen trete ich neben ihn, ergreife seine Hand und verschränke unsere Finger miteinander. Kurz streicht er mit seinem Daumen über meinen. Diese unschuldige Geste sorgt dafür, dass mein Puls in die Höhe schießt und sich beinahe überschlägt. Händchenhaltend setzen wir unseren Rundgang durch das Museum fort, vorbei an Exponaten des Ku-Klux-Klans, einem Planwagen und einer Zapfsäule für Benzin. Als wir nach zwei Stunden das Museum wieder verlassen, hält er meine Hand noch immer fest.

»Das war besser als erwartet«, merkt er an, während wir zum Parkplatz gehen.

»Schön, dass ich dich für etwas anderes als Sport begeistern konnte. Hast du Hunger? Wollen wir auf dem Rückweg bei einem Diner anhalten?«

»Essen ist eine fantastische Idee.«

»Na dann los, bevor du mir noch vom Fleisch fällst.« Ich entziehe ihm meine Hand und drücke auf den Knopf für die Zentralverriegelung.

Ungefähr auf der Hälfte der Strecke entdecke ich eine Werbetafel für einen Diner und fahre von der Interstate ab. Auf dem Parkplatz stehen kaum Fahrzeuge, was für die Uhrzeit sicher nicht ungewöhnlich ist. Wir halten und gehen hinein. Drinnen riecht es nach Frittierfett und Kaffee. Der Laden hat seine besten Zeiten eindeutig hinter sich. Kyle rutscht auf eine der roten Ledersitzbänke, ich auf den Platz ihm gegenüber. Zum Glück müssen wir nicht ewig auf eine Bedienung warten, da nicht mehr als fünf Tische besetzt sind. Ich bestelle einen Milchshake und Kyle eine Cola, während seine Nase tief in der Speisekarte steckt. Als er sich zu den Pommes auch noch einen XL-Burger bestellt, stutze ich. Wie will er den mit nur einer Hand essen?

»Und für dich?«, fragt mich die Bedienung, die ungeduldig mit einem Stift auf ihrem Block tippt.

»Pancakes mit Ahornsirup und frischen Früchten, bitte«, bestelle ich, ohne in die Karte zu schauen. Pancakes gehören zum Standardrepertoire eines Diners.

»Frische Früchte haben wir nicht«, sagt die Kellnerin in einem, wie ich jetzt erst bemerke, ausgeprägten Südstaatenakzent.

»Dann ohne Früchte.« Sie steckt den Block in ihre Schürzentasche und wendet sich wortlos einem anderen Tisch zu, um Kaffee nachzuschenken.

»Ich hoffe, wir holen uns keine Lebensmittelvergiftung«, flüstere ich in Kyles Richtung. Er grinst und beugt sich über den Tisch hinweg.

»Dann solltest du mich noch mal küssen. Nur für den Fall, dass wir das hier nicht überleben«, grinst er.

»Das hättest du wohl gerne, Blackmoore«, grinse ich zurück und komme ihm dennoch ein Stück entgegen.

»Ich hätte gerne noch so viel mehr.« Das Grinsen verwandelt sich zu diesem anziehenden Schmunzeln, das eindeutig sagt: *Ich bekomme immer, was ich will.* Es ist wirklich schwer, ihm zu widerstehen. Ich reiße den Blick von seinem Mund los und versinke direkt in seinen ozeanblauen Augen. Das macht die Sache auch nicht gerade besser. Dieses tiefe Blau strahlt so viel Wärme aus, was absurd ist, immerhin ist Blau eine kühle Farbe. Doch in Kyles Augen verbirgt sich dieser Schimmer, der mich an Sonnenstrahlen erinnert. *Sonnenstrahlen,* die auf den Ozean treffen und die Oberfläche zum Glitzern bringen. Wenn er sich nur noch ein paar Zentimeter weiter vorbeugen würde ...

»Essen, Kinder.« Erschrocken fahren wir auseinander, als die Bedienung lautstark die Teller vor uns abstellt. Ich blicke auf die völlig in Ahornsirup ertränkten Pancakes, die aussehen, als wären sie zu kurz in der Pfanne gewesen. Der Burger von Kyle hingegen sieht gar nicht so übel aus.

»Also dann, lass es dir schmecken.« Er greift nach ein paar Pommes und steckt sie sich in den Mund. Einen Augenblick lang beobachte ich ihn dabei, wie er isst. Sein Mund sieht dabei so sinnlich aus, dass es mich wirklich anmacht, ihm dabei zuzusehen und ich die Oberschenkel zusammenpressen muss. *Verrückt!* Niemand ist sexy, wenn er kaut. Das ist Fakt. Und Kyle Blackmoore kann sich nicht einfach über die Gesetze unserer Welt hinwegsetzen. Als er sich genüsslich die Finger ableckt, entweicht mir ein leises Stöhnen und ich presse heftig die Oberschenkel zusammen, um dem Pochen zwischen meinen Beinen Einhalt zu gebieten. Weil es auf eine so irrationale Art heiß und absolut unanständig ist, dass ich ihn gerne aus dem Diner zerren würde. *Hallo, er isst nur ein paar Pommes, reiß dich zusammen.*

»Alles okay?« Ertappt reiße ich meinen Blick von seinen Lippen los und starre auf die deutlich weniger appetitlich aussehenden Pancakes.

»Klar. Alles bestens. Hast du dir schon Gedanken darüber gemacht ...« Ich deute auf den gigantischen Burger vor ihm. »... wie du den essen willst?« Mit der Gabel pikse ich ein Stück Pancake auf und stecke es mir in den Mund. Das Teigstück verkantet sich in meinem Hals. Schnell greife ich nach dem Milchshake, um es herunterzuspülen.

»Keine Ahnung. Du könntest mich füttern?« Prompt verschlucke ich mich bei Kyles Worten und habe alle Mühe, ihm den Milchshake nicht ins Gesicht zu spucken.

20

Kyle

Jolee sieht mich an, als hätte ich ihr gerade vorgeschlagen, lachend von einem Hochhaus zu springen. Ohne Fallschirm. Einen Burger zu bestellen war vielleicht nicht die beste Idee, aber zu verlockend. Seit ich dieses tolle Accessoire als Begleiter habe, gibt es hauptsächlich Fingerfood oder was in eine Hand passt. Noch nie habe ich so viel Obst und Gemüse gegessen. Meine Mom wäre stolz auf mich. Was mich daran erinnert, dass ich sie immer noch nicht angerufen habe, um ihr die Sache zu beichten. Ob Jolee mir den Burger wenigstens in mundgerechte Stücke schneidet? Als sie sich von ihrem Platz erhebt, sehe ich sie fragend an. Will sie jetzt gehen? So blöd war mein Spruch nun auch wieder nicht.

»Rutsch mal ein Stück rüber«, fordert sie mich auf und ich rücke auf der Bank etwas näher zum Fenster. Mein Blick klebt auf Jolee, während ich versuche, aus ihrem Gesichtsausdruck schlau zu werden. Vergebens. Jolee reagiert nie, wie ich es vermute, und sagt selten das, was ich erwarte. Das gefällt mir, es fasziniert mich, aber sie macht es mir damit auch verdammt schwer, sie zu durchschauen und einzuschätzen.

»Ich glaube nicht, dass ich das wirklich mache«, seufzt sie und greift mit beiden Händen nach dem Burger. Verwirrt verfolge ich ihre Bewegungen. »Mund auf, Blackmoore.« Ganz automatisch rücke ich wieder etwas näher zu ihr heran, beuge mich vor und beiße von dem Burger ab. Geschmacklich ist er zwar nicht die Bombe, ein leises Stöhnen kann ich beim Kauen dennoch nicht unterdrücken. Was vor allem daran liegt, dass mein Magen endlich etwas Vernünftiges zu essen bekommt. Jolee wartet, bis ich fertig gekaut habe, und hält ihn mir erneut unter die Nase. Ihr Blick hängt regelrecht an meinen Lippen und ihre Wangen haben einen rosigen Schimmer, den sie vor wenigen Minuten noch nicht hatten. Der Gedanke ist vielleicht überzogen, aber von ihr gefüttert zu werden hat etwas Intimes und macht mich auf eine völlig verrückte Art an. Ob es ihr genauso geht? Ich schiebe ihre Hand beiseite, als sie mir ein viertes Mal den Burger entgegenhält. Sie legt ihn auf dem Teller ab. Mit den Fingern umfasse ich ihren Nacken und ziehe sie ohne Vorwarnung zu mir heran. Meine Lippen prallen auf ihre und kurz zögert sie, bevor sie den Kuss erwidert. Jolee schmeckt nach Vanille und Ahornsirup. Ich vermutlich nach Frittenfett und Barbecuesoße. Nicht gerade anturnend. Würde sie sich angewidert zurückziehen, könnte ich es ihr nicht einmal übel nehmen. Sie rückt noch näher zu mir heran und vertieft den Kuss. Ihre Zunge spielt mit meiner, neckt mich und sorgt dafür, dass meine Jeans allmählich zu eng im Schritt wird. Ich bin wirklich versucht, sie einfach auf meinen Schoß zu ziehen und eine Hand unter ihren Pulli zu schieben, um die weiche Haut darunter zu berühren. Jolee scheint einer ähnlichen Fantasie zu folgen, denn ihre Finger wandern in diesem Moment unter mein Shirt. *Shit!* Bevor sich das Ganze in einen Softporno verwandelt, löse ich mich von ihr, fische ein paar Scheine aus der Hosentasche und klemme sie unter den Teller.

»Lass uns verschwinden.« Flüchtig drücke ich ihr noch einen Kuss auf die Lippen, dann scheuche ich sie von der Sitzbank. Sobald wir beide stehen, greife ich nach ihrer Hand und verlasse schon fast fluchtartig mit ihr das Diner. Jolee lacht leise und hat Probleme, mit mir Schritt zu halten. In dem Moment, in dem wir den Jeep erreichen, ziehe ich sie hinter mir hervor und dränge sie mit dem Rücken gegen die Beifahrertür. Sofort liegen meine Lippen auf ihren. Ihre Zunge tastet nach meiner und neckt mich erneut. Die Tatsache, dass wir noch meilenweit von einem Bett entfernt sind, macht mich rasend. Für die nächsten Stunden würde ich viel lieber mit ihr in einem versinken. Nackt. Unter mir. Auf mir. Völlig egal, solange sie am Ende meinen Namen stöhnt und ...

Ohne es überhaupt bemerkt zu haben, ist meine Hand unter ihren Rock gewandert und tastet sich in Regionen vor, die nicht auf den Parkplatz eines Diners gehören. Und doch schießt mir der Gedanke durch den Kopf – *warum zur Hölle trägt sie eine Strumpfhose?* Jolee zieht meine Unterlippe zwischen ihre Zähne und drängt sich gegen meine Hand. Als sie ihre Beine leicht spreizt, nimmt sie mir damit das letzte bisschen Selbstbeherrschung. Ich bin wirklich froh, dass es nicht taghell ist oder wir im Schein einer Straßenlaterne stehen. Auf ungebetene Zuschauer kann ich verzichten. Selbst durch den Stoff kann ich ihre Hitze spüren und ich wette, sie ist bereits feucht. Jolee gibt schlagartig meinen Mund frei und zieht scharf die Luft ein, als ich die Strumpfhose nach unten zerre und die Hand in ihren Slip schiebe. Für einen Moment halte ich inne, um ihre Reaktion abzuwarten. Immerhin laufe ich gerade Gefahr, mir eine Ohrfeige einzufangen, weil ich zu weit gehe.

»Verdammt, Kyle, kannst du dich vielleicht beeilen, bevor uns jemand erwischt?«, sagt sie atemlos und drängt sich erneut gegen mich. Ein Schmunzeln schleicht sich auf meine Lippen, weil sie mir das so direkt an den Kopf wirft. Ich schiebe die Finger tiefer und kann nicht verhindern, dass mir ein Stöhnen entfährt, als sie wie von selbst in sie hineingleiten. *Holy Shit!* Dass sie so bereit für mich ist, hätte ich mir nicht mal in meinen Träumen vorstellen können. Immer wieder drängt sie sich gegen mich, bis ich endgültig den Rhythmus übernehme. Ihr Kopf sinkt an meine Schulter, während sie sich an meinen Oberarmen festklammert.

»Gut so?«, raune ich ihr ins Ohr und lasse die Finger immer wieder in sie gleiten. Reibe über ihre empfindlichste Stelle, was sie mit einem leisen Stöhnen kommentiert. Um das Ganze nicht unnötig hinauszuzögern, erhöhe ich den Druck etwas. Nicht weil mir das hier nicht gefällt, sondern weil ich wirklich keinen Bock habe, erwischt zu werden.

»O Gott! Ja!«, entweicht es ihr eine Spur zu laut.

»Küss mich«, fordere ich sie auf, damit sie nicht den gesamten Parkplatz an unserer kleinen Fummelei teilhaben lässt. Ihre Lippen landen unkontrolliert auf meinen und ich steigere das Tempo. Das Stöhnen wird durch den Kuss gedämpft. Als sich ihre Muskeln um meine Finger zusammenziehen und ihre Beine leicht nachgeben, schlinge ich schnell den anderen Arm um sie und halte sie fest. Sie pulsiert um mich herum. Verdammt, ich wäre jetzt verflucht gerne in ihr, um das zu spüren. Ich ziehe die Finger zurück und lecke sie ab. Jolees Augen werden plötzlich groß und sie schnappt nach Luft. Erst da wird mir bewusst, was ich gerade getan habe. Grinsend zucke ich mit den Schultern. Ich musste sie wenigstens schmecken, wenn ich sie schon nicht spüren konnte. Allerdings hat der kleine Vorgeschmack nur bewirkt, dass die Erektion in meiner Hose langsam ein schmerzhaftes Ausmaß annimmt. Jolees Kopf sinkt erneut an meine Schulter. Ihr Atem prallt stoßweise gegen meinen Hals, bevor sie ihre Lippen sanft auf die Stelle drückt. Die Geste ist so liebevoll, dass ich beinahe in meiner Jeans komme. Wie ein verfluchter Teenager und ohne, dass Jolee mich dafür anfassen muss. Ist mir das schon jemals passiert? Definitiv nicht, aber heute bin ich kurz davor. Ich zupfe die Strumpfhose und ihren Rock wieder in Position. Das plötzliche Kichern aus ihrem Mund überrascht mich. Habe ich mich gerade lächerlich gemacht?

»Das haben wir nicht wirklich getan, oder?«, flüstert sie und vergräbt ihr Gesicht in meiner Halsbeuge. Das Kichern verwandelt sich in einen Schluckauf, was irgendwie süß ist.

»Doch«, lache ich und schließe sie in die Arme.

Erst als sie mich leicht von sich schiebt, gebe ich sie wieder frei. Jolee weicht meinem Blick aus, was sofort ein ungutes Gefühl in mir hervorruft. Habe ich sie zu etwas gedrängt, das sie nicht gewollt hat? Den Eindruck habe ich eigentlich nicht gehabt.

»Wir sollten fahren«, sagt sie, öffnet die Fahrertür und steigt in den Jeep. Wortlos lasse ich mich auf den Beifahrersitz sinken und mache mich auf eine sehr schweigsame Rückfahrt gefasst.

Zehn Minuten später bin ich ziemlich jedes Szenario in meinem Kopf durchgegangen und keines davon hat mich zufriedengestellt. Ich würde gerne nach ihrer Hand greifen und sie festhalten. Nur um klarzustellen, dass alles in Ordnung ist und nichts an diesem Abend falsch gewesen ist. In meinen Gedanken überschlagen sich die Worte, die ich sagen möchte. Aber die Tatsache, dass sie das Lenkrad so fest umklammert, als würde ihr Leben davon abhängen, verunsichert mich. Nach weiteren fünf Minuten fühlt sich mein Gehirn an, als hätte es jemand mehrfach durch den Fleischwolf gedreht, und ich trete die Flucht nach vorn an. Auch wenn mir die Antwort vielleicht nicht gefallen wird.

»Habe ich etwas falsch gemacht oder dich zu irgendwas gedrängt, was du nicht wolltest? Sollte es so sein, dann tut es mir wirklich leid, Jolee.«

»Nur damit du es weißt, ich mache so etwas eigentlich nicht. So eine bin ich nicht. Keine Ahnung, was da in mich gefahren ist. Auf einem Parkplatz, vor einem schäbigen Diner.« Die Worte sprudeln nur so aus ihr heraus, während sie kaum merklich den Kopf schüttelt. Was denkt sie, für was ich sie halte? Ein Flittchen, das eine Nummer schiebt, wann immer sich die Gelegenheit dazu bietet? Denkt sie etwa, dass ich so bin? Himmel, hoffentlich nicht. Denn auch ich habe keine Ahnung, was über mich gekommen ist, meine Hand ungefragt unter ihren Rock zu schieben.

»Gut. Ich bin nämlich auch nicht so ein Typ, falls du das denkst. Trotzdem ist nichts an dem, was da eben passiert ist, falsch gewesen. Jedenfalls für mich nicht. Ich hoffe, du siehst es genauso. Ich mag dich wirklich, Jolee. Und das sage ich nicht, um dich ins Bett zu bekommen. Wir wissen beide, dass ich das schon längst hätte haben können, wäre ich darauf aus.« *Fuck! Kann mich jemand aus dem fahrenden Auto stoßen?* Jolee wirft mir einen Blick zu, der mich tiefer in den Sitz rutschen lässt. »Das klang jetzt echt nach einem dämlichen Arschloch. So habe ich es nicht gemeint. Ich wollte damit sagen, dass ich es nicht darauf abgesehen habe, mit dir zu schlafen.«

»Du willst also nicht mit mir ins Bett, sondern nur ein bisschen fummeln?«, sagt sie völlig trocken und ich habe keine Ahnung, ob sie mich auf den Arm nimmt oder an der nächsten Bushaltestelle aussetzt. Irgendwie habe ich die Vermutung, dass ich bei der Frage nur verlieren kann.

»Also … doch schon … das heißt … nein. Fuck! Warum habe ich eigentlich immer das Gefühl, mich bei dir um Kopf und Kragen zu reden oder kopfüber in ein Fettnäpfchen zu stolpern?«

»Weil ich dir geistig überlegen und keines der Dummchen bin, die dir für gewöhnlich nachsabbern?« Sie lässt es wie eine Frage klingen, aber es ist keine. Nein, ein Dummchen ist sie nicht. Das war in dem Moment klar, als sie mir im Barneys an den Kopf geworfen hat, keines meiner Groupies zu sein.

»Darf ich erwähnen, wie froh ich darüber bin, dass es so ist?«

»Dass ich dir geistig überlegen bin?«

»Nein, das kratzt schon an meinem Ego. Ich meine, dass du nicht auf diese Art auf mich stehst.«

»Auf diese Art?«

»Die einem das Gefühl gibt, ein hübsches Accessoire zu sein.«

»Du bist wirklich ein nettes Accessoire.« Sie schaut kurz in meine Richtung und ich verdrehe die Augen. »Aber du hast Glück, dass ich nicht auf überflüssigen Schnickschnack stehe«, grinst sie mich frech an. Wie genau soll ich das jetzt wieder verstehen?

In diesem Augenblick passieren wir das Ortseingangsschild von Charlottesville. Als die Ampel vor uns auf Rot schaltet, drosselt Jolee das Tempo, bis der Wagen schließlich zum Stehen kommt. Sie wendet sich mir zu.

»Zieh nicht so ein Gesicht. Die Sorgenfalte steht dir nicht.« Sanft streicht sie über meine Wange, beugt sich rüber und drückt mir einen unschuldigen Kuss auf den Mund. Es sind diese kleinen Momente, die etwas in mir auslösen. In denen ich mich frage, worauf es hinauslaufen wird und ob Jolee mir am Ende das Herz bricht. Denn genau diese liebevolle Art lässt es schneller schlagen und noch weiß ich nicht, ob das so gut für mich ist. Körperliche Anziehung ist das eine, Liebe etwas ganz anderes. Jolee fühlt sich zwar zu mir hingezogen, aber das bedeutet nicht zwangsläufig, dass sie sich auch ernsthaft auf mich einlassen wird.

Die Ampel schaltet auf Grün und wir lassen auch noch die letzten Kilometer hinter uns. Zehn Minuten später stehen wir vor dem Wohnhaus, in dem ich mit ihrem Bruder wohne. Da das Licht im Wohnzimmer brennt, ist er noch wach. Wenn er mit dem Headset vor der Playstation sitzt, könnte ich sie unbemerkt in mein Zimmer schmuggeln. Da Jolee ihren Gurt nicht löst, sollte ich den Gedanken wohl besser gleich wieder verwerfen. Dabei würde ich sie gerne in meinem Bett haben und sei es nur, um sie in den Armen zu halten.

»Gute Nacht, Kyle.« Das ist mein Stichwort. Es ist Zeit auszusteigen. Ich schnalle mich ab und beuge mich zu ihr rüber, lege eine Hand in ihren Nacken und küsse sie. Bevor ich sie anflehe mit raufzukommen und wie ein verzweifelter Idiot dastehe, löse ich mich von ihr.

»Gute Nacht, Jolee.« Für einen Augenblick versinke ich in ihren rehbraunen Augen und hadere mit mir. *Steig endlich aus dem Auto, Blackmoore* – fordert die Stimme in meinem Kopf. Am Ende siegt die Vernunft. Ich schaue Jolee nach, bis die Rücklichter meines Jeeps nicht mehr zu sehen sind.

Nick sitzt auf dem Sofa und flucht laut. Die Kopfhörer liegen auf dem Couchtisch. Als ich den Kühlschrank öffne und die Milchpackung herausnehme, sieht er in meine Richtung.

»Hey, du warst aber lange weg. Joe kennt wirklich null Gnade.« Er hat ja keine Ahnung. »Will ich wissen, warum du so zufrieden grinst?« *Nein, willst du nicht.*

»Warst du in Richmond schon einmal im historischen Museum?«

»Sag bloß, meine Schwester hat dich dort hingeschleift? Du hast mein vollstes Mitgefühl.«

»So schlimm war es gar nicht. Es war irgendwie interessant. Jolee ist cool.« *Blackmoore, kleb dir ein Post-it mit der Aufschrift*Volltrottel *an die Stirn.*

»Du hattest Spaß mit Joe?« Auch wenn er es anders meint, als es bei mir ankommt, verschlucke ich mich an der Milch. Fragend zieht er eine Augenbraue hoch.

»Ja, könnte man so sagen«, antworte ich, nachdem der Hustenanfall vorüber ist.

»Es wird Zeit, dass du das Ding wieder loswirst. Jay ist echt kein Gegner«, mault er.

»Jay? Hat der überhaupt eine Playstation?« Jay kann ich mir beim besten Willen nicht mit einem Controller in der Hand vorstellen.

»Er war vorhin als Ersatzmann für dich hier. Ich musste ihm eine halbe Stunde lang die Steuerung erklären.« Kopfschüttelnd steht er auf und wirft den Controller auf die Couch. »Ich hau mich hin.«

»Ja, ich auch.« Bevor ich in mein Zimmer gehe, sammle ich das dreckige Geschirr ein und betrachte den Stapel, der bereits im Spülbecken steht.

»Meinst du, es besteht die Möglichkeit, dass du morgen das Geschirr spülst?«

Nick seufzt. »Du musst echt das Teil loswerden.«

»Du weißt schon, dass ich nicht deine Haushaltshilfe bin, oder?«

»Ich dachte, du hast Spaß an dem Scheiß.« Klar, hinter ihm herräumen ist mein liebstes Hobby.

Warnend sehe ich ihn an.

»Schon gut, ich kümmere mich darum. Versprochen.« Im nächsten Moment fällt seine Zimmertür ins Schloss.

21

Jolee

In dem Augenblick, als ich die Tür aufschließe, öffnet sich Brees Zimmertür.

»Du kommst aber früh.«

»Kontrollierst du mich etwa?«

»Euer Date lief wohl nicht so gut?«, ignoriert sie meine Frage und sieht mich abschätzig an.

»Wir waren in Richmond im Museum.«

»Wow, dann verstehe ich, warum du alleine nach Hause kommst.« Sie lässt sich auf das Sofa fallen und sieht mich plötzlich mitleidig an. Das muss sie nicht, denn die Verabredung mit Kyle hat meine Erwartungen um Längen übertroffen.

»Kyle hat es gefallen«, antworte ich und spüre, wie meine Wangen heiß werden, als ich gedanklich an einen ganz bestimmten Punkt dieses Abends wandere.

»Oha, du wirst rot. Sag bloß, ihr habt es auf der Rückbank seines Jeeps getrieben?«

»Natürlich nicht.« Meine Antwort kommt zu schnell und mit eindeutig zu viel Nachdruck. Bree lacht. Ich bin aufgeflogen.

»Okay, vielleicht haben wir ein kleines bisschen rumgemacht«, gestehe ich.

»Wart ihr dabei nackt?«, kichert sie. »Dein Gesicht leuchtet wie ein Feuerlöscher.« Das Kichern wird zu einem Lachen.

»Du bist unmöglich«, antworte ich und strecke ihr die Zunge heraus.

»Ich würde wirklich gerne jedes schmutzige Detail aus dir herausquetschen, aber ich befürchte, dass dann dein Kopf platzt.« Ihr Lachen wird noch eine Spur lauter. Ich schnappe mir eines der Sofakissen und werfe es nach ihr.

»Das ist nicht lustig. Ich rede einfach nicht gerne über solche Dinge.«

»Aber machen tust du sie schon, oder? Ich hoffe, du knipst beim Sex nicht das Licht aus. So einen Typen wie Kyle muss man sich ganz genau anschauen.«

»Man könnte meinen, du meldest gerade Interesse an«, grinse ich sie an.

»Gott, nein, der ist mir viel zu nett. Der arme Kerl würde bei mir kein Land sehen.«

»Du stehst also eher auf Typen wie Sam?«, frage ich und würde mir am liebsten selbst die Zunge abbeißen. Ihr Ex passt jetzt überhaupt nicht hierher. Brees Lachen verstummt und sie setzt sich etwas aufrechter hin.

»Sam war nicht immer so ein Idiot. Wir sind in der Highschool zusammen gewesen. Fußballcaptain und Cheerleader. Dreamcouple quasi. Dann ist er aufs College und war der Meinung, dass er in der Zeit mit mir einiges verpasst hat, was er dringend nachholen muss. Ende der Geschichte.«

»Ihr wart auf der Highschool zusammen? Wow.« Das ist alles, was mir dazu einfällt. Sie und Sam? Das passt in meinem Kopf einfach nicht zusammen. Was hauptsächlich daran liegt, dass ich mir Sam nicht in einer sympathischen Version vorstellen kann. Zumindest nicht so, dass Bree ihn mögen könnte.

»Kyle und du, seid ihr jetzt zusammen?«, lenkt sie das Gespräch wieder auf mich.

»Nein, und darauf wird es auch nie hinauslaufen«, antworte ich. Bree wirkt nachdenklich.

»Wegen Nick und eurer Wette?«

»Das war keiner meiner Glanzmomente«, seufze ich und würde den Kopf gerne auf den Couchtisch schmettern. Ich hätte mich niemals auf diesen Blödsinn einlassen sollen. Und trotzdem ist es die beste Ausrede, um mich nicht zu tief in die Sache mit Kyle zu verstricken.

»Du könntest mit deinem Bruder reden und ihn bitten, den Quatsch zu vergessen«, schlägt sie vor.

Inzwischen bin ich mir nicht mehr sicher, ob mein Bruder die Nummer mit der Wette wirklich ernst meint. Vermutlich wollte er mich einfach auf die Palme bringen und hat sich hinterher köstlich darüber amüsiert, dass ich mich mal wieder von ihm habe provozieren lassen. Sollte es so sein, ändert es dennoch nichts daran, dass ich Angst davor habe, was aus mir und Kyle werden könnte und was passiert, wenn es in einer Katastrophe endet. Nick wird sich sofort auf meine Seite stellen. Blut ist dicker als Wasser. Er hat nie viele Freunde gehabt. Auch wenn ständig eine Horde Menschen um ihn herumschwirrt, ist Vertrauen bei ihm Mangelware. Er ist eine Nervensäge und ein arroganter Idiot, aber wenn es hart auf hart kommt, dann halten wir zusammen. Auf keinen Fall will ich mich zwischen ihn und Kyle drängen. Der egoistische Teil von mir zieht allerdings genau das in Betracht, weil er Kyle für sich beansprucht, und im Augenblick sieht es stark danach aus, dass dieser Teil die Oberhand behalten wird.

»Glaubst du, Nick besteht auf den Blödsinn?«, hakt sie nach, als ich nicht antworte.

»Keine Ahnung, ich weiß nicht mal, ob er die Wette wirklich ernst gemeint hat.«

»Ich kenne Nick zwar nicht so gut, aber er ist nicht gerade für seine nette Art bekannt. Du solltest wirklich vorsichtig sein und das klären.« Vielleicht hat sie recht. Nick hat sich in den letzten Jahren sehr verändert. Manchmal frage ich mich, ob das an der Geschichte mit Travis liegt und er mir dafür die Schuld gibt. Wir haben die Sache nie geklärt. Ich habe es mehrfach versucht, aber Nick hat immer direkt abgeblockt und irgendwann habe ich aufgegeben es anzusprechen.

»Und wenn es nicht funktioniert?«

»Was?«

»Kyle und ich. Was, wenn es in einer Katastrophe endet?«, spreche ich meine Bedenken aus.

»Das wird es nicht. Kyle ist einer von den guten Kerlen. Vertrau mir, für die habe ich zwar kein Händchen, aber einen Riecher.«

»Ich habe nicht erwartet, dass er so ist«, seufze ich und lasse mich neben sie auf die Couch fallen.

»So nett?«, hakt sie nach.

»Ich habe ihn für einen dieser aufgeblasenen Typen gehalten, die glauben, dass sie mit einem Zwinkern alles bekommen.«

»Tja, vielleicht solltest du bei ihm die Schublade einfach mal geschlossen lassen und dich freuen, dass er nett und heiß ist. Ich meine, er hat sich deinetwegen geprügelt und verbringt deswegen die nächsten Wochen mit einem Gips. Wäre er ein Arsch, würde er dir die Schuld dafür geben und dich nicht um ein Date bitten. Wenn du mich fragst, ist er in dich verknallt.« Okay, jetzt übertreibt sie. Kyle ist sicher nicht in mich verknallt, dafür kennen wir uns nicht lange genug. *Aber lange genug, damit seine Hand in dein Höschen wandern darf*, spottet mein Unterbewusstsein.

»Ich bin aber nicht in ihn verliebt«, merke ich an.

Bree mustert mich so eindringlich, dass ich ihrem Blick ausweiche, da ich befürchte, sie wird die Wahrheit finden, die ich selbst zu ignorieren versuche.

»Bist du dir da wirklich so sicher?« Die Frage hängt wie dichter Nebel im Raum. Ich kann sie nicht ignorieren, aber darauf antworten will ich auch nicht. Bree rückt zu mir rüber, drückt mir einen Kuss auf die Wange und steht auf. »Denk wenigstens mal darüber nach. Und dann schaffe klare Verhältnisse. Niemand verdient es, dass man ihm etwas vormacht.« Sie wartet meine Antwort nicht mehr ab und verschwindet in ihrem Zimmer. Ich hasse es, dass sie recht hat. Wenn es nur nicht so verdammt schwer wäre, über den eigenen Schatten zu springen, seinem Herzen und nicht dem Verstand zu folgen.

Nach einer ausgiebigen Dusche und einer Million Gedanken, die sich alle um Kyle, den heutigen Abend und mich selbst drehen, bin ich kein Stückchen weiter. Völlig erschöpft schlüpfe ich unter meine Decke und lese die Nachricht, die Kyle mir geschickt hat, nachdem ich ihn zu Hause abgesetzt habe.

Kyle:
Ich hätte dich doch in die Wohnung schmuggeln sollen.

Ein Lächeln schleicht sich auf meine Lippen. Trotzdem bin ich froh, dass er es nicht versucht hat. Zuerst muss ich das Chaos in meinem Kopf beseitigen und mit Nick reden.

***

Bis tief in die Nacht hinein habe ich gegrübelt, wie ich die Dinge in die richtige Bahn lenke. Schließlich musste ich mir eingestehen, dass ich mir

Kyle entweder aus dem Kopf schlage oder bei meinem Bruder an seine Vernunft appelliere und mir von ihm bis in alle Ewigkeit unter die Nase reiben lasse, dass er recht hatte. Mit etwas Glück erfährt Kyle nie davon, dass ich eine Wette auf ihn abgeschlossen habe, und ich komme mit einem blauen Auge davon.

Mein erster Impuls ist, mich umzudrehen und eine andere Richtung einzuschlagen, als Kyle und Nick uns auf dem Campus über den Weg laufen. Doch das wäre zu offensichtlich. Kyle schmunzelt über etwas, das mein Bruder zu ihm sagt, dann entdeckt er mich und lächelt. Sofort löst sich ein ganzer Schwarm aufgeregter Schmetterlinge in meinem Bauch. Dieser Kerl weiß genau, wie er seinen Charme einsetzen muss, um Frauen einer Ohnmacht nahezubringen. Mein Puls schießt mit jedem Meter, den wir uns nähern, höher.

»Na, Ladys, alles klar?«, ergreift Nick das Wort.

»Hey. Ja und selbst?«, erwidert Bree.

Mein Blick verfängt sich mit Kyles und ich erkenne einen Hauch Unsicherheit in seinem. Als ich nicht reagiere, stößt Bree mich unauffällig mit der Schulter an.

»Hi.« Eilig wende ich den Blick ab, nur um direkt in das fragende Gesicht meines Bruders zu blicken, der zwischen mir und Kyle hin und her sieht. Die Rädchen in seinem Kopf drehen sich und ich bin mir sicher, dass er etwas ahnt. Allerdings kann ich nicht erkennen, was er davon hält. Das beunruhigt mich, denn Nick macht normalerweise keinen Hehl daraus, allen zu zeigen, was er denkt. Angst und Sorge, gepaart mit einem Anflug von Panik, kriechen durch meinen Körper und kämpfen sich an die Oberfläche. Ich schlucke diese Gefühle herunter. Nick würde sich niemals selbst seinen Triumph versauen, indem er jetzt einen blöden Kommentar reißt oder mich bloßstellt.

»Phoenix schmeißt am Wochenende bei sich im Poolhaus eine Party, habt ihr Bock zu kommen?«, fragt Nick. Ich bin froh, dass er die unangenehme Situation unterbricht und wir uns nicht länger wortlos anstarren. Mein Blick huscht zu Kyle, um herauszufinden, ob ihm Nicks Einladung missfällt. Wir gemeinsam auf einer Party … Wie das wohl ablaufen würde? Wir halten

Abstand und ich darf dann dabei zusehen, wie sich ihm die Frauen an den Hals werfen? Der Gedanke gefällt mir ganz und gar nicht. Die Exklusivrechte am jeweils anderen haben wir zwar geklärt, aber schließt das Flirten mit ein? Kyles Augen verengen sich minimal und ich würde gerne wissen, was gerade in seinem Kopf vor sich geht. Hat er ganz ähnliche Gedanken wie ich? Erneut stößt Bree mich an. Ich sollte wirklich damit aufhören, ihn zum Fixpunkt meiner Aufmerksamkeit zu machen.

»Wir werden kommen.« Ich reiße meinen Blick endgültig von Kyle los und sehe Bree ungläubig an. Sie hat nicht wirklich zugestimmt, oder?

»Cool. Joe, ich schicke dir später die Adresse. Also dann, man sieht sich«, verabschiedet sich Nick und verpasst Kyle einen kleinen Schubs, damit er endlich aus seiner Schockstarre erwacht.

»Ja, cool. Bis dann«, findet er endlich seine Stimme, die gequält klingt. Als sie sich bereits ein paar Meter entfernt haben, sehe ich über meine Schulter. Unsere Blicke treffen sich, als er ebenfalls über seine Schulter sieht. Ein entschuldigendes Lächeln taucht auf seinen Lippen auf und ich erwidere es. Verdammt, so habe ich mir das nicht vorgestellt. Eigentlich habe ich überhaupt keine Ahnung, wie ich mir das zwischen uns vorgestellt habe. Ich hätte allerdings nicht damit gerechnet, dass es sich so seltsam anfühlen würde. So verkrampft.

»Holla, die Waldfee! Du solltest wirklich dringend mit Nick reden. Man muss schon mit einer Augenbinde herumrennen, um nicht zu checken, was zwischen euch abgeht.«

»Ist es wirklich so offensichtlich?«, frage ich, obwohl ich die Antwort bereits kenne. Bree hebt lediglich eine Augenbraue. »Ich werde mit ihm reden. Und jetzt los, sonst kommen wir zu spät.«

»Willst du wirklich zu dieser Party gehen?«, frage ich sie nach der Vorlesung.

»Warum nicht? Gratis Bier und ein paar heiße Jungs, klingt doch vielversprechend.«

»Oder nach Ärger«, seufze ich. Das letzte Mal bin ich mit Kyle in der Notaufnahme gelandet. Und auf ein erneutes Aufeinandertreffen mit Sam kann ich auch dankend verzichten.

»Ach komm, jetzt mal nicht gleich den Teufel an die Wand. Wenn es uns nicht gefällt, fahren wir einfach wieder. Allerdings sollen Phoenix' Partys legendär sein.«

»Ich weiß nicht mal, wer das ist. Wer bitte nennt sein Kind nach einer Stadt?«

»Die Hiltons, die Beckhams, die Clintons und warte ... Reese Witherspoons Sohn heißt Tennessee. Okay, das ist ein Bundesstaat ...«

»Woher weißt du so etwas?«, unterbreche ich sie.

»Nicht alle beziehen ihr Wissen ausschließlich aus Fachbüchern. Hin und wieder ist es nicht verkehrt, mit unnützem Wissen zu glänzen«, grinst sie mich an.

»Ich bin wirklich ein Nerd, oder?«

»Ein bisschen. Aber das liebe ich an dir. Und du siehst besser aus als der Durchschnittsstreber«, lacht sie.

»Okay, wir gehen zu dieser Party«, stimme ich widerwillig zu. Es wird Zeit, dem Nerd in mir in den Hintern zu treten.

»Genau das wollte ich hören.« Bree macht ein sichtlich zufriedenes Gesicht.

Ich werfe einen Blick auf die Uhr. »Verdammt, wir kommen zu spät.«

»Ich hasse diesen Kurs«, stöhnt Bree. Betriebswirtschaft steht zwar aktuell auch nicht ganz oben auf meiner Beliebtheitsskala, aber ich hasse, es zu spät zu kommen. Nicht weil ich etwas verpassen könnte, sondern weil man plötzlich die ungeteilte Aufmerksamkeit aller Leute im Raum hat. Die Reaktionen fallen ganz unterschiedlich aus. Ein Schmunzeln, Hochziehen einer Augenbraue, Kopfschütteln oder ein aufmunterndes Lächeln, während dir der Dozent noch mal erklärt, dass Zuspätkommen nicht in Ordnung ist. Während ich meinen Schritt beschleunige, stolpert Bree hinter mir her. Sie bemerkt erst, dass ich vor dem Gebäudeeingang stehen bleibe, als sie bereits an mir vorbeigestürmt ist.

»Was ist los?«

»Was hältst du davon, wenn wir die Vorlesung heute ausfallen lassen und stattdessen einen Kaffee trinken gehen?«

Grinsend kommt sie auf mich zu. »Ich stehe auf deine rebellische Ader. Wo hast du die nur so lange versteckt?« So würde ich meinen kurzen Anflug von – *scheiß aufs Pflichtbewusstsein* – nicht unbedingt bezeichnen. Spätestens in zwanzig Minuten habe ich ein schlechtes Gewissen und als Konsequenz werde ich mich nächste Woche vermutlich noch mehr hineinknien.

Als wir zum Parkplatz gehen, sehe ich mich mindestens fünfmal um und hoffe tatsächlich, dass uns jemand erwischt und in den Hörsaal schleift.

»Lass uns ins Einkaufszentrum fahren. Mein Kleiderschrank könnte ein Update fürs Wochenende vertragen.« Wenn ich an meinen denke, hätte der es auch nötig. Der Großteil meiner Garderobe ist tatsächlich noch aus der Highschool. Es war gestern schon eine echte Herausforderung, etwas Passendes zum Anziehen zu finden. Es hat genau drei Optionen gegeben – *muss in die Wäsche* – *ist zu klein*und – *ist bereits in der Dreckwäsche.* Der Rock war eine Notlösung. Das Teil habe ich aus der Tüte für die Kleiderspende gefischt, die neben dem Schuhschrank stand. Brees Tüte, um genau zu sein.

22

Kyle

Auf einer Skala von eins bis zehn für Idioten bin ich eine Fünfzehn. Ich hätte mir auch einfach ein Schild um den Hals hängen können mit der Aufschrift: *Ich steh auf deine Schwester.*

Nicks Blick bohrt sich regelrecht in mein Gehirn und sucht darin nach der Antwort, die er ohnehin schon kennt, aber einfach noch nicht wahrhaben will.

»Ihr benehmt euch seltsam.«

Um ehrlich zu sein, habe ich nur darauf gewartet, dass er es anspricht. Und doch weiß ich nicht, was ich antworten soll. Abstreiten wäre sinnlos. So dumm ist Nick nicht, dass er mir abkauft, da etwas falsch zu interpretieren. Und ein Teil von mir will es auch gar nicht dementieren. Wenn es nach mir ginge, würden wir dieses Versteckspiel definitiv nicht spielen. Wir wären einfach zusammen, Punkt. Klar, zu Beginn wäre es wahrscheinlich komisch für Nick und er wäre bestimmt stinksauer, das ginge mir selbst auch nicht anders, wenn es sich um meine Schwester drehen würde. Irgendwann würde er sich aber wieder einkriegen und dann wäre alles im Lot. Warum Jolee daraus so eine große Sache macht, ist mir schleierhaft.

»Ich komme mir immer wie ein Trottel vor, wenn sie in der Nähe ist.« Das ist wenigstens nicht gelogen und bringt Nick vielleicht auf eine andere Fährte.

»Ja, ich weiß, was du meinst. Egal was man sagt, man hat das Gefühl, wie ein Fünftklässler rüberzukommen. So war Joe schon immer. Sie sieht dich an und du weißt, dass sie dich für einen Idioten hält.« Okay, so hätte ich es nicht ausgedrückt, aber seine Beschreibung erinnert mich sehr stark an unsere erste Begegnung.

»Meinst du, die beiden kommen zu Phoenix' Party?«

»Bree bestimmt. Joe nicht, wenn sie es verhindern kann. Sie und eine ganze Horde Sportler auf engstem Raum? Vorher springt sie in ein Haifischbecken.« So schlimm kann ihre Abneigung gegenüber Sportlern nicht sein. Immerhin findet sie mich nicht völlig abstoßend und sie war sogar mit diesem Travis zusammen. Gut, die Sache endete unschön. Es macht mich nur stutzig, dass Nick meinte, sie sei auf der Highschool schon so gewesen. Mit dem Typen war sie aber in Stanford zusammen. Irgendwas an der Geschichte ist nicht ganz rund. Und mich interessiert verdammt noch mal, was mir entgeht. Ob er mehr über die Sache weiß?

»Ich glaube, so krass ist es nicht. Sie hält es ja auch mit uns aus.« Nick lacht. »Mehr oder weniger«, füge ich meiner Aussage schnell hinzu, um ja nicht zu offensichtlich nachzuhaken. Nick mustert mich nachdenklich. Vermutlich schiebt er gerade die Puzzleteile in seinem Kopf zusammen. *Fuck!*

»Ich bin ihr Bruder. Mich wird sie also nicht los. Und was dich betrifft, sobald die Nachhilfenummer durch ist, schiebt sie dich aufs Abstellgleis.« Seine abfälligen Worte treffen mich mehr, als sie sollten. Wir haben nicht darüber gesprochen, wie es weitergeht, sobald wir unser Arrangement in Bezug auf die Nachhilfe beenden. Da sie es aber unter allen Umständen geheim halten möchte, beschleicht mich der Verdacht, Nick könnte recht haben. Allein bei der Vorstellung, dass sie mit mir spielt, wird mir übel. Das würde sie nicht tun, oder?

»Du musst es ja wissen, ihr seid ja so dicke miteinander«, antworte ich mindestens genauso abfällig und versuche gar nicht erst meinen Ärger zu verstecken. Dass sich Nick jetzt erst recht das Hirn darüber zermartert, warum ich so angepisst reagiere, ist nicht zu übersehen.

»Du magst sie«, schlussfolgert er.

»Natürlich, sie ist nett, aber vor allem hilft sie mir. Warum sollte ich sie nicht mögen?« Es kotzt mich an, dass ich aufpassen muss, was ich sage, wie ich es sage und wie ich mich dabei verhalte. Das bin nicht ich und verdammt, Nick ist mein bester Freund, ich will ihm nichts vormachen.

»Das meine ich nicht und das weißt du genau.«

Fragend hebe ich eine Augenbraue. Ich werde sicher nicht damit herausplatzen, aber ich werde es auch nicht leugnen, sollte er mich danach fragen. Im Lügen bin ich eine verdammte Niete.

»Du stehst wirklich auf meine Schwester«, platzt es aus ihm heraus und er wirkt ernsthaft überrascht.

»Wäre das so abwegig?« Ich bin mir nicht sicher, ob wir dieses Gespräch wirklich mitten auf dem Campus führen sollten.

»Keine Ahnung, sie ist meine Schwester. Das Letzte, was ich mir vorstellen will, ist, dass ich euch beim Rummachen auf dem Sofa erwische«, lacht er und verzieht anschließend das Gesicht, weil er es sich vermutlich in diesem Augenblick bildlich vorstellt und checkt, was genau das bedeutet.

»Okay, vergiss es einfach«, winke ich ab und setze den Weg über das Campusgelände fort. Nick schließt zu mir auf und wirkt nachdenklich. Was habe ich mir eigentlich davon erhofft? Nicks Segen und dass Jolee uns beiden eine echte Chance gibt, sobald wir ihn haben? Gestern war ich mir noch sicher, dass wir uns auf einem guten Weg befinden, aber jetzt bin ich verwirrt und unsicher.

Dass er plötzlich so schweigsam ist, beunruhigt mich. Für gewöhnlich haut er alles raus, was ihm durch den Kopf schießt.

»Los, sag schon, was du zu sagen hast!«, platze ich heraus, als mir diese bedrückende Stimmung zu viel wird.

»Was erwartest du denn, was ich dazu sage? Sie ist meine Schwester und du mein bester Freund. Es gibt deutlich bessere Kombinationen.«

Deutlich bessere Kombinationen – heißt nicht unbedingt schlecht. Seine Reaktion erleichtert mich, weil er im Grunde ganz gelassen reagiert. Klar, er macht keine Freudensprünge, aber er poliert mir auch nicht die Fresse. Vielleicht kommt Nick besser damit klar, als Joe und ich gedacht haben, oder ist das nur die Ruhe vor dem Sturm? Vielleicht sollte ich mich nicht zu früh freuen.

»Es war deine Idee, dass sie mir Nachhilfe gibt.« Okay, dieser Strohhalm ist mächtig dünn. Ihm jetzt den schwarzen Peter zuzuschieben ist echt nicht fair. Er wollte mir lediglich helfen.

»In Geschichte, nicht in der Horizontalen!«, zischt er. Okay, jetzt wird er doch sauer.

»Ich war nicht mit ihr im Bett.«

»Ach und das soll ich dir glauben, nachdem du mir gerade gesagt hast, dass du auf meine Schwester stehst?«

»Du kennst mich. So ein Typ bin ich nicht.«

»Wirklich? Bis vor zehn Minuten habe ich auch noch gedacht, dass du dich nicht an meine kleine Schwester ranschmeißen würdest.«

»Ich habe mich nicht an Jolee rangeschmissen. Ich habe lediglich gesagt, dass ich sie vielleicht etwas mehr mag, als ich sollte.«

»Du hast also nicht mit ihr rumgemacht, sondern nur brav gebüffelt?« Diesen sarkastischen Ton, in dem eine Spur Bitterkeit mitschwingt, kenne ich gar nicht von ihm. Seine herablassende Art gefällt mir nicht.

»Du benimmst dich gerade wie ein Arschloch.«

»Entschuldige, dass ich etwas angepisst bin, dass mein bester Freund meine Schwester vögelt und ich das so nebenbei erfahre.«

»Ich habe sie nicht gevögelt!«, zische ich ihn eine Spur zu laut an. Ein paar Leute vor uns drehen sich um. »Ich habe sie nicht flachgelegt«, wiederhole ich leiser.

»Aber du hast es vor. Das macht nicht wirklich einen Unterschied, oder?« Mein Schweigen ist ihm Antwort genug. Natürlich will ich das, aber dass er so denkt, verpasst dem Ganzen einen beißenden Beigeschmack. Er ist mein bester Freund und ich will mich nicht irgendwann zwischen ihm und Jolee entscheiden müssen, sollte sich das mit uns wirklich zu einer ernsthaften Beziehung entwickeln.

Nick steigt in seinen Land Rover und schließt die Tür lautstark. Für einen Augenblick zögere ich, zu ihm in den Wagen zu steigen, vermute aber, dass ich es damit nicht besser mache.

Die Fahrt verläuft erdrückend still und Nick würdigt mich keines Blickes. Mein Gefühl sagt mir, dass wir uns in nächster Zeit eher anschweigen, als miteinander zu reden.

Zu Hause angekommen verschwindet Nick sofort in seinem Zimmer. Er hat sich nicht einmal die Mühe gemacht, die Schuhe auszuziehen. Wie ein bockiges Kind ist er davongestürmt und hat die Tür hinter sich zugeknallt.

So ein verdammter Mist. Dass es so kommt, wollte ich nicht. Doch was habe ich anderes erwartet? Ein Versteckspiel und Lügen. Das kann ja nur in einem Desaster enden. Meine Mom wäre im Augenblick mehr als enttäuscht von mir. Sie würde einen Vergleich zu meinem Dad ziehen und sich schließlich heulend dafür die Schuld geben. Aber das hier habe ich ganz allein verzapft.

Um mich abzulenken, lasse ich mich auf das Sofa fallen und schalte den Fernseher ein. Immer wieder werfe ich einen Blick zu Nicks geschlossener Zimmertür, aber er hat sich dahinter verschanzt. Als mein Smartphone auf dem Tisch klingelt, werfe ich einen Blick darauf. Jolee. Ich stelle es auf lautlos und ignoriere ihren Anruf. Mir ist gerade nicht danach, mit irgendjemandem zu reden. Diese ganze Sache trübt meine Gedanken und ich könnte am Ende etwas sagen, was ich eventuell doch nicht so meinen könnte. Ein verärgerter Mitchell reicht mir fürs Erste.

Eine Stunde später kommt Nick schließlich aus seinem Exil, geht zum Kühlschrank und nimmt sich eine Flasche Wasser heraus. Wortlos verschwindet er in den Flur und im nächsten Augenblick fällt die Eingangstür ins Schloss. Ich werfe einen Blick zur Uhr. Er fährt zum Training, während ich faul auf dem Sofa abhänge. Fuck, mir fehlt das Fußballspielen und dabei ist noch nicht mal eine Woche rum. Wie soll ich das nur aushalten?

Nachdem ich weitere zehn Minuten durch die Kanäle gezappt habe, schalte ich den Fernseher aus. Entschlossen krame ich meine Laufschuhe aus dem Schrank und hoffe, dass ich mir beim letzten Mal nicht die Mühe gemacht habe, sie aufzuschnüren, sondern sie einfach von den Füßen gekickt habe. Mit diesem verdammten Gips bin ich echt zu nichts zu gebrauchen. Nicht einmal meine Schuhe kann ich selbst binden. Und tatsächlich war ich noch nie so froh über ein paar Schleifen wie in diesem Moment. Ich schlüpfe in die Schuhe, nehme meinen Schlüssel vom Haken und ziehe die Tür hinter mir zu.

Draußen schlägt mir frische Luft entgegen und klärt ein wenig die schweren Gedanken in meinem Kopf. Ich atme einmal tief ein und aus, dann laufe ich los. Die ersten Meter gehen mir noch locker von der Hand, doch dann meldet sich auch schon die Rippenprellung zurück. Im Alltag spüre ich sie kaum, aber diese Art von Belastung ist offensichtlich zu viel. Dennoch laufe ich einfach weiter und ignoriere den Schmerz. Vielleicht heiße ich ihn auch willkommen. Vielleicht habe ich ihn sogar verdient. Der Gips fühlt sich wie ein zusätzliches Gewicht an. Angenehm fühlt sich anders an, aber ich habe nicht vor, bereits nach zwei Kilometern aufzugeben. Ich beschließe, die übliche Runde durch den Park zu joggen, der sich direkt hinter unserer Wohnanlage befindet. Nach der Hälfte der Strecke muss ich allerdings aufgeben und stütze mich schwer atmend auf den Oberschenkeln ab. Mein Brustkorb brennt wie Feuer. Was habe ich mir nur dabei gedacht, einfach loszurennen? *Kein Sport* – war die Ansage des Arztes. Und ich will mal eben zehn Kilometer durch einen Park joggen? Wie bescheuert kann man eigentlich sein? Genervt von mir selbst trete ich den Heimweg an. Als ich den Parkplatz vor unserem Haus überquere, entdecke ich Jolee, die meinen Jeep einparkt. Sie steigt aus dem Wagen und geht einmal drumherum, um nachzusehen, ob sie gerade in der Parklücke steht. Danach öffnet sie die hintere Tür und nimmt einen Stapel Bücher heraus. Inzwischen bin ich stehen geblieben und beobachte sie aus sicherer Entfernung. Sind wir verabredet? Vermutlich hat sie deswegen vorhin angerufen. Ich eile ihr hinterher, als sie sich auf den Weg zum Hauseingang macht.

»Hey«, sage ich etwas außer Atem. Jolee ist so in ihre Gedanken vertieft, dass sie vor Schreck die Bücher fallen lässt.

»Herrje, hast du mich erschreckt. Du kannst dich doch nicht so anschleichen.« Sie geht in die Hocke, um sie wieder aufzuheben.

»Sorry.« Ich will ihr helfen, aber als ich mich nach unten beuge, habe ich das Gefühl, eine meiner Rippen bohrt sich in meine Eingeweide. Mit einem schmerzverzerrten Stöhnen richte ich mich wieder auf.

Jolee mustert mich prüfend. »Alles okay?« Ihr Blick wandert von meinem Gesicht über das verschwitzte Shirt und wieder zurück. »Wo kommst du denn gerade her?«

»Ich war joggen«, antworte ich und nehme ihr die Bücher ab.

»Joggen? In deinem Zustand? Hat der Arzt nicht gesagt, kein Sport für die nächsten Wochen?«

»Ich dachte, ein paar Kilometer würden nicht schaden«, antworte ich schulterzuckend und unterdrückte ein erneutes Stöhnen. Verdammt, das war wirklich eine bescheuerte Idee.

»Anscheinend schon. Du siehst aus, als würdest du jeden Augenblick umkippen. Lass uns nach oben gehen, damit du dich ausruhen kannst.« Sie übertreibt, so schlimm steht es nun wirklich nicht um mich. Gemeinsam überwinden wir die letzten Meter bis zum Hauseingang.

»In der Hose.«

»Was?«

»Oder du hältst kurz die Bücher, dann hole ich ihn heraus.« Jolee reißt erschrocken die Augen auf. Es dauert ein paar Sekunden, bis ich checke, wie sie das wohl verstanden hat.

»Ich meine den Haustürschlüssel.« Mein breites Grinsen quittiert sie mit einem Augenrollen.

»Wird das zwischen uns zu einer Art Running Gag?« Im nächsten Moment schiebt sie eine Hand in meine linke Hosentasche und zieht den Schlüssel heraus.

»Du legst dich auf die Couch und ich koche dir einen Tee. Ihr habt doch welchen da, oder?«, fragt sie und schiebt mich in Richtung Wohnzimmer. Die Bücher lege ich auf dem Couchtisch ab.

»Ich bin nicht krank, Jolee.« Trotzdem lasse ich mich auf das Sofa sinken und bin froh, nicht mehr stehen zu müssen. Mein Handy liegt immer noch auf dem Couchtisch und das kleine Lämpchen oben links blinkt. Vielleicht hat sich Nick inzwischen etwas beruhigt. Ich nehme es vom Tisch, aber es ist nur ein verpasster Anruf von Jolee und eine Kurznachricht meiner Mom, dass sie schon eine Weile nichts von mir gehört hat und sich Sorgen macht. Sofort meldet sich mein schlechtes Gewissen.

»Sieh mal oben rechts im Schrank nach«, rufe ich ihr zu, weil ich sie ohnehin nicht davon abbringen werde, mir einen Tee zu kochen. Dann wähle ich die Nummer meiner Mom.

»Na sieh mal einer an, das verlorene Kind ruft an«, begrüßt sie mich und lacht.

»Hey, Mom. Sorry, ich hatte in letzter Zeit eine Menge um die Ohren.«

»Das weiß ich doch, trotzdem vermisse ich meinen kleinen Jungen.«

»Mom, ich bin einundzwanzig. Ob du es glaubst oder nicht, ich darf inzwischen Auto fahren und Alkohol trinken«, lache ich, was eine bescheuerte Idee ist, denn sofort meldet sich mein Brustkorb.

»Alles in Ordnung? Du klingst etwas gequält.« Das ist dann wohl der Moment, um mit den schlechten Neuigkeiten herauszurücken.

»Ich hatte einen kleinen Unfall, aber alles halb so wild. Du musst dir keine Sorgen machen.«

»Unfall? Was ist denn passiert?« Wenn ich ihr erzähle, ich habe mich geprügelt und damit meine Karriere aufs Spiel gesetzt, zieht sie mich vermutlich durch das Telefon. Meine Mom ist der netteste Mensch, den ich kenne, aber für solche Aktionen hat sie keinerlei Verständnis. *Benutze deinen Verstand, nicht die Fäuste. Du bist nicht dein Vater, Kyle* – hallt es in meinen Ohren. In der Middle School habe ich mich einmal geprügelt, weil Connor während des Sportunterrichts meine Klamotten aus dem Spint geklaut und im Klo versenkt hat. Später in der Highschool hat es ein paar weitere Schlägereien gegeben, die allerdings selten von mir ausgingen. Sie anzulügen ist dennoch keine Option.

»Ich habe mir bei einer Prügelei das Handgelenk gebrochen«, gestehe ich. Am anderen Ende der Leitung herrscht plötzlich absolute Stille, gefolgt von einem Seufzen.

»Worum ging es diesmal, hat jemand deine Fußballschuhe in den Mülleimer gesteckt? Ich dachte, du bist inzwischen aus dem Alter raus. Was wird aus deinem Stipendium? Wir können uns die Uni nicht leisten, wenn du keinen Fußball spielen kannst.«

»Mom, es ist nur ein gebrochenes Handgelenk. In ein paar Wochen stehe ich wieder auf dem Platz. Ich werde deswegen nicht mein Sportstipendium verlieren«, versuche ich sie zu beruhigen.

»Und warum hast du dich geprügelt? Oder darf ich das nicht wissen, weil du erwachsen bist, dich aber wie ein Teenager verhältst?«

»Jemand hat meine Freundin bedrängt«, antworte ich und werfe einen unauffälligen Blick zu Jolee, die in der Bewegung innehält und mich entsetzt anstarrt. Da bahnt sich bereits das nächste unangenehme Gespräch an.

»Du hast eine Freundin?« Meine Mom kling mindestens so entsetzt, wie Jolee aussieht. »Was weiß ich noch alles nicht? Wie heißt sie? Wo kommt sie her? Geht sie auf dieselbe Uni? Ich will sie kennenlernen.« Die Worte meiner Mom feuern wie die Munition aus einem Maschinengewehr, sobald man den Abzug drückt.

»Mom, ich muss Schluss machen. Ich rufe wieder an«, würge ich sie ab. Auf gar keinen Fall werde ich mit ihr über Jolee reden, während sie in der Küche steht und für uns Tee kocht.

23

Jolee

Freundin. Dieses Wort liegt mir schwer im Magen. Keine Ahnung, was genau ich davon halte und ob er es nur so dahingesagt hat oder mich wirklich als das sieht. Ich stecke irgendwo zwischen Euphorie und Panik fest. Eine seltsame Mischung, mit der ich ganz klar nicht umgehen kann. Ich nehme die Teebeutel aus den Tassen und werfe sie in den Müll. Das dreckige Geschirr stapelt sich in der Küche. Nick war noch nie der Ordentlichste und Kyle wird es mit seinem Gips nicht schaffen. Nachdem er das Gespräch beendet hat, stößt er laut die Luft aus, legt das Telefon auf den Tisch und lässt sich in die Kissen sinken. Im Tiefkühlfach suche ich nach einem Kühlpad. Als Sportler haben sie so etwas mit Sicherheit im Haus. Im untersten Fach finde ich mehrere. Vergraben unter meiner Lieblingseiscreme, Peanut-Butter-Crunch. Hat er die etwa nach unserem gemeinsamen Filmabend gekauft? Sofort schießen mir wieder die Bilder in den Kopf, die sich dank Bree in mein Gehirn eingebrannt haben. Schnell schließe ich den Gefrierschrank und schlage das kalte Pad in ein Geschirrtuch ein.

»Hier.« Ich reiche ihm das Bündel und stelle die Tasse Tee auf dem Couchtisch ab.

»Danke«, sagt er, schiebt sein Shirt nach oben und legt es sich auf die Rippen. Die Hämatome sind inzwischen violett und an manchen Stellen gelbgrün. Das sieht wirklich übel aus. Das schlechte Gewissen schleicht sich wieder in den Vordergrund.

»Tut es sehr weh? Soll ich dir ein paar Schmerztabletten holen?«

»Geht schon.« Als er sich aufrichtet, um nach der Tasse zu greifen, verzieht er für einen kurzen Augenblick das Gesicht.

»Okay, das reicht. Wo sind die Tabletten, die dir der Arzt verschrieben hat?«

»Im Badezimmerschrank, aber du musst sie nicht holen, ich kann selbst gehen.«

»Ich hole sie und du bleibst liegen.«

Im Badezimmer herrscht ein ähnliches Chaos wie in der Küche. Die dreckige Wäsche quillt aus der Box, die neben der Waschmaschine steht. Ich nehme die Packung Ibuprofen aus dem Schrank und hole noch ein Glas Wasser aus der Küche, bevor ich beides zu Kyle bringe. Er steckt sich zwei davon in den Mund und spült sie mit dem Wasser hinunter. Eigentlich war mein Plan, mit ihm den Bürgerkrieg durchzusprechen, nachdem es im Museum so ausgesehen hat, als würde ihn dieses Thema interessieren. Aber ich glaube, im Augenblick will er einfach seine Ruhe haben.

»Du solltest dich etwas ausruhen. Wir verschieben das Lernen auf morgen«, sage ich und nehme die Bücher vom Couchtisch.

»Ja, ist vielleicht besser. Mein Kopf ist gerade nicht dazu in der Lage, vernünftig zu arbeiten.« Das kann ich verstehen, er sieht wirklich fertig aus.

»Okay, dann gehe ich mal.« Das sollte ich wirklich, trotzdem wünscht sich ein Teil von mir, dass er mich bittet zu bleiben. Er mustert mich und ich würde zu gerne wissen, was er gerade denkt.

»Brauchst du noch etwas? Dann hole ich es dir, bevor ich gehe.« *Jolee, du schindest Zeit, geh einfach.* Wie angewurzelt stehe ich neben dem Sofa und sehe Kyle an, der aussieht, als würde er mit sich selbst eine Diskussion führen. Schließlich seufzt er.

»Ich würde dich wirklich gerne bitten zu bleiben, aber ich denke, es wäre im Augenblick keine gute Idee. Nick kommt bald nach Hause.«

»Klar.« Nur ein Wort, und doch ist die Enttäuschung in meiner Stimme nicht zu überhören. Kyle zieht den Kühlakku unter seinem Shirt hervor und legt ihn auf der Sofalehne ab.

»Wir haben uns gestritten.« Gequält drückt er sich von der Sitzfläche hoch. Sobald er aufrecht steht, macht er einen Schritt auf mich zu.

»Nick und du? Worüber denn?«, frage ich. Mich beschleicht der Verdacht, dass unser heutiges Aufeinandertreffen ausschlaggebend gewesen sein könnte.

»Wir sind bei einem Thema nicht ganz derselben Meinung«, äußert er sich vage.

»Warst du deswegen joggen? Um Frust abzubauen?«

»Ja, und weil mir die Bewegung fehlt.«

»Ihr habt meinetwegen gestritten, stimmts?«, frage ich ihn direkt, da er es mir sicher nicht von selbst erzählen wird. Er macht einen weiteren Schritt auf mich zu, antwortet aber nicht. Das muss er auch nicht. Sein Gesicht sagt alles. »Wir haben uns doch darauf geeinigt, dass er es nicht erfährt«, erinnere ich ihn an unsere Abmachung.

»Ich habe ihm nichts erzählt«, antwortet er und ich ziehe lediglich eine Augenbraue nach oben. Das soll ich ihm glauben? »Also, das musste ich nicht. Nick ist von selbst draufgekommen. Wir haben uns vorhin wirklich seltsam benommen und er hat eins und eins zusammengezählt.«

»Und du bist nicht auf die Idee gekommen, es abzustreiten?«

»Nein, er hätte mir ohnehin nicht geglaubt. Und ich bin, ehrlich gesagt, auch nicht der Typ, der sich freiwillig auf ein Kartenhaus aus Lügen stellt und hofft, dass es nicht unter ihm zusammenbricht.« Ihn scheint die Tatsache, dass Nick es weiß, nicht im Geringsten zu stören, dabei ist seine Reaktion offensichtlich nicht positiv ausgefallen.

»Was genau hast du ihm denn gesagt?«, frage ich und bin überrascht, dass ich nicht wütend auf ihn bin. Immerhin hatte ich selbst vor mit meinem Bruder zu reden. Allerdings wäre es mir lieber, er hätte es von mir erfahren und nicht von Kyle.

»Nur, dass ich dich mehr mag, als ich vielleicht sollte«, antwortet er und macht ein verlegenes Gesicht.

Heißt das, er ist wirklich in mich verliebt? Ein aufgeregtes Flattern macht sich in meiner Magengegend bemerkbar. Das ist gar nicht gut.

»Wie hat er darauf reagiert?«, frage ich vorsichtig.

»Was glaubst du denn, wie er reagiert hat?« Kyle macht noch einen Schritt auf mich zu und für einen Augenblick glaube ich, dass er mich in seine Arme nimmt, aber er geht an mir vorbei und öffnet den Kühlschrank.

»Du solltest vielleicht nicht unbedingt trinken, wenn du Schmerzmittel genommen hast«, belehre ich ihn, als ich die Bierflasche in seiner Hand entdecke.

»Und du solltest dich vielleicht nicht in Dinge einmischen, die dich nichts angehen«, sagt er scharf, stellt die Flasche aber wieder zurück in den Kühlschrank. »Sorry, ich habe es nicht so gemeint. Nick ist völlig ausgetickt und dann einfach abgehauen. Und ich kann ihn sogar verstehen. Du bist seine kleine Schwester, ich sein bester Freund. Wenn die Sache böse endet, wird er sich auf eine Seite stellen müssen und das werde nicht ich sein. Ich weiß nicht, ob es das wirklich wert ist, weil ich keine Ahnung habe, wo genau ich bei dir stehe.«

»Wie meinst du das, wo du bei mir stehst? Wir haben das doch vorher besprochen. Wir waren uns einig.« Mein Magen zieht sich schmerzhaft zusammen. So habe ich mir das nicht vorgestellt.

»Nein, Jolee, du hast Regeln aufgestellt, die mir nicht gefallen haben. Ich dachte, du änderst deine Meinung, wenn du mich etwas besser kennst, aber jetzt bin ich mir da nicht mehr so sicher. Wie geht es weiter, wenn ich deine Hilfe nicht mehr brauche? Schickst du mich dann auf die Ersatzbank? Du hast nie in Aussicht gestellt, dass ich mehr als ein Geheimnis sein könnte. Die Regeln waren nicht nur für vorübergehend gedacht, habe ich recht?« Ich wünschte, ich könnte jetzt einfach sagen, dass er sich irrt, aber das kann ich nicht. Denn ich weiß selbst nicht, wie genau ich zu der Sache stehe. Ich mag ihn, aber ich werde dieses Gefühl einfach nicht los, dass er nicht der ist, für den ich ihn halte. Und damit meine ich nicht die Schublade, in die ich ihn anfänglich gesteckt habe, sondern den Kyle, der so verdammt nett und süß ist. Zu dem ich mich hingezogen fühle.

»So einfach ist das nicht«, sage ich kleinlaut. Kyle lehnt sich mit dem Rücken gegen die Arbeitsfläche.

»Doch, Jolee, das ist es. Ich mag dich und ich glaube, du mich ebenfalls. Gib mir nur einen Grund, meine Freundschaft mit Nick aufs Spiel zu setzen und ich tue es.« Seine Entschlossenheit jagt mir einen Schauer durch den Körper. Ich würde wirklich gerne über meinen Schatten springen, aber die Angst hält mich zurück und ich kann im Moment den Mut dafür nicht aufbringen, mich kopfüber ins Ungewisse zu stürzen. Aber vor allem will ich nicht, dass er sich zwischen Nick und mir entscheiden muss. Genauso wenig, wie ich verlangen würde, dass mein Bruder es muss. Denn so wie es im Augenblick aussieht, würde es genau darauf hinauslaufen.

»Das kann ich nicht«, antworte ich und wende den Blick ab. Ich brauche ihn nicht anzusehen, um zu wissen, dass er enttäuscht ist.

»Dann solltest du jetzt lieber gehen.« Okay, wie konnten wir innerhalb weniger Minuten an diesen Punkt gelangen? Von: *Geh mit mir aus*, zu: *Geh mir aus dem Weg*, in weniger als vierundzwanzig Stunden. Das ging verdammt schnell. Ich würde ihn wirklich gerne anschreien. Ihm sagen, dass er mich nicht von sich stoßen soll. Dass wir das irgendwie hinbekommen, wenn er nur geduldiger ist. Und doch weiß ich, dass nur ich allein uns in dieses Szenario gestoßen habe, indem ich ihm nicht die Chance geben kann, die er verdient. Schlagartig wird mir klar, dass ich gerade im Begriff bin, einen riesigen Fehler zu machen. So darf das zwischen uns nicht enden.

»Bitte, tu das nicht«, flüstere ich und bin mir nicht sicher, ob er meine Worte gehört hat.

»Störe ich?«, ertönt plötzlich Nicks Stimme. Erschrocken blicke ich in seine Richtung. Er sieht zwischen uns hin und her, die Stirn in Falten gelegt.

»Nein, sie wollte gerade gehen«, antwortet Kyle emotionslos und wendet den Blick von mir ab. Ich muss wirklich schlucken und den Drang unterdrücken, ihn anzubrüllen. Dann sehe ich zu Nick, über dessen Gesicht ein zufriedener Ausdruck huscht, allein dafür würde ich ihm gerne den Hals umdrehen. Das ist alles seine Schuld. Die Nachhilfe, die Wette und dass die Situation nun eskaliert ist. Weil Nick den Weg in den Flur versperrt, schubse ich ihn leicht zur Seite, damit ich an ihm vorbeigehen kann. Ich hole Kyles Autoschlüssel aus meiner Tasche und lege ihn auf der Kommode neben der Tür ab.

»Alles okay, Joe?« Nick steht plötzlich hinter mir, legt mir eine Hand auf die Schulter und drückt sie sanft.

»Das fragst du doch nicht wirklich, oder?«, antworte ich spitz und entziehe mich seiner Berührung. »Ich hoffe, du hast bekommen, was du wolltest.«

Inzwischen bin ich mir sicher, dass mein Bruder mit dieser dämlichen Wette ein ganz anderes Ziel verfolgt, als mich herauszufordern.

»Joe, warte!«, ruft er und eilt hinter mir her. Ein Kräftemessen mit Nick stehe ich im Augenblick emotional nicht durch. In dem Moment, als ich aus dem Hauseingang stürme, greift er nach meinem Handgelenk und hält mich auf.

»Nick, lass mich los, ich will nicht darüber reden!«, sage ich scharf. Sofort weicht er ein Stück zurück und mustert mich einen Augenblick. Nick ist ein Idiot, aber er weiß ganz genau, dass es besser für ihn ist, die Klappe zu halten, wenn es für ihn übel enden könnte. Und aktuell schwanke ich zwischen: Ich drehe ihm den Hals um oder ich stoße ihn von der nächsten Klippe.

»Okay, aber lass mich dich wenigstens nach Hause fahren. Wir müssen uns auch nicht unterhalten. Ich setze dich vor deiner Tür ab und verzieh mich wieder.« Täusche ich mich oder klingt er tatsächlich besorgt? Misstrauisch sehe ich ihn an, woraufhin er mich vorsichtig anlächelt. Sofort melden sich die Alarmglocken in meinem Hirn. Mein Bruder ist eher der Typ, der winkend an mir vorbeifährt, anstatt mich mitzunehmen. Das hat er vor wenigen Tagen, als er mich auf dem Sportgelände stehen gelassen hat, eindrucksvoll bewiesen. Trotzdem habe ich keinen Zweifel daran, dass er mich auf seine ganz spezielle Art liebt. Etwas, was wir gemeinsam haben.

»Na gut«, willige ich trotzig ein. Im Augenblick habe ich keine Kraft, mich mit ihm herumzustreiten. Ich will einfach nur noch nach Hause und mich in meinem Bett verkriechen. Plötzlich grinst er und ich könnte kotzen, dass ich auf die Besorgter-Bruder-Nummer hereingefallen bin, dennoch folge ich ihm zu seinem Wagen.

Ungeduldig trommelt er mit den Fingern auf dem Lenkrad herum. Ich weiß genau, wie schwer es ihm gerade fällt, nicht einfach mit seinen Gedanken herauszuplatzen. Einfach drauflosreden, ohne vorher darüber nachzudenken. Leute verletzen, niedermetzeln, um anschließend nur entschuldigend mit den Schultern zu zucken. Solange er nicht der Leidtragende in der Nummer ist, schlägt er wild mit Worten um sich und andere dürfen dann hinter ihm aufräumen. Allerdings bin ich nie dahinter gestiegen, warum genau er so ist.

Wo genau er falsch abgebogen ist, um zu rechtfertigen, warum er sich ständig wie ein Arschloch aufführt. So war er schon in der Middle School. Ich will gar nicht wissen, was er Kyle alles an den Kopf geworfen hat. Die Fahrt dauert gerade einmal zehn Minuten, aber es fühlt sich an, als würden wir bereits seit Stunden schweigend nebeneinandersitzen. Erleichterung macht sich in mir breit, als der Wagen vor meinem Wohnhaus stoppt.

»Da wären wir.« Er lässt den Motor laufen und ich löse den Gurt, um auszusteigen.

»Joe?« Mein Blick wandert zu ihm. »Gute Nacht«, weicht er aus, denn ich bin mir sicher, er wollte eigentlich etwas anderes sagen.

»Gute Nacht, Nick, und danke fürs Heimfahren.« Einen Moment zögere ich, nur für den Fall, dass er es sich anders überlegt. Als er schweigt, steige ich aus dem Land Rover und schließe die Tür. Noch immer versuche ich zu verstehen, was da gerade passiert ist und warum ich mich so fühle, als hätte er mir etwas weggenommen. Was Quatsch ist, denn Kyle hat mir nie gehört.

Völlig in meinen Gedanken versunken betrete ich die Wohnung und stolpere beinahe über die Tüten, die von unserer gemeinsamen Shoppingtour immer noch im Flur stehen. Ich nehme sie und werfe sie in meinem Zimmer unachtsam in die Ecke.

»Okay, was haben die Tüten angestellt?«, ertönt Brees amüsierte Stimme hinter mir. Erschrocken fahre ich herum und blicke sie an. Ohne dass ich es will, werden meine Augen feucht. Sie eilt zu mir und schließt mich in ihre Arme.

»Was ist denn los?« Das wüsste ich auch wirklich gerne. Bree schiebt mich zum Bett. »Wir setzen uns jetzt erst mal und du erzählst mir, was passiert ist. Dann stopfen wir uns mit Eiscreme voll und schauen von mir aus irgendeine Doku über Grünkohl.« Bree ist wirklich die beste Freundin, die man sich wünschen kann. Hin und wieder schießt sie zwar über das Ziel hinaus, aber sie ist die liebenswerteste Person, die mir je begegnet ist.

»Ich werde nie wieder Eiscreme essen können«, schniefe ich und lasse mich rücklings auf das Bett fallen.

24

Kyle

Es dauert genau eine halbe Stunde, bis Nick wieder durch die Tür kommt und ich mich nicht einen Zentimeter bewegt habe. Ich habe einfach vor mich hingestarrt und versucht zu verstehen, was hier gerade passiert ist. Wie dieser Tag in einer derartigen Katastrophe enden konnte. In der einen Minute kocht Jolee Tee für mich und in der nächsten stürmt sie aus der Wohnung, weil ich sie weggeschickt habe.

»Alles okay bei dir?« Ohne ihm zu antworten, stoße ich mich von der Arbeitsplatte ab, gehe an ihm vorbei und schließe die Zimmertür hinter mir. Unter Schmerzen in meinem Brustkorb lasse ich mich auf das Bett fallen und starre an die Decke. Nichts ist okay. Absolut nichts. Fuck! Wie hat das Gespräch nur derart aus dem Ruder laufen können? Warum habe ich nicht einfach meine Klappe gehalten? Nick hätte sich schon wieder beruhigt und Jolee vielleicht nur noch ein bisschen mehr Zeit gebraucht. Aber nein, ich wollte etwas erzwingen, wozu keiner von uns dreien im Augenblick bereit ist. Verdammt, ich bin wirklich ein Idiot. Die Sache habe ich so richtig vergeigt.

Es klopft leise an der Tür. Ich habe nicht angenommen, dass Nick überhaupt weiß, wie das geht, denn normalerweise stürmt er einfach herein. Zwei Flaschen Bier erscheinen in meinem Blickfeld, nachdem er die Tür einen kleinen Spalt weit geöffnet hat.

»Darf ich reinkommen?«

»Du lässt dich doch eh nicht davon abhalten«, erwidere ich genervt. Die Tür schiebt sich weiter auf und Nick kommt herein.

»Du kennst mich einfach zu gut«, grinst er vorsichtig.

»Da bin ich mir nicht mehr so sicher«, antworte ich lahm und nehme ihm die Flasche ab, die er mir reicht. Ich hasse, es mit ihm zu streiten. Das ist bereits das zweite Mal, dass wir uns wegen seiner Schwester in den Haaren liegen.

»Okay, vielleicht habe ich etwas überreagiert. Was aber nicht heißt, dass ich cool mit der Sache bin. Echt nicht. Du und Joe, das passt in meinem Kopf einfach nicht zusammen.«

»Muss es auch nicht, dazu wird es nicht kommen. Jolee ist nicht auf die Art an mir interessiert, wie ich an ihr«, gebe ich zu. Es gibt keinen Grund mehr, ihn anzulügen. Er hat mich schließlich gewarnt. Nick nimmt einen tiefen Schluck aus seiner Flasche.

»Joe ist in dem Punkt etwas schwierig.«

»Scheint wohl in der Familie zu liegen«, antworte ich und Nick sieht mich fragend an. »Solange wir uns kennen, hattest du keine Freundin, nur lockere Geschichten.« Ich will gerade die Flasche ansetzen, als plötzlich Jolees Worte in meinem Kopf widerhallen, dass Schmerztabletten und Alkohol eine beschissene Idee sind. Mit einem Seufzen stelle ich sie auf dem Nachttisch ab.

»Du hattest nicht mal die«, zieht er mich auf.

»Ich bin halt nicht der Typ dafür.«

»Nein, offensichtlich nicht.« Der Spott in seiner Stimme bleibt aus, was mich wundert, denn genau den habe ich erwartet.

»Was ist verkehrt daran?«

»Gar nichts.« Okay, wo ist der Nick, den ich kenne? Der, der mir jetzt einen blöden Spruch an den Kopf werfen würde oder mir erklärt, dass ich den größten Spaß meines Lebens verpasse.

»Ich verstehe nur nicht, warum es ausgerechnet Joe sein muss. Ich wäre nicht einmal im Traum darauf gekommen, dass du auf Frauen wie sie stehst.« Er wendet den Blick ab, aber mir entgeht seine schuldbewusste Miene nicht. Irgendetwas übersehe ich, nur was?

»Auch wenn dich das vielleicht überrascht, man kann es sich nicht aussuchen. Aber ich kann dich beruhigen, sie will mich nicht.«

»Ich hatte eigentlich den Eindruck, dass sie dich mag.« Die Worte kommen ihm nicht leicht über die Lippen. Und ich könnte schwören, dass in seiner Stimme ein Hauch Reue mitschwingt. Jetzt bin ich überzeugt, dass mir ein wichtiges Stück in diesem Puzzle fehlt. Er nimmt einen weiteren großen Schluck aus seiner Flasche, als könnte er damit die Worte wegspülen.

»Kann sein. Du glaubst es vielleicht nicht, aber Jolee liebt dich. Du bist ihr Bruder und ich bin mir sicher, sie würde sich nie zwischen uns stellen. Nur falls du das denkst.« Okay, vielleicht lehne ich mich gerade etwas weit aus dem Fenster, denn über das Thema Nick haben wir nie gesprochen. Ich habe lediglich angenommen, dass sie es geheim halten möchte, um ihn nicht zu verletzen. Es besteht also die Möglichkeit, dass ich völlig danebenliege. Die beiden sind nicht gerade das, was ich ein Herz und eine Seele nennen würde.

»Du hast ihr von unserem Streit erzählt und sie hat dir daraufhin den Laufpass gegeben?«, fragt er überrascht. Hat sie das? Nein. Ich würde eher sagen, es ist andersherum gewesen, oder? Keine Ahnung, wer letztlich die Reißleine gezogen hat, aber ich denke, es war uns beiden schnell klar, dass wir gescheitert sind. Die Frage ist nur woran? Wir haben es doch gar nicht wirklich versucht.

Nick schnippst mit den Fingern vor meinem Gesicht herum. Mein Kopf schießt in seine Richtung.

»Hörst du mir überhaupt zu?«

»Sorry. Was hast du gesagt?«

»Dass es an der Geschichte mit Travis liegt, dass sie so reagiert hat.« Oder an der Tatsache, dass ich sie aufgefordert habe zu gehen, nachdem ich gecheckt habe, dass sie uns keine wirkliche Chance geben wird.

»Du kennst Travis?«, frage ich ihn überrascht. Irgendwie habe ich angenommen, dass sie Nick nichts von ihm erzählt hat.

»Du weißt, wer Travis ist?«, fragt er mindestens genauso überrascht.

»Vielleicht ist der Name irgendwie mal gefallen«, drücke ich mich vage aus, um nicht direkt in das nächste Fettnäpfchen zu stolpern.

»Hat sie dir von der Sache in der Highschool erzählt?« Highschool? Okay, er meint einen anderen Travis und nicht diesen Footballtypen aus Stanford.

»Nein«, antworte ich.

»Joe war nicht immer so, wir haben uns tatsächlich mal richtig gut verstanden. Jedenfalls außerhalb der Highschool. Innerhalb der Schulmauern sah das anders aus, aber das hatten wir ja schon. Travis war in meiner Clique und hat oft bei uns abgehangen. Irgendwann habe ich gecheckt, dass sie auf ihn steht und ihr ziemlich deutlich klargemacht, dass Typen wie er nicht auf Mädchen wie sie stehen. Und bevor du jetzt etwas sagst, ich hatte recht. Trotzdem, meine Freunde waren tabu und das wusste sie. Ich hätte auch nie mit einer ihrer Freundinnen rumgemacht. Das endet grundsätzlich nicht gut. Dieses Drama kann wirklich niemand gebrauchen. Travis war ein Arschloch, was Mädchen anging. Joe wollte nicht hören und hat geglaubt, bei ihr wäre es anders. Travis hingegen fand es cool, die kleine Schwester des Fußballcaptains flachzulegen und damit in der Umkleide zu prahlen. Dafür habe ich ihm die Nase gebrochen, wurde für mehrere Wochen suspendiert und er hat sich revanchiert, indem er mir meine Freundin ausgespannt hat. Seitdem ist das Verhältnis zwischen Joe und mir schwierig.« Okay, jetzt verstehe ich seine Reaktion, aber dieses Szenario wird sich niemals wiederholen.

»Warte, Travis ist der Quarterback, der dir in der Highschool die Freundin ausgespannt hat?«, frage ich überrascht. Die Geschichte mit dem Quarterback ist mir nicht neu, dass Jolee an der Sache nicht ganz unschuldig ist, hingegen schon. Das erklärt das schwierige Verhältnis der beiden und warum Jolee inzwischen einen Bogen um Nicks Freunde macht. Ich versuche die Puzzleteile in meinem Kopf zusammenzusetzen.

»Ja, er ist der Footballer. Warum fragst du?«

»Nur so. Und was ist nach der Highschool aus ihm geworden?« Jetzt greife ich doch nach der Flasche Bier und nehme einen tiefen Schluck. Wenn das, was sich gerade in meinem Kopf zu einem Bild zusammenschiebt, wahr ist, dann ist das ... Niemals, oder? So dumm ist sie nicht.

»Keine Ahnung. Er hat noch vor dem Abschluss die Highschool gewechselt. Warum interessiert dich das überhaupt?«

»Tut es nicht. Ich versuche nur das Gespräch am Laufen zu halten, mehr nicht«, antworte ich und zucke mit den Schultern. Sein bohrender Blick zwingt mich, in eine andere Richtung zu sehen. Auf keinen Fall werde ich ihm meine Vermutung auf die Nase binden. Ich weiß ja nicht einmal, ob ich damit überhaupt richtigliege. Wenn sie wirklich zweimal auf denselben Typen hereingefallen ist, verstehe ich sogar, warum sie nun so vorsichtig ist. Eine Weile sitzen wir schweigend nebeneinander. Nick ist tief in sich versunken und nippt nur hin und wieder an seinem Bier. Als er einmal laut durchatmet und mich dabei mit der Schulter anstößt, zucke ich erschrocken zusammen. Meine Gedanken haben ebenfalls irgendwo zwischen hier und ganz weit weg festgesteckt.

»Auch wenn ich das vielleicht bereuen werde, aber ich glaube, du und Joe, ich würde irgendwie damit klarkommen. Du bist nicht Travis und wir sind nicht mehr auf der Highschool.« Erneut stößt er mich mit der Schulter an und ich wende ihm den Blick wieder zu. Diesmal ist das Grinsen in seinem Gesicht aufrichtig. »Aber bitte, häng eine Socke draußen an die Eingangstür, wenn ihr etwas macht, was ich definitiv nicht sehen will.« Angewidert verzieht sich sein Mund. Ich kann mir ein Lachen nicht verkneifen, weil er aussieht, als hätte er in eine Zitrone gebissen.

»Du hast echt einen Knall, Bro.« Ich stelle meine leere Flasche neben das Bett und lasse mich in die Kissen sinken. »Bei der ganzen Sache gibt es nur ein Problem, das mit Jolee habe ich verkackt.« Nick lässt sich ebenfalls in die Kissen sinken und liegt nun neben mir. Einen Moment lang starrt er an die Decke und scheint angestrengt nachzudenken.

»Ich würde dir wirklich gerne helfen, aber ich habe keinen Plan wie. Joe ist für mich ein Buch mit sieben Siegeln.« Dass Nick mir tatsächlich unter die Arme greifen würde, erleichtert mich, denn das bedeutet, dass unsere Freundschaft nicht in Gefahr ist. Jetzt muss ich nur noch Jolee davon überzeugen, dass ihr Bruder kein Problem darstellt, und mich dafür entschuldigen, dass ich mich wie ein Idiot benommen habe. Vorausgesetzt, sie will mich überhaupt.

»Schon okay, mir fällt sicher etwas ein, um die Wogen zu glätten.« In Wirklichkeit habe ich keine Ahnung, wie ich das anstellen soll.

Als Nick sich auf die Ellenbogen stützt und zu mir herabsieht, ziehe ich fragend eine Augenbraue hoch.

»Darf ich dich was fragen?«

»Klar?«

»Sam. Warum hast du dich mit ihm geprügelt? Und jetzt sag nicht wieder, weil er ein Idiot ist, denn das nehme ich dir nicht ab.« Er hat Travis die Nase gebrochen, was wird er wohl mit Sam machen? Der steht ohnehin schon bei den meisten von uns auf der schwarzen Liste.

»Nur wenn du mir versprichst die Füße stillzuhalten.« Sein skeptischer Blick lässt mich zweifeln, ob es eine gute Idee ist, ihm davon zu erzählen.

»Ich verspreche grundsätzlich niemandem etwas.«

»Das habe ich befürchtet.« Trotzdem erzähle ich ihm, was an jenem Abend passiert ist, und appelliere an seinen Verstand. Denn der Coach wartet nur darauf, dass Nick ihm einen Grund liefert, ihn aus dem Team zu werfen. Nick hat es nicht so mit Autoritätspersonen und macht selten einen Unterschied, wem er an den Kopf knallt, was er gerade denkt. Während ich berichte, springt er wutentbrannt aus dem Bett.

»Ich werde dem Typen so was von seinen Arsch aufreißen. Was bildet der sich eigentlich ein? Wenn ich mit dem fertig bin, könnt ihr seine Überreste aus dem Stausee fischen.« Aufgebracht läuft er im Zimmer auf und ab und stößt ununterbrochen Flüche aus. »Neulich im Barneys, da ging es ebenfalls um Sam, stimmts? Ist er ihr da auch auf die Pelle gerückt?«

»Sie hat ihm eine Ohrfeige verpasst«, antworte ich und kann mir ein Grinsen nicht verkneifen. Er lacht.

»Echt? Joe hat in ihrem ganzen Leben noch nie die Hand erhoben und ich schwöre, ich hätte es mehr als einmal verdient.«

»Nick, jetzt mal im Ernst, der Coach wirft dich aus dem Team, wenn du Sam anfasst. Der wartet nur darauf, dass du dir irgendetwas leistest. Außerdem habe ich ihm schon eine Abreibung verpasst. Es reicht, dass einer von uns Ärger am Hals hat und nicht Fußball spielen kann. Wenn du aus dem Team fliegst, dann können wir die Meisterschaft vergessen.«

»Ja, ich weiß.« Zum wiederholten Mal fährt er sich durch die dunklen Haare, die ihm immer wieder in die Stirn fallen. »Ich muss mal an die frische Luft«, sagt er und geht auf die Tür zu.

»Alter, mach jetzt keinen Scheiß!«

»Entspann dich, ich muss nur mal kurz durchatmen und meine Gedanken sortieren.« Im nächsten Augenblick verschwindet er aus dem Zimmer und ich bleibe allein zurück. *Verdammt!*Keuchend springe ich aus dem Bett und laufe ihm hinterher, aber er ist schon zur Eingangstür raus. Wenn Nick Mist baut, ist das meine Schuld. Es war doch eine bescheuerte Idee, ihm davon zu erzählen. Damit hätte ich wirklich rechnen müssen. Ohne Schuhe stürme ich die Treppe hinunter und bleibe abrupt stehen, als ich ihn an die Wand gelehnt neben dem Hauseingang entdecke.

»Was machst du da?«, frage ich ihn und starre auf das glühende Teil in seiner Hand.

»Wonach sieht es denn aus?«, sagt er und zieht an der Zigarette.

»Du rauchst? Seit wann?«

»Hab es mir vor einer Weile wieder angewöhnt, zum Stressabbau«, antwortet er. Wieso weiß ich so etwas nicht? Ich dachte, er riecht in letzter Zeit nach Rauch, weil er ständig in Kneipen abhängt.

»Und warum trägst du keine Schuhe?« Mit einem Nicken deutet er auf meine nackten Füße.

»Weil ich dachte, du rennst los und ... ja, keine Ahnung, was ich dachte, was du tun wirst.«

Nick legt den Kopf schräg, zieht erneut an der Zigarette und bläst den Rauch aus. Dieses Bild will einfach nicht in meinen Kopf. Mein bester Freund mit einer Zigarette in der Hand. Was verheimlicht er mir noch?

»Jetzt guck nicht so.«

»Gibt es noch etwas, was du mir beichten willst?« Dass er zögert, macht mich misstrauisch. Irgendetwas ist da, was er mir nicht sagen will. Nick drückt die Zigarette aus und wirft sie in den Mülleimer, der neben der Eingangstür steht.

»Nein. Lass uns wieder nach oben gehen«, sagt er und hält mir die Tür auf.

»Bist du sicher?«, hake ich nach, während wir die Treppe raufgehen.

»Ja, und jetzt hör auf, mir auf die Nerven zu gehen.«

Als wir wieder in unserer Wohnung sind, verschwindet er direkt im Badezimmer. Er verheimlicht mir definitiv etwas.

25

Jolee

Am nächsten Morgen fühle ich mich total gerädert. Mit einem Blick nach rechts entdecke ich Bree, die neben mir im Bett liegt. Es ist gestern wirklich spät geworden. Irgendwann ist sie mitten im Gespräch eingeschlafen. Gähnend quäle ich mich unter der Decke hervor und schlurfe ins Badezimmer. Ein Blick in den Spiegel verrät mir, dass ich genauso müde aussehe, wie ich mich fühle. Ich drehe die Dusche auf und schäle mich aus meiner Kleidung von gestern. Als der heiße Wasserdampf bereits den Spiegel beschlägt, stelle ich mich endlich unter den Strahl. Nachdem ich mich angezogen und mir die Haare geföhnt habe, gehe ich in die Küche. Mit einer Tasse Kaffee in der Hand wecke ich Bree.

»Lass mich schlafen«, mault sie und dreht mir den Rücken zu. Vorsichtig ziehe ich ihr die Decke weg. Seufzend gibt sie nach und setzt sich auf.

»Kaffee?« Versöhnlich halte ich ihr die Tasse unter die Nase. Sie umfasst sie mit beiden Händen.

»Wie spät ist es?«

»Gleich sieben.«

»Warum können die Vorlesungen nicht erst mittags anfangen?«, stöhnt sie, steht auf und nimmt einen Schluck aus der Tasse, bevor sie sie auf dem Schreibtisch abstellt.

»Weil wir sonst bis spätabends in einem Hörsaal sitzen würden«, antworte ich, auch wenn ich mir sicher bin, dass sie darauf keine ernsthafte Antwort haben möchte. Sie fährt sich mit den Fingern durch ihre dunkelbraunen Haare, um sie wenigstens halbwegs auf Kurs zu bekommen.

»Ich geh duschen und du kümmerst dich um das Frühstück.« Mit der Tasse Kaffee huscht sie ins Badezimmer und ich in die Küche.

Für mich gibt es wie immer Cornflakes und für sie stelle ich Jogurt, Müsli und ein paar Früchte, die ich in der Obstschale finde, auf den Tisch.

»Du solltest wirklich mal etwas anderes essen als dieses ungesunde Zeug.« Den Satz höre ich ungefähr zehnmal die Woche von ihr. Immer dann, wenn sie mich mit einer Chipstüte in der Hand erwischt oder meinen Gummibärchenvorrat entdeckt. Bree gönnt sich schon hin und wieder mal etwas, aber diese Momente sind wirklich selten. Außer ich locke mit der Peanut-Butter-Crunch-Eiscreme, dafür lässt sie sich immer begeistern.

»Und du solltest unbedingt mehr von dem ungesunden Zeug essen«, grinse ich sie an.

»Du bist ein hoffnungsloser Fall«, stöhnt sie und schnippelt eine Banane klein. Ich mopse ihr ein Stück vom Schneidebrett und stecke es mir in den Mund.

»Zufrieden?«

»Es ist ein Anfang.« Sie mischt die Stücke mit Jogurt und dem Müsli.

»Soll ich mal mit Nick reden?«, fragt sie vorsichtig und ich sehe sie überrascht an.

»Du?«

»Ja, manchmal hilft eine neutrale Meinung«, antwortet sie schulterzuckend. »Außerdem muss ich ihn ja noch fragen, ob er mein Autoradio repariert.«

»Du willst ihn wirklich fragen, ob er dein Radio repariert?« Ungläubig blicke ich sie an. Sie macht zwar keinen Bogen um meinen Bruder, aber ich habe nicht erwartet, dass sie sich nach dem One-Night-Stand anfreunden. Es war doch eine einmalige Sache, oder?

»Guck nicht so. Ich will endlich wieder Musik in der alten Kiste hören und du hast gesagt, er bekommt das hin.« Sollte zwischen den beiden wirklich etwas laufen, lässt sie es sich jedenfalls nicht anmerken.

»Okay, ich sag ja gar nichts«, brav löffle ich den Rest meiner Cornflakes. »Und danke für dein Angebot, aber ich denke, ich muss das selbst mit ihm klären.«

***

Mit einem mulmigen Gefühl betrete ich den Hörsaal. Amerikanische Geschichte steht auf dem Plan und ich frage mich, ob Kyle überhaupt auftaucht. Und wenn ja, ob er auf Abstand geht und sich einen Platz weit weg von mir suchen wird. Fünf Minuten vor Beginn kommt er durch die Tür und sein Blick wandert direkt zu der Reihe, in der Bree und ich sitzen. Erst macht mein Herz einen Purzelbaum, dann setzt es ein paar Schläge aus. Als er auf mich zukommt und sich auf dem freien Platz neben mir niederlässt, schlägt es mir bis zum Hals.

»Hey«, sagt er und ich könnte schwören, dass ein entschuldigender Ton darin liegt.

»Hi«, antworte ich und wende den Blick von ihm ab. Wenn ich ihn zu lange ansehe, strecke ich vermutlich die Hand nach ihm aus und streiche über seine stoppelige Wange. Er muss sich seit Tagen nicht rasiert haben. Was wahrscheinlich daran liegt, dass er das mit der linken Hand nicht hinbekommt. Der dunkle Bartschatten verleiht ihm etwas Verruchtes und in Kombination mit seinen ozeanblauen Augen ist das verdammt sexy. Das Pflaster an seiner Augenbraue ist verschwunden und man sieht deutlich die Naht, die er nur mir verdankt. In diesem Augenblick versprüht Kyle mehr Bad-Boy-Charme als jeder andere in diesem Raum. In Gedanken füge ich dieses Schmunzeln hinzu, das bei mir ständig weiche Knie verursacht. Und beinahe hätte ich bei diesem Bild laut aufgestöhnt. Aus den Augenwinkeln werfe ich Kyle einen Blick zu und ertappe ihn dabei, wie er mich direkt ansieht. Nachdenklich und irgendwie sehnsüchtig. Als er bemerkt, dass ich ihn beobachte, zuckt sein linker Mundwinkel und für den Hauch einer Sekunde blitzt dabei ein Grübchen unterhalb des besagten Mundwinkels auf. O Mann, ich bin so was von verloren. Ich habe mich tatsächlich in Kyle Blackmoore verknallt. In dieses Schmunzeln, die blauen Augen, die an die Tiefen des Ozeans erinnern, und seine freche, ehrliche und irgendwie süße Art. Und jetzt? Nach gestern bin ich mir ziemlich sicher, dass ich die Sache vergeigt habe.

Die gesamte Vorlesung entwickelt sich zu einem Kampf zwischen *Ich will ihn anstarren* und *Ich suche mir einen anderen Platz*. Als der Dozent schließlich das Ende einläutet, springe ich vom Stuhl auf. Ich mache mir nicht mal die Mühe, meine Sachen zusammenzupacken, sondern klemme sie mir einfach unter den Arm.

»Ciao«, sage ich schnell und flüchte, ohne auf eine Antwort von ihm zu warten. Seine Nähe ist mir im Moment einfach zu viel. Zehn Minuten länger in seiner Nähe und ich hätte ihn vermutlich auf Knien angefleht, mir noch eine Chance zu geben, mich zu küssen oder ... Meine Gedanken kreisen wie in einem verfluchten Kettenkarussell und meine Emotionen laufen gerade Gefahr, aus dem Sitz geschleudert zu werden. *Reiß dich zusammen, du wirst hier nicht vor allen Leuten die Nerven verlieren.*

»Jolee!«, höre ich Bree hinter mir rufen, bleibe aber nicht stehen. »Was war das denn gerade?«, fragt sie, als sie zu mir aufschließt.

»Ich musste da einfach raus«, gebe ich zu und Bree nickt verständnisvoll.

»Das wird schon. Vielleicht redet ihr noch mal darüber und ich übernehme doch Nick? Den klopfe ich schon weich.« Sie hat ja keine Ahnung, was für ein sturer Bock Nick sein kann. Ein Grund, warum ich die Sache unnötig vor mir herschiebe. Denn sobald Nick einen Standpunkt eingenommen hat, bekommen ihn dort keine zehn Pferde weg.

Den restlichen Tag überstehe ich, ohne Kyle erneut über den Weg zu laufen. Ein paarmal habe ich darüber nachgedacht, ihm eine Nachricht zu schicken, aber ich wusste nicht, was ich ihm schreiben sollte. Ich rechne auch nicht damit, dass er vor meiner Tür auftaucht, obwohl wir zum Lernen verabredet sind. Nach meiner Aktion ist er bestimmt genauso verwirrt wie ich selbst. Die leise Hoffnung in mir, er möge doch aufkreuzen erstirbt, denn Kyle taucht nicht auf. Als es draußen bereits dämmert, schlüpfe ich in seinen Hoodie und schaue mir erneut *Avengers – Infinity War* an. Mit einer Packung Eiscreme. Das ist wirklich armselig. Bree ist am Nachmittag zu ihren Eltern gefahren, was mich daran erinnert hat, dass auch mal wieder ein Besuch bei meinen fällig wäre. Mit etwas Glück könnte ich Nick überreden, mich zu begleiten, und mir damit die dreistündige Busfahrt ersparen. Wir könnten die Zeit nutzen, um diese alberne Wette aus der Welt zu schaffen.

***

Die folgenden Tage bis zum Wochenende verbringe ich in einer Art vegetativem Ruhezustand. Ich funktioniere, blühe aber nicht auf. Brees Versuche, mich wieder auf Kurs zu bringen, sind nicht von Erfolg gekrönt. Von Kyle habe ich weder etwas gehört noch gesehen. Nicht, weil er mir aus dem Weg geht, sondern weil ich seinen Kontakt blockiert und die gemeinsamen Vorlesungen geschwänzt habe. Auch Nick habe ich nicht angerufen, damit wir unsere Eltern besuchen. Ich habe ihnen lediglich eine Nachricht geschrieben, dass es mir gut geht. Statt die Flucht nach vorn anzutreten, zog ich mich in mein Schneckenhaus zurück und badete ausgiebig in meinem Selbstmitleid. Was mindestens genauso erbärmlich ist wie die Tatsache, dass ich ständig meine Nase in Kyles Hoodie vergrabe, obwohl der nicht mal mehr nach ihm riecht und inzwischen dringend eine Wäsche nötig hätte. All das sagt eine Menge über meinen emotionalen Zustand aus. Kurz: Ich bin ein Wrack, das irgendwo in den Tiefen des Liebeskummerozeans versunken ist.

»Los, hoch mit dir. Die Couch und der viele Zucker sind keine Dauerlösung. Wir gehen jetzt zu Phoenix' Party.« Auf keinen Fall. Ich ziehe die Kapuze von Kyles schwarzem Hoodie tiefer ins Gesicht und denke gar nicht erst darüber nach, unter der Wolldecke hervorzukriechen. Bree baut sich vor dem Sofa auf und verschränkt die Arme vor der Brust.

»Zwing mich nicht dazu, härtere Geschütze aufzufahren«, warnt sie mich. Was will sie machen, mir die Decke wegziehen?

»Ich habe keine Lust. Geh doch alleine hin, wenn du unbedingt auf die Party willst.« Sie rauscht davon und ich widme mich wieder der Realityshow, die im Fernseher läuft.

»Okay, Fräulein, du hast es nicht anders gewollt.« Träge drehe ich meinen Kopf in ihre Richtung und sehe gerade noch, wie sie den Eimer schwingt, bevor mich eine Ladung kaltes Wasser mitten ins Gesicht trifft. Sofort springe ich auf. Der Hoodie ist komplett durchnässt und die Couch hat auch gut etwas abbekommen.

»Bist du völlig übergeschnappt?«, quieke ich, als sie plötzlich lacht.

»Ich habe dich gewarnt. Jetzt, da du stehst, kannst du auch ins Bad gehen, duschen und die Sachen anziehen, die wir extra für die Party gekauft haben.«

»Du hast wirklich einen Knall«, fluche ich, begebe mich aber ins Badezimmer, um die nassen Sachen loszuwerden. Ich glaube es einfach nicht, dass sie mir einen Eimer Wasser ins Gesicht gekippt hat. Was zur Hölle würde sie sich noch einfallen lassen, um mich auf diese Party zu schleifen? Mich fesseln, knebeln und anschließend in ihren Kofferraum verfrachten? Bei der Vorstellung muss ich laut lachen. Am Ende mache ich das einzig Vernünftige und gebe mich geschlagen.

»Es ist mir wirklich schleierhaft, warum du diese Figur immer unter deinen Schlabberpullis versteckst«, staunt Bree, die plötzlich hinter mir steht, als ich mich im Spiegel betrachte.

»Ich mag es halt bequem«, antworte ich, ohne den Blick von meinem Spiegelbild abzuwenden. Das meerblaue Kleid ist hübsch und nicht zu aufdringlich, wenn man den Rückenausschnitt ignoriert, der mir beinahe bis zum Po reicht. Eventuell habe ich es nur gekauft, weil mich die Farbe an das Blau von Kyles Augen erinnert.

Nachdem ich mich sattgesehen habe, drehe ich mich zu Bree um. Holla! Sie hat wirklich alles rausgeholt, was möglich ist. Der beige Jumpsuit sah schon umwerfend an ihr aus, als sie ihn anprobiert hat, aber jetzt bin ich tatsächlich etwas sprachlos. Ihre dunkelbraunen Haare, die ihr knapp bis zu den Schultern reichen, hat sie zu leichten Wellen frisiert und ihr Make-up ist dezent, aber auffällig genug, um ihre tiefbraunen Augen zu betonen. Ich schwöre, Bree könnte über einen roten Teppich marschieren, ohne fehl am Platz zu wirken. Was bei ihr fantastisch aussieht, würde bei mir völlig aufgesetzt rüberkommen. Meine Haare habe ich zu einem Knoten zusammengebunden, etwas mehr Schminke als gewöhnlich aufgelegt, aber auf die Kontaktlinsen verzichtet, um wenigstens meinem nerdigen Aussehen irgendwie treu zu bleiben.

»Du siehst aus wie ein Filmstar«, grinse ich sie an und nehme eine Strickjacke aus dem Kleiderschrank.

»Dann hoffen wir doch mal, dass ich heute mit einem Oscar nach Hause gehe.« Vielsagend wackelt sie mit den Augenbrauen.

»Nicks zweiter Vorname ist Oscar«, antworte ich trocken und Brees Grinsen verrutscht.

»Du verarschst mich doch.« Sie legt den Kopf schief und wartet darauf, dass ich loslache.

»True story. Ist eine alte Familientradition. Die Jungs bekommen den Vornamen des Großvaters mütterlicherseits und die Mädchen den der Großmutter väterlicherseits«, kläre ich sie auf.

»Okay, und wie ist dein zweiter Vorname?«, fragt sie immer noch ungläubig.

»Wehe, du lachst!«, warne ich sie.

»Niemals.«

Das werde ich bereuen. »Regina.« Bree unterdrückt sichtlich ein Kichern und ich werfe ihr einen ermahnenden Blick zu.

»Regina. Nett. Erinnert mich an die böse Königin aus dieser Serie, in der es um Märchen geht. Weißt du, welche ich meine?« Und dann prustet sie los und ich verdrehe die Augen. »Sorry.« Sie unterdrückt einen weiteren Lachanfall und ich schiebe sie aus dem Zimmer.

»Los, komm, ich habe vor, dich am Straßenrand auszusetzen. Mal sehen, ob du dann immer noch lachst.«

Es wundert mich nicht, dass jemand, der den Namen Phoenix King trägt und eine Party in einem Poolhaus veranstaltet, im Villenviertel wohnt. Allerdings habe ich nicht erwartet, dass das Anwesen einen eigenen Straßennamen besitzt. Mal ehrlich – *Kings Road?* Ist das sein fucking Ernst? Der Parkplatz ist vermutlich so groß wie das gesamte Grundstück meiner Eltern und ich komme wirklich nicht aus einer armen Familie. Dad ist Unternehmensberater und Mom Architektin. Uns hat es nie an etwas gefehlt, aber das hier ist … Ehrlich, dafür fällt mir nicht einmal ein passendes Wort ein.

»Ist das da das Poolhaus?«, frage ich, als wir auf das beleuchtete Gebäude zugehen.

»Ich denke schon. Ich war noch nie hier. Bisher hat mir immer eine Einladung gefehlt.«

»*Einladung?* Man braucht hier eine verdammte Einladung? Für wen hält er sich, den Sohn von Stephen King, oder was?«, frage ich.

»Sagt dir Dale King etwas?«

»Du meinst den Hollywoodschauspieler Dale King?« Als sie nickt, klappt mir tatsächlich der Mund auf.

»Warum zur Hölle hat er ein Haus am anderen Ende der USA? L.A. ist an der Westküste.« Ich bin mir sicher, Bree weiß, wo Los Angeles liegt, aber ich bin gerade etwas geschockt. Dale King, hier in Charlottesville? Im Vergleich zu Hollywood ist das hier die Pampa. Hier steppt nicht gerade der Bär, um es freundlich auszudrücken.

»Ich glaube, er stammt von hier. Aber wenn Phoenix eine Party schmeißt, ist sein Dad bestimmt nicht da.«

Umso näher wir kommen, desto imposanter wird das Gebäude vor uns. »Bist du sicher, dass das da ein Poolhaus ist? Das ist eine Villa.« Ich sehe mich um und entdecke in einiger Entfernung ein weiteres Haus, das schwach beleuchtet ist. Es ist das Poolhaus, denn dort in der Ferne steht ein verdammter Palast. Es dämmert mir allmählich, warum Phoenix' Partys als legendär gelten und man eine Einladung braucht.

26

Kyle

»Partytime«, grinst Nick mich an, als er den Motor abstellt. Wäre Phoenix nicht unser Freund, wäre ich mit meinem Arsch zu Hause geblieben. Vielleicht ist es auch die Hoffnung, dass Jolee tatsächlich kommt und wir uns aussprechen können. Es war Nicks Idee, ihr etwas Zeit zu geben, als ich ihm erzählt habe, dass sie meine Anrufe blockiert und die Vorlesungen schwänzt. Ich habe sogar mit einer Packung Peanut-Butter-Crunch vor ihrer Tür gestanden und überlegt, ob ich einfach klingeln soll, und schließlich wie ein Feigling gekniffen.

Nick reißt die Beifahrertür auf. »Kommst du oder hast du vor, den Abend in meinem Land Rover zu verbringen?« Ich atme einmal tief durch, bevor ich aussteige. Als wir zum ersten Mal hier waren, bin ich aus dem Staunen kaum wieder herausgekommen. Das Anwesen der Kings ist schon beeindruckend. Manchmal wundert es mich, dass sich Phoenix überhaupt mit uns abgibt. Wir spielen ganz klar mindestens drei Ligen unter dem, was er gewohnt ist. Allerdings ist die Auswahl an Promisprösslingen an der UVa eher begrenzt. Nachdem wir Phoenix kennengelernt hatten, haben Nick und ich uns ein paar Filme seines Dads angesehen. Romantische Komödien sind echt nicht unser Ding.

»Sind schon auf dem Weg. Kyle musste erst wieder die Diva spielen«, sagt Nick neben mir und beendet das Telefonat. »River und Mase verspäten sich. Jay hat keine Lust, alleine reinzugehen und wartet vor der Tür auf uns«, klärt er mich auf, als ich ihn fragend ansehe. Laute Musik dröhnt aus dem Poolhaus, das größer ist als jedes Durchschnittseinfamilienhaus.

»Hast du eigentlich eine Badehose dabei?«, fragt er mich ernsthaft.

Ich halte meinen Gips hoch. »Mit dem Teil gehe ich ganz sicher nicht in den Pool«, erinnere ich ihn daran, dass ich momentan etwas eingeschränkt bin.

»Stimmt, wäre vermutlich nicht so eine gute Idee.« Als Jay in Sichtweite kommt, hebt er die Hand, um auf sich aufmerksam zu machen.

»Ich bin wirklich froh, dass ihr endlich da seid. Hier ist die Hölle los.«

»Also wie immer«, lacht Nick. Jay ist genauso ein Partyhengst wie ich. Seine alternative Abendgestaltung hätte vermutlich irgendein Buch beinhaltet, meine wäre auf einen Serienmarathon hinausgelaufen.

»Warum genau tun wir uns das immer wieder an?«, fragt er mich, als Nick bereits durch die Tür verschwunden ist.

»Weil er unser Freund ist und seine Partys legendär sind«, wiederhole ich Nicks Worte, als ich ihm vor ein paar Stunden genau diese Frage gestellt habe.

»Stimmt, das vergesse ich immer wieder. Vielleicht kündige ich ihm die Freundschaft, um dem Mist demnächst zu entgehen.«

Lachend klopfe ich ihm auf die Schulter. »So schlimm ist es auch wieder nicht. Wir suchen uns ein ruhiges Plätzchen und warten einfach darauf, dass Phoenix alle rauswirft, sobald er die Schnauze voll hat.«

Der Typ, der den Einlass kontrolliert, nickt uns nur kurz zu. Phoenix verteilt tatsächlich Einladungen für seine Partys, was aber vermutlich besser ist, weil ihm sonst ganz Charlottesville die Bude einrennen würde. Ich weiß, dass Nick für Jolee und Bree welche besorgt hat und sie ihnen in den Briefkasten gesteckt hat, aber das bedeutet noch lange nicht, dass sie auch kommen werden. Eine Kellnerin mit einem Tablett in der Hand kommt auf uns zu. Nick taucht plötzlich neben mir auf und nimmt ihr für jeden von uns ein Glas ab.

»Merci«, bedankt er sich und sieht ihr nach, als sie weiter geht. »Heilige Scheiße! Sie trägt ein fucking Bunny-Kostüm. Ist King jetzt der neue Hugh Hefner?«, lacht Nick und löst seinen Blick von dem Hintern der Kellnerin. Ich sehe mich um. Phoenix hat sich mal wieder selbst übertroffen. Eine Ähnlichkeit zur Playboy Mansion ist durchaus erkennbar.

»Hey, wo habt ihr den Rest gelassen?« Mit einem breiten Grinsen gibt sich der Gastgeber die Ehre. Nur mit einer Badehose bekleidet rubbelt er sich die blondierten Haare mit einem Handtuch trocken. Die Poolparty ist also bereits in vollem Gange.

»Die kommen gleich. River hat irgendwas von einem geplatzten Reifen erzählt, den er noch wechseln muss.«

»Von seinem Fahrrad, oder was?« Stellt Phoenix die Frage, die mir gerade ebenfalls durch den Kopf geschossen ist.

»Nein. Ich glaube, er kommt mit Mase«, sagt Jay. Dann wird River erst recht keinen Reifen wechseln, denn Mase hat sicher den Shuttleservice seines Dads dazu verdonnert, die beiden herzufahren. Wahrscheinlicher ist, dass River verpennt und Mase ihn aus dem Bett geklingelt hat.

»Dann wechselt er never ever einen Reifen. Der hat verpennt, wie immer.« Diesmal spricht Nick meinen Gedanken aus. Schon erstaunlich, wie gut wir uns alle untereinander kennen. Auch wenn ich bei Nick in letzter Zeit hin und wieder daran gezweifelt habe, zu wissen, wer er wirklich ist.

»Und, was sagt ihr zu meiner kleinen Hasenjagd?«

»Also ich steh drauf«, antwortet Nick und schaut etwas zu auffällig einer der Kellnerinnen in den Ausschnitt. Bevor sie außer Reichweite ist, krallt sich Phoenix noch ein Glas von ihrem Tablett.

»Prost, Jungs, auf einen legendären Abend.«

»Boah ey, gibt es hier auch was Vernünftiges zu trinken oder nur die teure Fassbrause?«, dröhnt plötzlich Rivers Stimme hinter mir. Nur er würde Champagner als Brause bezeichnen. Aber ich kann ihm nur zustimmen, ein Bier wäre mir auch lieber.

»An der Bar gibt es alles, was dein Herz aus der Bronx begehrt«, schießt Phoenix zurück. Die zwei ziehen sich ständig wegen ihrer Herkunft auf. Rein gesellschaftlich betrachtet könnten die beiden auch nicht weiter auseinander sein. Trotzdem oder genau deswegen sind sie beste Freunde.

River streckt ihm den Mittelfinger entgegen. »Du mich auch, Hollywood.«

»Wo ist Mase?«, frage ich, weil ich ihn nirgends entdecken kann.

»Den hat irgendeine Brünette abgefangen. Könnte sein, dass ihn irgendjemand aus ihren Fängen befreien muss.«

»Du bist dran«, sagen Nick und Phoenix wie aus einem Mund und schauen mich an.

»Okay, ich gehe ihn suchen. Wir treffen uns dann am Pool«, ergebe ich mich meinem Schicksal und steuere den Ausgang an.

Mase hat ein Problem, nein, eigentlich zwei. Er ist nett und eine gute Partie. Sagen wir es mal so, er heißt nicht zufällig wie einer unserer Gründerväter mit Nachnamen. Ich entdecke ihn an der halbhohen Steinmauer, die das Poolhaus vom Haupthaus abgrenzt. Als er mich entdeckt, zeichnet sich Erleichterung auf seinem Gesicht ab. Ich weiß genau, wie es ihm geht, denn ich bin auch nicht wirklich gut darin, anderen zu sagen, dass sie sich vom Acker machen sollen. Wenn es dumm läuft, stehen wir gleich beide an der Mauer und lassen uns von der Brünetten vollquatschen. Warum haben die Jungs ausgerechnet mich losgeschickt? Selbst Jay bekommt es hin, sich die Leute, auf die er keinen Bock hat, vom Hals zu halten.

»Ich störe wirklich nur ungern ...«

»Dann verzieh dich!« Wow, sie lässt mich nicht einmal ausreden. Ich will gerade zu einer Antwort ansetzen, als Bree neben mir auftaucht.

»Oder du verziehst dich und lässt den armen Kerl in Ruhe, denn er ist offensichtlich nicht daran interessiert, dass du ihm deine Titten unter die Nase hältst«, sagt sie zuckersüß und doch so bitter, dass sich mir die Nackenhaare aufstellen. Mase versucht sich ein Lachen zu verkneifen.

»Und du bist?«, fragt die Brünette und sieht Bree finster an.

»Sie ...«, will ich ihr zur Hilfe eilen, aber Bree hebt, ohne mich dabei anzusehen, eine Hand in meine Richtung und bringt mich damit zum Schweigen.

»Die Frage ist nicht, wer ich bin, sondern zu was ich werden kann. Und glaub mir, Schätzchen, ich werde dein schlimmster Albtraum, wenn du nicht sofort Leine ziehst.« Fassungslos starre ich Bree an. Ich habe sie wirklich für nett gehalten, doch im Augenblick bin ich versucht, vor ihr in Deckung zu gehen. Mase prustet los und entschuldigt sich höflich dafür, dass er lacht. Die Brünette zischt etwas in Brees Richtung, die sie gnadenlos in den Boden starrt. Schließlich sucht sie fluchend das Weite, womit ich wirklich nicht gerechnet habe. Eher habe ich befürchtet, in die nächste Schlägerei zu geraten.

»Sorry, ich bin Bree und eigentlich ziemlich nett«, lacht sie und streckt Mase die Hand entgegen.

»Hey, ich bin Mase Jefferson und danke. Ich bin nicht so gut darin, Frauen vor den Kopf zu stoßen.« Verlegen kratzt er sich im Nacken.

»Ja, das war nicht zu übersehen. Bei so etwas setzt sofort mein Welpenkomplex ein.«

Jetzt kann ich mir ein Lachen nicht verkneifen.

»Welpenkomplex?«, frage ich immer noch lachend.

»Er ist der niedliche Welpe und ich die Mommy, die ihr Junges beschützen will. Verstehst du?« Nein, aber ich bin mir ziemlich sicher, dass das für sie zu hundert Prozent Sinn ergibt. »Bist du Jolee schon begegnet?«, fragt sie an mich gewandt.

»Jolee ist hier?« Sofort erhöht sich mein Puls. Und für einen Augenblick denke ich ernsthaft darüber nach, loszurennen und sie zu suchen.

»Natürlich. Oder glaubst du, ich gehe alleine zu einer Party? Ich kenne hier absolut niemanden. Nein, das stimmt nicht, dich kenne ich und ihn seit zwei Minuten.«

»Was machst du überhaupt hier draußen?«

»Du wirst es nicht glauben, aber ich habe eine Toilette gesucht, die entweder nicht besetzt oder eine Zumutung ist.«

»Oh! Das Haus hat vier Badezimmer und du landest hier draußen? Wolltest du etwa in einen der Büsche pinkeln?«

»Fünf, um genau zu sein. Und deine Frage werde ich ganz sicher nicht beantworten.« Genau das hatte sie vor. Mase und ich lachen gleichzeitig los. »Wollen wir hier Wurzeln schlagen oder gehen wir rein und mischen den Laden auf?«

»Keine Ahnung, willst du vielleicht noch schnell hinter dem Buchsbaum verschwinden?«, ziehe ich sie auf. Mit Bree umzugehen ist eindeutig einfacher als mit Jolee, was aber in erster Linie daran liegt, dass sie nicht mein Typ ist. Die Frau würde mich, ohne mit der Wimper zu zucken, unter sich begraben und das meine ich in keiner erotischen Art und Weise. Bree boxt mir gegen die Schulter.

»Blackmoore, du hast echt Glück, dass ich dich wirklich gut leiden kann, sonst würde ich dir dein freches Mundwerk stopfen.«

Gemeinsam gehen wir zurück zur Party. Die anderen sitzen auf der Loungeecke, die am Pool steht, und zu meiner Überraschung entdecke ich Jolee neben Nick. Der andere Platz neben ihr ist noch frei. Leider sitzt Kira mit ihren Mädels ebenfalls dort. Als sie mich entdeckt, springt sie auf und kommt auf mich zu.

»Kyle, ich dachte schon, du tauchst gar nicht mehr auf.« Jolees Kopf schießt in meine Richtung und sie verzieht angewidert das Gesicht, als Kira mir einen Kuss auf die Wange drückt, bevor ich sie davon abhalten kann. Diese Art von Drama hat mir gerade noch gefehlt. Wie soll ich die Sache mit Jolee geradebiegen, wenn mir Kira ständig am Hintern klebt?

»Und ich wünschte, du würdest mich endlich in Ruhe lassen«, antworte ich und schiebe sie etwas von mir. Mein Blick huscht zu Jolee, die sich aber bereits abgewandt hat.

»Kommst du jetzt wieder mit der Ausrede, es gäbe eine Frau in deinem Leben?«

»Das ist keine Ausrede«, antworte ich schroff und lasse sie stehen. Das wird sie nicht einfach so hinnehmen, aber ich habe wirklich keine Lust, mich mit ihr auseinanderzusetzen, wenn Jolee zehn Meter von mir entfernt sitzt.

»Hey«, sage ich und setze mich zu ihr. Bree sitzt bereits zwischen Jay und Mase. River rechts von Phoenix und neben ihm Kiras Gefolge.

»Hi«, antwortet sie und sieht ganz kurz in meine Richtung, genau wie Nick.

»Los, Jungs, Arschbomben-Contest«, sagt er und steht auf.

»Auf jeden Fall. Sorry, Ladys, aber ich muss den Losern mal eben zeigen, wer hier der einzig wahre King ist«, johlt Phoenix und erhebt sich. River springt ebenfalls auf.

»Ich gehe zur Bar und organisiere Nachschub«, verschafft sich Jay eine Ausrede, um nicht mitmachen zu müssen.

»Keine Badehose dabei«, entschuldigt sich Mase und ich deute auf meinen Gips. Als Nick an mir vorbeigeht, klopft er mir zwinkernd auf die Schulter. Okay, er nimmt also nicht Reißaus, wie ich vermutet habe, sondern verschafft mir eine Möglichkeit, um mit seiner Schwester zu reden. Das Problem ist nur, dass ich keine Ahnung habe, was ich ihr sagen soll. Ich mustere sie von der

Seite. In dem blauen Kleid sieht sie fantastisch aus. Allerdings würde ich ihr gerne mein Shirt überstreifen, weil dieser Rückenausschnitt viel zu tief ist und den Neandertaler in mir weckt. Sollte irgendwer zu lange auf ihre nackte Haut starren, garantiere ich für nichts. Jolee erwischt mich dabei, wie ich sie mustere, und zieht erstaunt die Augenbrauen zusammen. *Los, sag was, das ist deine Chance!*

»Und, gefällt dir die Party?« Okay, ich bin ein Idiot. *Es tut mir leid, ich vermisse dich, gib mir noch eine Chance,* sind die Dinge, die mir auf der Zunge liegen, aber nicht den Weg über meine Lippen finden.

»Ja, ist ganz nett«, antwortet sie.

»Ziemlich viele Leute hier. Ich glaube nicht, dass Phoenix die wirklich alle kennt.«

»Ich kenne ihn auch erst seit einer Stunde«, erwidert sie und ich würde mir wirklich gerne gegen die Stirn schlagen. Das ist mein Freundeskreis, nicht ihrer.

»Ja, sorry, das war dumm.«

»Kyle, können wir aufhören, steifen Smalltalk zu führen?« Sie sieht mich an und irgendwas in ihrem Blick sagt mir, dass das vielleicht meine einzige Chance ist.

»Können wir dann über das reden, was neulich passiert ist? Ich würde mich gerne dafür entschuldigen, dass ich mich wie ein Vollidiot aufgeführt habe.«

Ein kleines Lächeln erscheint auf ihren Lippen. »Eventuell habe ich etwas überreagiert.« Lenkt sie gerade wirklich ein? Ich habe damit gerechnet, dass ich sie anflehen muss, damit sie mir verzeiht. Mein Blick wandert zu Bree, die uns neugierig beobachtet. Das ist eindeutig ihr Werk. Vermutlich hat sie ein gutes Wort für mich bei Jolee eingelegt. Ein lautes Platschen ertönt und Wasser spritzt in unsere Richtung. Nick brüllt Phoenix etwas zu, der gerade wieder auftaucht.

»Können wir vielleicht irgendwo reden, wo es ruhiger ist?« Sie nickt und ich stehe auf. Aus einem Reflex heraus strecke ich ihr die Hand entgegen, um ihr aufzuhelfen. Zu meiner Überraschung greift sie tatsächlich danach. Ich umschließe sie fest und habe nicht vor sie je wieder loszulassen. Jolee zieht sie aber auch nicht zurück. Mein Blick wandert zu Nick, der auf der gegenüberliegenden Seite am Poolrand steht und breit grinst. Plötzlich schreit Jolee auf und zieht mich mit sich. Ich greife nach ihr, verliere aber das Gleichgewicht und schaffe es gerade noch, die Arme um sie zu schlingen, bevor wir zusammen in den Pool stürzen. *Fuck!* Unter Wasser starre ich in ihre aufgerissenen Augen und lasse sie los, damit wir an die Wasseroberfläche schwimmen können. Aus den Augenwinkeln sehe ich, wie Nick neben uns aus dem Becken klettert und sich vor Kira aufbaut.

»Hast du sie noch alle, was soll der Mist?«, brüllt er sie an. Bree springt von der Lounge auf und eilt zu Nick, um das Schlimmste zu verhindern.

Umständlich schwimme ich zu Jolee, die verdattert in meine Richtung sieht. »Alles okay?« Vorsichtig streiche ihr ein paar nasse Haarsträhnen aus dem Gesicht.

»Ja, aber wir müssen dich trockenlegen«, sagt sie und tippt auf meinen Gips. *Shit!*

»Was steht sie auch so dumm im Weg herum.« Kiras schrille Stimme scheppert in meinen Ohren. Das Adrenalin, das eben noch durch meinen Körper geschossen ist, schlägt in blanke Wut um. Sie hat Jolee aus purer Eifersucht in den Pool gestoßen.

»Das ist meine Schwester, du Bitch! Verzieh dich, bevor ich mich vergesse.« Bree schiebt sich zwischen die beiden und versucht ihn zu beruhigen, gleichzeitig redet Kira auf ihn ein. Währenddessen schwimmen wir an den Beckenrand. Allerdings kann ich mich nicht wie Jolee darauf abstützen, um hinauszuklettern. Mase und River beugen sich zu mir herab und ziehen mich aus dem Wasser.

»Ich habe die Schnauze voll, ich werde ihr jetzt ein paar Takte sagen. Die spinnt doch«, schimpfe ich. Jolee greift nach meinem Arm, als ich aufstehen will, und hält mich zurück. Nur ihr zuliebe setze ich mich wieder an den Beckenrand.

»Lass es gut sein. Ist doch gar nichts passiert.« Sie nimmt ihre Brille ab und versucht sie mit dem Saum ihres Kleides trocken zu wischen. Seufzend setzt sie sie wieder auf.

»Nichts passiert? Sie hat dich in den Pool gestoßen, meinetwegen.« Die Musik verstummt und Phoenix pfeift auf vier Fingern, um die Aufmerksamkeit auf sich zu lenken.

»So, Leute, das war's, ab jetzt ist das hier eine Privatparty. Also, ihr wisst, wo die Tür ist.« Er wendet sich Kira zu. »Und für dich und dein Gefolge war es die letzte Einladung für eine meiner Partys.«

»Wie bitte? Wegen dieser nerdigen Tussi? Das kannst du nicht machen«, protestiert sie.

»Sie ist Kyles Freundin und du bist es definitiv nicht. Seine Freunde sind meine Freunde. Du findest alleine raus?« Ihre Antwort wartet er gar nicht erst ab, sondern kommt mit zwei Handtüchern auf uns zu. Ihre Freundinnen zwingen Kira schließlich zum Gehen.

Phoenix zieht Jolee auf die Füße und wickelt sie, ohne zu fragen, in ein Handtuch. »Alles okay?« Aufmunternd lächelt er sie an. Sie nickt. »Ich konnte sie noch nie ausstehen, jetzt habe ich endlich einen Grund, sie mir vom Hals zu halten. Cheerleadercaptain hin oder her, heute hat sie den Bogen eindeutig überspannt.« Er wirft mir das andere Handtuch zu. »Oder soll ich dich auch einwickeln?«, fragt er grinsend. Genervt verdrehe ich die Augen. »Geht rein und holt euch ein paar trockene Sachen aus meinem Schrank. Ich sorge in der Zeit dafür, dass die Meute das Haus verlässt.«

»Du musst nicht meinetwegen die Party beenden«, sagt Jolee leise.

»Ich beende sie nicht deinetwegen, sondern weil ich keinen Bock darauf habe, dass sich alle auf meine Kosten betrinken, wenn sie sich nicht benehmen können. Oder hast du irgendeinen gesehen, der euch zur Hilfe geeilt ist, anstatt lachend in der Ecke zu stehen? Also ich jedenfalls nicht. Erst meine Freunde, dann das Fußvolk, so einfach ist das«, macht er seinen Standpunkt klar und rauscht davon.

»Ist er immer so?«

»Ja. Er ist ein Arschloch, aber die treuste Seele, die du dir vorstellen kannst. Auch wenn er nicht so aussieht.« Wenn ich das Wort Arroganz beschreiben müsste, dann würde ich Phoenix als Vorlage dafür verwenden. Alles an ihm ist imposant und angsteinflößend. Frauen würden ihn wahrscheinlich als

Bad Boy bezeichnen und damit liegen sie sicher nicht verkehrt. Bei jedem anderen würden die blond gefärbten Haare albern aussehen, bei ihm sind sie ein Statement. Sein Markenzeichen: *Ich kann und ich werde*. Im Vergleich zu ihm ist mein bester Freund geradezu handzahm.

Bree redet immer noch auf Nick ein, der auf sie herabblickt, als würde er sie gleich fressen. Allerdings weicht sie keinen Meter zurück und ich frage mich, wer am Ende die Oberhand behält. Ich tippe auf Bree. Mein Blick wandert wieder zu Jolee, die zitternd das Handtuch fester um sich schlingt.

»Du frierst. Lass uns reingehen.« Ich lege ihr einen Arm um die Schultern und schiebe sie sanft in Richtung Haus.

27

Jolee

Das nasse Kleid klebt an meinem Körper und fühlt sich kalt und unangenehm an. Kyle führt mich durch das Haus und scheint sich hier bestens auszukennen. Ich komme gar nicht dazu, mich umzusehen, denn er zieht mich mit schnellen Schritten hinter sich her. Aber das, was ich erspähe, ist edel und sieht verdammt teuer aus. Wäre das hier mein Haus, würde ich keine Party schmeißen, aus Angst, dass die Einrichtung es nicht überlebt. Überall stehen leere Gläser herum und auf einem der hellen Teppiche entdecke ich einen Fleck, der verdächtig nach Rotwein aussieht. Phoenix' Ankleidezimmer befindet sich im ersten Stock und grenzt direkt an sein Schlafzimmer. Das Bett ist gemacht und auch sonst sieht es so aus, als hätte sich hier niemand der Gäste herumgetrieben. Allein die Vorstellung, dass sich jemand auf meinem Bett herumwälzen würde, verursacht bei mir Übelkeit. Aber so, wie ich Phoenix kennengelernt habe, würde ich ihm zutrauen, dass er, um seine Privatsphäre zu schützen, eine Security für diese Etage abgestellt hat. Immerhin hatte er für die Party extra einen Türsteher am Eingang zum Poolhaus postiert.

»Wer bitte braucht so viel Kleidung?«, stoße ich hervor, als ich mich in dem Raum voller Regale und Kleiderstangen umsehe.

»Der Sohn eines Filmstars«, antwortet Kyle.

»Du hast auch reiche Eltern und kein eigenes Ankleidezimmer.« Fragend sieht er mich an. »Nick hat erwähnt, dass du auf einer Privatschule warst, als er die Werbetrommel für dich gerührt hat, damit ich dir Nachhilfe gebe. Vermutlich hat er das für ein ausschlaggebendes Argument gehalten, um mich davon zu überzeugen, dir zu helfen. Vielleicht hat er gedacht, ich hätte Interesse daran, dir Geld abzuknöpfen.«

»Ach, und weil ich auf einer Privatschule war, muss ich zwangsläufig reiche Eltern haben?«, fragt er und klingt dabei leicht verärgert. Er nimmt ein T-Shirt aus dem Regal.

»Nicht? Ich habe angenommen … also … wegen des Jeeps …«, breche ich mitten im Satz ab, weil ich mir total oberflächlich vorkomme. Was genau habe ich ihm eigentlich unterstellt, wer er ist? Ein reicher, verwöhnter Schnösel? Der Gedanke scheint mir nun völlig absurd. Immerhin wohnt er mit Nick zusammen, das müsste er nicht, wenn er sich eine eigene Wohnung leisten könnte.

»Ich hatte ein Stipendium für die Privatschule. Ich war nicht immer eine Niete in der Schule. Na ja, und gut in Sport. Der Jeep war ein Geschenk meiner kompletten Verwandtschaft zum Abschluss, und weil es meiner Mom wichtig war, dass ich nicht ständig mit einem zwanzig Jahre alten Auto liegen bleibe. Meine Mom hatte drei Jobs, um mich durchzubringen und gleichzeitig ein bisschen was zur Seite legen zu können. Und unsere Wohnung in D. C. war auch ganz weit von einer hübschen Stadtvilla entfernt. Und ob du es glaubst oder nicht, ich war nicht besonders beliebt unter meinen Mitschülern. Ich weiß also auch, wie es ist, wenn jemand deine Schulbücher im Klo versenkt oder dir einen Zettel auf den Rücken klebt.« Überrascht sehe ich ihn an. »Nick hat mir erzählt, wie es dir in der Highschool ergangen ist«, sagt er und lächelt zaghaft.

Er versucht das nasse T-Shirt über seinen Kopf zu ziehen, was allerdings nicht so einfach ist, weil es an seiner Haut klebt. Ohne darüber nachzudenken, trete ich an ihn heran und helfe ihm dabei, es auszuziehen.

»Das wusste ich nicht«, sage ich fast entschuldigend. Ich habe ihn einfach in eine Schublade gesteckt, ohne auch nur das Geringste über ihn zu wissen. Und dafür schäme ich mich sehr.

»Die Szene kommt mir bekannt vor«, grinst er mich an und vertreibt damit das beklemmende Gefühl in meiner Brust. Mit dem Handtuch reibt er seine Haut trocken und ich muss schwer schlucken.

Ja, auch ich habe ein Déjà-vu und die Erinnerung daran sorgt dafür, dass mein Puls unkontrolliert in die Höhe schießt. Und so gerne ich ihn einfach küssen würde, sollten wir vorher darüber reden, was das zwischen uns ist. Nur um sicherzugehen, dass wir uns nicht wieder missverstehen.

»Du warst also ein Loser in der Highschool?«, lenke ich unser Gespräch zurück, während er versucht, den Gips trocken zu tupfen. Nur mit Mühe kann ich meinen Blick von seinem nackten Oberkörper lösen und schaue ihm ins Gesicht.

»Das klingt wirklich hart, aber ja, und das trotz meines guten Aussehens.« Dieses unwiderstehliche Schmunzeln taucht auf. O Gott, wie ich es vermisst habe. Müsste ich wählen, was mich an ihm mehr fasziniert, seine ozeanblauen Augen oder die Art wie er seine vollen Lippen verzieht, ich würde mich immer für sein Schmunzeln entscheiden.

»Ein schmales Bankkonto und ein Wohnblock kommen nicht besonders gut bei Privatschülern an. Ich war also definitiv nicht unter den Top Ten der beliebten Jungs.« Er fischt sich eine Trainingshose aus dem Regal und legt sie auf den Sessel, der eine Armlänge von ihm entfernt steht. Wie gebannt sehe ich dabei zu, wie er an den Bund seiner Hose greift, um sie sich von den Hüften zu schieben.

»Willst du vielleicht helfen?« Es ist wirklich erstaunlich, dass Kyle, sobald wir alleine in einem Raum sind, jede Hemmung verliert, aber im Beisein von anderen verlegen zur Seite sieht. Allerdings ist mir der Zeitpunkt entgangen, an dem wir zurückgespult haben und so tun, als hätte es das Gespräch vor ein paar Tagen nicht gegeben und er mich nicht aus der Wohnung geworfen. Ich wende ihm den Rücken zu, damit er sich umziehen kann.

»Aber jetzt bist du es«, greife ich unsere Unterhaltung wieder auf. Seine Vergangenheit interessiert mich wirklich und bestätigt eigentlich nur das, was ich bereits vermutet habe, aber nicht wahrhaben wollte. Kyle Blackmoore ist einer von den Guten. Nicht unfehlbar, aber ganz sicher kein Arschloch.

»Du meinst in der Top Ten? Mag sein, aber es ist mir egal, obwohl ich ein paar Idioten wirklich gerne mal einen Zettel auf den Rücken kleben würde.«

»Ja, ich auch«, gestehe ich. Allen voran der Tussi, die mich vorhin absichtlich in den Pool gestoßen hat. Gedanklich erstelle ich eine Liste, wem ich es wirklich gerne heimzahlen würde.

»Aber weißt du was …« Kyle steht so plötzlich hinter mir, dass ich zusammenzucke, als ich seinen Atem auf meiner Haut spüre. »Es gibt tatsächlich eine Top Ten, die ich anführen will …« Seine Lippen streifen nur einen Wimpernschlag lang meinen Hals, aber es reicht aus, dass sich eine Gänsehaut über meinen Körper erstreckt und sich ein Flattern in meinem Bauch ausbreitet.

»Die da wäre?«, flüstere ich und starre auf einen Punkt an der gegenüberliegenden Wand, nur um mich nicht umzudrehen und ihn einfach zu küssen.

»Deine.« Ich bin verloren. Diesmal verweilen seine Lippen auf meiner Haut. Ein Seufzen entweicht mir, was er völlig falsch interpretiert. Er löst sich von mir und im nächsten Moment steht er vor mir, legt die Hand unter mein Kinn und hebt es an, damit ich ihn ansehen muss.

»Jolee, ich meine es ernst.« Seine ozeanblauen Augen sehen mich so aufrichtig an, dass ich gar nicht anders kann, als ihm zu glauben. Ich sollte dringend etwas sagen, aber meine Kehle ist wie zugeschnürt. Zu viele Gedanken schmettern gleichzeitig auf mich ein. Nick, die Wette, Kyle, eifersüchtige Cheerleader. Ein riesiger Knoten, der sich einfach nicht entwirren lässt. »Ich weiß, dass ich dir nicht egal bin. Eine echte Chance, mehr verlange ich gar nicht. Du gibst das Tempo vor.« Nur ein kleiner Schubs und ich würde in die Tiefe stürzen. Würde er mich auffangen? Für einen Augenblick versinke ich in seinen Augen, tauche tiefer in den Ozean, der sich darin verbirgt, und ertrinke. »Ich will deine Nummer eins sein mit allem Drum und Dran, ohne Verstecken, ohne Zweifel.« Vorsichtig nicke ich und weiß überhaupt nicht, warum ich ihm zustimme. Mein Verstand hat die Kontrolle vollends abgegeben und mein Herz wirft sich gerade Kyle vor die Füße. »Meinst du, du bekommst das hin? Nicht gleich morgen, aber in absehbarer Zeit? Dann, wenn du mir hundertprozentig vertraust und nicht mehr darauf wartest, dass ich mich als ein Arschloch entpuppe?« Er sieht mich so flehend und gleichzeitig entschlossen an, wie könnte ich ihm da irgendetwas verwehren? »Bitte, Jolee.« Das ist der Moment, in dem ich endgültig mein Herz an ihn verliere, ohne die Chance, es jemals zurückzubekommen. Meine Hände legen sich wie von selbst um seinen Nacken und ziehen ihn ein Stück näher heran.

»Nur damit das klar ist, ich werde nicht deine Hausarbeiten schreiben und ich werde dir in den Arsch treten, solltest du dich noch einmal wie einer aufführen«, grinse ich und überbrücke die letzten Zentimeter zwischen uns. Kyles Lippen auf meinen zu spüren ist wie Ankommen und Davontreiben gleichermaßen.

Seine Zunge tanzt mit meiner. Erst zögerlich, dann fordernder. Meine Hände wandern von seinem Nacken über seinen muskulösen Rücken und schieben sich schließlich unter das Shirt, streichen über trockene, warme und glatte Haut, die sich darunter verbirgt. Seufzend löst er sich von mir.

»Du musst aus dem nassen Kleid raus, sonst holst du dir noch einen Schnupfen.« Er drückt mir einen Kuss auf die Nasenspitze, geht auf eines der Regale zu und zieht ein Sweatshirt und eine weitere Trainingshose heraus. Beides reicht er mir und dreht sich anschließend um, damit ich mich umziehen kann. Die Geste ist so zum Anbeißen, dass ich ihn sofort wieder an mich ziehen und bis zur Besinnungslosigkeit küssen möchte. Schnell schlüpfe ich aus dem nassen Stoff, behalte aber meine durchnässte Unterwäsche an. Da Phoenix ein Stück kleiner als Kyle ist, passen mir seine Sachen einigermaßen. Zu groß sind sie dennoch.

»Bin fertig. Du kannst dich wieder umdrehen. Was machen wir mit den nassen Klamotten?« Er wendet sich mir zu, greift nach dem Kleid und stopft es zusammen mit seinen eigenen Sachen in eine Wäschebox, die neben einem der Regale steht. Verwirrt sehe ich ihn an.

»Kings Haushälterin wird sich darum kümmern«, erklärt er und kommt mit einem missbilligenden Blick auf mich zu. »Ich mag es eindeutig lieber, wenn du meinen Hoodie trägst«, seufzt er.

»Phoenix' passt aber besser«, erwidere ich trocken und er verzieht beleidigt das Gesicht. In letzter Zeit habe ich zu Hause kaum etwas anderes getragen als Kyles Pullover, aber das werde ich ihm nicht auf die Nase binden und seinem Ego damit eine Extrastreicheleinheit gönnen. Ich nehme meine Brille ab und reibe sie mit dem Ärmel trocken. Ein Wunder, dass sie nicht auf dem Poolboden gelandet ist.

Kyle schlingt die Arme um mich und zieht mich wieder zu sich heran. »Und ich steh total darauf, wenn du deine Brille trägst, das solltest du viel öfter tun.«

»Du findest also den Nerd-Style scharf«, necke ich ihn und setze sie wieder auf meine Nase.

»Total.« Bevor ich etwas erwidern kann, findet sein Mund meinen.

Schwer atmend löse ich mich von ihm, auch wenn mir das wirklich schwerfällt. Die anderen denken sicher, wir treiben es ihr oben, wenn wir nicht bald wieder auftauchen.

»Wir sollten zurück zu den anderen, bevor sie misstrauisch werden«, sage ich und löse mich aus seinen Armen.

»*Misstrauisch?* Du meinst, sie denken, dass ich dich in eins der Gästezimmer gezerrt habe? Hältst du mich für einen Arsch, wenn ich gestehe, dass ich nichts dagegen hätte?« Das Schmunzeln, das in diesem Augenblick auf seinen Lippen erscheint, lässt es mich für einen Moment in Erwägung ziehen, tatsächlich mit ihm in eines der Zimmer zu verschwinden.

»Nein, aber wir werden trotzdem zu den anderen gehen.« Demonstrativ verlasse ich Phoenix' Ankleidezimmer. Kyle stößt frustriert die Luft aus. Ich befürchte schon, dass er protestieren wird, aber dann taucht er neben mir auf und schiebt seine Hand in meine. Kurz verspüre ich den Drang, sie zurückzuziehen. *Eine echte Chance* – ermahne ich mich selbst.

Bevor wir gemeinsam das Haus verlassen, bleibe ich unentschlossen stehen. Kyle wirft mir einen fragenden Blick zu und drückt meine Hand sanft.

»Was ist mit Nick? Er wird das mit uns nicht gut finden«, äußere ich meine Bedenken.

»Wir haben das geklärt. Er hat mir von Highschool-Travis erzählt und ich bin definitiv nicht wie dieser Typ.« Nick hat ihm von der Sache erzählt? Immer, wenn ich in den vergangenen Jahren mit ihm darüber reden wollte, hat er abgeblockt. Ich würde wirklich gerne im Erdboden versinken, denn Kyle ist nicht so dumm, dass er eins und eins nicht zusammenzählen kann. Dass es sich bei Travis aus Stanford und Highschool-Travis um ein und dieselbe Person handelt.

»Ich bin wirklich nicht stolz drauf, bei einem Typen zweimal auf dieselbe Nummer hereingefallen zu sein. Gegen die rosarote Brille hilft auch kein IQ von über Hundertzwanzig«, sage ich zu meiner Verteidigung. Da er mich lediglich angrinst, überrascht ihn mein Geständnis nicht. Er hat es also gewusst.

»Mich würde allerdings wirklich interessieren, wie es dazu gekommen ist und warum du aus Stanford abgehauen bist.« In seinen Worten schwingt eine gewisse Vorsicht mit, die ich augenblicklich fortküsse.

»Dazu brauche ich mindestens ein Glas Wein. Bereit?«, frage ich ihn und nicke in Richtung Pool. »Das da draußen sind deine Freunde, also wenn du nicht willst ...« Mitten im Satz verstumme ich, weil das Ganze verdammt albern klingt.

»Was nicht will?«, hakt er nach. Ich lege den Kopf schräg und ziehe eine Augenbraue hoch, in der Hoffnung, dass er versteht, was ich meine. »Dass meine Freunde von uns wissen? Ich hatte nie ein Problem damit, Jolee. Du hast ... warte mal ... hat der Idiot dich etwa in Stanford vor seinen Freunden versteckt?«, fragt er fassungslos.

»Er meinte ... sie würden das nicht verstehen ... er und ich ... O Gott, können wir das Thema bitte verschieben?«

»Ich fasse es nicht.« Er umfasst meine Hand fester und schiebt die Glastür auf. »Jolee, versprich mir, dass du nie auf die Idee kommst, ich könnte mich für dich schämen. Du bist klug, hübsch und manchmal bist du sogar witzig«, sagt er und ich knuffe ihn gegen den Oberarm. Lachend zieht er mich erneut in seine Arme. »Im Ernst, Jolee, du bist ein Jackpot und kein Trostpreis, okay?« Für einen Moment verliere ich mich in dem tiefen Blau seiner Augen, bevor ich nicke. »Gut, und jetzt gehen wir da raus.«

Bree grinst mich breit an, als sie uns Hand in Hand kommen sieht. Selbst Nick macht irgendwie ein zufriedenes Gesicht. Sofort schöpfe ich Hoffnung, dass er die Wette einfach so abhakt und alle unbeschadet aus der Nummer herauskommen.

»Ich habe schon befürchtet, ich muss einen Suchtrupp losschicken«, scherzt Phoenix. Alle sitzen völlig entspannt auf der Lounge und keiner scheint ein Problem damit zu haben, das Kyle und ich zusammen sind. *Zusammen*. Bei dem Gedanken muss ich lächeln und doch versetzt es mich in leichte Panik. Was, wenn es nicht funktioniert? Schnell schüttle ich den Gedanken ab, bevor er sich zu sehr in meinem Unterbewusstsein einnisten kann. Wir setzen uns zu den anderen.

»Ich will wirklich nicht klugscheißen«, sagt Jay und sofort bin ich in Alarmbereitschaft. Wird er jetzt sagen, dass das mit uns nicht klappen wird?

»Aber du brauchst einen neuen Gips, und zwar so schnell wie möglich. Ich habe mir mal den Fuß gebrochen und war so dumm, damit duschen zu gehen. Das Teil weicht auf, wird instabil und dann hast du den Salat, wenn der Bruch nicht anständig zusammenwächst. Dann kannst du an die sechs Wochen noch ein paar dranhängen. Glaub mir, ich weiß, wovon ich rede«, fährt er fort.

Ich werfe einen Blick auf Kyles Arm. Verdammt, vor lauter Hormonen haben wir daran gar nicht gedacht. Kyle tastet den Gips ab und stößt genervt die Luft aus.

»Shit!«

»Ich würde dich ja fahren, aber das ist mein viertes Glas. Ich habe angenommen, dass wir uns wie immer eins der Gästezimmer teilen«, sagt Nick entschuldigend.

»Ich kann dir ein Uber rufen«, bietet Phoenix an und zieht bereits sein Handy aus der Tasche.

»Ich habe deins übrigens aus dem Pool gefischt. Ich vermute allerdings, dass es hinüber ist.« River schiebt es zu Kyle über den Tisch. Er nimmt es in die Hand und versucht es anzuschalten, doch das Display bleibt schwarz. Meins liegt zum Glück in Brees Wagen.

»Ich habe keinen Alkohol getrunken und kann dich fahren, wenn du möchtest?« Augenblicklich stehe ich auf, weil es außer Frage steht, ob ich ihn in die Notaufnahme bringe oder nicht.

Nick kommt ebenfalls auf die Füße und kramt in seiner Hosentasche herum. »Hier! Ihr könnt meinen Wagen nehmen.« Im nächsten Augenblick wirft er mir seinen Autoschlüssel zu und setzt sich wieder hin.

Ich sehe zu Bree. Wir hatten ausgemacht, dass ich zurückfahre. Ein Ausflug ins Jefferson Medical Center wird sicher eine Weile dauern. »Ich kann dich vorher zu Hause absetzen«, biete ich ihr an, aber sie winkt ab.

»Ich warte hier auf dich und dann fahren wir zusammen nach Hause.«

»Oder ihr schlaft einfach hier. Wenn Jay und Mase sich ein Zimmer teilen, wäre noch eins frei«, schlägt Phoenix vor.

»Von mir aus, wäre nicht das erste Mal«, willigt Jay ein und stößt Mase mit der Schulter an.

»Ja, geht klar«, stimmt er schnell zu.

»Das klingt nach einem Plan und jetzt haut ab.« Mit einer wedelnden Handbewegung scheucht Bree uns davon. Abwartend sehe ich Kyle an, der immer noch unschlüssig auf der Lounge sitzt.

»Okay, dann los«, sagt er und steht auf.

»Es ist echt zum Kotzen, dass du mich schon wieder ins Krankenhaus fahren musst«, mault er, als wir zum Parkplatz gehen.

»Mach kein Drama daraus.« So blöd das vielleicht auch klingt, aber ich bin froh, Kyle noch eine Weile für mich allein zu haben.

»Zählt ein Ausflug in die Notaufnahme eigentlich als ein Date?«, ziehe ich ihn auf, als wir in Nicks Land Rover sitzen und ich ihn gerade ausparke.

»Definitiv. Denn dann ist das unser drittes und ich kann endlich mit dir ins Bett«, lacht er.

»Du willst also nur mit mir ins Bett?«, frage ich gespielt empört, sehe ihn aber dennoch ernst an.

»Hey, ich bin ein Mann«, neckt er mich zurück.

»Was es noch zu beweisen gilt.«

»Glaub mir, das habe ich vor, sobald wir wieder aus der Notaufnahme raus sind und ich Nick aus dem Zimmer geworfen habe.«

»Du würdest ihn wirklich für Sex aus dem Zimmer werfen?«, frage ich und kann mir ein Lachen nicht verkneifen.

»Auf jeden Fall«, antwortet er, beugt sich zu mir rüber und drückt einen schnellen Kuss auf meine Lippen, bevor die Ampel auf Grün umschaltet.

»Wow, Bruder vor Luder nimmst du also nicht so ernst«, kichere ich, weil ich mir gerade Nicks Gesicht vorstelle, wenn Kyle ihn tatsächlich mitten in der Nacht vor die Tür setzt.

»Heute Nacht nehme ich die Schwester statt des Bruders.«

»Blackmoore, das klingt irgendwie schräg.« Und die Vorstellung ist es noch mehr.

»Du hast recht.« Sein lautes Lachen schallt durch den Innenraum und ich falle mit ein.

28

Kyle

Als der Doc zur Tür hereinspaziert, sieht er mich prüfend an, dann wirft er einen Blick auf meine Akte. Ich kenne ihn. Es ist derselbe Arzt, der bei meinem letzten Besuch hier Dienst gehabt hat.

»Mister Blackmoore, was verschafft mir denn diesmal die Ehre?« Er hat mich ebenfalls wiedererkannt.

»Ich bin in einen Pool gefallen«, antworte ich grinsend und wackle mit meinem Gips herum, der komplett durchgeweicht ist. Inzwischen lässt er sich eindrücken, so instabil ist er.

»Und wie konnte es passieren, dass Sie in einen Pool fallen? Ich hätte Sie für vernünftiger gehalten.« Ein leichter Vorwurf schwingt in seinen Worten mit. Glaubt er, dass ich absichtlich hineingesprungen bin? Allein bei dem Gedanken daran, wie Kira versucht hat, Jolee zu demütigen, gerät mein Blut in Wallung. Aber bei all der Wut, ist da auch ein kleiner Funken Dankbarkeit, denn wer weiß wie der Abend sich sonst entwickelt hätte, wären die Dinge anders gelaufen. Vermutlich hätte ich mich um Kopf und Kragen geredet oder vor allen zum Idioten gemacht.

»Ich wurde gestoßen«, sage ich zum Doc, damit er nicht denkt, ich hätte diesen Unfall provoziert.

»Na gut, dann zeigen Sie mal her.« Er stellt sich neben die Behandlungsliege und schneidet den aufgeweichten Gips auf. Unachtsam befördert er die Überbleibsel in den Mülleimer, nachdem er meinem Unterarm daraus befreit hat. »Was machen die Prellungen?«, fragt er, während er den Arm begutachtet und dann die Schwester anweist, ihm das Material zu reichen, um einen neuen Gips anzulegen.

»Merke ich kaum noch«, lüge ich. Mein kleiner Anflug von Hochmut, der mich zu einer Joggingtour verleitet hat, hat mich schmerztechnisch beinahe an den Abend im Club zurückgebracht. Ich habe danach ein paar Tage gebraucht, bis ich das Gefühl hatte, wieder aufrecht stehen zu können.

»Probleme beim Husten oder Lachen? Atembeschwerden oder Schmerzen, wenn Sie sich nach vorne beugen? Fieber?« Alle seine Fragen beantworte ich mit Nein, auch wenn ich bei der ein oder anderen hätte Ja sagen müssen. Er wirft einen Blick auf das Hämatom auf meinem Brustkorb und schreibt etwas auf einen Rezeptblock, danach sieht er nach meiner Augenbraue.

»Sie haben die Fäden ziehen lassen. Das sieht gut aus, aber eine Narbe werden Sie als Andenken behalten«, merkt er an. Die Fäden hatte unser Teamarzt vor einigen Tagen gezogen, als er mich, im Auftrag des Coachs, zum Medizincheck gebeten hat.

»Ich habe Ihnen eine Salbe aufgeschrieben. Reiben Sie damit mindestens zweimal am Tag ihren Brustkorb ein, dann sollte sich das Hämatom schneller zurückbilden.« Er reicht mir ein Rezept. Ich falte es zusammen und verstaue es in meiner Hosentasche.

»Danke«, sage ich und stehe von der Liege auf.

»Und, Mister Blackmoore? Kein Sport oder unnötige Belastung. Die Genesung dauert länger, wenn Sie Ihre Grenzen überschätzen«, warnt er und ich frage mich, ob er weiß, dass ich die besagten Grenzen ausgetestet habe.

Jolee springt von ihrem Stuhl auf, als ich in das Wartezimmer trete. Nur einen kurzen Moment erfasst mich das Gefühl von Eifersucht, weil sie Phoenix' Klamotten anhat. Was Quatsch ist. Sie trägt sie nur, weil ihre eigene Kleidung genau wie meine klatschnass ist.

»Was sagt der Arzt, alles okay?« In ihrem hübschen Gesicht liegt so viel Sorge, dass es mir völlig egal ist, dass wir in einem überfüllten Wartezimmer der Notaufnahme stehen, als ich sie zu mir heranziehe und küsse. Kurz versteift sie sich und ich befürchte schon, dass ich zu weit gegangen bin und sie mich von sich stoßen wird. Mit meiner Zunge teile ich ihre Lippen, sie gibt nach und lässt sich gegen mich sinken. Bevor wir die komplette Aufmerksamkeit der anderen Patienten auf uns ziehen, löse ich mich von ihr.

»Lass uns von hier verschwinden.« Meine Hand umfasst ihre und wir hasten aus dem Gebäude zu den Parkplätzen. Mein Brustkorb schmerzt leicht und ich atme etwas schwer, als wir den Wagen erreichen. Ich sollte wirklich einen Gang runterschalten, wenn ich im Jefferson nicht zum Stammgast werden will.

»Mit deinem Arm alles okay?«, fragt sie, bevor sie den Motor startet und den Land Rover ausparkt.

»Ja, alles bestens. Ich sollte mich allerdings besser von Pools fernhalten.«

»Oder von kratzbürstigen Frauen«, erwidert sie leise, als wären ihre Worte nicht für mich bestimmt.

»Ich hatte nie etwas mit Kira«, stelle ich klar.

»Und warum stößt sie mich dann in einen Pool?«

»Weil sie sich in den Kopf gesetzt hat, dass wir die Traumbesetzung sind. Ich hätte ihr deutlicher sagen müssen, was ich davon halte. Es tut mir leid.«

Jolee schweigt. Vermutlich hat sie das Gefühl, wieder in der Highschool zu sein, und fragt sich, ob Kira Ruhe geben wird oder ich es wert bin, sollte es nicht der Fall sein, und ob sie sich diesen Stress geben will. Was Jolee jedoch nicht weiß, ist, dass ich nie zulassen würde, dass sie zu irgendjemandes persönlicher Zielscheibe wird.

»Sag mir, was du gerade denkst«, bitte ich sie.

»Dass es eine ziemliche Herausforderung werden wird, mit dir zusammen zu sein.« Erleichtert atme ich aus, weil sie es nicht in Betracht zieht, mich fallen zu lassen. Ich greife nach ihrer Hand, die auf der Mittelarmlehne ruht, führe sie an meinen Mund und platziere einen federleichten Kuss darauf.

»Danke, dass du nicht einfach davonrennst«, hauche ich gegen ihre Haut. Ihr Blick huscht zu mir herüber und ein Lächeln erscheint auf ihren Lippen. Für dieses *Lächeln* könnte ich sterben.

»Gibt es noch mehr Frauen, die es auf dich abgesehen haben?«, grinst sie schelmisch.

»Von denen ich weiß? Ich habe gehört, es gibt eine hohe Dunkelziffer. Du solltest auf der Hut sein«, grinse ich sie ebenfalls an. Sie verdreht die Augen und stößt genervt die Luft aus.

»Vielleicht hänge ich dir ein Schild um den Hals, um meinen Anspruch geltend zu machen.«

»Eine fantastische Idee«, lache ich und küsse erneut ihren Handrücken.

Jolee hält an der nächsten Kreuzung. Sehnsüchtig blickt sie in meine Richtung und kaut dabei auf ihrer Unterlippe herum.

»Lass das oder wir müssen am Straßenrand einen Zwischenstopp einlegen«, warne ich sie, beuge mich zu ihr rüber und tippe ihr gegen die Nasenspitze. Ihr Mund öffnet sich, um etwas zu sagen, aber ich bin schneller und verschließe ihre Lippen mit meinen. Was keine gute Idee ist. Schlagartig liegt eine sexuelle Spannung in der Luft und ich würde sie wirklich gerne bitten, den nächsten Parkplatz anzusteuern. Als es hinter uns hupt, schrecken wir auseinander und Jolee umfasst das Lenkrad mit beiden Händen. Schade, ich hätte gerne nach ihrer Hand gegriffen und meine Finger mit ihren verschränkt. So wie man es immer auf diesen Pärchenbildern im Internet sieht. Eine Geste, die ich zum ersten Mal wirklich nachvollziehen kann. Diese Vertrautheit, diese Nähe, all das hätte ich gerne mit ihr. Immer, egal wann, egal wo. Ein Statement, dass sie zu mir gehört und ich zu ihr. Allerdings befürchte ich, dass es bis dahin noch ein ganzes Stück Arbeit werden wird. So einfach wird sie mich nicht aus der Schublade holen, in die sie mich bei unserem ersten Aufeinandertreffen hineingesteckt hat. Geduld gehört zwar nicht gerade zu meinen Stärken, aber ich werde sie auf keinen Fall zu etwas drängen oder überreden, um die Sache zu beschleunigen.

Als wir den Parkplatz vor Phoenix' Haus erreichen, wirkt sie nachdenklich und bei mir schrillen sofort alle Alarmglocken. Schweigend steigt sie aus, ich ebenfalls. Bevor sie den Weg zum Poolhaus einschlagen kann, greife ich nach ihr, ziehe sie zurück und halte sie zwischen mir und dem Wagen gefangen.

»Okay, was ist los?«, frage ich sie und lehne meine Stirn an ihre.

»Nichts«, antwortet sie und will unter meinem Arm, den ich gegen Nicks Wagen gestemmt habe, hindurchschlüpfen. Ich versperre ihr den Weg, damit sie an Ort und Stelle bleibt.

»Das glaube ich dir nicht. Du siehst aus, als hättest du in eine Zitrone gebissen.«

»Nein, tue ich nicht. Lass uns zu den anderen gehen, bevor sie sich Sorgen machen.«

Ich atme einmal tief durch und wappne mich für das, was sie gleich sagen wird, weil ich nicht vorhabe locker zu lassen. »Jolee, wenn wir wollen, dass es funktioniert, keine Geheimnisse, keine Lügen und kein Gerede um den heißen Brei. Ich will, dass du weißt, dass du mir alles sagen kannst. Und jetzt raus damit. Was ist los? Rücke ich dir zu sehr auf die Pelle? Hast du Angst oder keinen Bock auf meine Freunde?« Ich bringe nur so viel Abstand zwischen uns, dass ich ihr ins Gesicht schauen kann. Als sie meinen Blick nicht erwidert, umfasse ich ihr Kinn und hebe es an. Sie seufzt und kommt meiner stummen Aufforderung nach.

»Okay, wenn du es unbedingt wissen willst. Ich habe mich gefragt, ob Nick wirklich das Zimmer räumen würde, damit du und ich …«, mitten im Satz bricht sie ab. Wenn wir nicht auf einem spärlich beleuchteten Parkplatz stehen würden, könnte ich vermutlich sehen, wie ihre Wangen in diesem Augenblick erröten. Sofort ist wieder diese sexuelle Schwingung zwischen uns spürbar und diesmal lasse ich mich darauf ein.

»Damit wir was?«, frage ich mit rauer Stimme nach, obwohl ich genau weiß, was sie sagen wollte.

Ihre Augen verengen sich zu Schlitzen. »Du weißt genau, was ich meine«, faucht sie und zieht anschließend einen Schmollmund.

»Ach ja?«, necke ich sie und lasse die Hand von ihrem Kinn über ihren Hals wandern. »Weiß ich das?« Als ich ihre Brust umfasse und sie sanft massiere, zieht sie scharf die Luft ein. »Meinst du das?«, frage ich, senke die Lippen auf ihre und lasse sie gar nicht erst darauf antworten. Ich schiebe meine Hand tiefer, bis sie im Bund der Trainingshose verschwindet. Ein Stöhnen entweicht ihrer Kehle und ich ersticke es mit einem weiteren Kuss. »Ja, ich glaube, ich weiß, was du meinst«, grinse ich an ihren Lippen, zwänge mein Knie zwischen ihre Beine und schiebe sie weiter auseinander. Ihre Arme legen sich um meinen Hals. Sie drängt sich gegen mich, während ich mit der Feuchtigkeit zwischen ihren Beinen spiele und die Fingerspitzen immer wieder über das Zentrum ihrer Lust kreisen lasse. Keuchend vergräbt sie das Gesicht in meiner Halsbeuge. Ihr warmer Atem trifft auf meine Haut und lässt mich kurz vergessen, wo genau wir uns gerade befinden.

»Wir sollten uns von dunklen Parkplätzen fernhalten, die haben eine komische Wirkung auf uns«, grinse ich und schiebe erst einen, dann einen weiteren Finger in sie hinein. Sie stöhnt laut und bringt mich damit beinahe um den Verstand. Wenn die anderen keine fünfzig Meter von uns entfernt wären, ich schwöre, ich würde sie auf die Rückbank des Land Rover verfrachten und ... Okay, vielleicht doch nicht. Nick dreht mir den Hals um, sobald er es herausfindet. Und das nicht, weil es sein Wagen ist, sondern weil ich seine Schwester auf einem verdammten Parkplatz vögle.

»Nehmt euch ein Zimmer!«

Wir fahren so heftig auseinander, dass ich einen Schritt zurückweiche und den Kopf in die Richtung herumreiße, aus der die Stimme kommt. Als hätte ich ihn heraufbeschworen, kommt Nick zwischen zwei Autos aus der Dunkelheit gekrochen. Keine fünf Meter von uns entfernt. Mit unergründlicher Miene zieht er an seiner Zigarette, bevor er sie unachtsam auf den Boden wirft, austritt und zum Haus geht. *Fuck!*

»Gut, dass du es ansprichst, du schläfst auf der Couch«, rufe ich ihm nach. Über die Schulter hinweg streckt er mir den Mittelfinger entgegen. Ein leises Lachen entweicht mir, während ich wieder näher an Jolee herantrete, die sich die Hände vors Gesicht hält.

»O mein Gott! Glaubst du, er ist sauer?«, fragt sie und lässt die Hände sinken.

»Wäre er es, hätte er sich nicht die Mühe gemacht, auf meine Bemerkung zu reagieren.«

»Trotzdem! Das war peinlich«, sagt Jolee und senkt den Blick.

»Hey, bitte sieh mich an«, fordere ich sie auf und sie tut mir den Gefallen. »Ich bin mir sicher, er hat nichts gesehen.« Sie seufzt und ich drücke ihr einen sanften Kuss auf die Stirn. »Komm, lass uns gehen.« Ich greife nach ihrer Hand, verschränke unsere Finger miteinander und ziehe sie mit mir in Richtung Poolhaus.

Die anderen sitzen immer noch auf der Lounge neben dem Pool. Eine beachtliche Anzahl leerer Flaschen steht inzwischen auf dem kleinen Tisch davor. Nick sieht mich mit ernster Miene über den Rand seines Glases hinweg an. Okay, vielleicht ist er doch angepisst. Das schreit nach einem Vieraugengespräch. Jolee steht völlig verkrampft neben mir und zerquetscht fast meine Hand.

»Ihr wart lange weg. Habt ihr für einen Quickie einen Zwischenstopp eingelegt?«, fragt Phoenix grinsend und lehnt sich lässig zurück. Nick verschluckt sich an seinem Getränk und Jolee sieht ihn vorsichtig von der Seite an. Brees Augen werden groß. Vermutlich kann sie ihrer Freundin an der Nasenspitze ansehen, was wir getrieben haben, dann schleicht sich ein Schmunzeln auf ihr Gesicht. Mit einem unauffälligen Kopfnicken deutet sie in Richtung Haus. Sie kann also gut auf Jolees Gesellschaft verzichten, aber ich habe auch nichts anderes erwartet. Wenn jemand mit diesem chaotischen Haufen fertig wird, dann Bree.

»Leute, gute Nacht«, sage ich und gehe gar nicht erst auf Phoenix' Bemerkung ein. Ich mache einen Schritt vorwärts, aber Jolee bleibt wie festgenagelt auf der Stelle stehen. Mit etwas mehr Nachdruck ziehe ich sie zu mir heran. Irritiert blinzelt sie mich an.

»Wir haben jetzt genau zwei Möglichkeiten. Entweder wir lassen das einfach im Raum stehen und verziehen uns oder wir setzen uns dazu und Phoenix wird alles aus uns herausquetschen, was er wissen will. Er ist ein hartnäckiger Mistkerl und wird dich nicht vom Haken lassen, bis du zugibst, was ich auf dem Parkplatz mit dir angestellt habe«, flüstere ich, damit nur sie es hören kann. Sie wirft einen Blick über ihre Schulter zu Phoenix, der sie angrinst, als würde er nur darauf warten, dass sie sich auf die Lounge setzt.

»Okay, lass uns gehen.«

29

Jolee

Wo ist das Loch im Erdboden, in das ich verschwinden kann? Ausgerechnet Nick musste uns erwischen. Kyle führt mich durch das Wohnzimmer. Ich werfe einen Blick auf das riesige Sofa und frage mich, ob mein Bruder darauf ausweichen wird oder ob ich schlussendlich doch in einem Zimmer mit Bree landen werde. Was eindeutig die vernünftigere Variante wäre, obwohl ich bezweifle, dass auch nur einer aus der Truppe, die auf der Lounge sitzt, daran zweifelt, dass ich diese Nacht mit Kyle verbringe. Selbst meine beste Freundin hat mich wissend angegrinst und in ihrem Gesicht hat eindeutig *viel Spaß* gestanden.

Zielstrebig steuert Kyle eine Tür im Obergeschoss an. Seine Hand fest in meiner. Als wir das Gästezimmer betreten, schnappe ich nach Luft. Der Raum ist so groß wie Brees und mein Schlafzimmer zusammen. Die Wände sind in einem schlichten Grau gestrichen. In Kombination mit den weißen Möbeln wirkt es freundlich, modern und verdammt teuer. Wie alles, was ich bisher in diesem Haus zu Gesicht bekommen habe. Der absolute Hammer ist allerdings die frei stehende Badewanne, die unter einem der Fenster steht und durch nichts vom Rest des Zimmers abgetrennt wird. Mein Blick wandert zu dem Bett, das für mindestens vier Leute Platz bietet. Trotz des ganzen Luxus in diesem Haus scheint Phoenix doch sehr bodenständig zu sein. Rein oberflächlich betrachtet trieft aus jeder seiner Poren pure Arroganz, aber für seine Freunde würde er durchs Feuer gehen. Das hat er vorhin eindrucksvoll bewiesen, als er die Leute einfach aus seinem Haus geworfen hat. Vielleicht nicht meinetwegen, aber ganz sicher wegen Kyle und um die Situation zwischen Nick und dieser Kira zu entschärfen.

»Und, beeindruckt?« Kyle steht grinsend an die Wand gelehnt und beobachtet mich dabei, wie ich mich in dem Raum umsehe.

»Nur insofern, dass ich Angst habe, hier etwas dreckig zu machen«, grinse ich zurück.

»Phoenix schickt morgen einen Reinigungstrupp durchs Haus. Noch vor dem Abendessen sieht es hier aus, als hätte es keine Party gegeben.«

»Spielen sie alle in deinem Team?«, frage ich, obwohl ich die Antwort kenne. Den Jungs sieht man sofort an, dass sie Sportler sind. Bei jeder Bewegung zeichnen sich durchtrainierte Muskeln unter ihrer Kleidung ab. Um das zu bemerken, muss man sie nicht einmal länger als nötig anschauen.

»Ja. Mase und Jay spielen im Mittelfeld, River im Sturm und Phoenix könnte vermutlich auf jeder Position spielen, wenn er nicht so ein fauler Hund wäre.« Mit drei langen Schritten kommt er auf mich zu und schlingt seine Arme um meine Taille. »Die Jungs sind völlig okay. Sie werden dich nicht schief von der Seite ansehen, weil du kein Pompon schwingender Cheerleader bist. Außer du hast vor sie in ein Museum zu schleifen, dann garantiere ich für nichts.« Ich knuffe ihn gegen den Oberarm.

»Dir hat es im Museum gefallen«, erinnere ich ihn. Mit einem verschwörerischen Grinsen auf den Lippen rutschen seine Arme unter meinen Po und heben mich an. Automatisch schlinge ich die Beine um ihn. Er setzt sich in Bewegung und legt mich behutsam auf dem Bett ab. Kyle legt sich neben mich und schiebt seine Hand unter das Sweatshirt, das ich mir von Phoenix geliehen habe.

»Mir hat es vor allem gefallen, mit dir dort zu sein«, lächelt er mich an, während seine Fingerspitzen Kreise um meinen Bauchnabel ziehen. Schon als Kyle mir das erste Mal begegnet ist, wusste ich, dass sein Schmunzeln gefährlich ist und dafür sorgt, dass Frauen reihenweise ihre Höschen fallen lassen. Wenn er lächelt, zeichnet sich ein Grübchen wie eine Einladung, mit der Zunge hineinzutauchen, unterhalb seines linken Mundwinkels ab. Dieses Grübchen ist höllisch sexy und man verliebt sich unweigerlich darin, aber es ist auch süß, freundlich, liebevoll und absolut aufrichtig. Die perfekte Mischung.

»Woran denkst du gerade?«, fragt er mich und sieht mich verträumt an. Die Frage könnte ich ihm ebenfalls stellen.

»Das sage ich dir, wenn du mir verrätst, woran du gerade denkst«, erwidere ich und sehe ihn erwartungsvoll an. Er schiebt den Pullover bis zu meinen Brüsten rauf und betrachtet meinen nackten Bauch.

»Im Augenblick denke ich, dass es mir überhaupt nicht gefällt, dass du in Phoenix Klamotten gehüllt bist, als würdest du zu ihm gehören.«

»Und ich habe gedacht, dass dieses unverschämte Schmunzeln, welches du ständig zur Schau stellst, Frauen nackt ausziehen kann.«

»Wirklich? Welch ein Glück, dass ich genau das mit dir vorhabe.« Im selben Augenblick erscheint besagtes Schmunzeln und ich hebe einladend das Becken an, damit er mir die Hose auszieht.

Kyle stößt genervt die Luft aus, weil es eine echte Herausforderung ist, dies nur mit einer Hand zu bewerkstelligen. Er wirkt etwas unbeholfen und ich kann mir ein Lachen nicht verkneifen.

»Wärst du so freundlich?« Er deutet auf die Trainingshose, die um meine Knie baumelt. »Sobald ich das Ding los bin, läuft es anders. Versprochen.« Für einen Moment denke ich darüber nach, ihn eine Weile zappeln zu lassen, doch dann streife ich sie ab und ziehe mir anschließend das Sweatshirt aus. Kyle lässt seinen Blick über meinen Körper wandern. In seinen Augen blitzt etwas auf. Begierde, Verlangen, als würde er mich jeden Augenblick verschlingen wollen. So wie er mich ansieht und andächtig über meine Haut streicht, fühle ich mich von ihm begehrt.

»Du bist wirklich ein Jackpot«, flüstert er und senkt seine Lippen auf meine. Eine Welle der Lust erfasst mich und ich zerre ihm das Shirt über den Kopf. Drängend und fordernd wandern meine Finger über seinen nackten, muskulösen Oberkörper. Kyle versteht die Botschaft und lässt seine Hand zwischen meine Beine gleiten. Seine Liebkosung treibt mich dem Wahnsinn nahe, aber er lässt mich nicht über die Klippe springen. Diese sanfte Folter scheint ihm sichtlich zu gefallen, denn ich kann das Grinsen an meinen Lippen und die Beule in seiner Hose spüren. Ich bäume mich seinen Fingern entgegen, versuche sie dort hinzuführen, wo ich sie haben will. Wo ich sie brauche. Als er seine Hand zurückzieht, stöhne ich frustriert auf. Wenn er wieder einen Rückzieher macht, drehe ich ihm den Hals um.

»So ungeduldig«, haucht er mir ins Ohr und erkundet mit seinem Mund erst mein Schlüsselbein, dann wandert er tiefer, schiebt den Stoff des BHs beiseite und küsst meine Brust. Als er meine Brustwarze zwischen die Zähne zieht und sanft hineinbeißt, würde ich ihn am liebsten gewaltsam nach unten drängen und dazu zwingen, mich endlich zu erlösen. Kyle lässt sich so verdammt viel Zeit, jeden noch so unnützen Zentimeter meines Körpers zu erkunden, dass ich ernsthaft darüber nachdenke, meine Hand in den Slip zu schieben, um mir selbst Befriedigung zu verschaffen. Mir ist klar, dass er alles richtig machen will, damit ich nicht das Gefühl habe, er würde über mich herfallen oder es ginge ihm nur um Sex, aber ich wünschte er würde vorspulen. Sein Mund findet erneut meinen und ich habe endgültig die Nase voll. Ich stemme die Hände gegen seine Brust und befördere ihn auf den Rücken. Ein leises Lachen entweicht ihm und verstummt, als ich nach dem Bund seiner Hose greife und ihn auffordernd ansehe. Wortlos hebt er die Hüften an und ich ziehe sie ihm aus. Mein Blick wandert über die trainierten Beine und bleibt an seiner Erektion hängen, die sich deutlich unter dem Stoff der schwarzen Boxershorts abzeichnet.

»Gefällt dir, was du siehst?« Ich löse meinen Blick und sehe ihn an. Das Schmunzeln auf seinen Lippen ist Versuchung und Herausforderung zugleich.

»Keine Ahnung, ich habe noch nicht alles ausgepackt«, grinse ich und zupfe spielerisch an dem letzten Kleidungsstück, das er noch trägt. Ohne dass ich ihn auffordern muss, hebt er erneut die Hüften.

»Nur zu, ich werde dich nicht davon abhalten.« Einen Wimpernschlag zögere ich, doch dann liegt er nackt vor mir. Fast hätte ich geseufzt, weil an ihm einfach alles perfekt ist.

»Okay, wenn du ihn weiter so anstarrst, könnte es sein, dass er sich vor Angst verkriecht«, durchbricht Kyle die Stille und lacht. Ich habe gar nicht gemerkt, dass meine Augen regelrecht an seiner Körpermitte kleben.

»Ich denke, euer beider Ego ist groß genug, dass er nicht unter meinem Blick einknickt«, grinse ich ihn an. Bevor ich reagieren kann, schlingt Kyle die Arme um meine Taille und zieht mich auf sich. Mit einer flinken Bewegung schnippt der Verschluss meines BHs auf und Kyle schiebt erst den einen und dann den anderen Träger von meinen Schultern. Unachtsam landet das Stück Stoff auf dem Fußboden. Seine Erektion drängt sich gegen meine Mitte und ich unterdrücke das Verlangen, mich daran zu reiben. Alles in mir schreit danach, ihn endlich in mir zu spüren, dass er mich ausfüllt. Dieses Verlangen nach ihm zu stillen. Mein Mund findet seinen. Unsere Zungen necken, verschlingen sich gegenseitig. *Mehr, mehr,* schreie ich ihm stumm entgegen, während ich meine Mitte gegen ihn presse. Kyle kommt mir mit seinem Becken entgegen und stöhnt leise an meinen Lippen. Dieses Geräusch lässt mich erschaudern. Ich erhöhe den Druck auf die Reibung unserer Körper. Mit einer Hand packt Kyle nach meiner Hüfte. Augenblicklich halte ich inne.

»Wenn du so weitermachst, ist das hier schneller vorbei, als dir lieb ist«, sagt er gepresst und rollt uns herum. Als er von mir abrückt, will ich sofort protestieren, doch er streckt sich nach der Nachttischschublade aus und wühlt darin. Ein glänzendes Folienpäckchen kommt zum Vorschein. Grinsend reißt er es mit den Zähnen auf.

»Aktuell bin ich körperlich etwas eingeschränkt, also sei ein bisschen nachsichtig mit mir«, sagt er, während er das Kondom abrollt und wieder zu mir kommt. Ich will gar nicht wissen, woher oder warum er weiß, dass sich im Nachtschrank Gummis befinden. Im Moment bin ich sehr froh darüber, denn sonst wäre das Ganze wirklich schneller vorbei, als mir lieb ist. Gedanklich gehe ich mögliche Positionen durch, die mit einem Gipsarm zu bewerkstelligen und für ihn nicht zu anstrengend sind. Die blauen Flecken auf seinem Oberkörper sehen schmerzhaft aus und sind es vermutlich auch. Über mir kniend, sieht er abwartend auf mich herab. Er wird nichts tun, wenn ich ihn nicht dazu auffordere. Ich fasse ihn an den Schultern und drücke ihn nach hinten in die Kissen. Ohne zu zögern, entledige ich mich meines Slips. Kyles Augen werden groß, als ich auf ihn klettere und mich langsam auf ihn sinken lasse. Ich bin selbst überrascht, dass ich so mutig bin, denn für gewöhnlich bin ich eher die, die auf dem Rücken liegt. Jedenfalls beim ersten Mal. Zentimeter für Zentimeter nehme ich ihn in mich auf und blicke dabei in seine blauen Augen, die plötzlich so dunkel wirken, wie es die tiefen

Abgründe der Tiefsee sind. Als er vollständig in mir ist, verharre ich in der Position, damit wir uns beide aneinander gewöhnen können. Seine Hand wandert von meinem Oberschenkel über meine Seite auf meinen Rücken, dann drückt er mich an sich. Langsam lasse ich mein Becken kreisen, während wir uns leidenschaftlich küssen. Das Ziehen in meinem Unterleib wird stärker, was mich dazu treibt, das Tempo zu erhöhen. Ein Stöhnen verlässt meine Kehle.

»Das hier fühlt sich verdammt gut an«, keucht er gegen meine Lippen, legt den Kopf in den Nacken und verschwindet somit fast vollständig in den weichen Daunenkissen. Ich verteile eine Spur Küsse über seinen Hals, lasse ihn ein Stück aus mir herausgleiten, bevor ich ihn wieder ganz in mir aufnehme.

»Fuck«, flucht Kyle leise und der Griff an meiner Hüfte wird fester. Immer wieder hebe und senke ich mich. Kyle passt sich meinem Rhythmus an und kommt mir mit seinen Stößen entgegen. Er hat recht, das hier fühlt sich verdammt gut an. Richtig. Perfekt.

Mein Körper sehnt sich nach Erlösung. Als würde Kyle es spüren, löst er die Hand von meiner Hüfte und schiebt sie zwischen uns, reibt über mein Bündel aus Nervensträngen. Er stößt mich von der Klippe und fängt mich auf, bevor ich auf dem Boden zerschelle.

30

Kyle

Schon oft habe ich in diesem Gästezimmer übernachtet und den Sonnenaufgang beobachtet, aber nie war er so schön wie an diesem Morgen. Was vor allem der Tatsache geschuldet ist, dass nicht Nick, sondern Jolee neben mir liegt und sich an mich kuschelt. Ihr nackter, warmer Körper schmiegt sich so perfekt an meinen, als hätte er schon immer zu mir gehört. Gedankenverloren spiele ich mit einer ihrer blonden Haarsträhnen, während sie friedlich schläft. Niemals hätte ich gedacht, dass der Abend so endet. Ich sollte platzen vor Glück und doch liegt mir da etwas schwer im Magen. Nick. Seine Reaktion hat Klärungsbedarf. Er sagt, er komme damit klar, aber so richtig überzeugend wirkt es nicht. Vorsichtig schiebe ich Jolee von mir und klettere aus dem Bett. So leise wie möglich sammle ich Phoenix' Klamotten ein und ziehe sie erneut an. Da ich mich nicht einfach davonschleichen will und Jolee das eventuell missverstehen könnte, suche ich in dem Fernsehschränkchen nach Zettel und Stift. So gut es geht, kritzle ich eine Nachricht auf das Papier und lege sie auf das Kopfkissen.

Im Haus herrscht absolute Stille, als ich das Zimmer verlasse und durch den Flur schleiche. Aber ich kenne Nick. Er war sicher bereits im Morgengrauen eine Runde joggen und zockt nun in Phoenix' Multimediazimmer. Auf meinem Weg dorthin beschließe ich, einen kurzen Abstecher in der Küche zu machen. Von hier kann man den Poolbereich gut einsehen. Als ich Nick draußen entdecke, stutze ich. Die Glasschiebetür steht offen und die kühle Morgenluft schlägt mir entgegen. Mit einer Tasse Kaffee in der Hand trete ich hinaus. Nick liegt auf der Lounge, die Arme hinter dem Kopf verschränkt. Schläft er oder was macht er hier draußen?

»Ich habe mich schon gefragt, wann du hier auftauchst«, sagt er, ohne sich überhaupt zu mir umzudrehen. Okay, er ist wach. Mit einem mulmigen

Gefühl setze ich mich zu ihm. Ich will echt keinen Stress mit Nick oder dass es komisch wird, wenn wir alle drei im selben Raum sind.

»Alles okay zwischen uns?«, frage ich ihn direkt und zögere die Sache nicht unnötig hinaus. Für den Bruchteil einer Sekunde sieht er in meine Richtung.

»Klar.« Dieses eine Wort klingt so emotionslos, dass ich sofort hellhörig werde.

»Aber?«, hake ich nach.

»Nichts aber, alles cool.«

»Komm schon, Nick, es gibt ein *Aber*. Ich kenne dich gut genug, um zu wissen, wie du tickst.«

Abfällig stößt er die Luft aus. »Ist das so? Vor ein paar Tagen hast du etwas anderes behauptet.«

»Und du hast gesagt, du hättest kein Problem mit Jolee und mir. Offensichtlich haben wir uns beide geirrt«, schieße ich zurück.

»Vielleicht geht es ausnahmsweise einmal nicht um meine Schwester. Sie ist nicht der Nabel der Welt.«

»Also ziehst du nicht so ein angepisstes Gesicht wegen der Sache auf dem Parkplatz?«, frage ich vorsichtig.

»Es ist mir scheißegal, was ihr beide veranstaltet«, zischt er genervt, springt von der Lounge auf und zieht sich das T-Shirt über den Kopf. »Ich schwimme ein paar Bahnen.« Im nächsten Moment steht er am Beckenrand und taucht mit einem Kopfsprung im Pool ab. So habe ich mir unser Gespräch nicht vorgestellt.

Zehn Minuten lang sehe ich ihm dabei zu, wie er seine Bahnen zieht, während ich meinen Kaffee trinke. Er wird nicht herauskommen. Wenn Nick nicht reden will, dann tut er es auch nicht. Mir bleibt nichts anderes übrig, als die Tasse zu leeren und ihn weiter seinen Frust abbauen zu lassen.

Nach weiteren fünf Minuten ziehe ich mich zurück, damit er nicht noch zwanzig Bahnen schwimmen muss, um einem Gespräch mit mir aus dem Weg zu gehen. In der Küche treffe ich auf Bree. Sie sitzt am Tresen und starrt hinaus auf den Pool.

»Guten Morgen«, sage ich und räume die Kaffeetasse in die Spülmaschine.

»Morgen«, erwidert sie knapp und sieht kurz zu mir rüber, bevor sie den Pool erneut ins Visier nimmt. »Hat Sunnyboy sich wieder eingekriegt?« Überrascht halte ich in der Bewegung inne, weil ich gerade eines der Häppchen, die von der Party übrig geblieben sind, in den Mund schieben will.

»Sunnyboy?«

»Von mir aus auch der Möchtegern-Held im Pool.«

»Du weißt, was mit ihm los ist?«, frage ich und setze mich zu ihr an den Küchentresen.

»Phoenix hat ihm eine ziemliche Ansage wegen Jolee gemacht. Ich hätte nicht gedacht, dass sich ausgerechnet in ihm ein Moralapostel versteckt«, sagt sie, fischt den Teebeutel aus dem Glas und legt ihn auf einem Teller mit Essensresten von gestern ab.

»Warum hat Phoenix Nick wegen Jolee eine Ansage gemacht?«, hake ich nach, um mehr darüber zu erfahren.

»Mir ist die Sache mit Sam im Southern rausgerutscht. Phoenix hat nicht verstanden, weshalb Nick die Sache nicht geregelt hat und warum er Jolee nie erwähnt hat, wenn sie sogar dieselbe Uni besucht.« *Oh!*

»Und was hat Nick dazu gesagt?«

»Dass er nicht ihr Babysitter ist.« *Doppeltes Oh!*Phoenix ist zwar ein Arschloch, verfügt aber über einen ausgeprägten Beschützerinstinkt. Dass er nicht begeistert von der Tatsache ist, dass Nick Jolee von uns ferngehalten hat, war abzusehen. Phoenix ist der King und wir sein Rudel, das sagt er immer wieder und ich habe keinen Zweifel daran, dass er das wirklich so sieht. Und ich bin mir auch ziemlich sicher, dass er Bree inzwischen ebenfalls in sein Rudel aufgenommen hat, ob sie nun will oder nicht.

»Das erklärt Nicks miese Laune.« Aber warum hat er es mir nicht erzählt, als ich ihn nach Jolee gefragt habe? Die Zeiten, in denen wir uns alles sagen konnten, sind offensichtlich vorbei. Sein Verhalten beunruhigt mich etwas, besser ich spreche ihn noch mal darauf an, sobald er sein Gemüt wieder runtergefahren hat.

Bree seufzt. »Du kennst Jolee, sie wäre nicht mit wehenden Fahnen in euren Fanclub eingetreten, nur weil Nick mit ihr eine Vorstellungsrunde dreht.« Ich sehe in Richtung Pool, wo mein Freund sich auf den Beckenrand stemmt und aus dem Wasser klettert.

»Ist er immer so?«, fragt Bree und ich reiße den Blick von Nick los.

»Wer?«, frage ich, weil ich mir nicht sicher bin, wen von beiden sie meint.

»Nick«, antwortet sie knapp und legt den Kopf schräg, während sie ihn durch die große Fensterscheibe beobachtet.

»Wie ist er denn?« Ihre Meinung zu ihm unterscheidet sich vermutlich grundlegend von meiner. Sie ist eine Frau und ich bin sein bester Freund. Es würde mich wundern, wenn wir ihn nicht aus verschiedenen Blickwinkeln analysieren.

»So verschlossen … irgendwie kaputt. Der tut doch nur so abgebrüht.« Nachdenklich mustere ich Bree, die immer wieder an ihrem Tee nippt, dann werfe ich erneut einen Blick zu Nick. Er wickelt sich ein Handtuch um die Hüfte, schüttelt sich das Wasser aus den dunklen Haaren und streicht sie sich anschließend aus dem Gesicht. Frustriert stößt Bree die Luft aus und endlich fällt bei mir der Groschen – *sie steht auf ihn*. Ich würde es meinem Freund wirklich gönnen. Bree ist großartig und kann ihm eindeutig das Wasser reichen. Dennoch bezweifle ich, dass er sich ihr auch nur auf einen Meter nähert. Bree ist Jolees Freundin und Nick geht üblicherweise bei Frauen schon auf Abstand, bevor sie überhaupt aus seinem Bett gekrochen sind.

Ohne ein einziges Wort kommt er durch die offene Glastür. Er schaut nicht einmal zu uns herüber. Im Gegensatz zu Bree, denn sie sieht ihm sehnsüchtig hinterher.

»Ich würde gerne sagen: Versuch dein Glück, aber ich weiß nicht, ob das so ein guter Ratschlag wäre«, sage ich ehrlich, sobald Nick außer Hörweite ist.

»Nein, wäre es nicht.« Sie rutscht vom Barhocker und stellt ihr leeres Teeglas ebenfalls in die Spülmaschine. »Ist Jolee schon wach? Wir sollten langsam mal den Heimweg antreten.« Am liebsten würde ich protestieren und ihr Jolee nicht überlassen, aber die Mädels haben sicher beidseitigen Redebedarf.

»Als ich aufgestanden bin, hat sie noch geschlafen. Ich gehe nachsehen und sage ihr Bescheid, dass du gehen möchtest.«

»Okay, ich warte am Auto auf sie.« Fast schon fluchtartig verlässt sie das Haus über den Poolbereich.

Mit einer dampfenden Tasse Kaffee betrete ich das Gästezimmer. Jolee schlüpft gerade in die Kleidung von gestern. Verdammt, ich hätte ein paar Minuten eher zurückkommen sollen, dann wäre ich erneut in den Genuss ihrer nackten Haut gekommen und hätte mich für einen Augenblick zu ihr kuscheln können. Sie wirbelt herum und verharrt in der Bewegung, als sie mich im Türrahmen entdeckt.

»Hey.« Ein Hauch Unsicherheit schwingt in ihrer Stimme mit. Ich habe angenommen, dass wir inzwischen über diesen Punkt hinaus sind.

»Alles okay?«, frage ich, damit sie weiß, dass mir ihre Unsicherheit nicht entgangen ist.

»Du hast dich davongeschlichen.«

»Nur, um Kaffee zu besorgen, aber wenn du ihn nicht willst …« Das ist zwar nicht die ganze Wahrheit, aber ich will sie wegen Nick nicht beunruhigen.

Mit wenigen Schritten steht sie vor mir und nimmt mir das Getränk ab. »Danke, du bist ein Schatz«, sagt sie und drückt mir einen schnellen Kuss auf den Mund. Sie seufzt, als der Kaffee ihre Lippen berührt. Dieses unschuldige Geräusch weckt in mir den Wunsch, sie wieder ins Bett zu zerren, doch dann besinne ich mich darauf, dass Bree nach Hause will.

»Ich soll dir von deiner Freundin ausrichten, dass sie am Auto auf dich wartet.«

»Bree! Verdammt, sie habe ich total vergessen«, sagt sie hastig und drückt mir die Tasse wieder in die Hand. »Ich geh dann mal.« Unschlüssig tritt sie von einem Fuß auf den anderen, als wüsste sie nicht, was als Nächstes kommt. Ich stelle die Kaffeetasse auf den Beistelltisch neben der Tür ab und ziehe sie in meine Arme.

»Ich lasse dich nur ungern gehen, aber Nick dreht mir den Hals um, wenn ich mich mit dir aus dem Staub mache. Sehen wir uns nachher?« Ein Lächeln erhellt ihr Gesicht, automatisch erscheint auch eins auf meinen Lippen.

»Okay, dann bis später.« Im nächsten Moment windet sie sich aus meiner Umarmung und stürmt zur Tür raus.

»Hey!«, rufe ich ihr nach und trete in den Flur. Überrascht sieht sie sich zu mir um. »Man geht nie ohne einen Abschiedskuss. Das ist ein Gesetz. Also komm her und verabschiede dich so, wie es sich gehört.« Lachend überbrückt sie die Distanz zwischen uns und presst ihren Mund auf meinen.

31

Jolee

Das Grinsen in meinem Gesicht ist so breit, dass es wahrscheinlich einmal um den Kopf herumreicht. Beinahe stolpere ich über eine umgekippte Vase, als ich den Flur entlangstürme, um Bree nicht zu lange warten zu lassen. River kommt mir, nur mit einem Handtuch bekleidet, entgegen und lächelt mich müde an. Sein nackter Oberkörper zieht kurz meine Aufmerksamkeit auf sich. Er besteht nur aus Muskeln, Sehnen und ... Ist das ein Piercing in seiner Brust? Regelmäßiger Sport ist auf keinen Fall eine Zeitverschwendung, wenn man anschließend so aussieht. Eventuell sollte ich Bree doch mal ins Yogastudio begleiten.

»Du gehst vor dem Frühstück? Das spricht nicht gerade für Kyles Qualitäten.« Er streckt sich und gähnt dabei. Ich schwöre, ich kann dabei seine Mandeln sehen, weil er sich nicht die Mühe macht, eine Hand vor den Mund zu halten. Bitte lass ihn dieses Handtuch ordentlich festgesteckt haben. Einer Darbietung seiner Männlichkeit, weil ihm der Frotteefetzen von den schmalen Hüften rutscht, würde ich gerne entgehen. Bevor es peinlich wird, reiße ich meinen Blick von seiner Körpermitte los und sehe ihm wieder ins Gesicht.

»Bree wartet im Auto auf mich. Ich muss also los. Ciao«, sage ich schnell, um aus dieser Situation zu flüchten, die mir irgendwie unangenehm ist.

»Man sieht sich«, antwortet er knapp und verschwindet in das Zimmer rechts von ihm.

Ohne weitere Zwischenfälle erreiche ich den Parkplatz, auf dem nur noch eine Handvoll Autos stehen. Bree sitzt auf der Motorhaube ihres alten Fords und winkt mir zu, als sie mich entdeckt.

»Na du grinst ja wie ein Honigkuchenpferd. Der Fußballgott bringt's also nicht nur auf dem Rasen, sondern auch zwischen den Laken!«, brüllt sie mir entgegen und ich schaue mich hastig um. Zum Glück ist weit und breit niemand zu sehen.

»Geht's noch lauter? Ich glaube, die Menschen in Richmond haben dich nicht gehört.« Ihr Lachen hallt über den gesamten Parkplatz.

»Ausgerechnet du willst mit mir, nach letzter Nacht, über Lautstärke diskutieren? Ich schwöre, ich hatte das Gefühl, wir hätten einen flotten Dreier geschoben, so hat es in meinen Ohren gedröhnt.« Meine Wangen werden heiß und die Farbe meines Gesichtes verändert sich vermutlich von zartrosa zu höllenfeuerrot. Um es wieder runterzukühlen, werde ich wahrscheinlich einen Kübel Eis brauchen.

»Bree O'Donell, du bist echt unmöglich«, sage ich kopfschüttelnd.

»Einer der Gründe, warum du mich liebst. Los, lass uns verschwinden, ich habe noch ein Date.« Sie rutscht von der Motorhaube, geht zur Fahrerseite ihres in die Jahre gekommenen Fords und steigt ein.

»Du hast ein Date? Mit wem? Und warum weiß ich nichts davon?«, poltern die Fragen nur so aus mir heraus, sobald ich auf dem Beifahrersitz sitze.

Bree wirft mir einen verwirrten Blick von der Seite zu. »*GoT*, finale Staffel, muss ich mehr sagen?« Entsetzt starre ich sie an.

»Du meinst, du hast kein Date mit einem menschlichen Wesen, sondern mit einer Fernsehserie?«

»Es ist kein Anime. Die Darsteller sind durchaus menschlicher Natur«, rechtfertigt sie sich und lässt den Wagen an.

»Ich werde nie verstehen, was du an diesem ganzen Serienquatsch findest.«

»Nicht jeder hat eine so ausgeprägte Fantasie, dass ein paar Papierseiten ausreichen. Ich reagiere halt sehr auf visuelle Reize.«

»Du meinst halb nackte Männer.«

»Unter anderem.«

»Tut mir übrigens leid, dass ich dich zwischen all den Kerlen alleine gelassen habe«, sage ich in einem flapsigen Ton. So wie ich sie kenne, ist sie völlig in ihrem Element gewesen und hat die Jungs anständig auf Trab gehalten.

»Ich habe mich schon schlechter amüsiert. Erzähl mal, ist unser Sweetheart so ausgestattet, wie er vermuten lässt?«

»Wir werden nicht darüber reden, erinnerst du dich?«

»Jaja! Einen Versuch war es wert. Allerdings solltest du besser mal mit Nick reden, der ist echt komisch drauf«, erwidert sie und erwischt mich damit völlig unvorbereitet. Die Art, wie sie es sagt, lässt in mir sämtliche Alarmglocken schrillen.

»Warum? Hat er irgendetwas gesagt?«, will ich wissen und versuche das nagende Gefühl in meiner Magengegend zu ignorieren.

»Hat Kyle nichts erzählt?«, fragt sie und wirft einen kurzen Blick in meine Richtung, bevor sie sich wieder auf die Straße konzentriert.

»Nein, was genau hätte er mir denn sagen sollen?«, hake ich nach.

»Mir ist die Sache mit Sam rausgerutscht und Phoenix hat ihn dafür ziemlich in die Mangel genommen. Von wegen: Er sei dein Bruder und müsse auf dich aufpassen und so. Nick war wirklich angepisst und hat sich verdrückt. Erst kurz bevor ihr zurück wart, ist auch er wieder aufgetaucht. Du solltest das mit ihm klären.« Sie wirkt aufrichtig besorgt. Um mich, um Kyle und auch um Nick. Sie will, dass wir uns alle verstehen und es keinen Stress gibt. Bree ist ein absolutes Harmoniemädchen.

»Kyle hat mit Nick geredet. Er hat gesagt, mein Bruder hätte kein Problem mit uns«, antworte ich, weil ich ihre Besorgnis nicht ganz nachvollziehen kann. Auf mich hatte Nick nicht anders als sonst gewirkt. Unnahbar mit einer gewohnten Portion Ablehnung. Also nichts, was mich beunruhigt.

»Ich weiß nicht, Jolee. Immer, wenn ich Nick ansehe, erinnert er mich an diesen Moment der Stille, bevor der Sturm zuschlägt und nur noch Verwüstung hinterlässt. Irgendetwas brodelt da gewaltig hinter seinen Mauern, was nur darauf wartet, dass jemand ein paar Backsteine aus der Wand herausbricht.«

»Ach, du übertreibst. Das ist einfach Nicks Persönlichkeit. Er hat das Miesepeter-Gen schon seit der Middle School gepachtet«, versuche ich sie zu besänftigen. »Du kennst ihn nicht so gut wie Kyle oder ich. Glaub mir, er verhält sich oft so. Da steckt nicht mehr dahinter.«

»Wenn du dich da mal nicht irrst. Nick ist kein bockiger Junge aus der Middle School. Ich schwöre dir, er ist ein Kerl, der auf einem Pulverfass sitzt. Auf mich macht er nicht den Eindruck, als würde er darauf verzichten, dich in ein Hotdog-Kostüm zu stecken. Wirklich, räum die Sache mit der Wette aus der Welt, bevor es ein böses Ende gibt«, entgegnet sie, legt den Rückwärtsgang ein und zirkelt den Ford in eine freie Parklücke vor unserem Wohnhaus. Was, wenn Bree recht hat? Sie ist nicht der Typ für überflüssige Dramen, wenn sie sich also Sorgen macht, dann sicher aus gutem Grund. Wie weit bin ich noch von der Katastrophe entfernt, bevor sie mich unter sich begräbt? Ist Nick wirklich ein herannahender Sturm oder gar ein Tornado? Wenn er Kyle die Sache mit der Wette petzt, dann habe ich verloren. Und damit meine ich nicht die hirnlose Wette, sondern Kyle.

Das Klopfen am Autofenster lässt mich zusammenzucken. Bree sieht mich durch die Scheibe fragend an. Meine Gedanken haben mich so eingenommen, dass ich nicht einmal bemerkt habe, wie sie aus dem Wagen gestiegen ist.

»Alles okay?«, fragt sie, als ich die Beifahrertür öffne. »Du siehst irgendwie blass aus.«

»Ja, alles bestens. Ich war nur in Gedanken«, sage ich und klettere schnell aus dem Wagen. »Wollen wir? Nicht, dass du noch dein Date verpasst«, ziehe ich sie auf und eile in Richtung Hauseingang.

»Warum genau sitze ich hier und schaue mir das mit dir an?«, stöhne ich und starre auf die seltsame Szene, die über den Bildschirm läuft.

»Weil du meine beste Freundin bist und ich deine Gesellschaft sehr schätze«, erwidert Bree und kaut weiter auf einer Möhre herum. Meine Hand steckt tief in der Chipstüte. Jedes laute Knistern bringt mir einen ermahnenden Blick meiner Freundin ein.

»Vier Stunden sind Folter, kein Freundschaftsdienst«, erkläre ich und stecke mir ein paar Chips in den Mund.

Eine erhobene Hand taucht vor meinem Gesicht auf. »Halt endlich die Klappe und lass dich darauf ein. Du musst die Atmosphäre auf dich wirken lassen.«

»Welche Atmosphäre? Die halb nackten Kerle, die permanent durchs Bild tanzen?«

»Hey, nicht jeder hat einen Traumtyp wie Kyle am Start.« Sie zieht eine Schnute, woraufhin ich laut lachen muss und sie genervt die Augen verdreht. Das unerwartete Klingeln an der Tür lässt mich zusammenzucken.

»Erwartest du jemanden?«, frage ich Bree, die mir einen Mit-Sicherheit-nicht-Blick über die Schulter zuwirft. Ich bin bereits aufgestanden, um herauszufinden, wer vor der Tür steht.

»Ich befinde mich mitten in meinem Date, also wenn nicht gerade Jensen Ackles vor der Tür steht, bleibe ich bei den Jungs von *GoT*«, antwortet sie und wendet den Blick ab. Kopfschüttelnd drücke ich den Knopf für die Gegensprechanlage.

»Hallo?«

»Hey, ich bin es, Kyle. Kann ich raufkommen?« Die Frage muss er gar nicht erst stellen, mein Finger hat bereits auf den Türsummer gedrückt, als ich seine Stimme erkannt habe. Lächelnd stehe ich in der offenen Tür und lausche seinen schnellen Schritten, bis er in meinem Blickfeld erscheint. Wer hätte das gedacht, der Ich-date-keine-Sportler-Nerd freut sich auf ihren Ich-bin-ein-heißer-Sportler-Freund.

»Bist du etwa hergelaufen?«, frage ich ihn, weil er irgendwie abgehetzt aussieht.

»Nein, Nick hat mich auf halber Strecke abgesetzt, als er zu den anderen ins Southern ist.«

»Und du wolltest nicht mitgehen?«

»Wärst du denn gerne hingegangen?«

»Ich? Nein, aber ich will dich auch nicht davon abhalten, mit deinen Jungs etwas zu unternehmen. Wir hätten uns morgen treffen können.« Ich trete einen Schritt zur Seite, damit er reinkommt und nicht länger vor der Tür stehen muss. Ein breites Grinsen erscheint auf seinem Gesicht und im nächsten Moment finde ich mich in seinen Armen wieder.

»Nirgendwo wäre ich lieber als hier bei dir.« Seine Worte lassen mein Herz höherschlagen und wie einen verliebten Teenager lächeln. Ich schiebe die Hände in seinen Nacken, ziehe ihn näher zu mir heran und küsse ihn.

»Bitte sag, dass es Kyle und nicht Jensen Ackles ist, mit dem du im Flur knutschst?«, ruft Bree aus dem Wohnzimmer. Seufzend beende ich unseren Kuss.

»Der Typ von Supernatural?«, fragt Kyle überrascht.

»Warum wundert es mich nicht, dass du weißt, wer er ist, aber keine Ahnung von Thomas Jefferson hast?«

»Dank dir weiß ich inzwischen mehr über Thomas Jefferson, als ich jemals wissen wollte«, antwortet er und drückt mir einen Kuss auf die Nasenspitze.

»Intelligenz ist durchaus sexy.«

»Ich weiß, du bist der beste Beweis dafür.«

»Kinder, könnt ihr euch vielleicht ins Schlafzimmer verziehen? Ich versuche mich hier zu konzentrieren«, dröhnt erneut Brees Stimme in den Flur. Lachend greife ich nach Kyles Hand und ziehe ihn hinter mir her. Die Tür zu meinem Zimmer fällt hinter uns ins Schloss und sofort liegen seine Lippen wieder auf meinen.

Viel zu schnell löst er sich wieder von mir und ich würde gerne protestieren, doch er sieht sich bereits neugierig in meinem Zimmer um. Er nimmt ein Buch aus dem Regal und beäugt es skeptisch, bevor er es wieder zurück an seinen Platz stellt.

»Und, was machen wir jetzt mit dem restlichen Tag?«

»Nachhilfe«, antworte ich knapp.

»Nachhilfe?« Kyles Augen werden groß und er sieht ehrlich entsetzt aus, was mich zum Lachen bringt. Ich überbrücke die kleine Distanz zwischen uns, greife nach dem Saum seines schwarzen Hoodies und schiebe ihn ein Stück nach oben. Es ist der gleiche, den ich inzwischen auch besitze, weil ich ihn Kyle nach der Badezimmerüberflutung nie zurückgegeben habe.

»Ja. Du brauchst dringend Nachhilfe im Ausziehen. Wenn ich mich an deinen letzten Versuch erinnere, aus dem Pullover herauszukommen, ist da eindeutig die ein oder andere Übungsstunde nötig.«

»Ich glaube, damit könntest du recht haben.«

32

Kyle

Wenn Jolee mich ausziehen will, werde ich mich ganz sicher nicht beschweren. Diese Art von Nachhilfe werde ich im Gegensatz zu einer Lektion in amerikanischer Geschichte in vollen Zügen genießen.

»Arme hoch«, weist sie mich an, nachdem sie mich auf die Bettkante delegiert hat.

»Jawohl, Frau Lehrerin«, gehorche ich und grinse sie an. Mit einem festen Ruck zerrt sie mir den Hoodie über den Kopf und befördert ihn auf den Boden.

»Findest du das lustig, Blackmoore?«

Ich schlinge die Arme um sie und ziehe sie auf meinen Schoß. »Nein, um ehrlich zu sein, macht mich diese Strenge-Lehrerin-Nummer echt an.« Als Beweis reibe ich das Becken leicht an ihr und präsentiere ihr meine Härte.

»Du stehst also auf Rollenspiele?«, fragt sie kokett und legt den Kopf schief. Verflucht, sie sieht zum Anbeißen aus.

»Wenn du darin die Hauptrolle spielst, auf jeden Fall.« Ich lasse mich auf den Rücken fallen und sehe sie herausfordernd an.

»Es könnte sein, dass du für dein freches Mundwerk heute Nacht nachsitzen musst.« Im nächsten Moment landet ihr Shirt ebenfalls auf dem Boden. Meine Augen erblicken sofort den roten Spitzen-BH, in den ihre perfekten Brüste eingepackt sind. Bei diesem Anblick ziehe ich scharf die Luft ein. Jolee ist wunderschön und sexy zugleich. Mit den Fingerspitzen zeichne ich die Linie zwischen ihren Brüsten nach und schiebe anschließend das Stückchen Stoff etwas nach unten, um die Haut darunter freizulegen. Eine Gänsehaut bildet sich auf ihrem Dekolleté und ein leises Stöhnen verlässt ihren Mund. Der Klang ist so erotisch, dass es erwartungsvoll in meinem Schritt zuckt.

»Ist es unpassend, wenn der Schüler die Lehrerin bittet sich auszuziehen?« Meine Finger wandern unter den rechten Träger und schieben ihn von ihrer

Schulter. Jolee fasst hinter sich und hakt den Verschluss auf, zieht ihn aber nicht aus.

»Wer war der erste Präsident der Vereinigten Staaten?«, fragt sie und bringt mich damit aus dem Konzept.

»Wie bitte?«

»Für jede richtige Antwort verschwindet ein Kleidungsstück, also?«, antwortet sie zuckersüß. Allein dafür würde ich sie gerne besinnungslos küssen.

»Ist das dein Ernst?« Vorsichtig zupfe ich an dem Träger, aber sie gibt nicht nach.

»Du wolltest spielen, also spielen wir. Du bist am Zug, Blackmoore.« Seufzend schalte ich meine grauen Zellen ein und versuche nachzudenken, was mir verdammt schwerfällt. Dieses Thema haben wir zu Genüge durchgekaut und eigentlich sollte ich es inzwischen im Schlaf können, aber denken ist gerade nicht so einfach, weil ich im Augenblick von ihrem Anblick etwas abgelenkt bin. Es dauert einen Moment, bis mir die richtige Antwort einfällt. Am liebsten möchte ich mit dem, was wir im Begriff sind zu tun, sofort fortfahren, doch dann lasse ich mich darauf ein. Gut, meine Vorlage mit der sexy Lehrerin hat sie ausgenutzt, um mich jetzt hinzuhalten. Der wahre Spielemacher bin jedoch ich und ich habe nicht vor den Platz als Verlierer zu verlassen.

»Abraham Lincoln?«, lasse ich sie zappeln.

»Komm schon, streng dich an. Da waren noch achtzehn vor ihm im Amt.«

»Wirklich? Roosevelt, Jefferson?«

Genervt verdreht sie die Augen. 1:0 für mich. »Echt jetzt, Kyle? Hast du mir in einer unserer Nachhilfestunden überhaupt zugehört?«

»Deine Schönheit hatte meine volle Aufmerksamkeit.« Herausfordernd grinse ich sie an. Sie ist am Zug.

»Haha.« Der Ausdruck in ihrem Gesicht verändert sich minimal, aber genug, dass ich mich alarmiert aufsetze, eine Hand an ihre Wange lege und sanft über ihre Haut streiche.

»Das ist die Wahrheit, du bist so verdammt schön.« Skeptisch hebt sie eine Augenbraue. Hat ihr das noch nie jemand gesagt? »Und du hast recht,

Intelligenz ist sexy.« Während ich mit dem Daumen die Kontur ihrer Unterlippe nachzeichne, verliere ich mich wieder einmal in ihren rehbraunen Augen. »Ich komme mir zwar in deiner Nähe ständig wie ein Trottel vor, aber zum ersten Mal habe ich nicht das Gefühl, irgendwelche Erwartungen erfüllen zu müssen. Für dich bin ich einfach Kyle. Nicht das Fußballtalent oder ein nettes Accessoire. Für dich bin ich einfach nur der Trottel, der sich nicht merken kann, dass George Washington unser erster Präsident gewesen ist.«

Jolee verpasst mir einen Stoß und ich lande auf dem Rücken. »Du hast mich verarscht«, schimpft sie, kann sich aber ein Grinsen nicht verkneifen.

»Nur was den Präsidenten betrifft. Alles andere entspricht zu hundert Prozent dem, was ich denke und fühle. Jolee, ich bin verrückt nach dir und das seit dem Augenblick, als du aus dem Barneys gestürmt bist, weil du mich da hast sitzen sehen«, gestehe ich und hoffe, dass ich mich damit nicht zu weit vorgewagt habe.

Ihr Blick wird weicher. Sie lässt ihren BH fallen und ich muss mich zwingen, ihr ins Gesicht zu sehen, anstatt wie ein Vollidiot auf ihre nackten Brüste zu starren.

»Wann war der Bürgerkrieg?« Sie will mich wirklich quälen, oder? Jolees Hände legen sich auf meine Bauchmuskeln und wandern tiefer, bis sie den Bund der Trainingshose erreichen.

»1861 bis 1865.« Zufrieden nickt sie, krabbelt von meinem Schoß und zieht mir die Hose aus. Kurz verharrt ihr Blick auf der Beule, die sich in meiner Boxershorts bemerkbar macht. Als sie mit den Fingerspitzen darüberstreicht, werde ich augenblicklich härter und kann ein Stöhnen nicht unterdrücken.

»Thomas Jefferson?«, fragt sie und hakt ihre Finger herausfordernd in meine Unterwäsche.

»Die Nummer hier macht dir wirklich Spaß, oder?« Bevor sie überhaupt reagieren kann, packe ich sie und begrabe sie unter mir. Sie lacht.

»Thomas Jefferson: 1743 bis 1826, geboren und gestorben in der Nähe von Charlottesville. Gründervater der Vereinigten Staaten. Verfasser der Unabhängigkeitserklärung und nicht zu vergessen, Daddy der University of Virginia. Habe ich den Test bestanden?«

»Zieh dich aus, Blackmoore, ich will mit dir schlafen, sofort.« Sie windet sich unter mir hervor, öffnet ihre Jeans und schiebt sie sich über die Hüften. Wie gebannt schaue ich ihr dabei zu.

»Brauchst du Hilfe oder eine Zusatzfrage, damit du dich endlich nackt ausziehst?«

So einfach werde ich es ihr nicht machen. Das Spiel beende ich, nicht sie. »Wer hat letzte Saison den Major League Cup gewonnen?« Ihre Arme legen sich um meinen Hals, wollen mich zu ihr heranziehen, aber ich halte dagegen und drehe den Spieß herum. »Ich warte.«

»Das meinst du doch nicht ernst!?«

»Hat das Genie etwa Bildungslücken?«, necke ich sie, gebe aber nach und küsse sie. Als sich ihre Lippen teilen, zögere ich nicht und lasse meine Zunge in ihren Mund gleiten. Im Augenblick könnte ich mich selbst verteufeln, weil ich nicht beide Hände zur Verfügung habe, um sie so anzufassen, wie sie es verdient hat. Jolee entfährt ein protestierender Laut, weil ich unseren Kuss beende. Sofort drücke ich meine Lippen auf die weiche Haut an ihrem Hals und verteile federleichte Küsse darauf. Erkunde ihren Körper. Unter meiner Liebkosung richten sich ihre Nippel auf und ich schenke ihnen ausgiebig meine Aufmerksamkeit. Jolee wölbt sich mir entgegen und stöhnt leise. Dieser verdammte Gips macht es völlig unmöglich, sie so zu berühren, wie ich es gern würde. Ständig ist das Teil im Weg und schränkt mich ein. Ich werde drei Kreuze machen und eine Woche mit Jolee im Bett verbringen, wenn ich das Ding wieder los bin. Bis dahin werde ich mein Bestmögliches tun. Mit diesem verdammten Gips! Ich ändere meine Strategie, rücke von ihr ab, positioniere mich zwischen ihren Beinen und küsse mich von ihren Oberschenkeln bis zu ihrer Mitte. Meine Zunge taucht in ihre Feuchtigkeit, umkreist ihre Perle, neckt, leckt und bringt sie an den Rand der Verzweiflung. Sie krallt sich in meinen Haaren fest, hebt ihr Becken und drängt sich flehend gegen mich.

»Mehr«, fordert sie. Nur zu gerne tue ich ihr den Gefallen und nehme zwei

Finger zur Unterstützung. Als sie keucht und unter meinen Berührungen zu zucken beginnt, erhöhe ich das Tempo und sauge an ihrer empfindlichsten Stelle. Ihr Körper versteift sich und sie pulsiert heftig um meine Finger.

»Kyle ... O Gott ... Kyle ... fuck.« Dass sie meinen Namen unkontrolliert stöhnt, turnt mich extrem an. Die Erektion in meiner Shorts nimmt allmählich schmerzhafte Ausmaße an, als sie auf meiner Zunge zum Höhepunkt kommt.

Jolee entspannt sich und sinkt tief in die weiche Matratze. Ich zieh meine Hand zurück und rutsche zu ihr hinauf. Sofort schlingt sie die Arme um meinen Hals und ich lande halb auf ihr, bevor sie meinen Mund voller Leidenschaft erobert. Meine Härte drückt sich zuckend gegen ihren Oberschenkel und fordert stumm ihr Recht ein, endlich in ihr sein zu dürfen.

»Bitte sag, dass du hier irgendwo Kondome versteckt hast«, will ich zwischen zwei Küssen wissen.

»Sag bloß, du hast keine in deiner Hosentasche?« Sie rollt sich unter mir hervor, dreht sich auf den Bauch und zieht die Nachttischschublade auf. Wie auf dem Präsentierteller liegt ihr nackter Po vor mir. Ich kann einfach nicht widerstehen und kneife kurz hinein. Ihr Kopf schießt herum und sie sieht mich mit aufgerissenen Augen an.

»Hast du mir gerade in den Hintern gekniffen?«

Grinsend beuge ich mich vor. »Hat dir schon mal jemand gesagt, dass du einen fantastischen Arsch hast?« Sanft platziere ich einen flüchtigen Kuss auf ihrer linken Pobacke.

»Wow, Blackmoore, du bist ja ein richtiger Prinz Charming«, sagt sie und verdreht die Augen. Lachend drehe ich mich auf den Rücken. Mein Lachen verstummt allerdings sofort, als sie erneut nach dem Bund meiner Boxershorts greift und mich dazu auffordert, das Becken anzuheben. Das Folienpäckchen klemmt zwischen ihren Lippen, während ihr Blick über meinen nackten Körper wandert. Ich schwöre, ich habe noch nie etwas Schärferes gesehen als Jolee, die mich ansieht, als wäre ich ein erstklassig ausgestattetes Buffet. Sie umfasst meine Erektion und massiert sie. *Fuck!* Das fühlt sich unglaublich gut an. Mit der anderen Hand nimmt sie das Kondompäckchen aus dem Mund. Ein teuflisches Grinsen breitet sich auf ihrem Gesicht aus und ich ahne bereits, was sie vorhat. Sie wird mich mit dem größten Vergnügen in den Wahnsinn treiben. Ich schließe die Augen und bete zu Gott, dass ich nicht direkt komme, sobald ihre Lippen sich um mich schließen.

»Holy Shit!«, zische ich, als ihre Zunge meinen Schaft entlangfährt und sie daran zu saugen beginnt. »Fuck, Jolee«, stöhne ich und ringe mit meinem letzten Funken Selbstbeherrschung. Es ist eine Weile her, dass mir eine Frau so nah war und mich auf diese Art befriedigt hat. Es dauert nicht lange, da bin ich kurz davor, die Kontrolle zu verlieren.

»Stopp«, presse ich hervor, bevor ich wirklich Gefahr laufe, in ihrem Mund zu kommen. Sofort lässt sie von mir ab und sieht aus ihren rehbraunen Augen verwirrt zu mir auf. Die Wangen gerötet, glänzende Lippen und der Haarknoten auf ihrem Kopf leicht zerstört. Sie ist so wunderschön und ich rettungslos verloren.

»Habe ich etwas falsch gemacht?«, fragt sie unsicher, als ich sie schweigend anstarre. Das gibt mir den Rest. Mein Herz gehört endgültig ihr.

»Ganz und gar nicht, aber ich möchte jetzt einfach in dir sein.« Ohne zu zögern, dreht sie sich auf den Rücken. Das Kondompäckchen liegt neben ihr auf der Matratze, ich greife danach und reiße die Verpackung mit den Zähnen auf. Einladend spreizt sie die Beine, während ich das Gummi über meine Erektion streife. Ich positioniere mich und sehe ihr in die Augen.

»Bereit? Ich entschuldige mich lieber vorher dafür, dass das hier eine schnelle Nummer wird.«

»Blackmoore, hör auf zu quatschen.« Ihre Beine schlingen sich fest um meine Hüfte und ziehen mich an sie, bis fast kein Blatt mehr zwischen uns passt. In diesem Moment brauchen wir beide nur eins, haben denselben Wunsch: Nähe und Erleichterung. Langsam dringe ich in sie ein und halte kurz inne, um dieses Gefühl für immer abzuspeichern. Vorsichtig sinke ich auf meine Unterarme und küsse sie sanft. Dann stoße ich zu. Einmal, zweimal. Jolees Finger krallen sich beinahe schmerzhaft in meine Schultern. Immer wieder stöhnt sie meinen Namen.

»O mein Gott … mehr … ja … genau so«, keucht sie atemlos zwischen meinen Stößen. Ein weiteres Mal steigere ich das Tempo und verliere schließlich die Kontrolle. Lasse mich einfach fallen, als Jolees Muskeln sich zuckend um mich zusammenziehen und mich regelrecht aussaugen. Zärtlich küsse ich sie, bevor ich erschöpft auf ihr zusammensacke und um Atem ringe.

Mein Kopf ruht auf ihrer Brust, ihre Finger spielen mit meinen zerzausten Haaren.

»Das war …«

»Besser als erwartet«, beendet sie meinen Satz. Das war definitiv nicht das, was mir auf den Lippen lag. Unglaublich – trifft es meiner Meinung nach eher. So intensiv habe ich es bisher noch nicht erlebt.

»Du weißt wirklich, wie man dem Ego eines Mannes schmeichelt.« Mit einem breiten Grinsen im Gesicht sehe ich zu ihr auf.

»Wo wäre der Ansporn, wenn ich dich jetzt schon in den Himmel lobe«, grinst sie zurück.

33

Jolee

Irgendwie ist es surreal, dass Kyle so selbstverständlich in meinem Bett liegt und friedlich schläft. Und doch habe ich keinen Zweifel daran, dass er hierhergehört. In mein Bett, zu mir. Vorsichtig löse ich mich aus seiner Umklammerung, schnappe mir meine Unterwäsche plus seinen Hoodie vom Fußboden und schlüpfe hinein. Für einen Augenblick vergrabe ich die Nase in dem weichen Stoff und sauge seinen Geruch auf. Leder, Zedernholz und etwas, das ich als seinen persönlichen Duft bezeichnen würde. Auf Zehenspitzen schleiche ich aus dem Zimmer.

Bree sitzt mit dem Rücken zu mir am kleinen Küchentisch. Kaffeeduft liegt in der Luft.

»Morgen, du bist ja schon wach«, stelle ich erstaunt fest, weil sie eher zur Kategorie Langschläfer gehört. Als sie nicht reagiert, stutze ich und trete näher an sie heran. »Hey, schläfst du im Sitzen?«, frage ich und tippe ihr auf die Schulter. Erschrocken zuckt sie zusammen.

»Boah, hast du mich erschreckt«, sagt sie eine Spur zu laut. Vom Kaffeegeruch angezogen hole ich mir eine Tasse aus dem Schrank und drehe mich anschließend zu ihr um. Was macht sie da?

»Sind das Ohrstöpsel?«, frage ich ungläubig, als sie etwas Neongelbes aus ihren Ohren zieht.

»Nach eurer zweiten Vorstellung dachte ich, vielleicht wäre es besser, wenn ich mich präpariere. Nur für den Fall, dass ihr noch eine Runde nachlegt«, grinst sie und steckt die Dinger in ihre Hosentasche.

»Ach komm, du übertreibst«, erwidere ich und wende mich ab, um mir Kaffee einzuschenken.

»Glaub mir, ich habe Dinge gehört, von denen ich gehofft habe, sie niemals aus deinem Mund hören zu müssen«, zieht sie mich auf. Als sie eine Imitation meines Gestöhnes zum Besten gibt, greife ich nach einem Topflappen und schleudere ihn in ihre Richtung. Sie weicht geschickt aus und lacht.

»Ich freue mich wirklich für dich, dass der Kerl nicht nur gut aussieht, sondern auch in anderen Disziplinen überzeugt«, merkt sie an. Da kann ich ihr nur zustimmen. Mit der Kaffeetasse in der Hand setze ich mich zu ihr an den Tisch.

»Du findest das zwischen uns also nicht seltsam?«

»Was? Nein, natürlich nicht. Gott. Ihr seid so süß zusammen, dass es Diabetespotenzial hat.«

»Das klingt ungesund«, gebe ich zu bedenken.

»Hör auf, immer alles tot zu analysieren und genieß es, dass die Nummer zwei der heißesten Typen der UVa bis über beide Ohren in dich verknallt ist.«

»Die Nummer zwei?«, frage ich irritiert. Nicht, dass es eine Rolle spielt, wo genau er sich im Ranking befindet, aber ich kann mir nicht vorstellen, dass da noch Luft nach oben ist.

»Auch wenn du es dir kaum vorstellen kannst, aber dein Bruder führt die Top Ten an. Die Bad-Boy-Nummer zieht einfach besser als der Good Guy«, klärt sie mich auf und zuckt anschließend mit den Schultern.

»Wer denkt sich so einen Quatsch überhaupt aus? Man kann doch einen Menschen nicht nur auf seinen Sex-Appeal reduzieren«, stoße ich genervt hervor.

»Hört, hört, da hat endlich jemand seine Schubladen ausgeräumt«, sagt sie anerkennend und grinst.

»Ja, ich habe es kapiert, aber eine gesunde Vorsicht schadet bekanntlich nie. Und mir ist es völlig egal, ob Kyle auf einer Hottie-Liste steht. Ich gebe zu, dass er wirklich heiß ist, aber er ist doch nicht nur das. Kyle ist freundlich, einfühlsam, ehrlich, bringt mich zum Lachen und er treibt mich in den Wahnsinn – in vielerlei Hinsicht.«

»Gut zu wissen, dass die Position auf einer Liste nicht ausschlaggebend für deine Wahl gewesen ist. Wobei, weiter oben steht ja nur dein Bruder, das wäre irgendwie schräg.«

Zeitgleich reißen Bree und ich unsere Köpfe in Kyles Richtung, der schmunzelnd im Türrahmen steht und seinen wohlgeformten nackten Oberkörper zur Schau stellt.

»Wie lange stehst du dort schon?«, frage ich überrascht. Zum Glück haben Bree und ich nicht über weitaus verfänglichere Themen gesprochen. Das wäre eine sehr peinliche Angelegenheit geworden.

»Himmel, kannst du dir nicht was anziehen? Ich brauche nicht auch noch Bilder zu dem, was ich letzte Nacht gehört habe.« Augenblicklich verschlucke ich mich an meinem Schluck Kaffee, den ich mir gerade gegönnt habe, um Kyle nicht länger anzustarren.

»Würde ich ja, aber diese hübsche kleine Blondine dir gegenüber ist kleptomanisch veranlagt, wenn es um meine Klamotten geht.« Sein Grinsen wird noch breiter. In der mickrigen Küche hingegen wird es immer enger, als er sich in Bewegung setzt und zu mir kommt. Im nächsten Augenblick greift er nach meinem Oberarm und zieht mich vom Stuhl hoch. Er drückt mir einen schnellen Kuss auf die Lippen, bevor er sich ungefragt auf meinen Platz setzt. Ich will gerade zu einem Kommentar ansetzen, da verfrachtet er mich kurzerhand auf seinen Schoß. Seelenruhig nimmt er mir die Tasse aus der Hand und führt sie an seinen Mund. Fassungslos starre ich ihn an, weil er so dreist und ungehemmt ist.

»Ach, und ich dachte, sie hat inzwischen ein Abo im Fanshop der Kings«, antwortet Bree völlig ernst, was Kyle zum Lachen bringt. Sein Körper bebt unter mir und ich würde gerne laut seufzen. Dieses aufrichtige Lachen schießt mir jedes verdammte Mal direkt in den Unterleib. Kyle stellt die Tasse wieder ab und legt seine Hand auf meinen nackten Oberschenkel. Zu allem Überfluss schiebt er sie unter den Saum des Hoodies und streichelt über meine Haut.

»Ich erinnere mich an ein Gespräch, in dem sie mir deutlich verklickert hat, sie würde meine Klamotten nicht tragen und jetzt habe ich kaum noch etwas im Kleiderschrank«, stichelt er und ich stoße ihm dafür den Ellenbogen in die Rippen. Er zuckt zusammen und ich bereue es sofort. Sicher hat er noch immer Schmerzen von der Prellung. Entschuldigend sehe ich ihn über die Schulter hinweg an. Lächelnd platziert er einen Kuss auf meine Wange.

»Ich verrat dir etwas, sie schläft sogar darin.« Bree wirft ihm einen verschwörerischen Blick zu.

»Hallo? Ich bin anwesend, könntet ihr also bitte aufhören, über mich zu reden, als wäre ich es nicht?« Kyle fährt mit den Fingerspitzen die Innenseite meines Oberschenkels nach oben. Ich erschaudere.

»Wir legen hier nur die Fakten dar.« Ob ich ihr den Mund vorsichtshalber mit Klebeband verschließe, bevor ich noch in der Hall of Shame lande? Oder besser mir, damit ich nicht gleich laut aufstöhne, weil Kyle mich unbeirrt streichelt, als wären wir allein in der Küche.

»Ich hätte da auch ein paar Fakten über dich im Angebot«, hole ich zum Gegenschlag aus, was Bree jedoch überhaupt nicht aus dem Konzept bringt. Was mich allerdings vom Kurs abbringt, ist Kyle, der versehentlich oder absichtlich über den Stoff meines Slips streicht.

»Ach, die will hier keiner hören«, antwortet meine Freundin und lenkt damit meine Aufmerksamkeit wieder auf sich. Die hat sie jedoch genau dreißig Sekunden, weil Kyle sein Spiel, mich zu reizen, auf eine neue Ebene gehoben hat. Seine Finger schieben sich seitlich in mein Höschen und ich greife nach seiner Hand, um ihn davon abzuhalten, sie mir zwischen die Beine zu schieben. Er lacht leise, haucht einen federleichten Kuss auf meinen Nacken und führt seine süße Folter fort.

»Will ich wissen, was ihr beide unter dem Tisch veranstaltet?«, feixt Bree wissend. Ihr entgeht einfach nichts. Ich springe von Kyles Schoß, als sich etwas in seiner Hose verdächtig gegen mich drückt.

»Mitkommen«, sage ich knapp in seine Richtung. Dieses unschuldige Grinsen wird ihm gleich vergehen. »Und du solltest dich besser präparieren«, wende ich mich an meine beste Freundin, während ich Kyle aus der Küche schiebe.

»Vielleicht sollten wir über eine Schallisolierung für dein Zimmer nachdenken«, ruft sie uns lachend nach.

***

Nackt und befriedigt male ich mit den Fingerspitzen Kreise auf Kyles Brust.

»Worüber denkst du nach?«

»Über dich«, gebe ich zu, weil ich mir in den letzten Minuten Gedanken über ihn gemacht habe.

»Okay. Muss ich Angst haben?«

»Nicht, wenn ich dir ein paar Fragen stellen darf.«

»Alles, nur nichts über Geschichte oder Politik.«

»Du hast ein paarmal deine Mom erwähnt, versteht ihr euch gut?« Ich kann mich nicht erinnern, dass er je über seinen Dad gesprochen hat.

»Ja, schon. Warum fragst du?«

»Ich habe mich nur gefragt, ob es einen Grund dafür gibt, dass du in den Augen deiner Mom alles richtig machen willst? Ich meine, du bist nicht über mich hergefallen, als du die Chance dazu hattest, und hast darauf bestanden, dass ich vorher mit dir ausgehe. Ich hatte das Gefühl, du tust es nur ihr zuliebe.«

»Was ist verkehrt daran?«, erwidert er und streicht eine Haarsträhne aus meinem Gesicht.

»Nichts, aber es muss einen Grund dafür geben.« Kyle seufzt und ich frage mich, ob ich in ein Wespennest gestochen habe. Niemand ist derart perfekt, ohne nicht auch einen Schatten abzuwerfen. Genau diesen Gedanken hatte ich vor ein paar Wochen, als ich ihn kennengelernt habe. Und seine Reaktion bestätigt meine Vermutung.

»Du willst also die dunklen Geheimnisse des Kyle Blackmoore ergründen?«, fragt er scherzhaft und doch irgendwie verkrampft. Verdammt, jetzt würde ich wirklich gerne zurückrudern. Ich möchte nicht, dass er sich dazu gedrängt fühlt, mir etwas zu erzählen, wozu er nicht bereit ist, oder sich hier in meinem Bett unwohl fühlt, nachdem wir miteinander geschlafen haben.

»Nur die, die du preisgeben möchtest«, antworte ich vorsichtig und drehe mich so, dass ich ihn ansehen kann. Zu meiner Überraschung lächelt er auf mich herab.

»Na dann hoffe ich mal, du bist danach nicht enttäuscht, dass die Abgründe nicht so tief sind, wie du vermutest.«

»Es fällt mir sehr schwer zu glauben, dass du überhaupt dazu in der Lage bist, jemanden zu enttäuschen.«

»Und da wären wir auch schon bei meiner größten Angst. Erwartungen und sie nicht erfüllen zu können.«

»Warum? Macht deine Mom so einen Druck?«, hake ich nach. Kyle schüttelt den Kopf und holt tief Luft, bevor er anfängt zu erzählen.

»Ich konnte kaum stehen, da hat mir mein Dad einen Fußball in die Hand gedrückt. Mit fünf Jahren folgte der erste Fußballverein, mit sieben, die erste Auswahlmannschaft. Und am Spielfeldrand immer mein Dad, der größte Kritiker. Kaum vom Feld runter, gab es direkt die Analyse: *Kyle, du brauchst mehr Gefühl für den Ball, du bist nicht wendig genug, deine Pässe sind Mist. So wird das nichts mit der großen Karriere.* Nicht, dass ich im Alter von sieben Jahren überhaupt schon Zukunftspläne geschmiedet hätte. Brauchte ich auch nicht, denn das hat er für mich übernommen. Na ja, und ich habe mich grundsätzlich seinem Willen gefügt, denn tat ich das nicht, ging die Sache gerne mal nach hinten los.«

Bei Kyles Worten zieht sich mein Herz krampfhaft zusammen. Ich ahne bereits, was er damit sagen will. Beim Gedanken daran wird mir schlecht. Dennoch frage ich nach. »Was meinst du damit?«

»Dass die Hand meines Dads ziemlich locker saß, wenn die Dinge nicht nach seinen Vorstellungen abliefen. In der Middle School bin ich nach einer Prügelei aus dem Auswahlteam geflogen. Zunächst war mir völlig unklar warum, schließlich hatte man mir ja vorgelebt, wie man solche Dinge löst. Ich kannte es nicht anders. Im Jahr darauf verlor mein Dad seinen Job, was die Situation zu Hause nicht gerade besser und uns zu Stammgästen im Sibley Memorial Hospital in D. C. machte. Mal hat er seinen Frust an meiner Mom, mal an mir ausgelassen.« Das habe ich zwar befürchtet und doch kann ich nicht verhindern, dass ich ihn entsetzt anblicke. Der Kloß in meinem Hals wird größer, als ich mit den Tränen kämpfe.

»Guck nicht so, du wolltest es wissen und wir sind noch nicht beim besten Tag meines Lebens angekommen«, sagt er mit einem Sarkasmus und einer Bitterkeit, die ich bei ihm noch nie erlebt habe. Für einen kurzen Moment sind sämtliche weichen Gesichtszüge in seiner Mimik verschwunden. Bei Nick erlebe ich das öfter, obwohl er solche Dinge nie erleben musste. Und doch frage ich mich, ob es vielleicht genau das ist, was die beiden verbindet – Erwartungen, die in den Augen anderer nicht erfüllt werden. Ja, so ist es bei meinem Bruder auch. Erwartungen, die er nie erfüllt hat, egal wie sehr er sich angestrengt hat. Immer den Druck im Nacken, Erwartungen erfüllen zu müssen.

»Es tut mir so leid, Kyle. Dass du so etwas erleben musstest, ist nicht fair.« Sein Blick wird weicher. Kyle beugt sich vor und küsst zärtlich meine Stirn. Ich hatte mir ein paar Ecken und Kanten an ihm gewünscht, aber sie hätten abgerundet sein dürfen.

»Bald war der Fußball die einzige Möglichkeit, dem ganzen Mist zu entfliehen, weil mein Dad sich nicht mehr die Mühe gemacht hat, mich zu begleiten. Reine Zeitverschwendung, hat er es genannt. Aus mir würde ohnehin nichts. Er hat sich lieber in seinem Selbstmitleid vor dem Fernseher gesuhlt und, wenn er sich selbst überhatte, uns die Schuld dafür gegeben. Wann immer ich die Chance hatte, habe ich mir einen Ball geschnappt und trainiert. Ich wollte alles richtig machen, denn wenn ich das schaffte, hätte es für ihn keinen Grund mehr gegeben, uns so zu behandeln. Trotzdem gab es immer wieder Situationen, in denen ich die Kontrolle verlor und die Dinge auf die falsche Weise regelte. Ich werde niemals das Gesicht meiner Mom vergessen, wenn ich sie mal wieder enttäuscht habe, weil ich die Fäuste statt meines Verstandes benutzt habe. Für meinen Dad war es die reine Genugtuung, wenn meine Mom meinetwegen litt. Es waren die einzigen Momente, in denen ich bei ihm so etwas wie väterlichen Stolz erkennen konnte. Und auf eine wirklich kranke Art genoss ich diese Aufmerksamkeit. Mein Dad war kein gutes Vorbild, das wusste ich, und doch war ich drauf und dran, in seine Fußstapfen zu treten. An meinem dreizehnten Geburtstag stand er dann mit gepackten Koffern im Flur und meinte, ich wäre seine größte Enttäuschung und er hätte keinen Bock mehr mich durchzufüttern. Meine Mom stand weinend hinter ihm. Das Veilchen, das er ihr wenige Tage zuvor verpasst hatte, schimmerte in sämtlichen Farben. Bis heute weiß ich nicht, welche Sicherung bei mir durchgeknallt ist, aber ich bin einfach auf ihn losgegangen. Anschließend hat er, ohne ein weiteres Wort, seine Koffer genommen und ist zu einer

Frau, die bereits vor dem Haus auf ihn gewartet hat, in einen Mercedes gestiegen.«

»O mein Gott«, stoße ich hervor und reiße Kyle damit zurück ins Hier und Jetzt. Die letzten zwei Minuten hatte er ins Nichts geschaut und geklungen, als würde er ein Tonband abspielen. Ich habe ihn reden lassen, weil ich das Gefühl hatte, er braucht das. Was er da erlebt hat, ist wirklich die allerübelste Scheiße. Alles, was ich jetzt will, ist ihn zu halten. Ihm irgendwie Schutz zu geben, den er nie hatte. Ich richte mich vollständig auf und schlinge die Arme um ihn, weil ich ihn festhalten muss. Es tut mir leid, dass er jetzt meinetwegen wieder an all das erinnert wurde.

»Ich hätte nicht fragen sollen«, flüstere ich und drücke ihn noch etwas fester an mich.

»Das ist okay, mach dir keine Gedanken. Ich habe meinen Frieden damit geschlossen. Du kannst mich alles fragen, was du willst, Jolee. Keine Geheimnisse, keine Lügen und kein Gerede um den heißen Brei – erinnerst du dich? Das gilt für beide Seiten.«

»Und deswegen versuchst du für deine Mom alles richtig zu machen«, schlussfolgere ich.

»Nein, nicht für meine Mom, sondern für mich selbst. Ich möchte einfach kein Arschloch sein. Wir alle sind die Summe aus den Dingen, die uns geprägt haben. Das eine hinterlässt tiefere Spuren als das andere und doch fügt sich am Ende alles zu einem Ganzen zusammen. Ich wäre heute ein anderer, wenn die Dinge in der Vergangenheit anders gelaufen wären. Der kleine Junge, der sich mit den Fäusten wehrt, steckt immer noch in mir, aber ich habe ihn inzwischen unter Kontrolle. Okay, außer bei Sam, da hat der FI-Schalter ganz klar versagt.« Ein verlegenes Lächeln schleicht sich auf seine Lippen.

»Dagegen kommt mir meine Geschichte mit Travis völlig kindisch vor«, sage ich beschämt, denn dass, was Kyle erlebt hat, ist viel schlimmer als ein paar blöde Sprüche wegen eines gebrochenen Herzens, die am eigenen Stolz kratzen. Kyle schiebt mich etwas von sich und sieht mich liebevoll an. Dieses Gesicht ist das ehrlichste, freundlichste und schönste, das ich je gesehen habe. Die Dämonen seiner Vergangenheit, die ihn eben noch fest im Griff hatten, sind verschwunden. Nach allem, was er erlebt hat, ist er dennoch zu einem wundervollen Menschen geworden oder so wie er sagt, genau deswegen.

»Hey, glaub niemals deine Geschichte ist weniger wert, nur weil dir niemand körperlich wehgetan hat, okay? Es gibt so viele Arten, einen Menschen zu verletzen. Jede ist auf ihre Weise grausam und prägt unser zukünftiges Handeln.«

»Ich weiß«, antworte ich und senke den Blick.

»Wir dürfen diese Menschen nicht gewinnen lassen, indem wir ihnen zu viel Raum in unserem Leben geben. Wir definieren uns selbst, nicht sie uns.«

»Bei dir klingt das so verdammt einfach.« Schwach lächle ich ihn an. Ja, Kyle hat vielleicht meine Sichtweise verändert, aber ich bin noch sehr weit davon entfernt, nicht in jedem Menschen das Böse zu suchen. Ich werde morgen nicht in die Uni marschieren und der Welt den Mittelfinger zeigen und plötzlich über den Dingen stehen, aber ich bin durchaus dazu bereit, an mir zu arbeiten. Für ihn, für uns, aber vor allem für mich selbst.

»Wie ging es für deine Mom und dich danach weiter?«, frage ich ihn, weil ich seine Geschichte unbedingt zu Ende hören möchte.

»Ich würde wirklich gerne sagen, dass anschließend alles besser war, aber so ist es nicht. Wenige Monate nachdem mein Dad abgehauen ist, mussten wir das Haus verkaufen und sind in eine kleine Wohnung in einem der schäbigsten Viertel von Washington gezogen. Meine Mom hat praktisch rund um die Uhr gearbeitet, um unsere Rechnungen bezahlen zu können, und ich habe irgendwie versucht nicht alles gegen die Wand zu fahren. Neue Wohnung, neue Highschool, neue Freunde, nicht gerade einfach für einen Teenager. Fußball war immer meine einzige Konstante und irgendwie auch mein Anker. Eine toxische Beziehung in Anbetracht meiner Vergangenheit und doch das, was mich aufrecht hielt und mich schließlich gerettet hat. Ein Teil von mir wollte vermutlich meinem Dad beweisen, dass ich keine Enttäuschung bin und wirklich das Zeug zum Profi habe, also habe ich mich voll reingekniet. Ich schaffte es in eine der Auswahlmannschaften von D. C. und dann ging alles ziemlich schnell. Talentscouts, Stipendium, Privatschule.

Eine der wenigen Erfahrungen, auf die ich gerne verzichtet hätte. Aber die Geschichte kennst du ja bereits. Dann kam das Angebot der UVa und nun bin ich hier, auf dem Sprung zur Profikarriere. Mehr habe ich nie gewollt. Der einzige Unterschied ist, dass ich es nicht mehr meines Dads wegen will, sondern einzig und allein für mich selbst.«

»Die du meinetwegen aufs Spiel gesetzt hast«, werfe ich ein und fahre andächtig mit den Fingerspitzen über den Gips.

»Es ist nur ein gebrochenes Handgelenk. Der Gips kommt bald ab und dann stehe ich wieder auf dem Platz.« Er zieht mich an sich und küsst erst meine Schläfe, dann meine Nasenspitze. Als seine Lippen auf meine treffen, fühlt es sich anders an als bisher. Da ist kein Zweifel, keine Unsicherheit, nur noch wir. Endlich habe ich das Gefühl zu wissen, wer Kyle wirklich ist, und dass er alles ist, was ich will. Genau so, wie er ist. Mit den Dämonen seiner Vergangenheit und mit dem Schmunzeln, das eindeutig sagt, die Welt da draußen zwingt mich nicht in die Knie, aber sie kann es gerne versuchen.

34

Kyle

Eigentlich habe ich erwartet, dass Jolee mich mitleidig ansieht, wenn ich ihr mein persönliches Kindheitstrauma erzähle. Stattdessen entdecke ich etwas in ihrem Blick, was ich zuvor noch nie bei ihr gesehen habe. Ruhe. Dieser Hauch Unsicherheit, der sonst ihre rehbraunen Augen trübt, ist gänzlich verschwunden. Das Funkeln, das nun darin liegt und wie goldener Glitzerstaub strahlt, haut mich völlig um.

»Dann bin ich jetzt wohl mit den unschönen Wahrheiten dran«, sagt Jolee plötzlich. Natürlich möchte ich gern mehr über sie erfahren – alles, aber nur, wenn sie auch wirklich bereit dazu ist.

»Nur wenn du es erzählen möchtest. Du musst dich nicht dazu verpflichtet fühlen, weil ich dir meinen Mist gebeichtet habe«, entgegne ich. Es interessiert mich zwar, was ihr widerfahren ist, aber ob ich wirklich Details über ihre Beziehung mit diesem Idioten Travis hören möchte, bezweifle ich. Ich befürchte, ich könnte anschließend den Drang verspüren, mich auf den Weg nach Stanford machen zu wollen. Das Risiko, dass ich meine Manieren vergesse, wenn dieses Arschloch vor mir steht, ist verdammt groß.

»Also, Nick und ich …«, beginnt sie und ich bin überrascht, weil ich das Gefühl habe, unsere Unterhaltung ändert gerade die Richtung. Es sind das Zögern in ihrer Stimme und der Ausdruck von Reue im Gesicht, die mich stutzig machen. Mit meiner Vermutung, dieses Gespräch würde sich um Travis handeln, lag ich wohl daneben.

»Was ist mit dir und Nick?«, hake ich nach, weil sie keine Anstalten macht, ihren Satz beenden zu wollen.

»Vielleicht sollte ich anders anfangen. Wenn man mit jemandem wie Nick aufwächst, kommt das einem endlosen Wettstreit gleich. Er hat diese Art an sich, Menschen ständig zu provozieren und herauszufordern.« Sie macht eine Pause, als würde sie eine Reaktion von mir erwarten. Ich weiß, was sie meint, aber nicht, worauf sie hinauswill, also nicke ich lediglich.

»Bevor man sich versieht, ist man in eine seiner Fallen getappt. Mit acht Jahren musste ich eine Woche lang im Schlafanzug zur Schule gehen, mit elf habe ich mir den Arm gebrochen, als ich vom Baum gefallen bin, und mit fünfzehn habe ich mir die Haare rot färben müssen.« Das glaube ich ihr sofort, ich bin oft genug selbst in eine von Nicks Wetten getappt und die anderen Jungs auch. Will sie damit andeuten, dass er nicht ganz unschuldig an den Dingen ist, die sie während der Highschool erlebt hat? Dass er andere zu so etwas anstachelt, kann ich mir ehrlich gesagt nicht vorstellen. Der schrille Ton, der plötzlich durch den Raum hallt, lässt uns beide zusammenzucken.

»Fuck! Nick, den habe ich völlig vergessen.«, stoße ich hervor, als ich checke, dass es mein Handy ist, das dieses nervige Geräusch von sich gibt. »Sorry, ich muss da leider ran. Das Verhältnis zwischen deinem Bruder und mir ist gerade etwas schwierig.« Ich schäle mich unter der Bettdecke hervor und bleibe mit dem Fuß darin hängen. Jolee lacht hinter mir, weil ich mit Sicherheit ein komisches Bild abgebe. Mit nacktem Hintern, halb aus dem Bett hängend, und nach meiner Hose fischend, weil das Handy noch in der Hosentasche steckt.

»Hey«, sage ich gepresst.

»Bitte sag mir, dass du nicht gerade auf meiner Schwester hängst?«, mault Nick durchs Telefon. Ich werfe einen Blick zu Jolee und bin wirklich froh, dass sie ihren Bruder nicht hören kann.

»Was? Nein«, antworte ich schnell und richte mich vollständig auf.

»Gut, es klingt nämlich so. Ich stehe vor der Tür und warte auf dich.« Kurz überlege ich, unseren Männerabend abzusagen, aber im Moment ist unsere Freundschaft etwas wackelig und ich würde sie gerne wieder auf festen Boden bekommen.

»Gib mir fünf Minuten«, sage ich und lege auf.

»Du musst los?«

»Ja, wenn ich deinen Bruder hängen lasse, dreht er mir den Hals um. Ich habe den Jungs einen Männerabend versprochen und Nick ist momentan nicht so gut auf Phoenix zu sprechen. Einer muss ihn also im Auge behalten. Können wir unser Gespräch vielleicht später fortsetzen?«

»Natürlich. Bree hat mir übrigens erzählt, dass sie sich meinetwegen gestritten haben. Du hättest es mir ruhig sagen können, ich hätte deswegen nicht gleich einen Rückzieher oder so gemacht.«

»Die beiden liegen sich ständig in den Haaren. Ich wollte nicht, dass du dir unnötig Gedanken darüber machst. Spätestens in zwei Tagen ist Gras über die Sache gewachsen, bis sie einen neuen Grund zum Streiten finden«, beruhige ich sie. Nachdenklich zieht sie die Decke höher und bedeckt ihre nackten Brüste. Ich rolle mich auf sie und verschließe meinen Mund mit ihrem. Sofort erwidert sie meinen Kuss, was mich beruhigt. Auf keinen Fall will ich riskieren, dass Jolee und ich in Schieflage geraten, während ich versuche, mit Nick wieder ins Lot zu kommen. Ich rücke etwas von ihr ab und ziehe die Decke von ihrem nackten Körper. Nur noch für einen Moment will ich das Gefühl ihrer warmen, weichen Haut auf meiner spüren. Meine Lippen finden erneut ihre. Verdammt, ich wünschte, ich wäre nicht in der Zwickmühle, mich zwischen Nick und ihr entscheiden zu müssen. Im Augenblick sind nämlich alle meine Sinne auf Jolee gepolt. Sie beendet unseren Kuss und stemmt ihre Hände gegen meine Brust, damit ich von ihr abrücke. Seufzend lasse ich mich auf den Rücken fallen.

»Los, Blackmoore, hau schon ab, bevor mein Bruder kommt, um dich persönlich aus meinem Bett zu zerren.«

»Sicher? Wenn du willst, dass ich bleibe, bleibe ich und krieche später bei Nick zu Kreuze.« Ich beuge mich über sie und sehe sie prüfend an.

»Ja, geh! Ich schulde Bree seit Wochen einen Serienmarathon, es wird Zeit, dass ich meine Schuld begleiche. Und das kann ich nicht, solange du in meinem Bett liegst.« Mit Nachdruck schiebt sie mich von sich. Widerwillig sammle ich meine Klamotten ein und ziehe mich an.

»Wir holen das nach, versprochen.« Ein letztes Mal beuge ich mich zu ihr herab und küsse sie zum Abschied.

»Ich dachte schon, ich müsste dich gewaltsam da oben rauszerren«, begrüßt mich Nick schroff, sobald ich die Beifahrertür öffne.

»Entspann dich. Ich bin doch da«, antworte ich, was er lediglich mit einem Brummen quittiert, bevor er den Motor startet.

»Wann kommen die Jungs?«, will ich wissen und lenke unser Gespräch auf neutrales Terrain.

»In einer Stunde«, antwortet er knapp, während er den Wagen durch den stockenden Verkehr lenkt.

»Alter, die Ampel ist grün, fahr!«, flucht er und drückt auf die Hupe. »Manche Leute haben ihren Führerschein echt in der Lotterie gewonnen.« Wow, Nick hat heute besonders beschissene Laune. Das verspricht ein grandioser Abend zu werden.

»Bringen die anderen alles mit oder müssen wir noch etwas besorgen?«

»River und Phoenix kümmern sich darum. Junge, das ist die Fahrbahn, nicht der Parkstreifen!«, flucht er lautstark.

»Vielleicht sollten wir einen Zwischenstopp in der Apotheke einlegen«, merke ich an und kann ein Grinsen nur schwer unterdrücken.

»Hä, warum? Brauchst du Schmerzmittel oder Kondome?« Er sieht mich so perplex an, dass ich laut lospruste.

»Nee, ich dachte eher an Baldriantropfen für dich, weil du heute so ein Sonnenschein bist.«

»Sehr witzig. Was kann ich dafür, wenn siebzig Prozent der Bevölkerung von Charlottesville nicht Auto fahren kann?«

»Du? Gar nichts«, antworte ich lachend und beiße mir anschließend auf die Unterlippe, als er mir einen vernichtenden Blick zuwirft.

»Wenn du nicht mein bester Freund wärst, würde ich dich aus dem fahrenden Auto stoßen«, sagt er völlig trocken.

»Da kann ich mich wirklich sehr glücklich schätzen, die letzten zehn Meter würde ich kaum alleine schaffen.«

»Alter, du klingst schon wie Joe, das ist beängstigend. Noch drei Wochen und ihr tragt die gleichen Jogginganzüge«, zischt er angepisst. Keine schlechte Idee. Vielleicht stecke ich sie wirklich in einen Hoodie, mit dem Aufdruck *Kyles Queen*, um meinen Besitzanspruch deutlich zu machen.

Die Zeit, bis die Jungs kommen, nutze ich, um unter die Dusche zu springen und mir frische Kleidung anzuziehen. Zwanzig Minuten später sitze ich auf dem Sofa und tippe eine Nachricht an Jolee.

Kyle:
Ich hätte bei dir im Bett bleiben sollen.

Sie antwortet keine zehn Sekunden später.

Jolee:
So schlimm?

Kyle:
Auf einer Skala von eins bis zehn ist Nicks Laune heute eine Zwanzig.

Kyle:
Die Jungs kommen gerade, ich melde mich später noch mal. Viel Spaß mit Bree.
:-)

»Ich geh schon!«, brüllt Nick aus dem Badezimmer, nachdem es an der Tür geklingelt hat.

»Wir haben Pizza und Bier«, ertönt Rivers Stimme im Flur, gefolgt von einem Poltern. »Pass doch auf, wo du hinrennst, Hollywood!«

»Dann bleib doch nicht einfach stehen, Bronx Kid.« Im nächsten Moment erscheint Phoenix im Wohnzimmer und stellt einen Stapel Pizzakartons auf dem Couchtisch ab.

»Na, alles schön an der rosaroten Front?«, feixt er und klopft mir dabei auf die Schulter. Nick schnauft hinter ihm.

»Wo bleibt der Rest? Das Spiel fängt gleich an«, ignoriere ich seine Frage, damit die Situation nicht schon nach fünf Minuten eskaliert.

»Sind auf dem Weg.« Wie aufs Stichwort klingelt es erneut, gefolgt von Stimmengewirr.

»Spielen sie schon?«, fragt Mase und lässt sich neben mir auf das Sofa plumpsen.

»Nein, es laufen noch die Vorberichte.«

»CR7 macht das Ding heute eh klar«, sagt River, nimmt sich eine der Pizzaschachteln und lässt sich auf der Sofalehne nieder.

»Ihr habt keine Gläser mehr«, ruft Jay aus der Küche.

»Dann wasch halt ab«, erwidert Nick genervt. Als darauf wirklich das Geschirr klappert, werfe ich meinem besten Freund einen bösen Blick zu.

»Das ist dein Job«, erinnere ich ihn.

Unbeeindruckt zuckt er mit den Schultern. »Jay macht dabei eindeutig die bessere Figur. Außerdem schuldet er mir noch was. Salami, doppelt Käse?«

»Tut er das?«, frage ich schroff und nehme ihm den Pizzakarton ab.

»Was? Er hat noch immer nicht begriffen, dass er mich nicht herausfordern soll«, grinst er. Das erinnert mich an mein Gespräch mit Jolee. Vermutlich ist Jay in eine seiner Fallen getappt und muss nun seine Schuld begleichen. Hat sie deswegen der Nachhilfe zugestimmt, weil sie noch eine offene Rechnung mit Nick hatte? Wollte sie mir das vorhin sagen? Wenn es so ist, bin ich mit dem Ausgang mehr als zufrieden.

Pünktlich zum Anpfiff sitzen alle um den Fernseher versammelt. Sofort wird kommentiert und gefachsimpelt.

»Alter, ich hätte den versenkt«, sagt River mit vollem Mund.

»Klar, du triffst nicht mal das Tor, wenn Nick zehn Meter neben dem Pfosten steht«, zieht Phoenix ihn auf.

»Neymar liegt mal wieder mehr auf dem Rasen, als dass er spielt. Was glaubt er, dass Freistöße im Sonderangebot sind? Und dann immer dieses Getue, als hätte ihm jemand die Beine weggesenst«, schüttelt Mase missbilligend den Kopf.

»Seine Erfolgsquote liegt bei über siebzig Prozent. Wenn er fällt, pfeift der Schiri«, argumentiere ich, dass die Masche durchaus effektiv ist.

»Wenn wir so eine Show abziehen würden, würde der Coach uns auf die Bank setzen«, mischt sich Jay ein und damit hat er nicht ganz unrecht. *»Spielt sauber, wir sind hier nicht im Theaterkurs«*, hallen sofort seine Worte durch meinen Kopf.

In der zweiten Halbzeit schläft das Spiel ein und der Ball wird einfach nur noch über den Platz geschoben.

»Wann wirst du das Teil eigentlich endlich los? Du fehlst echt im Team. Seit Sam die Kapitänsbinde trägt, benimmt er sich noch aufgeblasener als sonst.«

Ich sehe zu Jay. »In zwei Wochen. Und ich bin echt froh, das Ding schränkt in so ziemlich allem ein, was man sich vorstellen kann.«

»Aber vögeln kannst du damit«, stichelt Phoenix von der Seite und ich werfe ihm einen finsteren Blick zu. »Sorry, Jolee und du wart neulich nach der Poolparty nicht zu überhören. Bei euch ging es ganz schön ab«, grinst er vielsagend. Dafür würde ich ihn gerne vom Sofa kicken, aber leider sitzt er bereits auf dem Fußboden.

»Vorsicht, Alter, du redest da von meiner Schwester«, zischt Nick, ohne den Blick vom Bildschirm abzuwenden.

»Von der ich nicht mal wusste, dass du sie hast.«

»Vielleicht, weil ich sie nicht solchen Idioten, wie dir aussetzen wollte«, schmettert er zurück.

»Fahr dich runter, ich sag ja schon nichts mehr. Ist Bree eigentlich Single?«, fragt er und sieht ausgerechnet mich dabei an. Zur Antwort zucke ich mit den Schultern. »Die ist echt heiß, die würde ich gerne mal in ein Bunny-Kostüm von der Party stecken.«

»Die reißt dir die Eier ab, wenn du es nur versuchst«, antwortet Nick zu meiner Überraschung.

»Ich würde es auf einen Versuch ankommen lassen«, feixt Phoenix. »Hast du ihre Nummer? Dann rufe ich sie mal an.« Er provoziert Nick absichtlich und ich frage mich mit welchem Ziel.

»Die lässt dich in zehn Jahren nicht ran.«

»Aber dich, oder was?« Nicks Blick schießt in Phoenix' Richtung, was mich dazu bringt, mich aufzurichten, um notfalls dazwischenzugehen. Denn diesen Blick kenne ich. Ein falsches Wort von Phoenix und Nick macht ihn dem Erdboden gleich.

»Kein Interesse«, antwortet Nick herablassend, was mich ein weiteres Mal überrascht, weil er Phoenix' Provokation ignoriert.

»Sicher?«, hakt Phoenix nach. Ohne zu antworten, konzentriert sich Nick wieder auf die letzten zwei Minuten der Nachspielzeit. Okay, so viel Selbstbeherrschung habe ich nicht erwartet, sondern eher, dass er King vor die Tür setzt. Nachdenklich mustere ich Phoenix, der zufrieden vor sich hin grinst.

Der restliche Abend verläuft deutlich schweigsamer. Phoenix und Nick haben eindeutig die Stimmung bis auf den Gefrierpunkt runtergekühlt. Es ist bereits weit nach Mitternacht, als die Jungs den Heimweg antreten. Nick verzieht sich direkt in sein Zimmer. Bevor ich mich schlafen lege, schicke ich Jolee noch eine Nachricht, in der ich ihr vom Abend berichte und ihr eine gute Nacht wünsche. Verdammt, jetzt so allein in meinem Bett, vermisse ich ihren warmen Körper neben mir. Kurz überlege ich, mich wieder anzuziehen und auf den Weg zu ihr zu machen. Ich könnte wirklich kotzen, dass ich nicht einfach in meinen Jeep steigen kann, damit ich innerhalb weniger Minuten in ihrem Bett liege. Dieser verfluchte Gips geht mir gehörig auf die Eier. Ich kann es kaum erwarten, das Ding loszuwerden, wieder auf dem Platz zu stehen und Sam die Binde abzunehmen. Und Jolee endlich auf die Art zu verwöhnen, wie sie es verdient. Fuck, allein beim Gedanken daran werde ich hart. Shit! Das wird eine schlaflose Nacht.

***

Nicks Laune wird auch in den nächsten zwei Wochen nicht besser. Immer, wenn ich ihn darauf anspreche, blockt er ab oder geht auf Tauchstation, sobald Jolee in meiner Nähe ist. Die Situation ist anstrengend, weil ich keine Ahnung habe, warum er sich so aufführt und er partout nicht darüber reden will. Mit Jolee hingegen läuft es gut. Sie fällt mir zwar in der Öffentlichkeit nach wie vor nicht um den Hals, aber wir machen Fortschritte. Für ein Date müssen wir immerhin nicht mehr bis nach Richmond fahren. Meine Mom sagt immer, man sollte erst Laufen lernen, bevor man rennt, und damit hat sie vollkommen recht. Ein Schritt nach dem anderen.

Die Nachhilfe trägt auch Früchte, was vor allem an dem Belohnungssystem liegt, das Jolee entwickelt hat. Wenn ich mir Mühe gebe, muss ich die Nacht nicht alleine verbringen. Klingt hart, ist aber durchaus effektiv.

Die letzten sechs Wochen kann man mit einem einzigen Wort beschreiben: ereignisreich. Ich bin zwar wirklich froh, den Gips gerade losgeworden zu sein, aber ich bin auch sehr dankbar ihn gehabt zu haben. Die Dinge wären ohne ihn definitiv anders gelaufen.

Als mein Handy in der Hosentasche vibriert, ziehe ich es heraus und nehme das Gespräch an. »Na, schöne Frau, vermisst du mich schon?«

»Und, wie ist es gelaufen?«, fragt Jolee direkt. Für sie scheint dieser Tag beinahe wichtiger zu sein als für mich. Sie hat sogar vorgeschlagen, ihre Vorlesungen sausen zu lassen, um mich begleiten zu können. Ich habe eine halbe Stunde lang auf sie eingeredet, dass ich mit dem Bus zum Krankenhaus fahre und mich später von Nick abholen lasse, bis sie endlich nachgegeben hat.

»Ich bin ihn los, aber mein Arm fühlt sich an wie Wackelpudding. Ein paar Wochen Physiotherapie und dann sollte alles beim Alten sein.«

»Das klingt doch gut, oder?« Sie hört sich besorgt an, was mir überhaupt nicht gefällt, weil ich nicht möchte, dass sie sich meinetwegen Sorgen macht oder sich wieder die Schuld dafür gibt.

»Ja, der Doc sagt, alles sei vorbildlich zusammengewachsen«, beruhige ich sie. Jolee seufzt am anderen Ende der Leitung.

»Ich glaube, ich werde dein hübsches Accessoire, das dich so hilflos macht, wirklich vermissen.«

»Und ich kann es kaum erwarten, dich endlich mit beiden Händen anzufassen.« Ein Hupen hinter mir erregt meine Aufmerksamkeit. Nick steht keine fünf Meter von mir entfernt auf dem Fußweg.

»Ich muss Schluss machen, dein Bruder ist gerade angekommen und haut ungeduldig auf die Hupe.«

»Okay, wir sehen uns später.« Schnell schiebe ich mein Telefon in die Hosentasche, gehe rüber zu Nick und steige in den Wagen.

»Hey, danke fürs Abholen.«

»Kein Ding. Und, alles gut?« Er wirft einen Blick auf meinen Arm, der jetzt, statt in einem Gips, in einer Bandage steckt.

»Jepp, alles im grünen Bereich«, antworte ich grinsend und nehme den Kaffeebecher entgegen, den er mir vor die Nase hält. »Danke.«

»Kannst du mit dem Teil einen Controller halten?«

»Ich denke schon.«

»Gut, du schuldest mir einige Runden FIFA.«

»Wow, das ist wirklich deine einzige Sorge«, entgegne ich lachend.

»Auf dem Rasen brauchst du deine Füße, für die Playstation beide Hände.« Nick zuckt mit den Schultern und grinst.

»Na dann sollten wir nach Hause fahren, damit ich dich plattmachen kann«, erwidere ich. Vielleicht hebt eine ausgiebige Runde Zocken seine Laune. Zur Abwechslung werde ich ihn einfach mal gewinnen lassen.

35

Jolee

Eigentlich wollte ich Kyle überraschen und auf dem Parkplatz des Sportgeländes auf ihn warten, doch dann wurde ich von der Neugierde gepackt und habe mir einen Platz auf der Tribüne gesucht. Weitab von den anderen Zuschauern, aber wohl nicht weit genug. Nick hat mich sofort entdeckt und mir zugenickt. Kyle hat daraufhin ebenfalls in meine Richtung gesehen, mir kurz zugewunken und sich dann sofort wieder auf das Geschehen auf dem Platz konzentriert. Doch nachdem Nick etwas zu ihm gesagt hat, schießt sein Kopf gefühlt alle fünf Minuten in meine Richtung. Das ist sein erstes Training, seit er den Gips gegen eine Bandage getauscht hat. Er ist so nervös gewesen. Plötzlich habe ich ein schlechtes Gewissen, ihn mit meiner Anwesenheit zu sehr abzulenken. Ich hätte einfach an seinem Wagen auf ihn warten sollen. Als die Jungs sich auslaufen, trete ich schließlich den Rückzug an, verlasse die Tribüne und gehe rüber zum Parkplatz. Kyles Jeep steht neben Nicks Land Rover.

Das Problem, wenn man in einer Blase schwebt, ist, dass man sich nie weit an den Rand heranwagen darf, ohne ein Platzen zu provozieren. Und umso sicherer man sich fühlt, desto wahrscheinlicher ist es, dass man irgendwo hängen bleibt und ohne jede Vorwarnung in die Tiefe stürzt. Es ist dieses teuflische Grinsen in Nicks Gesicht, das es mir schlagartig bewusst macht. Bree hat recht, er ist einer dieser Stürme, die sich lautlos anschleichen und dann alles in Schutt und Asche legen. Mit langen Schritten kommt er auf mich zu. Von Kyle fehlt jede Spur.

»Hey«, grüße ich ihn vorsichtig. Es liegt eindeutig etwas in der Luft, um das zu bemerken, muss man kein Genie sein. Ein Blick auf meinen Bruder reicht, damit sich meine Nackenhaare aufstellen.

»Du freiwillig auf einem Sportgelände? Dass ich das noch erlebe«, sagt er, öffnet die hintere Tür seines Wagens und pfeffert seine Tasche hinein. »Aber das trifft sich gut, dann brauche ich später nicht noch bei dir vorbeikommen.« Bevor ich ihn fragen kann, was genau er damit meint, öffnet er den Kofferraum und hievt einen gigantischen Karton heraus. »Kyle trägt dir das Teil sicher gerne die Treppe hoch.«

»Was?«, stoße ich perplex aus und trete näher heran.

»Joe, du hast doch nicht wirklich geglaubt, ich lasse dich einfach so aus der Nummer raus?«

»Was ist in dem Karton?«, frage ich und ahne, was da gerade auf mich zurollt.

»Dein Wetteinsatz«, antwortet er. Ein diabolisches Grinsen erscheint auf seinem Gesicht.

»Du hältst echt an dieser bescheuerten Wette fest?« Fassungslos starre ich meinen Bruder an. Dabei sollte mich das nicht wundern, es ist so typisch *er*. Vermutlich hat er nur auf den richtigen Augenblick gelauert und genießt nun seinen Triumph, mich kalt erwischt zu haben. In den letzten Wochen hat er mich absichtlich in Sicherheit gewogen. Nicht eine Andeutung ist in dieser Richtung gefallen und er hatte mehr als einmal die Chance dazu. Allerdings kann ich ihm den schwarzen Peter nicht alleine zuschieben. Meine Bemühungen, mit ihm darüber zu reden, sind ebenfalls gegen null gegangen. Genau wie bei Kyle. Bei dem einen Versuch ist es geblieben. Es ist so herrlich einfach, unangenehme Dinge vor sich herzuschieben und in der rosa Blase immer höher zu schweben. Ich habe eindeutig den Absprung verpasst, um den Knall zu verhindern.

»Sag bloß, du bist eine schlechte Verliererin?« Mir ist klar, dass ich mich nicht auf seine Provokation einlassen sollte, und doch schafft er es immer wieder, den Schalter bei mir umzulegen.

»Ich werde es nicht machen. Das ist so was von bescheuert, wir sind keine fünfzehn mehr«, wehre ich mich und verschränke demonstrativ die Arme vor der Brust.

»Darüber hättest du nachdenken sollen, bevor du dich auf die Wette eingelassen hast. Alles hat eine Konsequenz, auch für dich, Joe, und es wird

Zeit, dass du das lernst.« Sein Blick ist unergründlich, aber ich habe keinen Zweifel daran, dass er seine Worte genau so meint, wie er sie sagt. Nick ist niemand, der Dinge unnötig ausschmückt.

»Wie bitte? Was soll der Bullshit? Willst du mir etwa eine Lektion erteilen, ist es das?« Fassungslos starre ich meinen Bruder an, der keine Miene verzieht. Er wird nicht nachgeben. Das hier ist eine klassische Friss-oder-stirb-Situation.

»Sieh es, wie du willst. Du hast dich in Kyle verknallt, also habe ich gewonnen und du musst jetzt deinen Wetteinsatz einlösen.« Die Gleichgültigkeit, mit der er mir die Worte um die Ohren haut, bringt mich endgültig auf die Palme. Der spinnt doch! Wir können unmöglich verwandt sein. So herzlos kann man zu niemandem sein, mit dem man sich eine Blutlinie teilt.

»Warst du eigentlich schon immer so ein Arschloch?«, frage ich fauchend.

»Es gibt Leute, die würden diese Frage mit Ja beantworten«, antwortet er gelangweilt.

»Ich fasse es nicht«, stoße ich aus und reiße die Arme theatralisch in die Luft.

»Sis, du hattest es selbst in der Hand, du hättest dich nicht von meinem besten Freund flachlegen lassen müssen, also nimm den Karton und löse deine Wettschuld ein.« Zur Hölle mit *›Blut ist dicker als Wasser‹*, ich werde ihm den Kopf abreißen!

»Vergiss es! Für keinen Kerl der Welt mache ich mich zum Affen«, protestiere ich und bin drauf und dran, ihm an die Gurgel zu springen. Dabei bin ich an dem Dilemma selbst schuld. Ich habe mich von ihm aufstacheln lassen und bin blindlings in seine Falle getappt.

»Nicht mal für Kyle?« Nur allzu gerne würde ich ihm das Grinsen aus dem Gesicht wischen.

»Nicht mal für ihn. Er hat mich nicht flachgelegt, sondern ich ihn. Und außerdem bestand die Wette darin, dass ich mich in ihn verlieben ...«

»Komm schon, du willst mir jetzt nicht wirklich erklären, dass du nicht in ihn verknallt bist. Du vögelst nicht zum Spaß. So ähnlich sind wir uns nicht.«

Verdammt! Wollte ich mich wirklich gerade dazu hinreißen lassen, meine Gefühle für Kyle zu leugnen? Das hat er nicht verdient und wäre absolut unfair.

»Und das weißt du, weil du dich in den letzten Jahren so ausgiebig mit mir beschäftigt hast oder weil du dir so viel Mühe gegeben hast, mich auf Abstand zu halten?« Meine Worte triefen nur so vor Sarkasmus.

Nick reißt erschrocken die Augen auf und fixiert einen Punkt hinter mir. »Fuck!«, flucht er. Ich werfe einen Blick über die Schulter und erstarre. Kyle steht keine drei Meter von uns entfernt. Sein Gesichtsausdruck lässt keinen Zweifel daran, dass er genug gehört hat.

»Kyle«, sage ich mehr zu mir selbst. In dem Moment, als er sich wortlos umdreht und in Richtung Tribüne davongeht, platzt die Blase, in der wir bis vor zwanzig Minuten noch friedlich saßen, mit einem ohrenbetäubenden Knall. Ich sehe zu Nick, der mit undurchdringlicher Miene seinem besten Freund hinterherschaut.

»War es die Sache wert?«, frage ich ihn und eile Kyle nach.

Am unteren Fuß der Tribüne entdecke ich ihn, die Arme auf das Geländer gestützt, den Blick auf das Spielfeld gerichtet. Unsicher nähere ich mich ihm. Als sein Körper sich kaum merklich anspannt, weiß ich, dass er mich bemerkt hat, also räuspere ich mich. Ich habe keine Ahnung, was ich ihm sagen soll.

»Bitte, lass mich dir die Sache erklären.«

»Nein, Jolee, du hörst mir jetzt mal zu«, zischt er und dreht sich ruckartig zu mir um. Erschrocken fahre ich zusammen und weiche einen Schritt zurück. Niemals hätte ich gedacht, dass sich so viel Enttäuschung in seinem hübschen Gesicht widerspiegeln kann. Meine Brust zieht sich krampfhaft zusammen. Das hier wird unschön enden. »Du hast mich von Anfang an in eine beschissene Schublade gesteckt und es mir verdammt schwergemacht, dort herauszukommen. Ich habe mir Mühe gegeben, alles richtig zu machen, und kam mir dabei mehr als einmal wie ein Volltrottel vor. Aber weißt du was, das war mir egal. Ich dachte, die Sache ist es wert. Du bist es wert. Ohne darüber nachzudenken, habe ich für dich meine Freundschaft zu Nick aufs

Spiel gesetzt. Verdammt, ich habe mich sogar deinetwegen geprügelt und die letzten Wochen auf der Bank verbracht. Und bis vor fünf Minuten habe ich es nicht bereut. Doch jetzt frage ich mich ernsthaft, ob ich die beiden Menschen, die mir am wichtigsten sind, überhaupt kenne oder ob ich die ganze Zeit nur verarscht wurde.«

»Das ist nicht fair«, unterbreche ich ihn kleinlaut. Er hat jedes Recht dazu, wütend und enttäuscht zu sein.

»Weiß du, was nicht fair ist, Jolee? Dass ihr Wetten auf mich abschließt und mit meinen Gefühlen spielt, das ist das einzig Unfaire an dieser Geschichte.« Zögerlich mache ich einen Schritt auf ihn zu. Als er die Arme vor der Brust verschränkt, wage ich es nicht, mich ihm weiter zu nähern. Ich atme einmal tief durch, dann nehme ich all meinen Mut zusammen, um alle Karten offen auf den Tisch zu legen.

»Erinnerst du dich an den Tag, als du dich einfach zu Bree und mir gesetzt hast, obwohl ich dir gesagt habe, dass du mir nicht auf die Pelle rücken sollst? Ich bin so wütend gewesen, also bin ich zu Nick gegangen ... Ich habe mich von ihm provozieren und zu dieser Wette hinreißen lassen. Damals kannte ich dich noch nicht.« Selbst in meinen Ohren klingt das nach der lahmsten Ausrede aller Zeiten.

»Und das macht es jetzt besser, oder was? Verdammt, Jolee, ich habe dir meinen ganzen Mist erzählt. Ist dir in den letzten Wochen überhaupt mal in den Sinn gekommen, mit mir darüber zu reden, oder wolltest du die Sache unter den Tisch fallen lassen?«

»Ich habe es an dem Abend versucht, als du mir von deiner Vergangenheit erzählt hast, aber dann musstest du plötzlich weg.« Das klingt, als würde ich ihm unterstellen, er hätte mir nicht zuhören wollen. Das ist Quatsch, er wäre geblieben, hätte ich es gewollt. Um ehrlich zu sein, war ich froh, die Sache weiter hinauszögern zu können. Jetzt wünschte ich, ich hätte es nicht getan und einfach hinter mich gebracht. Vielleicht hätte er es sogar verstanden. Dass er es auf diese Weise erfährt, hat er nicht verdient. Noch nie habe ich mich so sehr geschämt wie in diesem Augenblick. Hier vor ihm zu stehen und zu sehen, wie sehr wir ihn verletzt haben, schnürt mir die Kehle zu.

»Ich habe gehofft, ich könnte mit Nick darüber reden und die Sache aus der Welt schaffen, ohne dass am Ende jemand verletzt wird«, ergänze ich.

»Mit Nick? Mit mir also nicht. Wow.« Hatte ich geglaubt, er könnte nicht enttäuschter sein, habe ich mich geirrt, denn mit meinen Worten habe ich gerade noch einen obendrauf gesetzt.

»Es tut mir leid.« Als Reaktion zieht Kyle lediglich eine Augenbraue hoch. Mit meiner lausigen Entschuldigung komme ich nicht weit.

»Jolee, jede Entscheidung, die du triffst, hat Auswirkungen. Nicht nur für dich, sondern auch für die Menschen, die du mit hineinziehst. Hast du dich nur ein einziges Mal gefragt, wie ich mich fühle, sollte ich hinter diese bescheuerte Wette kommen? Nach allem, was dir passiert ist, hätte ich nicht gedacht, dass du so leichtfertig mit den Gefühlen anderer Menschen umspringst. Wo ist jetzt der Unterschied zu Travis?« Darauf habe ich keine Antwort. Ich habe tatsächlich kaum einen Gedanken daran verschwendet, wie das für ihn ist, sondern immer nur gehofft, meinen Kopf aus der Schlinge zu ziehen und mit einem blauen Auge davonzukommen. Zeitweise habe ich sogar vergessen, dass es diese bescheuerte Wette überhaupt gibt. Und jetzt stehe ich kurz davor, Kyle zu verlieren. Nicht weniger als das habe ich verdient. Beschämt schaue ich zu Boden. Seinen enttäuschten Blick ertrage ich nicht länger und im Moment fällt mir nichts ein, mit dem ich die Situation besser machen kann. Tatsache ist, dass ich diese Wette eingegangen bin. Da gibt es nichts dran zu rütteln.

»Dachte ich mir schon, dass du darauf keine Antwort hast«, seufzt er. Die Gedanken in meinem Kopf dröhnen so laut und doch findet kein einziger den Weg über meine Lippen. Es gibt so viel, was ich sagen, ihm erklären möchte, und doch habe ich keine Ahnung, wo genau ich anfangen soll. Vorsichtig schaue ich auf, doch Kyle hat den Blick von mir abgewandt.

»Ich denke, wir sind hier vorerst fertig.« Ohne in meine Richtung zu sehen, geht er an mir vorbei und läuft die Stufen hinauf.

Sag was, bitte sag irgendwas. Lass ihn nicht gehen – schreit mir meine innere Stimme so laut zu, dass es in meinen Ohren klingelt.

Kyle ist nur noch wenige Schritte vom Ausgang entfernt. Das beklemmende Gefühl in meiner Brust wird immer stärker. Was hier gerade passiert, ist falsch. So verdammt falsch. Ihn zu verlieren, schmerzt mehr, als es jede Demütigung je gekonnt hätte. Alles, was ich weiß, ist, dass ich diesen Kerl nicht verlieren will. Nicht verlieren kann. Und dann übernimmt mein Unterbewusstsein für mich.

»Ich liebe dich.« Die Worte sind raus, bevor ich mir ihrer Tragweite wirklich bewusst bin. Es fühlt sich richtig an, weil es die Wahrheit ist. Und doch habe ich Angst, dass ich mit meiner Offenbarung zu spät bin. In mir wächst die Hoffnung, dass er sich umdreht, die Treppen herunterstürmt und mich in seine starken Arme zieht. Weil er dasselbe empfindet. Weil er mich auch liebt. Kurz hält Kyle in seiner Bewegung inne und mein Herz macht einen gewaltigen Sprung, nur um gleich wieder auf den Boden zu stürzen. Die Hoffnung verpufft. Denn nichts dergleichen passiert. Seine Schultern sacken leicht nach vorn, bevor er endgültig aus meinem Blickfeld verschwindet.

Kyle ist fort und hat alles von mir mitgenommen. Mein Herz, jede Faser meines Bewusstseins, jedes Gefühl in mir, einfach alles. Was bleibt, ist der bodenlose Schmerz, der mich zerreißt, und das Nichts, das seine Fänge nach mir ausstreckt, um mich mit sich in die Tiefe zu ziehen und zu verschlingen. Die Tränen fließen wie Sturzbäche über meine Wangen, als ich mich auf dem kalten Steinboden niederlasse und im Nichts versinke. Ich habe nicht nur ihn, sondern auch mich selbst verloren.

36

Kyle

Was auch immer ich gerade fühle, ich kann es nicht zuordnen. Wut, Enttäuschung, Schmerz. Irgendwas zwischen allem und nichts. Aber was ich zu hundert Prozent weiß, ist, dass ich hier dringend verschwinden muss, um endlich wieder atmen zu können.

Nick steht noch immer an seinem Land Rover. Ich ignoriere ihn, weil ich befürchte, dass mir sämtliche Sicherungen durchbrennen, sollte er auch nur den Mund aufmachen. Als er einen Schritt auf mich zukommt, werfe ich ihm einen warnenden Blick zu.

»Jetzt nicht«, sage ich schroff und steige in meinen Jeep. Bevor ich schließlich den Motor starte, atme ich zweimal tief durch. Im Rückspiegel sehe ich, wie er ebenfalls in seinen Wagen steigt.

Die nächsten zwanzig Minuten fährt er hinter mir her. Am Ende hänge ich ihn ab, weil er an einer roten Ampel anhalten muss. Was zum Teufel haben die beiden sich nur gedacht, so eine Nummer abzuziehen? Ich habe immer zu Nick gestanden, ihm den Rücken gestärkt und mehr als einmal seinen verdammten Arsch gerettet. Wenn das seine Art ist, sich dafür erkenntlich zu zeigen, dann hat unsere Freundschaft ein grundlegendes Problem. Und was Jolee betrifft, legen sowohl meine Gedanken als auch meine Gefühle eine Achterbahnfahrt hin. Ich habe keine Ahnung, was ich mit ihren Worten anfangen soll. Sie liebt mich. Ist es selbstzerstörerisch, wenn ich mir wünsche, dass es die Wahrheit ist? Es nicht nur ein Versuch war, die Situation zu retten? Vermutlich ist es das. Im Augenblick sind mein Kopf und mein Herz eindeutig unterschiedlicher Meinung. Und ich kann nicht sagen, wer am Ende die Oberhand behalten wird.

Ein Klingeln reißt mich aus meinen Gedanken und ich werfe einen Blick auf das Display. Eigentlich will ich gerade mit niemandem reden, aber Phoenix ist an dem Mist genauso wenig schuld wie ich. Über die Freisprechanlage nehme ich den Anruf an.

»Hey.«

»Hey, was sagt der Coach? Darfst du wieder aufs Feld?«, fragt er. In der letzten Stunde habe ich nicht einen Gedanken an das Gespräch verschwendet. Dabei sollte ich mich freuen, dass er mich im nächsten Testspiel wieder aufstellt. Die Ereignisse im Anschluss haben meine Euphorie im Keim erstickt, dabei wollte ich meine Freude unbedingt mit Jolee teilen. Mit ihrem Auftauchen auf der Tribüne war ich mir so sicher, dass unsere Beziehung auf der nächsten Stufe angelangt ist. Keine Stunde später ist nur noch ein Trümmerhaufen übrig.

»Kyle?«

»Hm? Ähm ... ja, ich bin beim nächsten Spiel dabei. Der Coach lässt mich zum Einstieg eine Halbzeit spielen«, beantworte ich seine Frage.

»Alles okay mit dir, Alter? Du klingst irgendwie geknickt, dabei solltest du nach dieser Neuigkeit besser drauf sein, oder?«

»Alles cool, ich sitze nur gerade im Auto, viel Verkehr«, speise ich ihn ab. Kurz herrscht Stille und ich befürchte schon, dass er nachhaken wird.

»Wenn du auf deinen Wiedereinstieg anstoßen willst, ich habe heute nichts weiter vor und hänge alleine zu Hause ab.« Die unterschwellige Einladung für ein Vieraugengespräch entgeht mir nicht.

»Mal sehen«, antworte ich und schließe somit sein Angebot nicht grundsätzlich aus.

Mit einem mulmigen Gefühl parke ich den Jeep neben Nicks Wagen. Ich hatte gehofft, er würde nicht da sein, wenn ich nach Hause komme. Eine Viertelstunde lang überlege ich, ob ich aussteige oder einfach weiter sinnlos durch die Gegend fahre und mein Glück später noch einmal versuche. Am Ende komme ich zu dem Entschluss, dass er mir den Gefallen, sich zu verdrücken, nicht tun wird.

In der Wohnung herrscht totale Stille, als ich sie betrete. In meinem Inneren hingegen spielt sich das Gegenteil ab. Die Wohnung kommt mir plötzlich zu klein für uns beide vor und die Luft zu stickig. Niemals halte ich es hier länger als eine Stunde aus, wenn er ebenfalls da ist. Kurzentschlossen krame ich die Reisetasche unter meinem Bett hervor und stopfe ein paar Sachen hinein.

»Du haust ab?« Nicks Stimme durchbricht die Stille. Unbeirrt packe ich weiter. »Wo willst du denn hin?« Geräuschvoll ziehe ich den Reißverschluss zu und drehe mich zu ihm um.

»Keine Ahnung, aber ich brauche Abstand.«

»Wegen Joe?« Meint er die Frage ernst? Hat er denn gar nichts verstanden?

»Nein, nicht ihretwegen, sondern deinetwegen!«

»Okay«, sagt er gedehnt. »Die Nummer war daneben.«

»Die Nummer war daneben? Merkst du es eigentlich noch, Nick? Du bist mein bester Freund und ich hätte nie im Leben damit gerechnet, dass ich mal zur Zielscheibe für deine dämlichen Spielchen werde. Was genau sagt das jetzt über unsere Freundschaft aus?«, frage ich ihn, weil ich es selbst nicht weiß.

»Es ging dabei nicht um dich, sondern um Joe«, antwortet er und sieht dabei kein bisschen schuldbewusst aus. Ganz anders als Jolee, denn in ihrem Gesicht hatte sich deutlich Schuld gezeigt. In ihren Augen lag so viel Schmerz und ihre Körperhaltung schrie regelrecht nach Scham. Sie so vor mir stehen zu sehen, hat mich innerlich zerrissen. Es war zwar nicht meine Schuld, aber ich bin eindeutig der Grund dafür, dass sie leidet. Alles in mir hat danach verlangt, sie in meine Arme zu ziehen und ihr all diese negativen Gefühle zu nehmen. Aber ich konnte es einfach nicht. Ich konnte ihren Schmerz nicht über meinen eigenen stellen. Noch nicht.

Unser Gespräch kommt mir in den Sinn. Sie hatte es mir wirklich sagen wollen und ich war einfach abgehauen, um den Abend mit den Jungs zu verbringen. Vermutlich hat sie es deswegen kein weiteres Mal versucht, weil ich ihr nicht richtig zugehört habe. Denn hätte ich es, wäre ich von selbst draufgekommen.

»Du hattest es nur auf Jolee abgesehen? Das macht die Sache nicht wirklich besser. Was zum Teufel hat dir deine Schwester getan, dass du ihr so etwas antust und deswegen unsere Freundschaft in die Tonne wirfst?«

»Das verstehst du nicht«, zischt er und das erste Mal zeigt sich eine Regung in seiner Mimik. Für den Bruchteil einer Sekunde verengen sich seine Augen und er ballt die Hände zu Fäusten. Da ist eindeutig Wut. Stellt sich nur die Frage, warum er so wütend auf sie ist. Was zur Hölle ist da vorgefallen?

»Woher willst du das wissen, wenn du nicht einmal versuchst, es mir zu erklären?«

»Ich wollte nicht, dass die Dinge so aus dem Ruder laufen. Es tut mir leid«, presst er hervor. Das war's? Keine Erklärung? Der hat echt Nerven, mich so einfach abspeisen zu wollen.

»Was genau tut dir leid? Dass du Wetten auf mich abschließt oder ich dahintergekommen bin? Hast du die Nummer schon geplant, als du die Idee hattest, dass Jolee mir Nachhilfe geben soll, oder ist sie dir erst gekommen, als du bemerkt hast, dass ich Interesse an ihr habe?«

»Mann, ich habe im Traum nicht damit gerechnet, dass du dich in meine Schwester verknallst. Als ich es gecheckt habe, war es schon zu spät. Sie hätte einfach nur zu mir kommen und mich darum bitten müssen, die Sache zu vergessen.«

»Wirklich? So wie ich das vorhin mitbekommen habe, hast du sie dazu aufgefordert ihre Wettschuld zu begleichen.«

»Warum regst du dich eigentlich so auf? Du hast Joe doch bekommen. Wenn du jetzt zu ihr fährst, wird sie dich mit offenen Armen empfangen und ich bin mal wieder der Arsch, der nichts bekommt.« Wenn ich es nicht besser wüsste, würde ich sagen, er benimmt sich wie ein trotziges Kind.

»Worum genau geht es hier eigentlich, Nick? Bist du eifersüchtig, weil du mich mit deiner Schwester teilen musst, oder gönnst du Jolee ihr Glück nicht, weil du sie dafür verantwortlich machst, dass dich deine Highschool-Liebe sitzen gelassen hat? Komm endlich drüber hinweg!«

»Fick dich, Blackmoore«, sagt er scharf und rauscht aus meinem Zimmer. *Shit!* Ja, ich bin echt sauer auf ihn, aber ich will die Sache nicht noch schlimmer machen, als sie ohnehin schon ist. Ihn so zu provozieren, war wirklich unnötig. Den Kommentar hätte ich mir durchaus verkneifen können. Ich gebe uns beiden ein paar Minuten zum Durchatmen.

Die Reisetasche stelle ich im Flur ab. Bevor ich gehe, mache ich noch mal einen Abstecher in sein Zimmer, um die Wogen zu glätten. Das Schlafzimmer ist leer, aber das typische dumpfe Geräusch hinter der Wand ist nicht zu überhören. Nick reagiert seine Wut ab. Ich öffne die Schiebetür. Völlig kopflos drischt er auf den Boxsack ein und flucht.

»Fuck! … Fuck! … Fuuuck!« Mit einem Räuspern mache ich mich bemerkbar. »Wenn du gekommen bist, um dich zu entschuldigen, lass es sein. Wir sind quitt«, zischt er und bearbeitet unbeirrt den Boxsack.

»Ich hätte das nicht sagen sollen, das war unfair.« Nick fängt den Schwung des Sacks mit beiden Händen ab, dann sieht er mich schweigend an. »Ich hasse es, mit dir zu streiten«, sage ich, damit wir uns nicht einfach nur anstarren. Kurz zuckt sein rechter Mundwinkel. Mehr kann ich wohl im Augenblick nicht von ihm erwarten. Den Zeitpunkt für ein Gespräch legt grundsätzlich er fest. Er wird nicht mit mir reden, nur weil ich hier im Türrahmen stehe. Heute klären wir die Sache nicht mehr, auch wenn ich es gerne würde.

»Wenn du mich suchst, ich bin bei Phoenix«, sage ich abschließend und trete den Rückzug an.

Ich fahre nicht auf direktem Weg zu Phoenix, was aber die eindeutig bessere Entscheidung gewesen wäre. Denn seit zehn Minuten starre ich auf die mir inzwischen so vertraute Backsteinfassade. Mein Herz will aus dem Wagen steigen, aber mein Verstand weigert sich strikt, meinem Körper den Befehl zu geben, dass er sich in Bewegung setzen soll. Nach weiteren zehn Minuten gebe ich es auf. Ich werde nicht aus dem Jeep steigen und an ihrer Tür klingeln, egal wie lange ich noch auf dem Parkplatz stehe. Schließlich starte ich den Motor und setze den Weg zu meinem eigentlichen Ziel fort.

Mit verschränkten Armen lehnt Phoenix lässig am Türrahmen und zieht die Stirn kraus. »Okay, was hat Nick diesmal verzapft?«

»Wie kommst du darauf, dass er etwas angestellt hat?«

»Weil du eine Tasche dabeihast, die den Verdacht erweckt, dass du Unterschlupf suchst. Und so, wie Nick in letzter Zeit drauf ist, gehe ich einfach mal davon aus, er ist der Grund, warum du wie ein geprügelter Straßenköter vor meiner Tür stehst.«

»Ist es okay, wenn ich für ein paar Tage bleibe?«

»Klar, du weißt ja, wo dein Zimmer ist. Ich besorge uns etwas zu trinken.« Er tritt einen Schritt beiseite, um mich ins Haus zu lassen.

Im Gästezimmer angekommen stelle ich meine Tasche ab. Rücklings werfe ich mich auf das Bett. Ich komme mir vor, wie ein kleiner Junge, der von zu Hause weggelaufen ist und nur darauf wartet, dass seine Mommy ihn abholt. Auf dem Weg zu Phoenix habe ich gezweifelt, ob es so vernünftig ist, Nick sich selbst zu überlassen. Ich hoffe wirklich, dass er keinen Mist baut.

»Wonach steht dir der Sinn? Tee, Kaffee, Bier? Oder fahren wir direkt härtere Geschütze auf?«, fragt Phoenix, als ich eine Viertelstunde später die Küche betrete.

»Bier klingt gut.« Er öffnet den Kühlschrank und nimmt zwei Flaschen heraus.

»Willst du darüber reden oder betrinken wir uns schweigend und warten darauf, dass sich das Problem von allein löst?« Mit der Flasche in der Hand steuert er die Lounge im Poolbereich an.

Der Frühling in Charlottesville ist meine liebste Jahreszeit. Nicht nur, weil die neue Saison vor der Tür steht, sondern auch, weil die Temperaturen angenehm sind. Nicht zu kalt, nicht zu heiß. Perfekt zum Fußballspielen. Wie sehr ich es vermisst habe. Ich habe tatsächlich den Rasen gestreichelt und tief den Geruch eingeatmet, bevor ich vorhin den Platz betreten habe. Selbst die Trillerpfeife des Coachs hat sich wie Musik in meinen Ohren angehört. Alles war perfekt, bis ich auf den Parkplatz gegangen bin und …

»Nick hat eine Wette auf mich abgeschlossen«, platzt es aus mir heraus, sobald wir uns hingesetzt haben.

»Und das wundert dich? Du kennst ihn, er ist nie weiter als einen Schritt von der nächsten Provokation entfernt.«

»Ich bin sein bester Freund. Ich habe nicht erwartet, dass ich jemals einer seiner Aktionen zum Opfer falle.«

»Wer ist denn diesmal in seine Falle getappt?«

»Jolee.«

»Oh, das ist übel. Worum ging es?«

»Er hat gewettet, dass sie sich in mich verliebt und sich von mir flachlegen lässt. Aber ich glaube, es ging ihm überhaupt nicht um die beschissene Wette, sondern er hat gehofft, dass ich seiner Schwester das Herz breche. Sein Plan hat nicht beinhaltet, dass ich Gefühle für sie entwickle.« Meine Wut auf Jolee hat sich mittlerweile zu einem unterschwelligen Murren in der Magengegend entwickelt. Inzwischen bin ich mir sicher, dass sie irgendwie in die Sache hineingestolpert ist, dennoch hätte sie mit mir darüber reden müssen. Vor Freude wäre ich zwar nicht im Dreieck gesprungen, aber es wäre allemal besser gewesen, als es auf diese Weise zu erfahren.

»Autsch! Und jetzt?«

»Wenn ich das nur wüsste«, seufze ich und nehme einen tiefen Zug aus der Flasche. Jeder Mensch verdient eine zweite Chance. Jolee hat sie mir auch gegeben, als ich sie aus der Wohnung geworfen und mich wie ein Idiot aufgeführt habe. Doch dann müsste ich Nick ebenfalls eine einräumen. Er hat den Stein vielleicht ins Rollen gebracht, aber Jolee hat nicht versucht zu verhindern, dass er ungebremst auf mich zurollt.

»Ich habe zwar keine Ahnung von Beziehungen, aber Jolee scheint die Wette ja nicht sonderlich ernst genommen zu haben, sonst hätte sie sich nicht auf dich eingelassen und versucht sie zu gewinnen. Also, wenn du mich fragst, stellt sich doch nur eine Frage: Liebst du sie?«

37

Jolee

»Du willst es also wirklich durchziehen?« Bree steht in der Umkleide und sieht mich besorgt an. Unsicher betrachte ich mein Spiegelbild. Noch nie habe ich so albern ausgesehen. Ich bin ein verdammter Hotdog. Wenigstens steckt mein Kopf nicht in einem überdimensionalen Würstchen.

»Ich denke schon.«

»Nick hat gesagt, du musst es nicht machen, also warum tust du dir das an?« Als Nick noch am selben Abend nach unserem Streit bei mir zu Hause aufgetaucht ist, um sich zu entschuldigen, war ich mehr als überrascht. Mein Bruder hat sich noch nie bei mir entschuldigt. Wirklich niemals. Egal was er verzapft hat, es war ihm nie eine Entschuldigung wert. Allerdings glaube ich, Bree hat ihr Übriges dazu beigetragen. Nachdem ich mich einigermaßen gefangen hatte, habe ich sie angerufen, damit sie mich vom Sportgelände abholt. Als sie den riesigen Karton entdeckte, der nach wie vor auf dem Parkplatz stand, war sie regelrecht explodiert. Ich habe sie noch nie so viele Beleidigungen in nur einem einzigen Satz sagen hören. Nick hat bei ihr endgültig verschissen. Zu Hause hat sie mich in die Badewanne gesteckt und die nächste halbe Stunde auf dem geschlossenen Klodeckel gesessen, um beruhigend auf mich einzureden. Anschließend war sie davongerauscht und keine Stunde später stand Nick vor der Tür. Die Vermutung, dass sie ihre Finger im Spiel hatte, liegt also auf der Hand.

»Weil er recht hat. Wenn man sich auf etwas einlässt, muss man dafür auch die Konsequenzen tragen. Ob sie einem nun gefallen oder nicht.«

»Das mag ja sein, aber diese beknackte Wette war seine Idee, nicht deine, und er hat eingesehen, dass sie daneben war.«

»So schlimm wird es schon nicht werden.«

»Willst du mich verarschen? Es ist Saisonauftakt, das Stadion ist ausverkauft«, sagt sie und rauft sich die Haare.

»Danke, dass du mich daran erinnerst.« Die plötzlich aufsteigende Übelkeit versuche ich, so gut wie möglich, zu ignorieren.

»Wenn du Kyle damit deine Liebe beweisen möchtest, gibt es andere Möglichkeiten. Dafür musst du dich nicht zum Affen machen.«

»Es geht dabei nicht um Kyle, sondern um mich.« Nachdem ich mich mit Nick auf eine friedliche Koexistenz geeinigt hatte, wollte ich mit Kyle reden. Bree hat mich am nächsten Tag zu ihm gefahren. Von Nick hatte ich erfahren, dass er vorerst bei Phoenix abgetaucht ist. Ich habe wirklich darüber nachgedacht, an Phoenix' Tür zu klingeln, es aber schließlich nicht getan und Kyle lediglich eine Nachricht geschickt. Seine Antwort war knapp.

›Ich brauche Abstand. Gib mir bitte etwas Zeit. Kyle‹

Meine Finger reichen nicht, um abzuzählen, wie oft ich seine Nachricht inzwischen gelesen habe. Stundenlang habe ich mit Bree analysiert, was genau seine Worte zu bedeuten haben. Auch eine Woche später habe ich die Hoffnung noch nicht aufgegeben, aber ich respektiere seinen Wunsch. Nick hat er schließlich auch verziehen, denn er ist bereits wenige Tage später wieder zu Hause eingezogen.

»Und deswegen machst du dich selbst zur Zielscheibe? Weil es um dich geht und du die Konsequenzen tragen willst?«

»Du übertreibst, Bree. Für viele ist es ein Job.«

»Ja, aber die machen es, um Geld zu verdienen, und tragen dabei kein albernes Kostüm. Ich frage mich sowieso, wie du es geschafft hast, dass die Stadionbetreiber dich diesen Quatsch hier machen lassen. Wirklich, warum du da so rausgehen willst, ist mir schleierhaft. Was willst du dir denn damit beweisen?«

»Dass ich mich selbst definiere und nicht andere«, wiederhole ich Kyles Worte. Bree sieht mich an, als wäre ich völlig übergeschnappt.

»Indem du dich in ein Hotdog-Kostüm steckst?«

»Nein, indem es mir egal ist, was andere über mich denken, solange ich selbst mit mir im Reinen bin.« Und das bin ich. Wer der Meinung ist, andere fertigmachen zu müssen, hat ein Problem mit seiner Persönlichkeit und nicht die Person, die seinen Vorstellungen nicht entspricht.

»Okay, da ich dich ganz offensichtlich nicht davon abhalten kann, werde ich immer einen Meter hinter dir sein und jeden von der Tribüne befördern, der dir blöd kommt.« Lachend schiebe ich sie aus der Umkleide.

»Du weißt schon, dass du nicht Rambo bist, oder?«

»Einen gezielten Tritt in die Eier habe ich schon in der Fünften beherrscht«, sagt sie todernst.

»Will ich die Geschichte dazu hören?«

»Lieber nicht.«

Mit weichen Knien stehe ich am oberen Rand der Tribüne und blicke auf das Feld hinab. Das Spiel ist bereits in vollem Gange. Die Tatsache, dass Kyle keine hundert Meter von mir entfernt ist, macht mich nervöser, als in diesem Kostüm zu stecken. Was ich allerdings unterschätzt habe, ist, wie schwer diese verdammte Kiste mit den Hotdogs ist. Der Halbzeitpfiff ertönt und es kommt Bewegung ins Stadion. Einige Leute schieben sich desinteressiert an mir vorbei, ein paar mustern mich amüsiert.

»Hey, verkaufst du die Dinger auch oder trägst du sie nur spazieren?« Erschrocken reiße ich meinen Blick vom Spielfeld los und sehe den Kerl vor mir an. Er trägt ein Trikot der Kings und lächelt mich freundlich an. Nicht belustigt, wie ich erwartet habe.

»Ähm … klar … möchtest du einen?«, frage ich und stelle die Kiste ab.

»Bekomme ich auch zwei?«, grinst er. Ich nehme ein Würstchen aus dem Wärmebehälter und stecke es in ein Brötchen. »Ist das jetzt die neue Uniform der Hotdog-Verkäufer? Sieht unbequem aus«, merkt er an und nimmt mir den ersten Hotdog ab.

»Nein, ich habe eine Wette verloren«, rutscht es mir heraus und er lacht. Kein gehässiges Lachen, sondern ein amüsiertes. Lächelnd reiche ich ihm den zweiten Hotdog.

»Wettschulden sind Ehrenschulden. Aber wenn es dich etwas aufmuntert, du bist ein wirklich niedlicher Hotdog.« Seine Wangen verfärben sich in ein zartes Rot. Flirtet er etwa gerade mit mir?

»Danke. Das macht dann bitte acht Dollar.« Als ich ihm das Wechselgeld reichen möchte, winkt er ab.

»Stimmt so. Die Frage ist vermutlich gerade unpassend, aber habe ich eine Chance auf deine Telefonnummer?«, fragt er und ich sehe ihn überrascht an. Ich stecke in einem Hotdog-Kostüm. Das Letzte, womit ich gerechnet habe, ist, dass mich jemand nach meiner Telefonnummer fragt.

»Hey, Mitch, wink mal freundlich in die Kamera, die Kiss-Cam hat dich und das Hotdog-Girl eingefangen«, brüllt jemand drei Reihen unter uns und sieht in unsere Richtung. O nein! Bitte nicht. Mein Kopf schnellt zur Leinwand, auf der ich in Großaufnahme zu sehen bin. *Shit!* Bevor ich reagieren kann, legt sich ein Arm um meine Schultern und zerrt mich in die Mitte des Bildes.

»Einmal recht freundlich«, sagt Mitch und grinst breit in die Kamera. Mein Gesicht ähnelt eher dem Hintern eines Pavians, der sich in ein Hotdog-Kostüm verirrt hat. Natürlich nur rein farblich betrachtet.

Ruckartig befreie ich mich aus seinen Fängen und bringe genügend Abstand zwischen uns. Die Kamera schwingt weiter zu einem Paar, das sich bereitwillig küsst und dafür Applaus erntet.

»Und, habe ich eine Chance?«, lenkt Mitch meine Aufmerksamkeit wieder auf sich.

»Wie bitte?«

»Deine Telefonnummer.«

»Nein, sorry, leider nicht.«

»Schade, wenn du es dir anders überlegst, ich sitze dort«, sagt er und deutet mit dem Kinn auf den freien Platz neben dem Kerl, der mir gerade die Kiss-Cam-Nummer eingebrockt hat. Ein letztes Mal lächelt er mich an, bevor er sich abwendet und mit den Hotdogs in der Hand zu seinem Sitzplatz geht. Suchend sehe ich mich nach Bree um. Wie versprochen steht sie keinen Meter von mir entfernt. Ich bücke mich nach der Kiste und stelle sie vor ihren Füßen ab.

»Mein Gesicht war nicht wirklich dort auf dieser riesigen Leinwand zu sehen, oder?« Als sie lacht, schüttle ich ungläubig den Kopf.

»Vermutlich kennt dich jetzt ganz Charlottesville.«

»Okay, das war's. Mit einer Großaufnahme von mir habe ich meine Wettschuld eindeutig beglichen.«

»Sehen wir uns das Spiel noch zu Ende an?«

»Vergiss es, nicht in diesem Aufzug.« Mein Blick wandert zum Spielfeld, wo inzwischen die zweite Halbzeit läuft. Auf der Anzeigetafel stehen noch fünfundzwanzig Minuten und die Kings führen mit 1:0. Die Stimme des Stadionsprechers kündigt einen Wechsel an. Mein Puls schießt automatisch in die Höhe, als Kyles Name fällt. Lässig joggt er vom Platz und klopft seinem Mitspieler, der seine Position übernimmt, auf die Schulter. Dann hebt er den Kopf und lässt ihn suchend über die Menge schweifen. Er kann nicht wissen, dass ich hier bin, oder etwa doch? In der Halbzeitpause sind nur die Ersatzspieler auf dem Platz, der Rest zieht sich zur Besprechung in die Kabine zurück. Hat mich einer seiner Freunde erkannt und ihm erzählt, dass ich in einem bescheuerten Hotdog stecke?

Wie auf dem Präsentierteller stehen Bree und ich auf einer der Treppen, die die einzelnen Sitzblöcke voneinander trennt. Als er in unsere Richtung sieht, setzt mein Herz mindestens zwei Schläge aus, bevor es polternd wieder in Bewegung kommt. Hastig drehe ich mich um, bereit aus diesem verdammten Stadion zu flüchten.

»Na, jetzt wird's aber interessant«, sagt Bree und hält mich am Arm fest, damit ich nicht das Weite suchen kann. Ich werfe einen Blick über meine Schulter. Kyle klettert gerade über die Absperrung. Was zur Hölle soll das werden? Sofort bildet sich eine Menschentraube um ihn herum.

»Was macht er da?«, frage ich Bree, obwohl es offensichtlich ist. Unschlüssig, ob ich davonrennen oder bleiben soll, drehe ich mich wieder um und starre ihn an. Bree verpasst mir einen sanften Schubs in seine Richtung und ich stolpere zwei Stufen hinab. Mit einem Schmunzeln im Gesicht drängt er sich durch die Leute und bleibt eine Stufe unter mir stehen.

»Hey.«

»Hey«, erwidere ich und sehe zu ihm auf, weil er immer noch größer ist als ich.

»Du bist immer noch winzig.« Sein Schmunzeln lässt meinen Puls augenblicklich in die Höhe schießen und meine Beine weich werden. Dieses Schmunzeln hat mir bereits bei unserer ersten Begegnung im Barneys den Verstand geraubt.

»Oder du bist einfach zu groß geraten.« Diesen Dialog haben wir schon einmal geführt, nur war damals das Gefühl in meiner Brust nicht so beklemmend.

»Wolltest du gerade vor mir davonlaufen?«, fragt er und kommt noch ein Stück näher. Mein Herzschlag schaltet noch einen Gang hoch. Bis vor dreißig Sekunden war mir nicht klar, wie sehr ich sein hübsches Gesicht und diese Stimme vermisst habe.

»Ich trage ein Hotdog-Kostüm«, sage ich, als wäre das eine total logische Antwort auf seine Frage.

»Ich stehe auf Hotdogs«, erwidert er grinsend. Als ich das Grübchen unterhalb seines Mundwinkels entdecke, setzt mein Verstand augenblicklich aus.

»Willst du einen? Ich habe noch ungefähr fünfzig Stück in der Kiste.« Das habe ich jetzt nicht wirklich gesagt. Bin ich vollkommen bescheuert? Kyle steht doch nicht hier vor mir, weil er Lust auf ein lauwarmes Würstchen im Brötchen hat.

»Im Moment interessiere ich mich nur für den Hotdog direkt vor meiner Nase.«

»Die Leute starren uns an«, merke ich an. Für dieses Gespräch würde ich mir deutlich weniger Publikum wünschen. Wir geben vermutlich das skurrilste Bild aller Zeiten ab.

»Dann sollte ich wohl zum Punkt kommen, bevor es eine schräge Nummer wird.« Zustimmend nicke ich und Kyle atmet einmal tief durch. »Okay, die Sache mit Nick war echt mies und hat mich wirklich verletzt, aber es ändert nichts an meinen Gefühlen für dich. Ich habe darauf gewartet, dass sie sich verändern und mein Verstand die Oberhand übernimmt. Mich in eine andere Richtung als zu dir hindrängt. Aber das Herz will, was es will, und das bist eindeutig du. Phoenix meinte, dass sich bei all der Scheiße nur eine Frage stellt: ob ich dich liebe. Die Antwort darauf ist einfach. Ja verdammt, das tue ich. Ich liebe dich, Jolee Mitchell.«

Mit offenem Mund starre ich ihn an, bis die Bedeutung seiner Worte auch im letzten Winkel meines Hirns ankommt. *Er liebt mich*. Das beklemmende Gefühl in meiner Brust löst sich, als hätte man an den beiden Enden einer Schleife gezogen. All die Anspannung der letzten Wochen verlässt meinen Körper und endlich habe ich das Gefühl, wieder frei atmen zu können.

»Es tut mir so leid, dass ich dich so enttäuscht habe. Wenn ich eine Chance dazu hätte, ich würde alles anders machen. Ich hätte es dir sofort sagen müssen, aber ich hatte Angst vor deiner Reaktion und davor, dich zu verlieren. Am Ende habe ich es damit nur noch schlimmer gemacht. Ich will nur, dass du weißt, es war die Wahrheit, als ich gesagt habe, ich liebe dich. Ja, ich liebe dich, Kyle Blackmoore«, plappere ich ungehalten drauflos und blinzle die Tränen weg, die sich in meinen Augen sammeln. Dennoch löst sich eine und kullert meine Wange entlang. Kyle fängt sie mit dem Daumen auf, was nur dazu führt, dass sich immer mehr Tränen ihren Weg über mein Gesicht bahnen.

»Versprichst du mir etwas?«, fragt er leise.

»Alles«, antworte ich und nicke hastig.

»Keine Geheimnisse mehr und keine Spielchen. Mein Herz verkraftet das kein weiteres Mal.«

»Versprochen.«

»Okay, ihr Turteltauben, ich will euch ja wirklich nicht hetzen, aber da warten ein paar tausend Leute auf ein Happy End. Also wärt ihr dann so freundlich, euch endlich zu küssen?« Mein Kopf dreht sich in Richtung Anzeigetafel, die uns beide zeigt. Wir haben nicht einmal bemerkt, dass inzwischen das Spiel abgepfiffen wurde. Kyle dreht mein Gesicht wieder so, dass ich ihn ansehe. Sein Lächeln ist aufrichtig und echt, aber sein Blick liegt auf meinen Lippen, sodass ich keine Sekunde daran zweifle, dass er mich vor all diesen Leuten küssen wird, wenn ich ihn nur lasse.

»Was denkst du? Geben wir ihnen ein Happy End?«
»Unbedingt.«

ENDE von Band 1

… Okay, nicht ganz, der Nachtisch fehlt noch.
Bitte die Peanut-Butter-Crunch-Eiscreme aus dem Tiefkühler holen. Und ganz wichtig – Erdbeeren.

Wenn alles bereitsteht – Seite umblättern.

Nachtisch

Für Enny.
Und alle, die es genauso lieben,
wenn ›The real Kyle‹ etwas isst und sich anschließend die Finger ableckt.

Jolee

»Will ich wissen, was du mit dem Eis vorhast?« Breit grinsend steht Kyle, nur mit Shorts bekleidet, im Türrahmen meines Zimmers. Mein Blick wandert von seinen nackten Zehen bis zu den Bauchmuskeln hinauf. Dieser Kerl ist zum Anbeißen. Ich werde mich wohl nie an ihm sattsehen können, weil an ihm einfach jeder Zentimeter perfekt ist.

In der einen Hand hält er eine Packung Peanut-Butter-Crunch-Eiscreme, in der anderen eine Schale Erdbeeren. »Bree hat mir da eine Geschichte über Eiscreme erzählt.« Ich hasse Bree!

Damit ich einen besseren Blick auf ihn habe, drehe ich mich so, dass ich den Kopf nicht verdrehen muss, um ihn von meinem Schreibtisch aus anzuschmachten. Kyles Grinsen bringt nicht nur mein Herz zum Beben. Mein Kopfkino schaltet sich ebenfalls augenblicklich ein. »Ich habe keine Ahnung, wovon du sprichst«, tue ich völlig unbeeindruckt, kann meinen Blick aber nicht von der vielen nackten Haut abwenden.

Er setzt sich aufs Bett, den Rücken ans Kopfende gelehnt. »Eiscreme, Sixpack, nackte Haut … kommt dir das bekannt vor?« Die Schale Erdbeeren stellt er neben sich ab, öffnet die Eispackung, taucht den Löffel hinein und schiebt ihn sich genüsslich zwischen die Lippen. *Verdammt*! Ich sollte ihn auf Diät setzen, denn sobald etwas Essbares auch nur in die Nähe seines Mundes kommt, wird mir heiß und ich würde mir gerne die Kleider vom Leib reißen.

»Und was ist mit den Erdbeeren? Ich kann mich nicht daran erinnern, dass die eine Rolle gespielt haben«, steige ich nun doch in sein Spiel mit ein.

»Die …« Demonstrativ nimmt er eine Erdbeere aus der Schale. »… sind für mich.« Mein Blick klebt nahezu an dieser verdammten Erdbeere, die so prall, saftig und süß aussieht. Mit einem Schmunzeln auf den Lippen steckt er sie in den Mund. Schlagartig muss ich trocken schlucken. In meiner Mitte zieht es unangenehm und mir wird heiß. Wie kann man nur so anbetungswürdig sein, während man isst?

Lässig verschränkt er die Arme hinter dem Kopf und lenkt damit meine Aufmerksamkeit auf seinen durchtrainierten Oberkörper. Allein beim Anblick seines Bizepses beginne ich auf meinem Drehstuhl herumzurutschen und presse die Oberschenkel zusammen, um das Verlangen, das er in mir auslöst, zu unterdrücken. Das Schmunzeln in seinem Gesicht wird so breit, dass das Grübchen zum Vorschein kommt. Dieser Mistkerl weiß genau, was er gerade mit mir anstellt, und hat seine helle Freude daran. Mein Körper schreit ihm regelrecht entgegen: Nimm mich … Vernasch mich … Vergiss die verdammten Erdbeeren …

»Und, Jolee, wo genau willst du die Eiscreme haben?«

…

Viel Spaß beim Kopfkino. Wie diese Szene ausgeht,
liegt ganz in deiner Fantasie.

Nachwort

FÜR MICH.
WEIL ICH KYLE BIN.
WEIL ICH JOLEE BIN.

Diese Worte habe ich aus einem ganz bestimmten Grund gewählt. Ich bin Kyle, weil ich genau weiß, was es heißt, in einer Familie aufzuwachsen, in der Gewalt und Alkohol eine tragende Rolle spielen. Ich bin Jolee, weil ich weiß, wie es sich anfühlt, wenn Menschen dich mit Worten statt mit Fäusten verletzen.

»Wir dürfen diese Menschen nicht gewinnen lassen, indem wir ihnen zu viel Raum in unserem Leben geben.

Wir definieren uns selbst, nicht sie uns.«

Und dennoch habe ich mich dagegen entschieden, in diesem Buch diesen beiden Themen zu viel Raum zu geben. Nicht, weil sie nicht wichtig sind, sondern weil es um Kyle und Jolee geht und wie sie ihren Weg zueinanderfinden. Trotz oder gerade wegen der Dinge, die sie geprägt haben.

»Wir alle sind die Summe aus den Dingen, die uns geprägt haben. Das eine hinterlässt tiefere Spuren als das andere und doch fügt sich am Ende alles zu einem Ganzen zusammen. Ich wäre heute ein anderer, wenn die Dinge in der Vergangenheit anders gelaufen wären.«

Aber ich möchte wenigstens eine Botschaft schicken: Behandle die Menschen stets so, wie du auch selbst behandelt werden möchtest, und behalte im Hinterkopf, dass Worte einen Menschen genauso zerstören können, wie körperliche Gewalt.

»Hey, glaub niemals deine Geschichte ist weniger wert, nur weil dir niemand körperlich wehgetan hat, okay? Es gibt so viele Arten einen Menschen zu verletzen. Jede ist auf ihre Weise grausam und prägt unser zukünftiges Handeln.«

Kisses Kate

Danksagung

Schon witzig, man schreibt tausende Wörter für eine Geschichte und doch ist das hier der schwerste Teil. Danksagung. Ein Wort, dass mir jedes Mal Schweißperlen auf die Stirn treibt. Was möchte ich sagen? Wem will ich danken? Habe ich jemanden vergessen? Liest überhaupt jemand eine Danksagung?

Vielleicht sollte ich zuerst dem deutschen Verkehrschaos danken, dass mich in einen vierstündigen Stau auf der Autobahn befördert hat. Dem Radiokommentator, der voller Begeisterung ein Fußballspiel kommentiert hat, das später in der bildlichen Zusammenfassung nicht annähernd so spannend gewesen ist wie in seiner akustischen Darbietung. Ihr fragt euch jetzt sicher, was hat das mit den Virginia Kings zu tun? Ganz einfach, in diesen Stunden entstand die Idee zu meiner College-Soccer-Reihe. Was total verrückt war, Sportromance gehört nämlich absolut nicht zu dem Genre, das ich gerne lese oder bisher geschrieben habe. Aber da war sie nun, diese Idee, die ständig wie eine Werbereklame in meinem Kopf aufleuchtete. Jetzt kommt die Stelle, an der ich dem Erfinder des NaNoWriMo danke, denn das war der Startschuss für Kyle und Jolee.

Aber kommen wir nun zu den wirklich wichtigen Personen, die aktiv an dem Buch beteiligt gewesen sind. Mein Cheerleader-Team, das voller Begeisterung die Pompons schwingt. Nina Krönes, die diese Geschichte mit ihrem Input so viel besser gemacht hat. Saskia Renner danke ich für die wundervollen Designs. Dann gibt's da noch großartige Kolleginnen, die irgendwie immer da sind, wenn man sie braucht. Nadine Wilmschen und Sarah Saxx, danke für eure Freundschaft.

Mr Corell danke ich dafür, dass er mir immer den Rücken freihält und mich bei all meinen Ideen unterstützt, auch wenn einige davon mehr als verrückt sind.

Ich danke Carlsen Impress, dass die Virginia Kings ein so tolles Zuhause gefunden haben. Am meisten aber danke ich dir, Pia, weil du so sehr an meine Jungs und somit auch an mich glaubst. Danke.

Und ich danke jedem einzelnen Menschen, der meine Bücher kauft und liest. Ihr seid es, die meinen Traum Wirklichkeit werden lassen.

Over and out.
Kisses Kate

DIE MACHT DER GEFÜHLE
TAUCH EIN IN ROMANTISCH-FANTASTISCHE GESCHICHTEN.
IMPRESS
#IMPRESSBOOKS
ALLES VON IMPRESS HIER:
IMPRESSBOOKS.DE

KNISTERNDE
BAD BOY ROMANCE

Lillemor Full
**REBEL KISS.
HEIMLICHE LIEBE**
ISBN 978-3-551-30375-2
Softcover
Auch als E-Book erhältlich

Bereits an ihrem ersten Tag als Rettungsschwimmerin läuft Maddie Ace über den Weg, dem Anführer einer zwielichtigen Surfer-Gang. Mit seinem dunklen Ruf und den zahlreichen Tattoos sollte er sie eigentlich das Weite suchen lassen. Aber Maddie lässt sich nicht einschüchtern, womit sie Ace nicht nur beeindruckt, sondern sich auch in Gefahr bringt.

Larissa Schira
LOVE ME FASTER
ISBN 978-3-551-30408-7
Softcover
Auch als E-Book erhältlich

Selina kann nicht fassen, dass sie den aufgehenden Star der Rennfahrer-Szene in einen Autounfall verwickelt – und er sie auch noch zu einem Rennen einlädt. Daniel Breuning führt sie in eine Welt voller Glamour und schneller Autos ein. Aber ein Leben im Scheinwerferlicht hat auch seine Schattenseiten.

Alice Ann Wonder
**LOVE ME WILD
(TOUGH-BOYS-REIHE 1)**
ISBN 978-3-551-30367-7
Softcover
Auch als E-Book erhältlich

Die schüchterne Emma trifft nach einem Familiendrama auf den selbstbewussten Kampfsporttrainer Tyler Mason. Der durchtrainierte Bad Boy hilft ihr auf ungewöhnliche Weise zu erkennen, dass mehr in ihr steckt, als sie vermutet. Doch Tylers düstere Geheimnisse stellen Emmas Vertrauen immer wieder auf die Probe. Bis ihn seine dunkle Vergangenheit einholt.

WWW.IMPRESSBOOKS.DE

Impress

Die Macht der Gefühle

Unser Versprechen für mehr Nachhaltigkeit
- Klimaneutrales Produkt
- Papiere aus nachhaltigen und kontrollierten Quellen
- Hergestellt in Europa

FSC www.fsc.org
MIX
Papier aus verantwortungsvollen Quellen
FSC® C083411

Impress

Ein Imprint der Carlsen Verlag GmbH

Dezember 2021

Lektorat: Nina Krönes

Umschlagbild: shutterstock.com / © Malysheva Liudmyla / stock.adobe.com / © artinspiring

Umschlaggestaltung: Saskia Renner

ISBN 978-3-551-30469-8

www.impressbooks.de